Les Étrangers dans la maison

Du même auteur
dans la même collection

Cœurs solitaires (n° 144)

John Harvey

Les Étrangers dans la maison

Traduit de l'anglais
par Olivier Schwengler

Collection dirigée par
François Guérif

Rivages/noir

Titre original : *Rough Treatment*

106, bd Saint-Germain - 75006 Paris

ISBN : 2-86930-854-X
ISSN : 0764-7786

1

– Bon, alors, qu'est-ce qu'on fait ? On y va ? fit Grice.

Il sentait le froid commencer à s'insinuer dans les muscles de son dos. Janvier lui collait la haine.

De son côté, Grabianski trouvait la nuit plus douce qu'à l'ordinaire. Une nuit comme il les aimait.

– Minute.

Il s'avança vers le garage. Il bougeait avec une grâce surprenante pour un homme de son poids.

À travers l'objectif grand-angle d'un agent immobilier, la maison aurait pu passer pour une demeure ou une propriété, mais de là où se tenait Grice, devant l'allée de gravillons, ce n'était qu'une villa surdimensionnée de plus, comme on en trouve au sud de la ville.

La lumière du jour aurait rendu plus évident encore l'état des peintures, qui n'avaient pas été refaites depuis l'été dernier, voire même l'été d'avant, ainsi que le revêtement des fausses boiseries, qui semblaient comme ravagées d'eczéma. De chaque côté du portail, deux sapins miniatures s'étiolaient dans des barriques. Grice n'avait que trois pas à faire pour tirer la sonnette. Il essaya de se rappeler la dernière fois où il était entré chez quelqu'un en sonnant à la porte.

– Alors ?

Les mains dans les poches, Grabianski répondit par un haussement d'épaules.

– Ça veut dire quoi ?

– Il y a un sacré bordel à l'arrière. Peut-être bien qu'ils ne s'en servent plus.

– Quel genre de bordel ?

– Des journaux, des magazines, des boîtes de Kleenex, des emballages de chocolats. Trois paires de chaussures à talons.

– Tu t'attendais à quoi ? C'est une voiture de femme.

– Tu dis ça à cause des chaussures ?

– Les chaussures, la taille aussi. Vise un peu, c'est une deuxième voiture, une voiture de femme. Tu vois un mec conduisant un truc comme ça ?

Ils restèrent un instant à regarder l'auvent du garage, et le capot de la voiture qui dépassait par le côté gauche.

– J'aime pas ça, fit Grice.

– La liste des choses que tu aimes, on pourrait l'écrire sur un paquet de cigarettes qu'il resterait encore la place pour l'encadré du ministère de la Santé.

– J'aime pas que la voiture soit là.

– Je croyais que tu étais pressé.

– D'une façon ou d'une autre, j'ai pas envie de moisir sur place par un froid pareil.

– Alors, on y va, dit Grabianski, ouvrant la marche en direction de la maison.

– La voiture... commença Grice.

– Quoi, la voiture ? La voiture est au garage, c'est une voiture de femme, alors la femme est dans la maison. C'est ça que tu veux dire ?

– Et si c'était ça ?

Grabianski secoua la tête. Au lieu de passer son temps devant la télé à se farcir des séries pour débiles, Grice aurait gagné à utiliser sa cervelle. Il y avait même des cours du soir prévus pour aider à la manœuvre.

– Dans l'obscurité ? objecta Grabianski.

– Hein ?

– Elle resterait là-dedans comme ça, dans le noir ?
– Peut-être qu'elle dort ?
– Il est trop tôt.
– Peut-être qu'elle a la migraine ?
– T'es son médecin, maintenant ?

De l'autre côté des grandes baies taillées, on distinguait des lumières, ainsi que sur l'avenue. Mieux valait qu'ils ne s'attardent pas.

– Toi, tu penses que c'est bon ? s'enquit Grice en traînant les pieds.

– Mais oui, répondit Grabianski. Allez, on y va.

Ils commencèrent à longer l'allée, marchant sur la pelouse à cause des gravillons. En contournant la maison pour entrer par-derrière, les deux hommes levèrent les yeux en direction de la boîte rouge rectangulaire installée sur la partie supérieure du mur, qui renfermait le système d'alarme.

***

Maria Roy s'était renversée en arrière de façon à ce que ses seins profitent pleinement de la mousse parfumée qui recouvrait la surface de l'eau. Ils avaient pris une légère couleur satin dans la lumière pâle de la veilleuse et elle pouvait voir leurs aréoles se durcir sous l'effet de son regard. Elle pensa à Harold, ce qui n'aida pas. Avec douceur, elle effleura les mamelons du bout de ses doigts et sourit lorsqu'elle les sentit durcir à nouveau. Quel sens avait encore un mariage quand au bout de onze ans, le seul endroit où l'on avait fait l'amour était un lit ? Et encore, pas souvent.

– Ne vous en faites pas, mes tristes petits amis, leur murmura-t-elle. Il y a quelqu'un qui vous aime. Quelque part.

Puis, en se redressant dans la baignoire, elle les gratifia d'un dernier petit pincement affectueux.

– Ne vous en faites pas, mes tristounets.

*
* *

– On dirait pas une lumière ? souffla Grice.
– Où ça ?
– Là, tu vois pas ? Au bord du rideau.
– C'est pas un rideau, c'est un store.
– Et la lumière, c'en est une ?
– Il n'y a rien.
– On croirait une bougie.
Grabianski se tourna vers lui :
– Peut-être qu'elle a organisé une séance.
Il déplaça le coin de plastique d'un millimètre sur la gauche et la porte du patio s'ouvrit.

*
* *

– Pour quelle autre raison crois-tu que je t'appelle dit Maria Roy. Pour te dire à quel point je t'aime ?

Sous le peignoir qu'elle avait passé, elle pouvait sentir la légère odeur de talc. *Givenchy Monsieur.* Il fallait bien qu'Harold soit bon pour quelque chose, non ?

– Non, Harold, coupa-t-elle, j'ai l'intention d'y aller à tire-d'aile. À la seconde où je te parle, il est en train de m'en pousser dans le dos. Je les sens à travers le peignoir.

Elle souleva délicatement, entre le pouce et l'index, le demi-verre de vin posé sur le guéridon, près du téléphone. Il datait de la veille au soir, à moins que ce ne soit du soir précédent. Éventé.

– Bien sûr que j'ai essayé de la démarrer manuellement, répondit-elle, mais ça n'a servi à rien.

Elle tourna la tête pour souffler sa fumée de cigarette vers le centre de la pièce, éloignant le combiné de son visage. Dans l'appareil, la voix continuait de plus belle.

– Harold...

Encore.

– Harold...

– Et encore.

– Harold, tes appareils ont toujours un problème. C'est soit l'horloge digitale qui s'efface, soit le son qui se désynchronise, ou... je ne sais pas pourquoi ils te refilent chaque fois le matériel le plus pourri de tout le studio, mais si j'étais à ta place, je commencerais à me poser des questions. Peut-être qu'ils essaient de te faire comprendre quelque chose. Moi, en tout cas, j'essaie de te faire comprendre quelque chose. Je viens de prendre un bain et dès que j'aurai fini mon verre – mais non, seulement du vin, et mauvais, en plus – dès que je l'aurai terminé, je me change et, puisqu'il n'y a pas moyen de sortir la voiture du garage et que je ne peux pas non plus compter sur toi pour venir me chercher, j'appelle Jerry et Stella pour leur demander de faire un crochet et passer me prendre.

Tout en exhalant la fumée, elle fit en sorte de soupirer suffisamment fort pour qu'il comprenne qu'à présent, quelque arrangement qui sortirait de la conversation ne serait accepté qu'à son corps défendant. Elle avait maintenant pris l'habitude de signifier clairement que leurs rapports en étaient à ce stade pour toute espèce de transaction.

– Oui, Harold, j'ai déjà entendu le mot taxi. Je connais également le mot au revoir.

Elle contempla un moment le téléphone raccroché, songeant avec un sourire à la simplicité, à l'extrême rapidité avec laquelle on pouvait couper une communication. Puis elle gagna la cuisine dans un léger bruissement de soie et vida le contenu du verre dans l'évier avant d'en sortir un propre qu'elle emporta au salon. Le bar roulant était niché entre le meuble TV et les étagères où voisinaient cassettes vidéo, magazines et livres de poche. Elle remarqua en passant deux scripts cornés d'Harold qui traînaient là et nota mentalement de lui dire de les remballer dans la pièce qu'il utilisait comme bureau. Puis elle décapuchonna une bouteille de J & B Rare et s'en versa une rasade plus que généreuse. En dépit de la fichue voiture dans le fichu garage et du coup de fil à Harold, elle goûtait pleinement la détente que lui avait procuré son bain.

Elle but une longue gorgée de scotch, envoyant Harold au diable. C'est seulement lorsqu'elle voulut reposer le verre qu'elle aperçut l'homme dans l'encadrement de la porte.

– Oh, mon Dieu !

Elle porta la main gauche à sa bouche et se mordit violemment la base du pouce. Un geste qu'elle n'avait plus fait depuis son enfance. Elle sentit un élancement dans son estomac et le sang lui monter à la tête tandis qu'elle reculait contre les rayonnages, au bord de l'évanouissement.

Adossé contre le chambranle, l'homme n'avait pas bougé d'un pouce. Un grand type costaud, dans les 1 m 80, vêtu d'un complet croisé bleu nuit qui la regardait en silence, avec une lueur admirative dans le regard.

– Mon Dieu, répéta Maria à voix basse.

– Je sais à quoi vous pensez.

Elle sursauta au son de cette voix qui venait de déchirer le silence de la pièce. Elle savait à présent qu'elle ne s'évanouirait pas, mais c'était tout. Elle se sentait incapable de faire le moindre geste, de prononcer la moindre parole.

« Je sais à quoi vous pensez... »

Maria Roy n'aurait su dire s'il avait parlé de nouveau, ou si c'était seulement un écho, dans sa tête.

– Nous ne vous ferons – l'homme marqua un temps – nous ne vous ferons aucun mal.

La pression de ses doigts se raffermit autour du verre. Elle n'avait plus de salive et sentait sa langue comme emprisonnée dans sa bouche. Elle savait que les mots qu'elle était censée retenir en premier étaient *aucun mal,* mais c'en était un autre qui résonnait en elle.

Nous.

Elle ne put s'empêcher de regarder autour d'elle, tendant l'oreille sans pourtant percevoir le moindre bruit. Peut-être n'était-ce qu'une façon de parler, quelque chose qu'il avait dit dans le seul but de lui faire peur. Peut-être était-il seul.

Elle avala une goulée d'air.

Cela changeait-il quelque chose qu'il soit seul ?

Un sourire proche du rictus se dessina sur le visage de l'homme, comme s'il lisait dans ses pensées. Elle sut alors qu'il n'en était pas à son coup d'essai. Il était parfaitement à l'aise, fort de la confiance en soi qu'on acquiert au bout d'une longue pratique. Pour quelle autre raison aurait-il souri ? Puis, elle entendit un bruit de pas dans l'escalier et comprit que le *nous* n'avait rien d'une figure de style.

Le deuxième homme était légèrement moins grand que son compagnon. Il portait un costume marron un peu lustré par endroits, des chaussures assorties plus toutes jeunes, mais impeccablement cirées. Tous deux avaient dépassé la quarantaine, comme son mari, à la différence près qu'eux semblaient porter leur âge sans complexes et ne se croyaient pas obligés de partir le matin au studio fagotés comme des danseurs de hip-hop, avec aux pieds des baskets à soixante livres la paire.

Les deux hommes échangèrent un regard, puis le nouveau venu entra dans la pièce d'un pas tranquille, parcourant le décor des yeux un instant avant de prendre ses aises dans le canapé de cuir.

– Charmant chez vous, dit-il d'un ton badin. Bel intérieur...

Maria les considéra l'un après l'autre, incapable de faire cadrer leur entrée par effraction et leur attitude de messieurs bien mis, flânant du regard comme s'ils étaient venus acheter.

Malgré elle, malgré la situation, Maria Roy renversa la tête en arrière et partit d'un grand éclat de rire.

Tous trois étaient maintenant assis, Grabianski dans l'épais fauteuil, Grice à l'autre bout du canapé et Maria sur une chaise, entre eux deux, formant l'apex du triangle. Grice paraissait s'ennuyer un brin. Grabianski avait cette même lueur taquine dans le regard et Maria savait qu'il regardait ses jambes, essayait de deviner au tombé des plis du peignoir de soie si elle portait quelque chose dessous ou pas.

Elle se surprit à penser à la culotte qu'elle avait prise dans la commode et enfilée distraitement. À se demander si elle était propre. En cas d'accident. Elle avala une gorgée de J & B avant de se remettre à rire. En fait, c'est ce qui était plus ou moins en train de lui arriver. Un accident.

– Voulez-vous un autre verre ? demanda aimablement Grabianski.

– Non, elle ne veut rien d'autre, intervint Grice, décroisant les jambes.

– Qu'est-ce que tu en sais ?

– J'en sais que c'est pas le moment.

– Eh bien moi, j'en prendrais un volontiers, fit Grabianski en se levant.

Il avait déboutonné sa veste et Maria put constater qu'il gardait la forme pour un homme de son âge. Aucun ventre, même naissant ne forçait ni ne débordait la ceinture. Harold, malgré ses trois séances par semaine et les ridicules bracelets plombés qu'il s'attachait autour des chevilles gardait une bedaine de pinguoin.

– Je cherche la vodka, dit Grabianski d'un ton embêté tandis qu'il faisait l'inventaire du bar roulant.

– Désolée, s'excusa Maria.

– Non, mais attends, à quoi tu joues ? protesta Grice.

– Détends-toi, on boit un verre, répondit gentiment Grabianski.

– Je te rappelle quand même qu'on est en plein milieu d'un casse, fit Grice avec mauvaise humeur, massant nerveusement son genou avec la paume de sa main.

– Nous avons eu du monde, l'autre soir, expliqua Maria. Nous nous sommes bêtement retrouvés à court de vodka et comme nous n'avons pas fait les courses depuis...

Qu'était-elle au juste en train de faire là ? Elle s'interrompit.

– Aucune importance, la rassura Grabianski, le scotch ira très bien. Scotch pour tout le monde ? demanda-t-il en montrant la bouteille à la cantonade.

Grice répondit par un grognement et Grabianski servit trois whiskies, le sien très léger, avant de s'éclipser une seconde dans la cuisine pour rajouter de l'eau. Lorsqu'il revint, les deux autres n'avaient pas bougé un cil.

– Bon, on va pouvoir y aller, maintenant ? serina Grice.

Grabianski lui tendit son verre, donna le sien à Maria et se rassit :

– Du calme, y a pas le feu.

Il aurait bien aimé que Grice aille faire un tour, histoire d'inspecter la maison et de baluchonner quelque chose et se disait que la femme aussi ne demandait pas mieux. Comment avait-elle dit s'appeler, déjà ? Maria ? Ces jambes qui n'en finissaient pas. Grabianski était prêt à parier que si elle portait une culotte sous son peignoir, c'était une des ces choses parcimonieuses qu'on peut faire disparaître dans la paume de sa main. Bonté divine ! Il en transpirait. Il ne la quittait pas des yeux et elle lui rendait son regard. Lisait ses pensées. Savait.

Maria songeait que le téléphone pouvait sonner à tout moment, avec au bout du fil Jerry ou Stella se demandant où elle était passée. Ou bien Harold, peut-être, sa majesté Harold en personne qui appellerait pour s'excuser et dire qu'il allait passer la prendre, histoire d'arriver ensemble au dîner.

À ceci près, se souvint-elle, que l'autre, le moins grand, qui massait son genou comme un arthritique, avait débranché les appareils.

– Finis ton verre, dit Grice à son acolyte. Qu'on puisse se mettre au boulot.

Grabianski acquiesça et but une petite gorgée avant de se lever :

– On y va ? proposa-t-il avec un sourire.

Maria comprit qu'il s'adressait à elle.

– Comment ça, « on y va » ? intervint Grice.

– Madame va nous aider, dit Grabianski. Ça nous évitera de perdre du temps et de mettre du désordre partout.

– Tu crois vraiment qu'elle est d'aussi bonne volonté ?

– Bien sûr, puisque nous allons nous servir de toute manière.

Une fois encore, Maria se demanda si tout cela arrivait pour de vrai. Peut-être n'était-ce qu'une énorme farce mise au point par un ami d'Harold : un tandem d'acteurs sans emploi, embauchés pour un canular style télégramme chanté, juste un rien plus baroque. Comment appelait-on ça dans les années soixante ? Un happening, voilà. Tout cela ressemblait à un happening. Lorsqu'elle se leva, un pan de son peignoir se nicha dans l'intérieur de sa cuisse. Grabianski ouvrait la bouche, les yeux hors de la tête. Il y avait des lustres qu'elle n'avait pas produit ce genre d'effet sur Harold.

– Moi, je ne crois pas, fit Grice.

Maria Roy lampa le fond de scotch et posa le verre vide sur sa chaise :

– Peut-être devrais-je passer devant pour vous montrer le chemin ? suggéra-t-elle.

Elle savait que Grabianski se tiendrait immédiatement derrière elle pendant qu'elle monterait l'escalier dans son peignoir moulant.

– Il reste encore une chose, dit Grice.

Les bijoux, l'argent liquide et les cartes de crédit avaient été emballés dans une des petites valises de cuir qu'ils avaient achetées l'été passé, pendant leurs vacances aux Îles Vierges et ses deux manteaux de fourrure étaient pliés sur le bras gauche de Grabianski.

– Quelle chose ? demanda Maria, tout en comprenant, à l'expression du visage de Grice, qu'il savait. L'autre aussi savait, elle en était sûre. Comment pouvaient-ils être au courant, pour le coffre ?

Elle écarta les oreillers pour s'agenouiller sur le lit, décrocha le Klimt et le posa sur les draps défaits. Elle craignit une seconde de ne plus se souvenir de la combinaison, mais ses doigts manipulèrent le cadran à l'instinct.

La porte du coffre s'ouvrit.

– Videz-le, dit Grice.

Il y avait le deuxième coffret à bijoux, le vrai, qui renfermait ceux qui lui était revenus à la mort de sa mère et aussi ceux qu'Harold lui avait offerts dans les temps immémoriaux où il cherchait encore à lui plaire, deux liasses de bons au porteur entourées de bandes élastiques, leurs deux testaments et une vidéocassette réalisée par un caméraman ami d'Harold, lorsqu'ils étaient partis une semaine à quatre sur cette minable île grecque. Harold avait eu la colique à force de bouffer des olives et le caméraman, bien que monté comme un âne, avait préféré se livrer à des effets de zoom pendant que sa copine léchait le sel dans le nombril de Maria. Une fois rentrée en Angleterre, elle découvrit en outre qu'elle avait contracté un cas bénin d'hépatite.

Grabianski tendit la main pour avoir la cassette.

– Il y a tout ? demanda Grice.

Maria hocha la tête.

– Ne vous en faites pas, dit Grabianski. Il vous suffira de faire une déclaration à l'assurance. Enfin, sauf pour ça, ajouta-t-il en désignant la cassette d'un regard.

– Vous êtes sûre ? fit Grice.

– Certaine, répondit Maria en veillant à descendre du lit sans révéler davantage de son anatomie au regard du grand type.

À présent, tout ce qu'elle voulait était qu'ils s'en aillent au plus vite.

– Attendez une bonne demi-heure avant de prévenir la police, conseilla Grabianski. Et, dans votre intérêt, faites bien attention aux signalements que vous leur donnerez.

– Deux blacks, suggéra Grice, dans leur dos.

– Avec des blousons de cuir et des jeans.

– Et puis des passe-montagnes.

– Et des cagoules de skieurs.

– Ils vous ont forcée à ouvrir le coffre.

– Mieux que ça, renchérit Grabianski. Ils vous ont obligée à leur donner la combinaison.

– Effectivement, approuva Grice. C'est encore mieux.

Et il tourna aussitôt les talons pour retourner dans la chambre.

– Où tu vas ?

– Effacer ses empreintes sur le coffre, répondit Grice.

Maria sentit ses jambes se dérober sous elle en le regardant faire. Grabianski se tenait près d'elle, enfouissant ses doigts dans la fourrure de son manteau.

Debout sur le lit, Grice se pencha légèrement et, à l'aide de ses gants, effaça toutes les traces qu'elle avait pu laisser. Immobile, elle le vit plonger la main au fond du coffre.

Il tourna la tête vers eux et regarda Maria droit dans les yeux.

– C'est très vilain de mentir.

2

Resnick avait une dent contre les agents immobiliers depuis qu'un membre de la profession était parti avec sa femme. Auparavant, il les trouvait seulement imbuvables et les rangeait dans la même catégorie que les démonstrateurs de voitures. L'haleine empestant le tabac, les mains moites, prêts à arnaquer la terre entière.

Ils s'étaient montrés infiniment plus rapides à installer leurs panneaux « À vendre » sur le mur de pierre du jardin qu'à les enlever. Au bout d'un mois, Resnick s'était décidé à prendre une bêche dans le placard sous l'escalier et à retirer deux panneaux sur les trois. Il n'avait laissé que celui de l'agence la plus modeste, qui ne disposait peut-être pas de quarante-huit bureaux d'un bout à l'autre des Midlands, mais comptait néanmoins dans son équipe un homme avec lequel Resnick sentait qu'il pouvait parler. Le type en question l'avait appelé la veille pour lui demander d'être là à 8 h 30 le lendemain, afin de recevoir des acheteurs potentiels.

– Des gens très occupés, avait dit l'agent. Un couple en passe de fonder une famille. Ils travaillent tous les deux et c'est le seul moment dont ils disposent. Je crois qu'ils vous plairont, avait-il ajouté, optimiste, comme si cela avait une quelconque importance.

La maison était à vendre depuis trois mois et personne n'avait encore fait d'offre jusqu'ici. L'inconvénient majeur ne venait pas de la maison elle-même, mais plutôt du quartier où elle se situait et de la fluctuation du taux hypothécaire. Resnick, lui, voulait simplement partir d'ici. Fermer la porte et donner les clés à qui voudrait.

Il s'était donc arrangé avec le sergent Graham Millington pour que celui-ci se charge de passer en revue à sa place les événements de la nuit avec l'officier de garde, assure le briefing matinal et fasse le rapport au superintendant, avec l'inspecteur responsable du personnel en tenue.

– D'accord Graham ? avait dit Resnick.

Millington était resté immobile, la moustache frétillante, ne trouvant pas ses mots, comme quelqu'un dont l'anniversaire vient de tomber par surprise.

*
* *

Il était exactement 8 h 43 lorsque le couple fit son apparition. Chacun était venu avec sa voiture. L'homme descendit d'une Ford Sierra noir métallisé, dotée de toutes les modifications aérodynamiques indispensables à un bon avion de tourisme, la femme, d'une Volkswagen blanche décapotable. Complet et tailleur gris perle, tous deux jetèrent un coup d'œil machinal à leur montre avant de verrouiller les portières et de traverser la rue.

Environ une minute plus tard, une Morris Minor verte tourna le coin et une femme que Resnick n'avait encore jamais vue en sortit. Elle portait un ample sweater noir dont elle avait retroussé les manches, une jupe courte bleue à pois qui voletait agréablement autour de ses cuisses et des bottes rouge sombre qui plissaient à hauteur des chevilles. Elle tenait une tablette avec le plan de la maison dans la main gauche et tendit l'autre au couple qui venait à sa rencontre :

– Mr. et Mrs. Lurie, je suppose ? bonjour, j'espère ne pas vous avoir fait attendre.

Elle les invita à se diriger vers le maître des lieux qui les attendait sur le pas de la porte.

– Mr. Resnick ?

Elle eut un léger sourire en coin en lui touchant la main.

– Ou devrais-je dire détective-inspecteur ?

Resnick crut discerner une pointe d'accent australien. Elle fit un pas vers la porte d'entrée :

– Nous passons à l'intérieur ?

Il s'effaça pour les laisser entrer.

– Où est passé Mr. Albertson ? s'enquit Resnick à voix basse.

– Il a tout quitté pour entrer dans les ordres.

– Il m'a seulement appelé hier, pour ça.

– Je sais, les choses se passent toujours ainsi. Regardez Saul, cnfin Paul.

Ils allèrent retrouver les Lurie qui étaient en grande discussion sur le coût approximatif d'une redécoration de la cuisine en chêne massif.

– Je m'appelle Claire Millinder, dit-elle à Resnick, souriant brièvement avec les yeux avant de passer devant lui pour pénétrer à son tour dans la cuisine.

– C'est une pièce très agréable le matin, grâce à la lumière. Vous pouvez facilement installer là une table circulaire pour les petits déjeuners.

Les Lurie regardèrent leurs montres.

– Nous pouvons peut-être passer dans la salle de séjour ? proposa Claire Millinder avec entrain.

Resnick n'avait pas le cœur à les accompagner. L'un des chats, Miles, sortit du salon comme ils entraient et vint frotter sa tête contre le mollet de Resnick.

Celui-ci espérait que les visiteurs ne tomberaient pas sur Dizzy, dont l'humeur changeante et la spontanéité n'étaient pas à une jambe de pantalon près.

Ils restèrent peu de temps dans le living et, précédés de Claire Millinder, gagnèrent l'escalier qui menait au premier étage.

– J'attire votre attention sur la chambre principale. Vous serez étonnés des possibilités de rangement.

Resnick ne bougea pas d'un pouce. Un étranger dans sa propre maison.

Lorsqu'ils redescendirent, Resnick était en train de faire sortir Miles par la porte de derrière. Comment les chats parviendraient-ils à s'habituer à un nouvel endroit quand, après toutes ces années, aucun d'eux ne savait encore manœuvrer la petite trappe coulissante placée au bas de la porte.

– Inspecteur ?

Il ferma la porte et regagna le vestibule.

– Chéri, est-ce que tu réalises ce que coûterait de refaire complètement la salle de bains ? disait Mrs. Lurie à son époux. Sans parler de tout redécorer. Et cette minuscule chambre, au fond, à quoi peut-elle servir, sinon à entasser des cartons et des choses qui ne servent plus ? Que pourrait-on y mettre d'autre ?

– Un lit d'enfant, dit Resnick, presque pour lui-même.

– Pardon ?

– Non, rien.

Claire l'observait par-dessus la rampe de l'escalier.

– Chérie, dit seulement Mr. Lurie, retroussant sa manche pour indiquer que l'heure tournait.

– Oui, bien sûr. Il faut que nous partions.

– Travailler.

– On reste en contact, dirent-ils, côte à côte sur le pas de la porte.

– Entendu, dit Claire.

– Merci pour la visite.

Sur le point de répondre que ç'avait été un plaisir, Resnick se retint sans grande difficulté.

La lourde porte se referma derrière eux.

– Il est vraiment entré dans les ordres ? demanda Resnick. Albertson ?

– L'Église anglicane, je crois.

Ils restèrent ainsi quelques instants, Resnick près de la petite table où reposait le chapeau qu'il ne mettait jamais et une pile de vieux journaux qu'il comptait balancer aux ordures, Claire une main posée sur la rampe de bois sombre, l'autre pendant le long de sa cuisse et tenant la tablette.

– Je n'arrive pas à comprendre ce qui peut pousser les gens à faire des trucs pareils, dit-elle. Et vous ?

– Moi non plus.

– Vous pensez qu'ils entendent des cloches tinter, des voix ?

– La Mélodie du Bonheur ?
– L'appel de l'aventure...
– Possible.
Elle le regardait, songeuse.
– Pourquoi fait-on les choses ? par exemple vous. Pourquoi voulez-vous partir de cette maison ?
– C'est compliqué.
– À expliqucr ou à comprendre ?
– À expliquer.
– Mais vous avez une raison ?
– Oui.
– Bon, finit-elle par dire, descendant les marches. C'est l'essentiel, alors.
Elle se retourna vers lui avant de passer la porte.
– Ils n'ont pas eu l'air d'avoir le coup de foudre, je me trompe ? fit Resnick avec un demi-sourire.
– Ils ont détesté, répondit-elle avec un large sourire.
– Vous pensez que cette maison est vendable ?
Elle passa son doigt sur la bande de papier peint qui se décollait le long du chambranle.
– Oui, je pense. Il faudra peut-être baisser un petit peu le prix.
– C'est déjà fait.
– Je suis certaine qu'on trouvera un acheteur.
Resnick acquiesça, mis les mains dans ses poches et les retira presque aussitôt. Un petit chat maigrichon, gris avec un point blanc sur le coin du nez et un autre au bout de la queue, passa la tête entre le battant de la porte et les bottes rouges de Claire.
– Il est à vous aussi, celui-là ?
– C'est Bud.
– Il y en avait un tigré avec une oreille bizarre, qui dormait dans l'évier.
– Pepper.
– Trois chats ?
– Quatre.
Elle baissa les yeux un instant sur sa tablette, se balançant d'un pied sur l'autre.

– Je dois y aller, dit-elle.
– Vous avez un jeu de clés, à l'agence.
– Oui.
– Quand vous voulez...
– D'accord.
– À condition bien sûr d'accompagner les visiteurs. Je ne voudrais pas qu'on prête les clés aux gens et qu'ils entrent et sortent à leur guise.
– N'ayez crainte, ce n'est pas le genre de la maison.
Resnick fit signe de la tête qu'il prenait bonne note. Claire ouvrit la porte en grand et fit un pas à l'extérieur :
– Je ferai mon possible, inspecteur.
– Bien sûr.
– Il faut seulement vous armer de patience.
Elle fit un pas de plus et tourna de nouveau la tête pour sourire encore. Resnick s'aperçut que ce sourire légèrement décentré n'était pas le seul détail. Elle avait également deux dents qui se chevauchaient sur le devant de la mâchoire.
– Mais j'imagine que vous l'êtes, ajouta-t-elle en riant. Armé et patient.
Il eut été tout simple de la regarder s'éloigner jusqu'au bout de la petite allée, tandis qu'elle retournait à sa voiture. Mais Resnick rentra et s'en fut déguster une tasse de café supplémentaire avant de partir mettre fin à l'intérim de Millington.

*
* *

Bien que situé en ville, le poste où était basé Resnick se trouvait assez éloigné du centre pour avoir une identité à lui, sans toutefois être en pleine cambrousse. Le nord-est se composait aussi bien, entre les grands axes, de maisons en terrasses d'un autre temps que de bâtiments municipaux récents à l'architecture plus modeste ou encore de labyrinthes d'immeubles vétustes en passe d'être démolis. La plupart de ceux qui vivaient là appartenaient à la classe laborieuse, mais seuls quelques-uns avaient la chance de travailler : Afro-Caraïbe, Asiatiques, Blancs qui avaient pointé leur vie durant dans les usines de bicyclettes, de cigarettes ou de bonneterie, aujourd'hui remplacées par des supermarchés ou reconverties en musées à la gloire du patrimoine industriel local. Un peu plus à l'ouest se dressait une enclave de demeures victoriennes, courts de tennis, rues en pentes bordées d'arbres et larges terrains boisés. Une fois par an, les habitants du quartier ouvraient leurs jardins aux amateurs de citronnades-maison, sacrifiant ainsi aux traditions charitables. Les rares visages basanés qu'on croisait dans ce secteur appartenaient à des gens de passage ou égarés.

Il y avait du sang par terre près de la réception. Tout frais. Un agent en uniforme tira la porte de verre pour laisser entrer Resnick.

– Quelqu'un a saigné du nez ? demanda-t-il en désignant le sol d'un signe de tête.

– Pas exactement du nez, monsieur.

Une autre porte à pousser et il fut envahi d'un flot de sonorités familières, crépitements de machines à écrire, sonneries de téléphone, ponctués par les cris d'un type qui semblait n'avoir que quatre mots à son vocabulaire et les utilisait *ad nauseam,* dans le désordre.

Resnick salua un agent féminin qui soutenait une femme par le bras. La femme en question était là depuis quelques semaines, mendiant au porte-à-porte. De temps à autre, elle partait pour une autre ville des environs, s'éloignant rarement de plus d'une trentaine de kilomètres, puis revenait. Elle avait l'œil gauche amoché, violacé tirant sur le noir et l'arcade droite liserée de croûtes. L'agent marchait à son rythme, lui tapotant gentiment le dos de la main.

Resnick longea le couloir qui menait au bloc cellulaire et entra dans le bureau du sergent qui portait une entrée au registre.

De prime abord, il était difficile de déterminer qui, du jeune agent de police ou de son prisonnier, était le blessé. Un couteau dont la lame était cassée à environ deux centimètres de la pointe était posé sur le bureau du sergent.

– Que puis-je faire pour vous, monsieur ? demanda le sergent tout en continuant de noter.

Resnick secoua la tête.

À y regarder de plus près, il pouvait voir que celui qui avait saigné le plus était le prisonnier. Une large estafilade lui ornait un côté du visage et on distinguait une autre blessure en haut du thorax sous la chemise souillée qui lui collait à la peau comme un bandage.

– Il brandissait un couteau et proférait des menaces, monsieur, dit le jeune agent.

Il n'avait pas besoin de se justifier auprès de Resnick, seulement besoin de parler. Son visage était d'une inquiétante pâleur :

– Je lui ai dit de se calmer, de poser son arme, mais il n'a pas voulu. Il a continué à crier et à proférer des injures. Il a même proposé de m'ouvrir le ventre.

Le type continuait de jurer, mais déjà moins fort. Les intervalles entre ses quatre mots fétiches étaient plus longs, mais une autre voix, hors de la pièce reprenait le flambeau.

– Il semble qu'il y ait eu un contentieux au sujet de la provision de bibine, dit le sergent.

– Ça n'a pas dû arriver bien longtemps après neuf heures, supputa Resnick.

– Des lève-tôt, cette équipe-là.

– Pendant que le reste du monde met du sucre dans son café.

– Notre ami ici présent a offert un ticket pour l'hôpital à son copain. Quelqu'un est en train de recoudre ce qui lui reste du nez dans la pièce à côté. Ce jeune homme a bien fait d'intervenir.

– J'ai réussi à le désarmer, monsieur, mais il... il s'est blessé au cours de la manœuvre.

Resnick regarda l'homme, qui avait fermé les yeux, mais dont la bouche continuait de s'ouvrir par intervalles.

– Peut-être qu'il aurait besoin d'aller faire un tour aux urgences, lui aussi, non ?

– On s'en occupe dès que le médecin l'aura examiné, Charlie, dit une voix dans son dos.

Resnick se retourna et vit l'inspecteur-chef Len Lawrence, un homme qui avait dû lire un livre sur la rudesse truculente des Midlands et tout prendre au pied de la lettre.

– Vous vouliez quelque chose de particulier, Charlie ?

– Non, dit-il. Pure curiosité. J'ai seulement suivi les taches.

– Je m'étais dit que, peut-être, vous aviez voulu faire un tour dans l'envers du décor.

– Vous voulez dire la froide réalité du bitume, les vrais flics de la rue, tout ça ?

– Quelque chose dans ce goût-là, oui.

– Vous savez, on a notre part du gâteau chez nous aussi, faut pas croire.

– Tiens. Je pensais qu'au CID [1], vous faisiez plutôt dans le crime en col blanc et la haute technologie. Empreinte vocale, portraits-robots à l'ordinateur et tout le toutim.

Resnick précéda l'inspecteur-chef dans le couloir. Il y eut un hurlement soudain, en provenance d'une des cellules. Le hurlement de quelqu'un qui s'éveille brutalement d'un cauchemar et se demande où il est.

– Comment s'est débrouillé mon sergent, ce matin ?

– Il bichait littéralement. Ses chaussures reluisaient tellement qu'il aurait pu s'en servir de miroir pour tailler sa moustache.

En gravissant l'escalier, Resnick se dit qu'il l'avait

---

1. *Criminal Investigation Department,* équivalent à la PJ. (*N.d.T.*)

probablement fait. Au début de sa carrière, quelqu'un d'influent avait dit à Millington qu'une bonne présentation ouvrait la voie des sommets. Dans le tiroir de son bureau, il conservait, outre le Code de procédure policière, édition 1984, une petite trousse contenant un nécessaire de cirage, un nécessaire de couture et une paire de ciseaux à ongles dans un étui en croco. Ceux-là mêmes qu'il devait utiliser lorsque Resnick retrouvait des poils éparpillés sur la porcelaine du lavabo des messieurs.

C'était également Millington et pas Resnick qui montrait un goût prononcé pour l'informatique et s'inscrivait pour des stages au service scientifique du ministère de l'Intérieur, dans le comté d'Hertfordshire.

La porte des bureaux du CID était entrouverte et, de l'autre côté du panneau de verre, Resnick avait une vue imprenable sur Mark Divine en train de taper un rapport avec un seul doigt, comme si la machine à écrire venait d'être inventée l'avant-veille.

La technologie de pointe avait de beaux jours devant elle.

Au fond de la salle commune, Lynn Kellogg et Kevin Naylor étaient en pleine discussion et aucun des deux ne s'aperçut de sa présence.

Immédiatement à droite de la porte d'entrée se trouvait son bureau, séparé des autres par un box aux parois en agglo et en verre. Millington s'y trouvait. Prévisible.

– Mon fauteuil est à vos mesures, Graham ?

Millington rougit, se cogna le genou contre le tiroir en essayant de se lever tout en jonglant avec le téléphone et parvint à agripper le combiné à la troisième tentative.

– C'est pour vous, monsieur, dit-il en lui tendant l'appareil.

– Quelle surprise.

– Oui, monsieur... enfin, je veux dire...

Resnick prit le récepteur sans le porter à son oreille. Millington marqua un temps d'arrêt avant de franchir la porte.

– Vous réserverez cinq minutes pour me mettre au courant, Graham.

– Oui, monsieur.

– Tout à l'heure.

Millington respira un grand coup et ferma la porte derrière lui.

– Resnick, dit ce dernier dans l'appareil, déplaçant la paperasse pour s'asseoir sur le coin du bureau.

– Bonjour, Charlie, dit Tom Parker.

– Bonjour, monsieur.

Le détective inspecteur-chef Parker appelait Resnick du QG chaque matin, pour une communication de routine sur les récents événements survenus dans son secteur et un échange d'informations.

– On m'avait dit que vous preniez votre matinée ?

– Une heure, rectifia Resnick. Une affaire personnelle à régler.

– La maison ?

– Oui, monsieur.

– Je vous souhaite bon courage. Dans ces histoires-là, soit on ne trouve pas d'acheteur, soit on se fait arnaquer à l'usure.

Sympathique encouragement, pensa Resnick. Il ne répondit rien.

– Vous vous rappelez cette petite vague de cambriolages, au printemps dernier, Charlie ?

– Début mars, monsieur, oui.

Le 2 mars, pour être exact. La veille, Resnick était allé entendre Red Rodney, un trompettiste de jazz qui avait travaillé avec Charlie Parker et qui, malgré sa soixantaine et une opération chirurgicale à la bouche trois mois auparavant, s'était lancé dans de longues phrases et des progressions harmoniques funambules qui explosaient dans un feu d'artifice de notes. Pour le morceau final, il avait attaqué les superpositions d'accords ultra-rapides du *Shaw 'Nuff* de Charlie Parker en compagnie d'un saxo-alto britannique avec qui il n'avait même pas répété. Du millimètre seconde.

Le lendemain matin, Resnick était arrivé au bureau la tête encore emplie des sons de la veille, accueilli par le thé de Patel et la nouvelle du cinquième cambriolage, qui avait été le dernier de la série. De grosses villas, à chaque fois, en dépit des alarmes électroniques et de la surveillance de proximité. Argent, bijoux, cartes de crédit, traveller's chèques. Grosse addition pour l'assurance.

– Du côté d'Edwalton, Charlie. L'information est toute fraîche de ce matin. Même mode opératoire. Je me suis dit que ça ne serait pas inutile que vous fassiez un tour là-bas, histoire de vérifier si vous aviez vu juste.

Resnick promit de s'y rendre à l'issue de son briefing avec Millington.

Allez, on se dépêche, songeait Millington en observant son supérieur du coin de l'œil, de l'autre côté de l'aquarium. On n'a pas toute la journée. Lui-même et le jeune Divine devaient avoir une conversation avec un chinois au sujet d'un container de vingt litres d'huile de cuisson renversé et d'une allumette grattée dans un moment d'étourderie.

Quand Resnick ouvrit enfin la porte de son bureau, Millington ôta sa jambe de sur la table et se leva.

3

Jerzy Grabianski avait beau être venu au monde à l'abri des falaises blanches de Douvres, il ne se sentait pas vraiment anglais pour autant. Sa famille – du moins ceux d'entre eux qui avaient su attraper un manteau, un chapelet de saucisses fumées et partir sans se retourner – avait quitté la Pologne en 1939. À pied, en courant, à bicyclette (sa grand-mère et sa sœur aînée à cheval sur le cadre tandis que les jambes du père pédalaient de toutes leurs forces), s'accrochant à des wagons à bestiaux pleins à craquer, dissimulés sous les bâches des gabares acheminant le charbon, de nouveau à pied, jusqu'à ce que les semelles de leurs bottes disparaissent sous leurs chaussettes, leurs chaussettes sous leurs pieds, jusqu'à ce que leurs pieds soient en sang, malgré la corne.

Ils avaient des raisons pour cela.

Le 1er septembre de cette année-là, Hitler avait envahi le pays sur trois fronts. Le 17, l'armée Rouge en ouvrit un quatrième. Le 28, Varsovie était tombée et le lendemain, l'Allemagne et l'Union soviétique s'asseyaient autour d'une table pour se partager le pays.

Les Grabianski étaient originaires de Lodz, où ils travaillaient pour la plupart aux usines textiles. Ils avaient fui vers l'ouest, traversant la Tchécoslovaquie, l'Autriche et la Suisse et passé la frontière française à La Chaux de Fonds par un pont qui franchissait le Doubs. Presque tous. Car lorsqu'ils s'éveillèrent, ce dernier matin, Krystyna, la sœur de Jerzy n'était plus accrochée au manteau de sa grand-mère.

Ils passèrent des heures à tourner en rond, revenant sur leurs pas, avant de la trouver, flottant doucement sur le ventre aux abords de la rive ouest du lac de Neuchâtel, le bras accroché à un aviron qui dérivait au fil de l'eau. Ils la ramenèrent à terre, tentèrent de la ranimer, mais appuyer sur sa petite poitrine immobile ne servit à rien, seulement à rendre le corps plus froid et plus raide. Le morceau d'aviron fut utilisé pour creuser la terre et l'ensevelir. Elle avait onze ans.

Le père garda sur lui le petit collier aux perles de bois de sa fille. Il le perdit par une nuit noire, lorsqu'il fut parachuté au-dessus de la Manche, en 1944.

Le reste de la famille s'éparpilla, certains dans ce qui allait devenir la France de Vichy, les autres rejoignant l'Angleterre où se tenait le gouvernement en exil du général Sikorski. Grabianski père rallia les forces aériennes françaises et mit à leur service ses talents de navigateur puis, après la défaite, participa à des opérations de bombardement sur l'Allemagne avec la RAF jusqu'à la fin de la guerre. Ce n'était pas un homme qu'on arrêtait facilement lorsqu'il s'était fixé un but. Plonger dans les eaux glacées de la Manche ne fit que renforcer sa détermination.

Il avait juré de faire sortir sa famille de Pologne et avait presque complètement tenu sa parole. Il s'était juré de contribuer à la défaite nazie et y avait pris toute sa part. Il avait en outre nourri le rêve d'un deuxième enfant pour surmonter la douleur d'avoir perdu Krystyna, mais les cinq années écoulées avaient fait vieillir prématurément sa femme. Lorsqu'elle mourut à son tour, elle n'était âgée que de trente-sept ans mais en paraissait vingt de plus. On la retrouva couchée sur le ventre, dans la chambre du fond, au premier étage d'une maison en terrasse située entre Clapham et Balham, morte d'un simple arrêt respiratoire. Son bras était accroché à la table de nuit, comme jadis celui de la petite fille au morceau d'aviron et son corps était presque aussi glacé.

L'enterrement eut lieu sous une pluie battante, par un vent glacial, dans un cimetière proche de l'hôpital Saint-George. Au retour, le père de Jerzy eut quelques difficultés à retrouver son chemin et bouscula sans le faire exprès une infirmière qui rentrait chez elle après son travail. Face à un homme visiblement en état de choc, la jeune femme insista pour qu'il monte un moment chez elle reprendre ses esprits. Il accepta de la suivre, peut-être à cause de l'uniforme et, assis dans la petite chambre meublée baignée d'une odeur de camphre, but tasse de thé sur tasse de thé. Un thé bien chaud, doux et réconfortant.

L'infirmière devint la mère de Jerzy.

Jerzy.

Cela faisait des années que personne ne l'avait appelé autrement que Jerry.

Bien des années.

Il fit quelques pas jusqu'à la fenêtre et promena son regard sur le parking de l'hôtel en contrebas puis, au-delà du collège et des autres petits hôtels, de la pelouse pour jeu de boules et des courts de tennis, vers le terrain vague qui bordait le cimetière sur la colline et les silhouettes des premières pierres de marbre. Plus tard, un peu avant la tombée de la nuit, il irait sur la tombe de son père. Il resterait assez longtemps pour lire l'inscription, mais sans s'attarder trop. Il se dit que peut-être, il apporterait des fleurs.

Il savait qu'après la fermeture, des gamins escaladaient le mur pour venir les voler et les revendre ensuite, de maison en maison, enveloppées dans des feuilles de journal.

Il y avait une bouteille de Bass et une boîte de Pepsi allégé au réfrigérateur, des sachets de thé et un petit flacon de café soluble près de la bouilloire électrique, ainsi que quelques berlingots de lait UHT. Sur le mur, derrière le meuble TV, les *Tournesols* de Van Gogh se refusaient à fleurir. Il prit sa montre sur la coiffeuse et la passa à son poignet : Grice avait déjà vingt minutes de retard.

*
* *

Resnick avait deux souvenirs précis de Jeff Harrison. Le premier était un match de championnat à County, Notts contre Manchester City, où il ne manquait que trois points à City pour passer en division. La fréquentation habituelle, entre trois et cinq mille spectateurs se gonflait ce jour-là d'un nombre équivalent de supporters de Manchester, acheminés par trains spéciaux, convois d'autocars et autres. Notts jouait seulement pour sauver l'honneur et, côté Manchester, la victoire était déjà au frais avant même que le match n'ait commencé. Banderoles, drapeaux et, plus inquiétant, visages peints en bleu ciel et gris, avaient envahi les gradins et encourageaient un triomphe annoncé.

La présence policière était plus importante qu'à l'ordinaire, mais comme toujours insuffisante.

Resnick, lui, était venu en spectateur à sa place habituelle, mi-hauteur des tribunes, pleines à craquer de visages inconnus. Toute cette bonne humeur et cette spontanéité n'auguraient rien de bon et ne demandaient qu'à basculer dans la castagne. Les débordements commencèrent à la mi-temps et Jeff Harrison, en uniforme, fonça sur une douzaine de jeunes qui escaladaient la barrière grillagée et déboulaient sur le terrain. Il se fit accueillir par un coup de bouteille en pleine tête. Resnick tenta de se frayer un chemin jusqu'à lui mais la manœuvre, outre malaisée, s'avéra inutile : entre-temps, Harrison avait bloqué deux de ses adversaires contre le grillage, et en maîtrisait un troisième d'une clé au bras tandis que les autres se dispersaient. Son seul opposant demeurait un jeune type au crâne rasé et peint de la même couleur que son visage, armé d'un couteau Stanley. Visiblement éméché depuis le matin, il avait sorti le couteau sans réfléchir. Seul face à l'officier en uniforme, avec derrière lui une foule en délire, le danger était qu'il panique.

Jeff Harrison, un œil fermé, le nez en sang se contenta de le toiser pendant une trentaine de secondes, au bout desquelles le môme rentra la lame et jeta le couteau sur le gazon. Quand arrivèrent les renforts, ils ne trouvèrent que quatre jeunes supporters entre la ligne de touche et le grillage.

Le second souvenir était plus récent et, dans l'intervalle, Harrison avait rejoint les rangs du CID. Lui et Resnick s'étaient retrouvés ensemble à l'occasion d'une descente dans un entrepôt du canal que l'on supposait abriter du matériel volé. Ils avaient mis la main sur un malfaiteur notoire, un dur, un fondu de première que tous les flics de la région avaient depuis des mois dans le collimateur. Mais malgré les efforts de tout le monde, le type en question s'en sortait toujours blanc comme neige et personne n'avait la moindre preuve contre lui.

– Oublie le règlement deux minutes, Charlie, avait dit Harrison, à 1 h du matin, dans un club des environs de Bridlesmith Gate. C'est pour une bonne cause. Cette confession que je l'ai entendu faire, tu n'as qu'à l'avoir entendue aussi.

– Désolé, Jeff, avait répondu Resnick. Je n'ai rien entendu du tout.

Deux souvenirs clairs, comme si c'était arrivé la veille.

– Content de te voir, Charlie.

– Jeff.

Ils échangèrent une poignée de main, puis Harrison offrit un siège à Resnick et lui proposa une tasse de thé et une cigarette. Resnick s'assit et déclina le reste.

– Oui, c'est vrai, tu ne fumes pas, j'avais oublié, dit Harrison en vidant son cendrier dans la corbeille de métal avant d'en allumer une.

Il était toujours au CID. Inspecteur comme Resnick.

– Tom Parker dit que ce cambriolage t'intéresse.

– Possible, fit Resnick avec un haussement d'épaules.

– Je t'ai fait faire une photocopie du rapport. Un jeune de chez nous s'est rendu sur place, Featherstone. Il n'est pas de service pour le moment, sinon, tu aurais pu t'entretenir directement avec lui.

Resnick rangea l'enveloppe kraft dans sa poche :

– Tu n'es pas allé jeter un œil ?

– Je n'en ai pas vu l'utilité. Apparemment, c'est le truc classique.

– Ça ne t'ennuie pas que j'aille y voir d'un peu plus près ?

– Pas du tout, fais comme chez toi.

Resnick se leva :

– Merci, Jeff.

– N'hésite pas, si tu as besoin de quelque chose. Faudrait qu'on prenne un verre, un de ces quatre. Depuis le temps.

– Oui, dit Resnick en se dirigeant vers la porte.

– Si tu trouves quelque chose, tiens-moi au courant.

– Compte sur moi.

Après le départ de Resnick, Jeff Harrison se rassit et termina sa cigarette, puis en alluma une autre. Il se demandait ce qui rendait Charlie Resnick si spécial. Avec sa chemise pas repassée et sa cravate nouée à l'envers.

*
* *

Grabianski essayait d'imaginer comment Grice passait ses après-midi. Il se le représentait vautré dans des salles de cinéma aux trois quarts vides, en train de bouffer du pop-corn et de faire la sourde oreille aux soupirs et autres injonctions chuchotées l'invitant à faire moins de bruit. Le dernier film qu'avait vu Grabianski était *Catch 22.* La première séquence et la promesse de tripes et de boyaux retapissant le fuselage d'avions de guerre lui avaient suffi. Cela avait, de plus, ranimé en lui le souvenir des histoires que lui avait raconté son père et il s'était rendu aux toilettes pour vomir, jetant son demi-ticket dans les W.-C. avant de tirer la chasse.

– Jerry !

Grice se tenait à l'entrée de l'hôtel, devant la pancarte promettant une télévision couleur et une douche dans toutes les chambres, les mains dans les poches de son blouson en peau de mouton, ses cheveux rares soigneusement séparés par une raie.

– Viens, amène-toi.

Grabianski prit place à l'avant de la Vauxhall rouge presque neuve garée à l'angle.

– Tu as changé de voiture, remarqua-t-il tandis que Grice s'engageait dans le flot ralenti de circulation.

– Tu as le sens de l'observation, aujourd'hui, répondit sèchement Grice en donnant un coup de klaxon. Il mit son clignotant, fit faire un écart à une voiture et coupa le chemin à une autre pour faire son demi-tour.

– T'as un problème ? demanda Grabianski.

Grice lâcha l'accélérateur et se mit à rire :

– J'ai l'air d'avoir un problème ?

– À toi de me le dire.

– J'avais un problème à 11 h 30 ce matin.

– Et ça s'est arrangé depuis ?

– Au-delà de mes espérances.

– Je suis content pour toi.

Grice évalua l'espace qui séparait un camion de lait de la borne. Il réussit à passer au quart de poil.

– On est vraiment obligés de fêter l'événement en faisant du stock-car ? demanda Grabianski, les deux mains plaquées contre le tableau de bord.

– Qu'est-ce qu'il fout à livrer du lait à cette heure de la journée, celui-là ? il est à la bourre d'un fuseau, fit Grice, jetant un regard en coin à Grabianski qui reprenait son souffle. Tu sais que c'est le meilleur moyen de te péter les deux bras, de te tenir comme ça ? T'as beau avoir ta ceinture, si on rentre dans quelqu'un, tu gagnes deux plâtres.

Grice ponctua l'avertissement en lâchant le volant pour frapper dans ses mains.

– On va loin ? demanda encore Grabianski.

Il avait fini par trouver une position à peu près confortable sur le siège, mais sa tête touchait presque l'intérieur du toit.

– T'en fais pas, on est presque arrivés.

Grabianski acquiesça et mit le nez à la fenêtre, le temps de prendre connaissance des 40 % de discount qu'offrait Supersave Furnishings sur tous les lits, canapés et salons en cuir, avec livraison gratuite.

*
* *

Ils trouvèrent une place entre une Porsche et une Ferrari rouge avec plaques personnalisées. La maison faisait quatre étages et offrait une ample et sinistre façade de style gothique victorien. Au-dessus de l'arche imposante qui encadrait la porte d'entrée, le verre teinté des larges fenêtres renvoyaient les premières lueurs du crépuscule.

– Tu ne m'avais pas dit qu'on allait bosser, fit Grabianski en observant l'architecture du toit et les tourelles à chacune de ses extrémités.

– On ne va pas bosser.

Grice ôta son gant et sortit un trousseau de clés de sa poche pour ouvrir la porte principale.

La décoration du hall d'entrée se partageait entre un carrelage bigarré bordé de marbre et un large escalier recouvert d'un épais tapis. À chaque étage, de tristes plantes agonisaient dans des pots et Grabianski remarqua devant une porte d'appartement deux bouteilles de lait dont le liquide prenait une teinte verdâtre. Grice glissa une deuxième clé dans la serrure de l'appartement 7, au dernier étage.

– Faudra faire changer la serrure, dit Grice en ouvrant la porte sous laquelle étaient glissés des journaux gratuits et des prospectus publicitaires du *Reader's Digest*. N'importe qui peut entrer ici comme dans un moulin.

Ils traversèrent un petit couloir jusqu'à une pièce toute en longueur, comportant deux larges fenêtres et une partie mansardée.

– Quartiers des domestiques, expliqua Grice. Pour ce qui est de l'exposition à la lumière du jour, c'est pas vraiment terrible.

Grabianski taquina du bout de sa chaussure une bosse sombre dans le tapis :

– Qu'est-ce qu'on est censés foutre ici ?
– Emménager.

*
* *

Au bout de trois appels sans réponse, Resnick avait décidé de se rendre directement sur place et, après avoir sonné puis frappé à la porte sans plus de succès, était retourné à sa voiture, garée sur le trottoir d'en face. En vingt minutes d'attente, le journal local déplié sur le volant, il n'avait vu passer qu'une femme avec une roulette à provisions, à l'aller et au retour. Finalement, un homme d'une soixantaine d'années en survêtement bleu qui promenait un minuscule Yorkshire terrier se pencha pour toquer au carreau.

Resnick replia son journal et baissa sa vitre en souriant.

– Excusez-moi de vous déranger, mais...

– Mrs. Roy, dit seulement Resnick, désignant d'un signe de tête la grande villa de l'autre côté de la rue.

– Oui, je crois qu'elle est...

– Sortie.

– Oui.

L'homme demeura quelques instants immobile, regardant à l'intérieur de la voiture tandis que son chien devait lever la patte sur la roue avant de la voiture.

– Elle a dû partir à peu près à l'heure du déjeuner, dit-il. Quand j'ai emmené Alice en promenade, la voiture était encore dans l'allée – la Mini, sa voiture à elle – mais lorsque nous sommes revenus, j'ai remarqué qu'elle n'était plus là. (Il tira légèrement sur la laisse.) Je n'ai aucune idée de quand elle va revenir.

Resnick sortit l'étui contenant sa carte officielle et la montra à l'homme.

– Ah, oui, bien sûr. C'est à cause du cambriolage de l'autre soir. (Il secoua la tête.) Eh oui, on a beau faire preuve de vigilance, ça continue. Enfin, je veux dire, je sais que vous faites de votre mieux, mais vous ne pouvez pas être partout, hein ? D'autant qu'il y a plus de voyous que de policiers. C'est plus comme dans le temps, ça et d'autres trucs. (Il se pencha un peu plus vers lui, sur le ton confidentiel.) Tenez, vous savez combien de temps il leur a fallu, depuis les derniers congés, pour daigner venir vider nos poubelles ? Trois semaines ! et encore, il a fallu que je téléphone tous les matins à huit heures quatre jours d'affilée. Et quand ils ont fini par se déplacer, ils ont été d'un désagréable. Sans parler des saloperies qu'ils nous ont laissées dans l'allée...

Resnick mit à profit une pause de son interlocuteur pour remonter sa vitre et mettre le contact. S'il attendait que le bon voisin arrive à sa conclusion sur l'état de détérioration avancée des valeurs ancestrales, Resnick devrait fatalement lui demander de quel côté il avait voté aux deux dernières élections et on n'était pas rendu.

Il rappellerait Jeff Harrison sur le chemin du retour pour avoir une conversation avec le jeune agent qui avait vu Maria Roy et, en attendant, il avait du pain sur la planche dans son propre district.

En repartant par où il était venu, il continua de se demander pourquoi le système d'alarme de la maison des Roy n'avait pas fonctionné.

*
* *

– J'en ai eu pour jusqu'à midi avant de tirer cent tickets de plus à cet abruti et Dieu m'est témoin que pour ça, il a fallu que je fasse mine de partir deux fois. Bref, un peu après midi et demi, je m'étais bu deux demis et un scotch et sans vraiment savoir comment, je me retrouve dans cette agence immobilière à faire semblant de m'intéresser à des propriétés entre quarante et soixante mille, alors qu'en fait, ce à quoi je m'intéresse vraiment, c'est cette femme aux bottes rouges, assise au bureau.

Grice se balançait en arrière sur sa chaise en bois, les talons calés contre le barreau transversal, une canette de Swan légère à la main et, le reste du pack de six derrière lui, sur la table. « Prends quelque chose de non alcoolisé », avait-il dit à Grabianski, « s'il y a un truc dont j'ai horreur, c'est de piquer du nez en plein milieu de la journée. » Il devait être entre quatre et cinq heures et Grabianski, qui ne buvait rien, était assis dans le seul fauteuil que comportait le mobilier de la pièce et faisait de gros efforts pour prêter attention aux propos de Grice.

– Elle vient vers moi, me demande en quoi elle peut m'être utile. Je lui montre deux ou trois choses, plaisante sur les prix, tout ça et je commence à lui raconter que je vais devoir rester quelques mois en ville seulement et que, donc, acheter une maison est hors de question. « Raisons professionnelles ? » elle demande. Je fais oui de la tête. « Contrat à durée déterminée ? » Je dis oui, je marmonne quelque chose et là, je ne sais pas ce qu'elle croit avoir entendu ou avoir deviné, toujours est-il qu'elle me dit du tac au tac : « Oh ! bien sûr, vous travaillez pour le studio de télévision. » Et moi je réponds : « C'est ça. » Et je vois une lueur passer dans ses yeux. Elle me demande si je peux patienter une minute – tu parles que je peux – et elle passe dans la pièce à côté et revient avec une série de papiers sur une tablette. C'est alors qu'elle me propose un contrat de location temporaire.

Grice s'interrompit pour avaler une gorgée de Swan et faire un petit rot.

– Je m'assois en face d'elle au bureau et elle m'explique que cet appartement est sur le marché depuis plus d'un an mais qu'ils n'arrivent pas à le vendre. La moitié des gens qui visitent le trouvent trop sombre et ceux qui s'en foutent repèrent les infiltrations du toit dans le plafond de la cuisine et de la salle de bains, contre lesquelles on ne peut rien faire, à part refaire complètement le toit. Et ça, c'est pas demain la veille, vu que l'histoire coûterait au bas mot cinq cents billets par tête de pipe à la copropriété. Conclusion, elle me propose une location de trois mois, histoire de rapporter un petit quelque chose au propriétaire. Comme elle a été franche et que je n'ai pas vu de coup fourré, j'ai dit d'accord. Et en dix minutes chrono, je te lui ai fait baisser le loyer de cinquante tickets par mois.

Grice pointa sa canette en direction de Grabianski :

– J'étais sûr que ça te ferait plaisir. Comme tu avais envie de quitter cet hôtel minable.

Il se leva.

– Pour cette nuit, il y a un lit de camp que tu pourras mettre ici. Moi je prendrai la chambre. Et puis demain, on ira en ville t'acheter un vrai lit.

D'ici là, Grabianski espérait qu'ils auraient pris une décision sur ce qu'ils allaient faire du kilo de cocaïne trouvé dans le coffre-fort de la chambre de Maria Roy.

4

Il ne pouvait pas voir la pendule d'où il était assis, mais il se dit qu'il devait être entre deux heures et demie et trois heures. En sourdine, le son du saxophone de Johnny Hodges s'envolait de la chaîne, tenant la note, lui insufflant progressivement son rythme, reconnaissable entre mille. *You'd Be So Nice to Come Home To.* Resnick changea de position dans le fauteuil et dérangea Bud, confortablement installé sur sa poitrine. *Pourquoi voulez-vous partir de cette maison ?*

– Allez, bonhomme. On bouge, dit Resnick.

Des deux mains, il souleva le petit chat et le posa délicatement sur le sol. Entre ses doigts, les os de l'animal semblaient aussi fins que des fagots d'allumettes. *Pourquoi ?*

Il marchait pieds nus sur le tapis que Mr. Albertson avait contemplé avec le même regard embarrassé que les rideaux. Bien sûr, on pourrait en mettre d'autres à la place, mais au bout du compte... À présent, Albertson avait pris le voile ou la tangente et les affaires de Resnick avaient changé de mains. *Il faut vous armer de patience... mais j'imagine que vous l'êtes.* Il dosa le café dans le filtre du percolateur, tassant bien au fond. Au départ, quand il avait commencé à ne plus pouvoir dormir, il avait réduit sa consommation de caféine : moins pendant la journée, plus du tout le soir. Résultat, son équipe en avait fait les frais. On ne pouvait plus rien lui dire sans qu'il devienne odieux. Tant et si bien qu'un soir, Lynn Kellogg l'avait pris à part pour lui demander clairement, l'œil anxieux, la voix matinée d'une pointe d'accent du Norfolk : « Qu'est-ce qui ne va pas, monsieur ? »

Du coup, il était vite revenu à sa dizaine de tasses par jour, s'efforçant juste de tempérer les effets à l'heure du coucher avec l'ordonnance classique : lait chaud, Horlicks ou whisky. Il s'estimait heureux lorsqu'il parvenait à aligner trois ou quatre heures de sommeil sans interruption. Bud ronronna gentiment tandis que Resnick ouvrait le réfrigérateur pour prendre la boîte de pâtée. Si quelqu'un avait gagné quelque chose dans cette histoire, c'était bien lui : un moment de tranquillité pour manger à son rythme, sans crainte de se faire racketter, et prendre enfin un peu de poids.

Un peu de poids... il pinça les bourrelets de sa taille à travers sa chemise et songea à Claire Millinder, au regard qu'elle avait posé sur lui lorsqu'elle se trouvait sur le pas de la porte. Dans l'autre pièce, le disque s'était arrêté. Le silence n'était troublé que par le frottement du collier de Bud contre le bord de l'écuelle et le ronronnement intermittent et sourd du percolateur.

Ce n'était pas de cette façon que l'avait regardé Rachel. Ni lors de leur première rencontre, ni quand ils s'étaient dit adieu. *Charlie, je t'appellerai, c'est promis. J'ai seulement besoin d'un peu de temps pour me retrouver, d'accord ?* Un instant, il avait senti la chaleur de ses lèvres sur sa joue glacée par le froid et ils avaient su l'un et l'autre que malgré sa totale sincérité au moment où elle avait dit cela, qu'elle ne reviendrait pas vers lui et qu'elle n'écrirait pas non plus. Il la revit clairement, pas cette fois-là, mais lors de leur avant-dernière rencontre, immobile devant la maison, avec Bud blotti dans ses bras. Il revit ses yeux, opaques de terreur.

Cette minuscule petite chambre, au fond, comme l'avait appelée Mrs. Lurie, Resnick et Rachel savaient qu'elle était à même de contenir le cadavre d'un homme.

Et, de même que les couches de peintures successives n'étaient jamais totalement parvenues à faire disparaître les silhouettes des petits animaux qui dansaient sur le papier peint d'origine, la vue et l'odeur du sang répandu dans cette petite pièce resteraient à jamais dans leur mémoire.

Pourquoi voulez-vous partir de cette maison ?

Resnick versa le café dans une tasse et retourna au salon, accompagné de Bud.

***

Après le cambriolage, Maria Roy était restée un moment debout, près du téléphone rétabli, à attendre qu'il sonne. Elle avait entre-temps revêtu une robe noire et des collants fumés et chaussé une paire d'escarpins à talons plats. Elle s'était à peine maquillée et n'avait pas pris le temps de se vernir les ongles. Et bien qu'elle attendît que le téléphone sonne, elle sursauta lorsque la chose se produisit.

– Harold ?

– Où je suis ? devine. Chez Jerry et Stella, en train de boire ma seconde vodka-martini. Stella dit que son rôti de veau va être fichu et que tu n'as pas appelé pour que quelqu'un passe te prendre. Qu'est-ce que tu fous ?

– Il faut que tu rentres à la maison tout de suite, Harold.

– Quoi ?

– Viens tout de suite.

– T'es dingue ? Stella a fait du rôti de veau. Sa recette personnelle, avec les câpres et les olives vertes.

– Je te dis de rentrer immédiatement. Je peux te promettre que tu n'auras plus d'appétit, une fois à la maison.

– Tu plaisantes ! tout ce que j'ai pu avaler aujourd'hui à la cantine du studio, c'est une salade et un ridicule morceau de maquereau fumé.

– Je voulais seulement avoir une conversation avec toi avant de téléphoner à la police.

– La police ? qu'est-ce que... Quelqu'un est encore venu faucher tes sous-vêtements sur le fil à linge ? Pourquoi veux-tu appeler la police ?...

Maria Roy eut un soupir excédé :

– Parce qu'avant de faire une déclaration à l'assurance, je suis obligée de signaler le cambriolage à la police.

– Quel cambriolage ? demanda sottement Harold.

Au bout de six secondes, il crut comprendre ce qui était arrivé.

*
* *

En attendant le retour de son mari, Maria avait soigneusement nettoyé et remis en place les verres de ses deux visiteurs et veillé à effacer les empreintes qu'avait pu laisser le plus grand sur le bar roulant et la bouteille de scotch. Les choses allaient être assez difficiles comme ça sans qu'elle ait à expliquer dans quelles circonstances ils avaient tous les trois bu un verre au salon.

Hallucinant !

Après leur départ, elle s'était assise pour rassembler ses esprits et ingérer les événements, sans tout d'abord parvenir à croire que tout cela était réellement arrivé. Trois fois, elle était retournée voir dans la chambre, pour constater trois fois que l'argent et les bijoux n'y étaient plus. Envolés. Le grand type aux larges épaules s'était donc vraiment assis là-bas, à la contempler comme si elle sortait tout droit d'une publicité pour quelque parfum français, la désirant sans oser aller plus loin qu'un regard. Elle supposa que c'était la raison pour laquelle, passé le premier moment de surprise, elle n'avait jamais eu vraiment peur. Inconsciemment persuadée qu'en cas de problème, elle aurait l'avantage sur lui.

Elle entendit la voiture d'Harold tourner brutalement dans l'allée et gagna le salon afin d'être là lorsqu'il entrerait. Les bras le long du corps dans l'éclairage tamisé de la pièce, parfaitement maîtresse d'elle-même.

Mon Dieu ! pensa Harold en s'immobilisant sur place. Elle est dans un état !

– Maria ?

Calmement, elle se tourna vers lui sans rien dire.

– Maria ?

Si pâle.

Et ses yeux. Ses grands yeux sombres. Sans vie.

– La coke, ils l'ont trouvée ?

Elle mordit sa lèvre inférieure et hocha la tête.

– Et merde !

En passant devant elle, il se cogna la jambe contre le coin du bar roulant et lança les mains en avant, autant pour stabiliser les bouteilles que pour ne pas perdre l'équilibre.

– Je suppose qu'ils ont aussi volé la vodka ?

– Nous n'avons plus de vodka.

Harold saisit la bouteille de gin et partit s'enfermer dans la salle de bains, refusant d'ouvrir la porte pendant près d'une heure. Entre-temps, il avait descendu un tiers de la bouteille. Maria le trouva assis par terre, le dos contre la baignoire, un pied sur le bidet, de la poussière de talc sur les coutures de ses tennis beiges.

Elle retroussa légèrement sa robe pour s'asseoir près de lui, sur le rebord de la baignoire et passa un bras autour de ses épaules. Elle crut un instant être sincèrement désolée pour lui. Un instant seulement.

– Je suppose que ce n'était pas une si bonne idée, finit-elle par dire, après avoir soigneusement choisi ses mots.

Harold avala une gorgée de gin, puis lui proposa la bouteille.

– Pourtant, ça avait l'air tout simple. Juste garder la marchandise à l'abri. Pour rendre service.

– Il a profité de la situation.

– Il ne s'attendait tout de même pas à ce qu'on fasse ça pour rien.

– Quinze jours d'approvisionnement gratuit.

– C'est pas rien.

Harold leva les yeux pour voir si elle plaisantait. Il aurait dû la connaître mieux que ça.

– Qu'est-ce que tu vas lui dire ? demanda-t-elle.

– Je ne sais pas.

– Tu penses qu'il croira la vérité ?

– Toi, à sa place ?

Elle se pencha pour essayer d'attraper la bouteille.

– Tu crois qu'on doit prévenir la police ?

– Pour leur signaler le vol d'un kilo de cocaïne ?

– Il y en avait autant que ça ?

– D'après ce que m'avait dit le type.

Maria retroussa une nouvelle fois sa robe, afin d'écarter les genoux. Harold lui repassa la bouteille.

– Je vais les appeler. C'est toujours le 999 ?

Harold ne savait pas. Tout comme il ignorait combien de temps il pourrait retarder l'échéance d'une explication avec le propriétaire de la marchandise, et quelle explication il donnerait le moment venu.

*
* *

L'officier de police qu'on leur envoya pour faire le constat était très poli et parlait avec un accent du sud-ouest. Il portait un blouson de chez British Home Stores et prenait rapidement des notes au stylo à bille : « C'est plus facile à relire au tribunal », avait-il expliqué. Maria avait ressenti là un de ces rares élans maternels. Le jeune agent faisait dix-sept ans tout au plus.

Il inspecta l'ensemble de la maison, portant une attention particulière à la chambre principale et à la porte du patio par laquelle étaient entrés les cambrioleurs, sans oublier les fils débranchés du système d'alarme.

– Essayez autant que possible de laisser les choses en l'état, avait-il dit. Nous vous enverrons quelqu'un dans la matinée pour relever les empreintes, bien que je doute qu'il faille trop espérer de ce côté-là.

Formidable ! s'était dit Harold.

– Et pourquoi ne pas envoyer quelqu'un maintenant ?

L'agent avait secoué la tête et expliqué que l'Identité ne serait pas disponible avant le lendemain. Il leur demanda également d'établir une liste complète de ce qui avait été volé et de faire figurer en tête de cette liste chaque objet dont la trace était susceptible d'être suivie. Puis il prit congé.

Pour la première fois depuis des années, Maria entra dans la salle de bains au moment où son mari sortait de la baignoire et lui frotta le dos. Elle prépara aussi deux tasses de chocolat qu'elle apporta dans la chambre. Enfin, une fois la lumière éteinte, en se tournant sur le côté, elle toucha l'épaule d'Harold, sentit le contact de sa poitrine et des muscles de son cou.

– Maria ?

– Mmm ?

– Ces deux... ils n'ont, enfin ils ne t'ont pas... touchée ? Je veux dire, si ç'avait été le cas, si quelque chose était arrivé, tu me l'aurais dit, n'est-ce pas ?

– Bien sûr que oui, répondit Maria, la voix à demi étouffée par le drap.

– Bien sûr.

À travers les draps, elle sentait la naissance du ventre d'Harold. Elle songea au regard du grand type sur les contours de son peignoir dc soie. Ce regard avait suffi à la faire mouiller.

– Maria ?

– Mmm ?

Harold lui caressa les cheveux.

Au bout de quelques instants, il ferma les yeux. Maria attendit le glissement dans sa respiration qui voudrait dire qu'il s'était endormi.

*
* *

Assise devant sa moitié de pamplemousse et sa tasse de mauvais thé, Maria feuilletait le *Daily Mail.* À l'autre bout de la table, Harold leva les yeux de *Screen International,* le temps de mélanger les All-brans avec son muesli. Il souffrait de constipation depuis son dernier anniversaire. Une date qui correspondait également au début du tournage de cette série pour Midlands TV.

– Incroyable ! dit Harold, la bouche pleine.

– Quoi donc ?

– Ils sont en train de faire la quarante-cinquième version de Jekyll et Hyde.

Une pour chaque année de ta vie, songea Maria.

– Avec Anthony Perkins, ajouta Harold.

– Il va jouer lequel des deux ? fit-elle en prenant la théière.

– Hein ?

– Rien.

Harold posa sa cuillère dans le bol et le repoussa d'un geste.

– Tu ne vas pas laisser tout ça, quand même ? dit Maria en levant le nez de son journal.

– Si, pourquoi ?

– Tu vas souffrir.

– Je souffre déjà, de toute façon.

Elle le suivit des yeux tandis qu'il rangeait son script dans l'attaché-case.

– Ça ne va pas mieux ?

– C'est de pire en pire.

– D'où peut venir le problème ?

Debout entre la table et l'évier, Harold s'arrêta pour la regarder tourner les pages de son journal.

– Je n'ai pas le temps maintenant, dit-il. Et de toute manière, tu t'en fous.

– Harold, tu dis tout simplement n'importe quoi.

Il prit sa mallette et alla chercher son blouson. Trente-six heures s'étaient écoulées depuis le cambriolage et pourtant la trêve continuait. Elle ne l'agonissait plus d'injures et c'est à peine si elle se montrait revêche. L'autre soir, pour un peu, elle lui aurait même fait une petite pipe et il avait dû faire semblant de dormir pour la décourager. Il passa une écharpe et ouvrit la porte.

– Ciao ! dit-il avant de sortir.

– 'Voir.

Ce qui tarabustait Harold était de ne pas arriver à comprendre ce qui le faisait culpabiliser à ce point-là. À moins qu'elle n'ait maquillé d'un bout à l'autre cette histoire de casse pour engourdir le colis. Il sourit à cette pensée et encapa l'allée en faisant gicler les gravillons sous ses pneus arrière. Il manqua de faucher au passage le vieux con en survêt' et sa chiure de clébard qui passaient leur temps en vadrouille. Harold était persuadé que c'était lui qui venait faucher les collants de Maria sur la corde à linge.

Une fois sur l'avenue, il croisa la voiture de Resnick qui arrivait dans la direction opposée.

Mais il n'en savait rien.

5

De toute évidence, Resnick n'était pas le seul membre du CID à avoir les nerfs à cran et du sommeil en retard. Kevin Naylor avait pris son service depuis à peine une demi-heure lorsqu'il tomba à bras raccourcis sur Patel et lui déchira sous le nez un paquet de fiches de couleur pour une sombre histoire de stylo emprunté et pas rendu. Des représailles disproportionnées quand bien même il se fût agi d'un Mont Blanc. Et de la part de Kevin Naylor...

Ses collègues avaient assisté à la scène littéralement médusés, un peu comme s'ils venaient de voir Bambi dérouiller le petit lapin pour s'être aventuré sur son carré de luzerne. Un autre que Patel aurait sûrement pris les choses moins calmement, mais celui-ci avait heureusement développé un certain stoïcisme pour survivre au sein des forces de police et parer aux multiples désagréments que lui valait son teint mat.

Naylor avait ridiculement conclu sa diatribe par un coup de pied dans la corbeille la plus proche et pris aussitôt la direction de la porte.

– Kevin...

Lynn Kellogg avait bien tenté de le retenir, mais il n'avait rien voulu savoir.

– Voilà c'que c'est ! grinça Divine, rompant le silence qui s'était installé dans la pièce.

– Ça veut dire quoi, ça ? demanda Lynn.

Il déplaça une pile de feuillets pour s'asseoir sur le coin du bureau, prêt à satisfaire son public :

– Ça veut dire que notre Kevin adoré n'en serait pas là s'il secouait un peu sa bourgeoise plutôt que de marcher dans tous ses plans.

– Sa bourgeoise, comme tu dis, a passé un sale quart d'heure.

– Ben voyons. Et ça l'autorise à jouer *Vierge et Martyr* pendant que Kev se farcit tout le sale boulot ?

– Qu'est-ce que tu trimbales, mon pauvre ami !

Lynn se détourna, sentant qu'elle faisait le jeu de Divine. Le coup de colère de Kevin l'inquiétait et elle se sentait vexée qu'il refuse son aide.

– C'est ça, continua Divine. C'est lui qui se lève la nuit quand le nain braille, lui qui change les couches et c'est moi qui trimbale !

Lynn redémarra au quart de tour :

– Parce que selon toi, c'est uniquement le boulot de Debbie ?

– C'est elle, la mère. C'est son chiare.

– Le leur.

– N'empêche que c'est la mère.

– Elle est malade.

– Ah, ben si elle a un mot du docteur, là...

– Tu n'as vraiment rien dans le cigare.

– Je regarde les choses comme elles sont. Elle était quand même un minimum au courant des inconvénients, non ? si ça lui disait rien, elle avait qu'à pas oublier sa pilule. J'ai pas raison ? demanda-t-il en se levant pour s'approcher d'elle avec un sourire niais. Tu me diras, toi, ça te fait un problème de moins depuis que ton jules s'est fait la malle sur son vélo de course. À moins que tu continues de la prendre dans l'espoir que par une nuit sombre...

Le pied d'appel de Lynn était dans la position rêvée, ainsi que l'angle de ses épaules. La gifle que récolta Divine le fit reculer de deux pas.

La pâleur soudaine de son visage fit ressortir l'empreinte rosée des quatre doigts sur sa joue.

– Nom de...

– Pas de ça ! cria Resnick de la porte de son bureau.

– Pétasse ! je...

Avec une rapidité surprenante, Resnick s'interposa entre les deux, le plat de la main contre la poitrine de Divine. Il l'avait vu distribuer des gnons sur un terrain de rugby et le savait capable du pire à la moindre occasion.

Patel s'était lui aussi approché, en position à la droite de Divine, prêt à intervenir si nécessaire. Celui-ci haletait et ses yeux bouillonnaient de rage.

– Laissez tomber, ordonna Resnick.

– Pas question...

Resnick pesait de tout son poids mais de l'autre côté, la pression ne diminuait pas.

– On en reste là.

Divine fit un pas de côté, bousculant Patel, mais Resnick suivit le mouvement.

– Elle va s'en souvenir, la grosse vache !

– Divine !

Resnick planta son regard dans le sien pendant cinq, dix, quinze secondes. Divine ne baissait pas les yeux. Sa joue lui brûlait et il aurait voulu poser sa main dessus, mais il se refusait à leur faire ce plaisir, à Resnick et aux autres.

– C'est terminé, dit Resnick. Vu ?

Divine finit par détourner les yeux et relâcha la tension de ses muscles.

– Dans mon bureau, ordonna Resnick avec douceur, sur le ton d'une invitation.

– Monsieur...

– Je vous ai dit que c'était terminé.

– Oui, monsieur.

Par précaution, Resnick veilla à demeurer un obstacle entre Divine et Lynn Kellogg jusqu'à ce que la porte de son bureau se soit ouverte puis refermée. Il réalisa seulement alors que la jeune femme était aussi pâle que Divine et sans doute aussi secouée par son propre geste.

– Cinq minutes, dit-il.

– Bien, monsieur.

Il ne savait pas au juste à quel moment Kevin Naylor était réapparu, mais il se tenait près de la grande porte, hébété, fourbu et faisait de son mieux pour réprimer un bâillement.

*
* *

– Avec respect, monsieur, ce type est un con.

– Le voisinage des deux mots est légèrement incongru.

– Je parle de mon respect envers vous, monsieur. Pas envers Divine.

– Sous certains aspects, c'est un très bon élément.

– Si vous le dites, monsieur.

– Ce n'est pas moi qui le dit, mais la liste de ses arrestations.

– Est-ce vraiment tout ce qui compte, le nombre d'arrestations ?

– Pour la population, oui.

– Et pour vous, monsieur ?

– Il est détective, vous êtes tous détectives et votre boulot est de détecter le crime et de coincer les malfaiteurs et les criminels. Si vous cherchez un autre genre de sport, peut-être devriez-vous songer à reprendre l'uniforme.

– C'est ce que vous souhaitez, monsieur ? de ma part, j'entends.

– Non.

Tous deux laissèrent le silence s'installer quelques instants dans le bureau.

– Et vous Lynn, vous souhaitez changer de service ?

– Non, monsieur.

– Bien.

Resnick se leva et Lynn en fit autant. La dernière chose qu'il aurait voulu eût été de la perdre à cause de la stupidité arrogante de Divine. Divine, Naylor, Patel, elle était la plus brillante de l'équipe. Moins zélée et méthodique que Patel, mais fine, intuitive, rapide et intelligente.

– Ce genre d'incident ne doit pas se reproduire, dit-il en la raccompagnant jusqu'à la porte. Je pense avoir été clair sur ce qui en résulterait.

Il s'était montré encore plus clair avec Divine au

sujet du moindre faux mouvement de sa part, sans hésiter à forcer un peu dans l'épouvante.

« Comment ça se passe, au centre ? » demanda Resnick.

Chaque jour, Lynn Kellogg se mêlait à la foule du centre commercial principal, à l'affût d'un gang de voleurs qui raflait pour plus de mille livres d'articles divers par semaine. Rien à voir avcc la fauche traditionnelle ou du chapardage de gamins. L'opération était planifiée, exécutée avec un grand sens tactique et très rentable, excepté pour les commerçants.

– Je suppose qu'on ne doit pas compter sur des effectifs supplémentaires, monsieur ? Vous avez sûrement une idée du nombre de boutiques qu'il y a dans cette galerie marchande. Et nous avons affaire à des malins, sinon le service de sécurité les aurait agrafés depuis longtemps.

– Je vais essayer de vous obtenir quclqucs auxiliaires féminines parmi le personnel en tenue, dit Resnick.

Avant de retourner vers son bureau, Lynn Kellogg eut un petit sourire :

– Vous savez, monsieur, il arrive aussi que des hommes fassent les courses.

⁂

La journée avait démarré sous le signe de la fureur et du tumulte. Resnick songeait encore à la beigne retentissante allongée par Lynn Kellogg, en se disant que si elle avait fermé le poing, il aurait sûrement fallu appeler les soigneurs pour ranimer Mark Divine. Son sourire s'effaça lorsque, de fil en aiguille, ce qu'il avait entendu au sujet du jeune Kevin Naylor lui revint à l'esprit. Il tâcherait de lui dire deux mots à la première occasion.

En face de lui, il vit la Citroën rouge dernier modèle débouler à fond de train dans l'avenue, manquant de renverser le sexagénaire en survêtement bleu qui baladait son Yorkshire. Resnick entrevit l'espace d'une seconde le visage tendu du conducteur lorsque sa voiture croisa la sienne. De l'intérieur lui parvint un instant le martèlement des basses craché par les quatre haut-parleurs du véhicule.

Les gravillons éparpillés sur le trottoir devant l'allée confirmèrent ce que soupçonnait Resnick. Harold Roy était soit en retard, soit pressé de quitter la maison. Il s'arrêta devant le double-garage et prit garde à fermer sa portière sans bruit.

*
* *

Maria avait abandonné toute idée d'aller faire un tour en ville dépenser l'argent d'Harold. Depuis neuf mois qu'ils étaient installés ici, elle pensait avoir passé en revue l'étendue des possibilités dans ce domaine. Les boutiques de fringues l'avaient lassée, ainsi que la perspective de s'offrir quelques paires de collants supplémentaires de John Lewis ou un autre abat-jour chez Habitat. Elle passerait la matinée à flemmarder, appellerait quelques copines et irait peut-être chez le coiffeur dans l'après-midi, rapportant au passage quelques moules de chez Marks qu'elle réchaufferait au micro-ondes.

Mais pour le moment, elle se contentait de goûter l'absence d'Harold.

Elle se remit à feuilleter son journal, sans arriver à se décider entre refaire du thé ou monter prendre son bain. Un coup de sonnette mit fin au dilemme.

Par la fenêtre, elle ne parvint à distinguer qu'une manche de pardessus à chevrons blancs et gris. Jusqu'aux dernières secondes avant qu'elle ouvre la porte, Maria pensa que c'était son cambrioleur qui revenait.

L'homme qu'elle découvrit sur le seuil était grand lui aussi, avec une écharpe marron qui tire-bouchonnait dans le col de son pardessus. La déception dans le regard de Maria était facile à remarquer.

– Désolé, fit Resnick, esquissant un sourire.

Elle le regarda sans comprendre, rassemblant d'une main les pans de son peignoir.

– Pardon ?

– Je crains de ne pas être celui que vous attendiez.

– Je ne comprends pas, dit-elle un peu prise de court, avec la sensation désagréable que l'homme lisait dans ses pensées.

– J'ai eu seulement l'impression que vous attendiez quelqu'un d'autre.

– Ah oui, mon mari. Il est parti en catastrophe et...

– Je pense que nous nous sommes croisés.

– Si vous avez croisé un type qui conduisait comme un dingue, alors sûrement. Et deux fois sur trois, il revient parce qu'il a oublié son script sur le buffet.

– Je vois, acquiesça Resnick, laissant s'installer un silence de quelques instants avant d'ajouter : Vous ne voulez pas savoir qui je suis ?

Maria avala une goulée d'air et hocha la tête. Resnick exhiba sa carte officielle.

– Resnick ? lut-elle. Détective inspecteur ?

Elle le dévisagea avec attention. Des yeux sombres, cernés et soulignés de nombreuses rides, creusés par la fatigue. Il s'était rasé, mais pas de très près et sans doute en pensant à autre chose, car il s'était coupé juste au-dessous de l'oreille gauche, laissant une trace de sang séché qui ressemblait à une vieille larme.

– La dernière fois, fit-elle remarquer, c'était un simple agent.

Resnick sourit de nouveau, de manière plus prononcée.

– Je m'apprêtais à faire chauffer du thé, dit-elle en s'effaçant pour l'inviter à entrer.

*
* *

Il aurait préféré du café, mais accepta une tasse de

thé nature, avec une rondelle de citron. Du coin de l'œil, il observait avec un étrange sentiment de familiarité la femme en train de s'affairer dans la cuisine, vêtue d'un peignoir qui descendait à mi-mollets et s'entrouvrait parfois à hauteur de ses cuisses. Il se demanda si c'était de la soie naturelle ou quelque tissu satiné d'imitation. Le temps qu'elle garnisse une assiette d'un assortiment de biscuits et s'assoit en face de lui, il était arrivé à la conclusion qu'il s'agissait bien de soie naturelle.

– Le thé est à votre goût ?

– Parfait.

Elle portait sa quarantaine avec suffisamment de charme et d'élégance pour se passer aisément des flatteries classiques destinées à lui faire sentir qu'elle paraissait plus jeune. Cela n'avait pas grande importance pour Resnick, mais il sentit que ça en avait pour elle.

Il fit en sorte d'éloigner l'assiette de biscuits à une portée raisonnable. Elle sourit en le voyant faire, comprenant la raison.

– Lorsque vous m'avez dit croire que c'était votre mari qui revenait, vous avez parlé d'un script. Il est écrivain ?

– Écrivain ? Parce que vous pensez que nous pourrions louer une maison comme celle-là s'il était écrivain ?

– Harold Robbins, fit Resnick. Jackie Collins.

– D'accord, mais dans ce cas, nous habiterions Los Angeles, pas les Midlands.

Resnick leva délicatement sa tasse.

– Que fait-il ?

– Harold ? la rumeur dit qu'il est metteur en scène.

– De théâtre ?

– Plus maintenant. De télévision, dit-elle en allumant une cigarette et en renversant la tête en arrière pour exhaler une fine volute de fumée bleue.

– Un contrat de douze mois. La série du siècle.

– Pourquoi ici ?

– Excellente question. Tout le monde croit que les choses se font uniquement à Londres, alors que tout ce que font les gens du métier, là-bas, c'est de déjeuner ensemble.

Elle balaya son nuage de fumée d'un revers de la main.

– Depuis que je suis devenue l'aide de camp d'Harold, on peut dire que j'ai vu du pays. Birmingham, Manchester, Southampton, Belfast – je ne pouvais pas aller acheter des Tampax au supermarché sans passer deux fois à la fouille. Et maintenant, ici.

Elle chercha un cendrier des yeux et, n'en trouvant pas, secoua sa cendre sur le bord de sa soucoupe.

Resnick but encore un peu de thé. Du Earl Grey, mélangé avec autre chose qu'il ne parvint pas à identifier. Trop léger.

– Je n'ai jamais su avec exactitude en quoi consiste le travail d'un metteur en scène ?

– C'est également le problème d'Harold, réponditelle en se levant après avoir écrasé les deux tiers de sa cigarette. Mais pourquoi vous intéressez-vous tant à mon mari ?

– Histoire de bavarder, dit simplement Resnick.

– J'ignorais que vous aviez du temps pour bavarder.

– Disons plus exactement que j'essaie de vous mettre à l'aise.

– Dans ce cas, s'il y a un sujet à éviter, c'est bien Harold.

– Je suis désolé.

– Il n'y a pas de quoi.

– C'est un terrain délicat ?

– Pas délicat. Marécageux.

– Oh !

Maria remarqua que la cravate qu'il portait – à diagonales rouges et bleues – ne parvenait pas à dissimuler un bouton de col qui pendouillait au bout d'un fil d'une couleur inadéquate.

– Peut-être devrions-nous changer de sujet, alors ?
– J'allais vous le proposer.
– Vous disiez être en location ?
– Nous avons un bail d'un an. Je crois que les propriétaires sont au Canada.
– Mais vous avez votre propre assurance ?
– Nous avons mis la police à notre nom pour ce que contient la maison.
– Pour ce dont je me souviens dans votre inventaire, il y avait une importante somme d'argent. Notamment plusieurs bijoux de valeur.
– Harold s'est occupé de ça avec la compagnie lorsque nous avons emménagé. Ils ont envoyé quelqu'un pour vérifier que la maison était protégée. Je suppose qu'il n'a rien trouvé à redire.
– Pas même sur un système d'alarme hors d'état de fonctionner ?
Maria fronça les sourcils. Très légèrement :
– Il nous avait conseillé en effet de le faire remettre en place.
– Et pourquoi ne l'avez-vous pas fait ?
– C'était en cours. Je crois qu'un type s'est déplacé, mais Harold a trouvé son devis exorbitant et s'est adressé à quelqu'un d'autre. Et entre-temps...
– L'homme qui est venu, est-ce que par hasard vous vous souvenez de son nom ?
Maria secoua la tête. Elle ne se souvenait que de ses chaussures de jogging rouges et blanches, de son blouson de cuir clair et de son haleine qui lui avait rappelé le vieux cocker de ses parents.
– Votre mari s'en souviendrait peut-être ?
– Je crois que oui. Pourquoi, c'est important ?
– Probablement pas.
Maria fit claquer son briquet, songeant qu'elle n'aurait plus de préjugés idiots envers les détective-inspecteurs. Celui-ci avait une légère tendance à l'embonpoint, mais cela mis à part, il n'était pas mal du tout. Grand, costaud. Pendant un instant, un froid

glacial saisit le creux de son estomac et elle fut à nouveau dans le salon, en train de regarder l'autre grand type, derrière son verre de scotch.

– Ces cambrioleurs, dit Resnick, changeant de sujet. Aucun autre détail ne vous est revenu concernant leur signalement ? Celui que vous avez vu en premier, par exemple ?

– Il vous ressemblait un peu, fit Maria sans réfléchir.

– Bien que noir, dit Resnick.

– Pardon ?

– Il me ressemblait un peu, mais il était noir. Vous avez déclaré à l'agent...

– Oh ! oui, bien sûr...

– Et il l'était effectivement ? noir, je veux dire...

– Oui.

– Ils l'étaient tous les deux.

– Oui, oui. Absolument.

– Aucun doute là-dessus ?

– Comment voulez-vous...

– Mais l'un d'entre eux me ressemblait, dites-vous ?

– Oui, enfin je...

– C'est ce que vous venez de me dire.

– Oui, je sais.

– Et à l'agent, vous avez déclaré...

– Oui, je sais, je voulais dire...

Elle fit un geste vague avec les deux mains.

– Sa taille, voyez, il mesurait...

– Il était de la même taille que moi ?

– C'est ça.

– Aux alentours d'un mètre quatre-vingt, un peu plus ?

Maria fit oui de la tête.

– 90 kilos ?

– Je suppose, si c'est...

– Corpulent ?

– Oui, dit-elle en écartant les mains. Costaud.

Resnick ouvrit son calepin.

– Lorsque vous avez fait leurs descriptions à l'agent, vous avez dit qu'ils étaient tous les deux de taille moyenne, même plutôt en dessous. Je crois même que vous avez ajouté maigrichons. Blue-jeans serrés, blousons de cuir, cheveux crépus.

Resnick se renversa dans sa chaise. L'horloge murale, deux mains étroites sur un visage blanc, cliqueta pour sonner l'heure.

– Rien de tout cela ne laissait deviner qu'un des deux puisse être grand et costaud, Mrs. Roy. Qu'en pensez-vous ?

Salopard ! se dit-elle. Il a réussi à me coincer et il a l'air d'adorer ça.

– J'imagine que j'ai dû me tromper.

– Cette fois-ci ou la dernière fois ?

– La dernière fois.

– Vous êtes sûre ?

– Oui.

– Vous avez eu le temps de réfléchir.

Maria avait l'intérieur de la bouche desséché. Elle aurait voulu aller chercher du jus de fruit au réfrigérateur, mais elle préféra ne pas bouger.

– Oui, j'ai eu plus de temps pour remettre mes souvenirs dans l'ordre à propos de ce qui s'est passé. J'ai l'esprit moins confus.

– Y a-t-il autre chose qui vous soit apparu plus clairement, avec le recul ?

Elle secoua lentement la tête.

– Non, je ne vois pas.

– Par exemple au sujet du coffre ?

– Pourquoi au sujet du coffre ?

– Vous ne leur avez pas dit où il se trouvait ?

– Bien sûr que non, je ne suis pas stupide.

– Vous le leur avez ouvert.

– Non.

– Non ?

– J'ai dû leur donner la combinaison. C'est l'un des deux qui l'a ouvert.

– Celui qui me ressemblait, ou bien l'autre ?
– Je ne me souviens pas.
– Essayez, Mrs. Roy. Prenez votre temps.
Elle finit par soupirer :
– C'était l'autre.
– Celui qui ne me ressemblait pas ?
– Oui.
– Le maigre.
– Oui.
– Et vous ne leur aviez rien dit, ni donné aucune raison de soupçonner la présence d'un coffre-fort dans la chambre.
– Non, je vous l'ai déjà dit.
– Oui, je crois me souvenir que c'est ce que vous avez déclaré.
– J'ai déjà dit tout cela à votre agent, je ne sais pas comment il s'appelle.
– Oui, mais depuis, vous avez pu avoir une vision différente de la situation.
– Pas sur ce point-là.
– D'accord, dit Resnick en se redressant légèrement. Présentons les choses d'une autre manière : avez-vous eu l'impression que vos cambrioleurs savaient que vous possédiez un coffre avant même d'entrer chez vous ? Prenez votre temps pour réfléchir.
Ce qu'elle fit.
– Je ne suis pas sûre, dit-elle finalement.
– Ils s'y sont rendus directement ?
– Non, je ne crois pas, enfin, je ne sais pas. Je n'étais pas là tout le temps. Je veux dire, avec les deux ensemble.
– Vous n'étiez donc pas présente au moment où ils ont trouvé le coffre ?
– Non, c'est exact.
Elle fut surprise quand Resnick se leva et emporta sa tasse et sa soucoupe jusqu'à l'évier. L'espace d'un instant, elle crut qu'il allait les laver.
– Est-ce que ce sera tout ? demanda-t-elle.

Lorsqu'il se retourna, elle discerna quelque chose d'étrange dans ses yeux. Son regard n'était plus le même que lorsqu'elle lui avait ouvert la porte et offert du thé. Il avait à présent une lueur froide, implacable. Il tenait quelque chose et il n'était pas près de lâcher.

– À moins que vous ne vous souveniez d'autre chose.

– Je ne crois pas.

– Si cela ne vous ennuie pas, dit-il en se dirigeant vers la porte, j'enverrai quelqu'un pour vérifier les détails du vol avec vous, afin d'éviter les imprécisions dans le dossier. Et, à l'occasion, il faudra que je parle avec votre mari.

– Harold ? Mais pourquoi, Grand Dieu ? il n'était même pas là quand c'est arrivé.

Resnick sourit :

– J'aimerais le convaincre de faire quelque chose au sujet de ce système d'alarme. Vous ne voulez certainement pas courir deux fois le même risque. Supposez une seconde qu'il leur prenne l'idée de revenir, à ces deux types !

6

– T'as lu ça ?

En position à la fenêtre, Grabianski leva les yeux. Même debout sur sa chaise de bois, il était obligé de se tordre le cou pour trouver l'angle adéquat avec sa paire de jumelles.

Grice se tenait au milieu de la pièce, son journal dans une main, un sandwich pain de mie et bacon dans l'autre.

– T'as pas lu ?

Grabianski fit non de la tête.

– Est-ce que tu sais combien il y a eu de cambriolages dans tout le pays, l'an dernier ? enfin, d'après ce qu'ils disent...

Grabianski ne savait pas. Au-delà des dix-sept dont il était sûr, son information sur le chiffre global était des plus vagues.

– Soixante-treize mille, déclara Grice.

Grabianski ne savait pas si c'était ou non beaucoup. Apparemment oui.

– C'est moins que l'année précédente, il y a une baisse de huit pour cent, dit Grice avant de se coller le sandwich entre les dents pour retrouver la bonne ligne avec son doigt. « Le ministère de l'Intérieur », lut-il à haute voix, « a accueilli cette baisse avec satisfaction et souligné que toute lutte efficace contre le crime requiert le concours de tout citoyen responsable. »

Il ponctua sa lecture en faisant une tache de sauce sur la feuille de journal.

– Rondes de voisinage, dit Grabianski.

– Sécurité renforcée.

– Systèmes d'alarme.

Grice secoua la tête :

– Attends, c'est pas fini. Les cambriolages ont baissé de huit pour cent, mais les agressions ont augmenté. Quatre cent vingt par jour, ça fait combien pour l'année entière ?

Grabianski compta mentalement :

– Si on enlève Noël et les jours fériés, ça fait autour de cent cinquante mille.

– Exact ! fit Grice, d'un air très concerné. Plus de deux fois le nombre des cambriolages. Si après ça, il y en a encore qui se demandent où va le pays...

***

Même en l'absence du superintendant, le bureau de Jack Skelton et l'agencement des objets posés dessus donnaient à Resnick l'impression d'intimer le garde-à-vous fixe. Cela venait autant de la personnalité de

Skelton, raide comme la justice, toujours tiré à quatre épingles, que du soin maniaque avec lequel étaient agrafées ensemble les notes manuscrites et les notes dactylographiées, disposés les trois stylos à encre noire, bleue et rouge selon un angle de quarante-cinq degrés par rapport au sous-main. Dans leurs cadres en argent, les photographies de l'épouse et de la fille du superintendant semblaient même avoir été choisies en fonction de la manière dont se mariaient le style de leurs coiffures et les couleurs de leurs robes.

– Charlie.

– Monsieur.

En tournant la tête, Resnick remarqua aussitôt que les poignets de la chemise grise de son supérieur avaient été rabattus soigneusement sur ses avant-bras. La cravate était maintenue par une pince bleue liserée d'argent, très discrète. Le veston de son complet anthracite était déjà accrochée sur un cintre, derrière la porte.

– Je vous en prie, Charlie, asseyez-vous.

En prenant place derrière son bureau, Skelton ouvrit son agenda et le referma aussitôt.

– J'ai cru comprendre, au récit de cette affaire de cambriolage survenue dans le district d'Harrison, que nos amis de l'an dernier étaient de retour ?

– C'est possible, monsieur.

– Je vous écoute.

Resnick posa négligemment un coude sur le coin du bureau et le retira immédiatement. Faute de goût.

– Du travail de professionnels, là-dessus aucun doute. Exploration des lieux très soigneuse, comme chez les Pickford. À priori aucune raison de penser qu'ils savaient à l'avance ce qu'ils allaient trouver, seulement l'intuition qu'ils ne perdraient pas leur temps.

– Une part de galette choisie au hasard et, comme par enchantement, on tombe sur la fève ?

– C'est un peu ça, monsieur, encore qu'il s'agit une

fois de plus d'une grosse villa, voire d'une propriété. Et à moins que tout l'argent soit parti dans les hypothèques et l'école privée des enfants, on peut raisonnablement penser y trouver des choses de valeur.

– Bijoux, argent liquide, bons négociables, fourrures. Si je me souviens bien, nos casseurs ne semblent pas portés sur les chaînes hi-fi et les magnétoscopes ?

– Exact. En outre, la marchandise volée n'a jamais refait surface. Où les choses deviennent particulièrement intéressantes, c'est que chacune des maisons visitées était soit dépourvue de système d'alarme, soit équipée d'une installation qui ne fonctionnait pas. Et rien n'a été fait pour tenter de neutraliser celle des Roy. Comme on ne peut pas mettre cette omission sur le compte d'un manque de vigilance ou de professionnalisme, que reste-t-il ? Le hasard ?

– Autant que je me souvienne, le hasard n'a jamais été votre tasse de thé, Charlie ?

Resnick secoua la tête.

– Nous avions fait une vérification du côté des sociétés de protection électronique, à l'époque, ajouta Skelton.

– Et même une double vérification. La seule piste sérieuse était un technicien mis à la porte qui semblait vouloir en découdre. Nous nous sommes intéressés à lui pendant un petit moment, mais nous n'avons rien trouvé de concret.

– Il est encore dans la région ?

– On peut vérifier.

Jack Skelton posa les deux mains à plat sur son bureau et laissa son fauteuil reculer d'une dizaine de centimètres.

– Je doute qu'Harrison apprécie beaucoup de vous voir empiéter sur son territoire avec votre sixième sens pour seule justification.

– C'est le chef Parker qui m'a mis sur l'affaire, monsieur. Il se chargera d'Harrison.

– Dans un premier temps, peut-être, Charlie. Mais seulement dans un premier temps.

Skelton saisit délicatement le ruban marque-page de son agenda avant de l'ouvrir. Ses rendez-vous y étaient notés en rouge et en bleu et Resnick en ignorait la raison précise.

– Si vous ne parvenez pas à établir rapidement un lien effectif entre ce casse et notre affaire, laissez tomber. Il y a eu soixante-treize mille cambriolages l'an dernier. Vous avez une idée du nombre d'affaires résolues ?

*
* *

À force d'être constamment sur la pointe des pieds, Grabianski commençait à sentir un élancement dans les muscles à l'arrière de ses cuisses. Les deltoïdes ? Est-ce qu'on disait aussi deltoïdes pour les muscles de la cuisse ? Il se remit d'aplomb.

Vingt minutes qu'il l'observait, et il n'arrivait pas à être sûr.

De prime abord, il avait pensé avoir affaire à une sorte de troglodyte, un minuscule petit oiseau marron avec une queue inclinée. Il évoluait d'une branche à l'autre de manière fabuleuse, ainsi que sous les torons de paille que le vent avait éparpillés dans les arbres, sans porter attention à lui-même, comme tout voleur émérite, sauf lorsqu'il chantait. Le son était alors puissant et clair, étonnamment pénétrant pour un si petit oiseau. Grabianski avait compris à ce moment-là qu'il ne s'agissait pas d'un troglodyte.

Il avait refait le point avec ses jumelles pour l'examiner de plus près. La queue n'était pas non plus celle d'un troglodyte. Elle épousait la courbe du dos plutôt que de faire un angle et s'épanouissait au lieu de former une ligne droite. De plus, il discerna une tache blanche sous le corps de l'oiseau.

Ce n'est que lorsqu'il se mit à grimper le long du tronc que Grabianski réalisa : c'était un *certhia familiaris,* un grimpereau des bois.

Il se remit sur la pointe des pieds et panota sur les branches, dans un sens et dans l'autre. Il finit par localiser à nouveau son spécimen. Pas de doute. L'inclinaison du bec était bien là, elle aussi, pour emprisonner les insectes, à l'intérieur.

– Grabianski !

Il sursauta et se rattrapa de justesse au dossier de la chaise avant de perdre complètement l'équilibre.

– Tu sais qu'il existe une loi contre les mecs qui matent à la jumelle.

*
* *

L'entrée du poste était envahie de Chinois. À tel point que Resnick se sentit presque coupable de n'avoir même pas rapporté une petite portion de porc aigre-doux et deux rouleaux de printemps dans son sac déjeuner. Celui-ci contenait un sandwich pastrami et sauce raifort sur pain de seigle, un autre au Jarlsberg et jambon de Parme, ainsi que deux énormes cornichons.

– Que se passe-t-il ? demanda-t-il au premier agent qu'il croisa après avoir fendu la foule.

L'agent fit un geste en direction du premier étage.

– Votre sergent est en train d'interroger un des leurs, monsieur.

Resnick acquiesça et prit l'escalier. Lorsque après avoir frappé, il passa la tête à l'intérieur de la salle d'interrogatoire, il trouva Millington face à face avec un Chinois à lunettes vêtu d'un smoking rouge à revers de velours noir. Le magnétophone qui tournait sur la table paraissait n'enregistrer que de longues plages de silence.

Resnick referma doucement la porte et rejoignit les bureaux du CID, où Patel tentait d'attraper la bouilloire tout en continuant de parler au téléphone.

– Oui, madame, répétait-il, sans doute pour la énième fois sans se départir d'une exquise politesse. Oui, madame, bien sûr.

Resnick se chargea de la bouilloire et fit signe à Patel pour lui demander s'il voulait du thé.

Le jeune Asiatique acquiesça en souriant.

– Oui, madame, poursuivit-il. Je crois que le mieux est que je vous mette en communication avec le sergent de service. Oui, je suis certain qu'il saura faire le nécessaire pour résoudre votre problème. Rapidement ? Oui, bien sûr, madame. Ne quittez pas, je vous passe son poste.

Resnick glissa deux sachets dans la théière tandis que Patel transférait l'appel.

– Quelque chose d'intéressant ? demanda-t-il quand le jeune homme eut raccroché.

– Un voyeur, répondit Patel avec l'air de trouver la chose plutôt amusante.

– Vous m'en apportez une tasse dès que c'est prêt ? fit Resnick avant de retourner dans son bureau.

– Oui, monsieur.

Deux postes se mirent à sonner avant qu'il ait refermé la porte derrière lui. Une fois assis, il déchira soigneusement un côté du sac à l'aide de son stylo bille et le déploya sur son bureau en forme de nappe improvisée. C'était ça ou maculer les rapports de ses subordonnés de taches de vinaigrette. Car, exceptionnellement son déjeuner du jour ne comportait ni mayonnaise, ni moutarde.

Il attaquait son premier cornichon quand Patel apporta le thé et, tandis qu'il savourait le deuxième, ce fut au tour de Millington de débarquer avec sa tête des mauvais jours.

– Je ne voudrais pas paraître raciste, monsieur, mais c'est vraiment pas des gens comme nous. Impénétrables.

– Vous avez besoin d'un interprète ?

– Plutôt d'un foutu médium, oui !

– Vous voulez que je prenne la relève ?

– Sauf votre respect, monsieur, je pensais plutôt à faire intervenir Lynn.

– Vous voulez le travailler au charme ?

– Ce n'est pas exactement ça, monsieur. J'ai pensé que ça lui serait peut-être plus difficile de la regarder en chien de faïence et de jouer les sourds-muets. Ils respectent les femmes dans leur culture, voyez ?

On disait également qu'ils empêchaient leurs pieds de grandir, pensa Resnick.

– Elle est au Centre, en ce moment.

– Cela ne demanderait qu'une petite heure, monsieur.

– O.K. !

Millington hocha la tête et se leva.

– Le rapport des pompiers, Graham ? Il devrait nous être parvenu depuis le temps.

– On l'a depuis un moment, monsieur.

– Pas moi, dit Resnick

– Je vous l'apporte tout de suite, monsieur.

– Magnifique.

Millington n'arrivait pas à comprendre. Tout en fouinant dans sa paperasse à la recherche du rapport, il se demandait comment le binoclard avait pu retourner à chaque fois contre lui les pièges qu'il lui tendait. Lorsqu'il eut retrouvé le papier en question, il aperçut Patel qui lui souriait gentiment à l'autre bout de la pièce. Race de sournois.

*
* *

Les bijoux avaient été expédiés sous pli discret à un très respectable orfèvre de Glasgow qui, peu de temps après, avait effectué, sous une identité d'emprunt, le transfert des fonds sur deux comptes également ouverts sous pseudonymes. À intervalles réguliers, l'argent des comptes faisait un crochet par l'île de Man histoire de se refaire une virginité.

L'idée venait de Grice, dont l'un des plaisirs consistait à prendre une fois par an l'avion pour Douglas afin d'aller vérifier la santé de leurs placements. En réalité, son désir secret – non encore exaucé jusqu'ici – était de voir un cycliste du Tourist Trophy tomber de vélo en prenant un virage en épingle à cheveux.

Une fois par an, Grice et Grabianski avaient ce que Grice nommait un sommet financier et qui constituait leur seule et unique rencontre en dehors des périodes de travail. Chacun prenait sa part du gâteau et veillait à éviter de compromettre en l'utilisant la sécurité de leur association. Grice avait acheté une petite maison dans le nord du Portugal, à l'écart des sentiers battus par toute espèce de pègre (notamment les variétés anglaise et allemande) et s'autorisait de temps à autre une visite à un vieux copain en Australie, via la tournée des bordels et salons de massage du sud-est asiatique.

De son côté, Grabianski avait jeté son dévolu sur un chalet en multipropriété dans les forêts de Haute Écosse et l'une des plus petites maisons de Macclesfield, qui se situait à mi-chemin entre les pics et la chaîne Pennine. Chaque année, il partait à l'étranger avec la Ramblers Association et avait déjà parcouru la Turquie, la Crête, les abords de l'Himalaya et la Nouvelle-Zélande. Le prochain voyage en préparation était le Pérou.

Les deux hommes n'avaient rien en commun, ou fort peu, en dehors de leurs opérations en duo. Ils n'avaient aucune sympathie particulière l'un pour l'autre et cela importait peu. Ils étaient l'un et l'autre très prudents, cultivaient un réseau de contacts que Grabianski se chargeait d'amadouer et Grice de rétribuer au mérite. Les villes étaient des terres qu'ils savaient traiter en fermiers prévoyants et laisser de temps à autre en jachère.

– J'ai réfléchi à propos du colis, dit Grice.

– Et ?

– Je crois qu'on devrait leur laisser une chance de le racheter.

Resnick fit passer le dernier morceau de pastrami avec une gorgée de thé froid. En observant du coin de l'œil les allées et venues de Kevin Naylor dans la salle commune, il songea à l'entrevue qu'il devrait avoir avec lui au sujet de ses problèmes de sommeil. Debbie traverse à nouveau une mauvaise passe ? Ça arrive dans les meilleures familles, vous savez. Si vous souhaitez en parler avec quelqu'un...

Mais c'était pour le moment la dernière chose qu'il avait envie de faire. Il préféra parcourir le rapport préliminaire de Millington au sujet du Chinois en smoking rouge. L'homme était propriétaire de plusieurs restaurants et possédait des parts majoritaires dans quelques autres. Son plus jeune fils avait encouru les foudres paternelles en épousant une non-Chinoise et surtout en ouvrant son propre restaurant avec service de vente à emporter.

Depuis l'ouverture, trois semaines auparavant il était arrivé de menues bricoles, genre bris de vitrine, et puis la grosse catastrophe. L'officier de la brigade anti-incendie avait rapidement établi que quelqu'un avait volontairement mis le feu aux nouveaux locaux du fils désobéissant : un container d'huile de cuisson avait été renversé dans la cave et il avait suffi d'une allumette pour réduire l'établissement en cendres. Le restaurant étant fermé au moment des faits et les locataires de l'appartement du dessus partis à une réception, il n'y avait eu, heureusement, aucune victime.

Resnick espérait que le jeune homme avait eu le temps de souscrire une assurance.

Assurance.

Il fit un minimum de ménage sur son bureau et jeta ses papiers gras à la corbeille avant d'appeler Patel.

– Monsieur ?

– J'aimerais que vous fassiez un saut au bureau d'Harrison. Là, vous demanderez l'agent Featherstone. Il a fait récemment un constat de cambriolage chez Harold et Maria Roy. Entrés par la petite porte, ressortis par la grande. Un job de pros.

– Bien, monsieur.

– J'ai eu une conversation avec la femme. Ce qu'elle m'a dit à moi ne colle pas avec ce qu'elle a déclaré à Featherstone et je voudrais que vous me démêliez un peu tout ça. Parlez aussi avec elle et essayez de déterminer si elle s'est simplement trompée ou bien si elle ment.

– L'inspecteur Harrison n'y verra pas d'inconvénient, monsieur ?

– Il nous a dit qu'on avait le champ libre. Enfin, c'est l'esprit. Par ailleurs nous sommes couverts de plus haut, par le chef Parker. Autre chose : je voudrais en savoir plus sur leur police d'assurance. La compagnie, éventuellement si quelqu'un les a conseillés, etc., elle m'a vaguement laissé entendre qu'ils avaient repris à leur nom l'assurance des propriétaires, mais cela me paraît peu vraisemblable. Si elle vous propose de jeter un œil sur le contrat, ne vous faites pas prier. Et voyez aussi si elle a fini par se rappeler le nom du gars venu vérifier leur installation de sécurité.

– Ce sera tout, monsieur ?

Venant d'un autre membre de son équipe, Resnick aurait pris la question comme un rien facétieuse.

– Pour le moment, dit-il avant de se résoudre, puisqu'il faudrait y passer de toute manière, à convoquer Kevin Naylor pour une entrevue dans son bureau.

L'un et l'autre étaient assez mal à l'aise. Resnick sentait chez Naylor le besoin impérieux de parler à quelqu'un, tout en sachant qu'il n'était pas le quelqu'un en question.

– Comment va Debbie ?

– Oh, fit Naylor en commençant à danser d'un pied sur l'autre. Bien, elle va bien. Elle...

– Les nuits sont courtes.

– Oui, monsieur.

– Et vous en pâtissez tous les deux.

Naylor semblait avoir un urgent besoin de déboutonner son col de chemise. Il aurait préféré être n'importe où. Ailleurs.

– Est-ce que vous avez quelqu'un, pour vous aider ?

Le visage du jeune homme se décomposa.

– Je ne sais pas, il doit bien y avoir quelqu'un... une infirmière de district ou...

– Une visiteuse de santé. Oui, monsieur, elle passe de temps en temps. Debbie trouve d'ailleurs que ça ne sert pas à grand-chose.

En fait, trois fois sur quatre, Debbie prenait soin de verrouiller la porte et faisait semblant d'être sortie lorsqu'elle sonnait. Mais il se garda bien de le dire à Resnick.

– Et le médecin ? Vous avez essayé d'en parler avec lui ?

– Ben, c'est-à-dire que Debbie dit que...

Resnick décrocha. Comment s'appelait ce jeu de gosses du temps des bacs à sable ? Jack a dit... Jack a dit ci, Jack a dit ça et quelque soit la stupidité de ce qu'avait dit Jack, il fallait s'exécuter séance tenante sans poser de questions.

Il releva les yeux vers Naylor quand celui-ci eut terminé.

– Vous savez, il serait peut-être raisonnable de prendre un avis, avant que tout cela ne perturbe sérieusement votre travail.

Au regard que lui renvoya son subordonné, Resnick crut un instant avoir sous-entendu quelque bizarrerie d'ordre sexuel.

– Enfin, si vous souhaitez parler de vos problèmes tous les deux avec un professionnel, la chose est possible. D'accord ?

– Oui, monsieur, bien sûr, fit Naylor qui ne rêvait que d'une chose : quitter la pièce.

– Parfait, Kevin.

Naylor prit congé à la manière du lapin obsédé par sa montre dans *Alice*. Resnick soupira et se donna quelques instants pour réfléchir à l'idée de suivre un cours sur les relations humaines dans le cadre de la direction d'une équipe. Puis il décrocha le téléphone et composa le numéro de Midlands TV.

– Mr. Roy est en extérieurs, lui répondit une voix pour messageries roses. Mais je peux vous passer la secrétaire de production, si vous le souhaitez.

Resnick le souhaitait.

– Elle est en ligne, vous patientez ?

Resnick patienta.

7

Le père d'Harold Roy l'avait prénommé ainsi en mémoire d'un chef d'orchestre de seconde zone, spécialisé dans les chansons comiques et par ailleurs excellent clarinettiste. Il en avait résulté treize années d'entêtement au cours desquelles le jeune Harold avait dû pratiquer, de gré ou de force, un nombre d'instruments variés comme le piano, le violon, la clarinette (bien sûr) et même, durant trois mois d'enfer, le tuba. Treize années au bout desquelles le père dut accepter l'évidence que son fils ne serait jamais un musicien digne du nom qu'il portait. La seule et unique incursion d'Harold dans la chanson rigolote, drapé dans une nappe de guingan à un repas de Noël, s'était soldée par un fiasco. Son interprétation de *I'm Just a Girl who Can't Say No* suscita de très timides applaudissements, rapidement couverts par la réflexion à haute voix d'une de ses tantes : « Pauvre gosse. Il chante aussi juste qu'une grille d'égout. »

Conscient qu'il avait fait le désespoir de ses parents et soucieux de s'amender, Harold se découvrit alors un penchant pour l'art dramatique qu'ils encouragèrent aussitôt des deux mains en garnissant son compte en banque et en l'installant dans une maison en terrasse entre Levisham et New Cross.

Harold réalisa très vite qu'il s'était trompé de voie. La moindre tentative d'improvisation le voyait affublé d'un bégaiement épouvantable et les cours de danse faisaient ressurgir dans sa mémoire tous ces après-midi perdus sous les battements du métronome. À la différence que c'étaient ses pieds et non plus ses doigts qui peinaient à suivre le rythme. Enfin, une malheureuse ligne de texte à dire dans le rôle d'un lord de la suite de Macbeth suffit à lui faire comprendre que la seule personne qui se tirait sans humiliation de ce genre d'expérience était le metteur en scène.

Une vocation était née.

Harold savait qu'il ne pouvait pas faire le difficile et accepta l'un après l'autre les projets dont personne ne voulait : une comédie noire dont le protagoniste principal était un cul-de-jatte enfermé dans une cave avec douze postes de radio, tous réglés sur une station différente ; une pièce autobiographique écrite par un jeune homme en colère de la classe ouvrière dont la mère faisait des ménages, le père agonisait de pneumoconiose et la sœur vendait ses charmes dans les rues de Cardiff ; treize heures de document sur les paysans vietnamiens, etc...

C'était les années soixante et Harold avait bien mieux à faire qu'à regarder derrière lui. Avant que ses rêves de gloire ne s'évanouissent en fumée, il avait fait quelques tournées : Salisbury, Lancaster, Derby ; *L'Éventail de Lady Windermere, L'importance d'être constant, La Marraine de Charley.* Une reprise de John Osborne pour quatre Agatha Christie.

C'est comme ça qu'il avait rencontré Maria. Revêche, séduisante, têtue, froide et sensuelle, Maria était parfaite pour le rôle de la meilleure amie qui encourage la femme de Jimmy Porter à le quitter, pour ensuite se glisser dans ses draps et repasser ses chemises. Le lever de rideau pour le second acte la trouvait justement en plein repassage, vêtue d'une simple combinaison. Harold s'était débrouillé pour glisser des petits mots dans les replis des chemises froissées. Maria trouva cela mignon comme tout. Elle traversait alors une mauvaise passe et, à Chester, Harold semblait le nec plus ultra de la sophistication. Elle décida donc de lier son destin à quelqu'un qui ferait enfin d'elle une star. Il se contenta de la mettre enceinte.

« Très bien, se dit Maria en refaisant surface après l'anesthésie. Espérons qu'au moins il gagnera du pognon. »

Le premier contrat d'Harold avec la télévision fut une pièce filmée pour Granada. Il parlait avec les mains et remuait de l'air, appelait les acteurs des deux sexes « mon chéri » et, plus important, tutoyait les techniciens et veillait à ce que les caméramen soient ravitaillés en boissons fraîches à la fin de la journée. Il portait un objectif coûteux en sautoir et passait son temps à jouer avec. Il acceptait tout et n'importe quoi. Son agent le mettait en lice pour le dernier Dennis Potter, le nouveau John Mortimer. Il héritait finalement de *Emmerdale Farm,* de *Eastenders* ou *Grange Hill.* Un épisode par-ci, un épisode par-là.

La série sur laquelle il travaillait à présent pour Midlands Television racontait l'histoire d'une famille d'ouvriers qui gagne une fortune aux pools [1].

Cela s'intitulerait *Dividendes.*

*
* *

Resnick rangea sa voiture devant le pub, espérant que les chats lui pardonneraient de n'avoir pas fait un crochet par la maison pour l'heure de la gamelle. Il ne pensait pas en avoir pour longtemps. Juste derrière le camion-cantine était garé un autobus à impériale qu'on avait équipé de petites tables entre les sièges. Quelques reliefs de salade, plateaux de fromages et

1. Loto sportif à l'anglaise. *(N.d.T)*

fruits et gobelets de thé traînaient encore après le repas du soir, mais il n'y avait plus trace d'un quelconque morceau du pudding à la confiture annoncé au menu, sur le tableau de service. En revanche, l'odeur de graillon continuait de flotter alentour.

Resnick toqua à la vitre d'un van portant le logo de Midlands TV. Le chauffeur leva les yeux du *Sun* et descendit sa glacc.

– Je cherche Harold Roy, dit Resnick.

Le visage de l'homme lui paraissait étrangement familier, mais il n'arrivait pas à le situer.

Ce dernier lui indiqua la direction des rues adjacentes au Broxtowe Estate.

– Par là.

– Merci, fit Resnick.

Il attendit que la vitre soit remontée et que le type se replonge dans son journal, puis marcha dans la direction indiquée et franchit les chevaux de frise installés pour la forme. L'agent en uniforme chargé de filtrer la circulation le reconnut immédiatement et abandonna un instant les quatre ou cinq gamins qui jouaient autour de lui.

– Bonsoir, monsieur. Je ne savais pas que vous étiez dans le secteur.

– Seulement de passage, précisa Resnick.

– Ah, d'accord.

– J'espère qu'on vous paie vos heures supplémentaires ?

– Oui, monsieur.

Resnick le laissa à sa marmaille. Le plus âgé de la bande devait avoir dans les dix ans et la plupart d'entre eux resteraient là jusqu'à la fermeture du pub.

Répartis dans deux autres camions garés près du tournant, acteurs et figurants tuaient le temps en jouant aux cartes, en lisant ou en finissant leurs mots croisés. D'un troisième, posté juste à l'angle s'échappaient de gros câbles. Resnick le contourna et aperçut bientôt la lumière crue des lampes à arc, à l'écart de laquelle quelques petits groupes de gens transis de froid attendaient en se réchauffant. Tout cela lui rappela les photos de la grève générale.

Une jeune femme au visage tendu dépassa Resnick en le bousculant. Elle portait un bomber d'un bleu assez violent et des chaussures de base-ball rouges avec des étoiles sur les côtés. Le dos du blouson s'ornait d'un poing fermé avec le doigt du milieu tendu vers le ciel.

– Naomi ! aboya-t-elle dans son talkie-walkie. Tu m'envoies Laurence ici, et sur les chapeaux de roues !

Resnick ne comprit pas la réponse que grésilla l'appareil.

– Vous, là ! fit-elle, pointant l'index en direction de Resnick. Vous vous mettez derrière le camion.

Resnick remarqua que chaque doigt de ses gants était d'une couleur différente.

– Je cherche...

– Derrière le camion !

Il leva un sourcil, mais finit néanmoins par obtempérer. En tournant les talons, il vit surgir de l'intérieur du car le type qu'il avait aperçu précédemment au volant de la Citroën rouge. Harold Roy portait des bottes marron sous son jean de couturier, un blouson assorti et une écharpe blanche enroulée autour du col de sa chemise rouge.

– Chris ! Est-ce que tu aurais la gentillesse de me dire quel putain de dégel on attend ?! Le plan est éclairé depuis un quart d'heure.

– Laurence ! répondit la fille d'un ton excédé.

– Qu'est-ce qu'il fout ?

– Il change de costume.

– Quoi ! Ça fait une demi-heure qu'on l'a appelé, et il change de costume maintenant !

– Le costume qu'il avait n'était pas raccord.

– Bravo ! Si au lieu de se cirer le pingouin toute la journée, ils faisaient leur boulot, à la régie-costumes, ça n'arriverait pas, ce genre de conneries !

– Calme-toi, Harold. C'est arrangé. On s'occupe de lui.

– Je ne veux pas qu'on s'occupe de lui, je le veux lui, ici, tout de suite !

– Il arrive.

– Tout de suite ?

– Tout de suite !

Harold Roy fit dcux pas cn arrière et regarda autour de lui. Une poignée de techniciens et quelques figurants avaient interrompu leurs conversations pour prêter l'oreille, mais la plupart des autres n'avaient même pas fait attention à l'engueulade et continuaient de papoter, ou bien d'attendre, terrassés d'ennui.

– Je m'en fous, reprit Harold Roy. Quand on demandera à Mackenzie pourquoi nous sommes à la bourre par rapport au planning, je m'arrangerai pour que les emmerdes retombent sur qui-de-droit !

Chris tourna les talons et laissa le doigt brodé dans le dos de son blouson répondre à sa place.

Elle réapparut quelques instants plus tard, accompagnée d'un acteur que Resnick se souvenait avoir vu dans un spot publicitaire vantant une marque de café. Derrière eux, un type en combinaison de saut, portant une queue de cheval, époussetait le dos de la veste du comédien.

– O.K. ! Tout le monde en place !

Harold Roy s'engouffra dans le car de régie et claqua la porte. Resnick se dit que ce n'était peut-être pas le meilleur moment pour aller lui parler du cambriolage de sa villa.

*
* *

– Allô ! dit la voix à l'autre bout du fil.

– Allô !

Maria était en train de regarder *Dallas* et de se demander pourquoi son cher Harold n'arrivait pas à décrocher des trucs comme ça.

– Allô ! répéta la voix.

– Qui est à l'appareil ? demanda Maria.

La voix avait quelque chose de familier et elle se demanda si ce n'était pas quelqu'un du studio, le producteur, peut-être bien.

– C'est Mac ?

Theodore James Mackenzie était le producteur et l'initiateur de *Dividendes*. Lorsqu'il était de bonne humeur, il voulait qu'on l'appelle Mac.

– Non, ce n'est pas Mac, dit la voix. Vous savez très bien qui c'est.

Maria comprit. Elle ressentit instantanément comme une brusque bouffée de chaleur. Au cœur du Sony FST écran géant loué par Harold, Sue Ellen hurlait à la face de JR qu'elle l'empêcherait par tous les moyens de lui arracher John Ross.

– Vous savez qui je suis, n'est-ce pas ?

La main tremblante, Maria reposa le téléphone.

*
* *

Laurence devait marcher une dizaine de mètres, jeter un coup d'œil à sa montre sous l'éclairage du réverbère, marcher encore cinq mètres et lever les yeux en direction de la fenêtre de la chambre d'une petite maison en brique rouge, avant de lancer sa réplique : « Cheryl ! aide-moi avant de te mordre les doigts de m'avoir interdit ton lit ! »

Ce n'était pas *Dallas.* Ça louchait un tantinet dans la direction, mais en beaucoup plus mou.

La scène semblait nécessiter pas mal de prises et, au bout d'un moment, Resnick décida d'aller se renseigner auprès de l'agent en faction.

– Ils en ont encore pour longtemps, d'après vous ? demanda-t-il.

L'agent de police regarda sa montre.

– Une heure, grand maximum, dit-il.

– Ils sont à cheval sur les horaires ?

– Des pervers, monsieur. Cinq, quatre, trois, deux, un et quelqu'un coupe le jus à l'heure dite.

– Plus personne n'a besoin d'une petite rallonge pour rembourser ses emprunts, à part vous ?

– Oh, moi, j'ai acheté une caravane avec mes heures supplémentaires pendant la grève des mineurs. Du côté d'Ingoldmells. Vous vous levez le matin et en tirant les rideaux, vous avez la mer tout autour, à perte de vue. À moins qu'il n'y ait du brouillard.

– Et là ? insista Resnick.

– Oh, là, c'est moins une question d'argent que de bonne volonté.

Resnick acquiesça et s'apprêtait à rebrousser chemin lorsque deux des gamins sous-alimentés qui bourdonnaient autour de l'agent de police attirèrent son attention.

– T'es qui, toi ? fit l'un d'eux à l'adresse de Resnick. T'es à la télé ?

Resnick fit non de la tête en regardant la marque rougeâtre sur l'une des joues du gosse, incapable de dire si elle était le résultat d'une brûlure ou bien une tâche de naissance.

– J'te l'avais dit ! fit l'autre, dont les cheveux coupés à ras laissaient deviner les croûtes qui parsemaient son cuir chevelu.

– Il ment. Hein qu'vous mentez m'sieur ? moi, j'sais, même que j'vous ai vu.

Non, dit Resnick, tournant les talons.

– Eh, m'sieur partez pas ! Dites la vérité !

– Je ferais attention, à votre place, intervint l'agent. C'est un officier de police. Un détective inspecteur.

Resnick lui adressa un regard qui semblait dire « merci beaucoup ».

– C'est vot'chef, alors ?

– Pas exactement.

– Moi, j'parie qu'si ! Eh, m'sieur, montrez-lui. Donnez-lui des ordres !

– C'est à toi que je vais donner un ordre : celui de filer en vitesse ! dit Resnick.

D'un geste, l'agent invita les deux petits à obéir et ils coururent en direction de quelque membre désœuvré de l'équipe continuer leur numéro.

– Je suppose qu'il est naïf de demander où sont les parents, dit Resnick. Et pourquoi ils les laissent traîner dans la rue à cette heure-là.

– Je ne sais pas, dit l'agent, mais en tout cas, je préfère encore les voir traîner par ici plutôt que d'aller voler des autoradios ou escalader des gouttières pour surprendre les vieilles dames dans leurs salles de bains.

C'est à ce moment précis que Resnick réalisa pourquoi le visage du chauffeur lui avait semblé si familier.

*
* *

Maria Roy tâchait de boire son second whisky plus lentement que le premier, qu'elle avait pratiquement lampé d'un trait. En réfléchissant, elle se souvint d'avoir lu quelque part que boire lentement saoulait plus vite. À moins que ce ne fût de boire l'alcool avec une paille.

Elle errait d'une chambre à l'autre, au rez-de-chaussée, en se répétant qu'elle devait se tenir prête et agir le plus calmement du monde lorsque le téléphone sonnerait de nouveau. Cette fois, elle se montrerait raisonnable et lui demanderait exactement où il voulait en venir.

Il y avait trois postes dans la maison. Tous trois restaient désespérément muets.

*
* *

– Alf ?

Il avait terminé sa sieste au volant du camion et se tenait à présent près de la roulante à l'arrière de laquelle un type en tablier blanc était occupé à ouvrir en deux quatre douzaines de petits pains.

– Alfie ?

Il ressemblait à un whippet [1] avec deux jambes ; à tel point qu'il était difficile de ne pas regarder derrière lui à la recherche d'une queue en trompette dépassant de son manteau.

– Sergent.

– Inspecteur, corrigea Resnick.

– Un moment, j'ai cru que vous ne me remettiez pas.

– Au début, non. À cause des cheveux.

– Gagné.

– Je t'ai connu chauve comme un œuf.

Alf Levin se caressa la tête avec un sourire :

– C'est pas mal, la technologie moderne, hein ?

– Tu ne vas pas me dire que tu t'es fait faire des implants ?

– Non, mais on croirait presque. En fait, c'est un postiche. Ça date de quand j'ai commencé à bosser pour Midlands. Je me suis fait quelques potes parmi les maquilleurs. Ils ont pris mes mensurations, fait des tests pour la couleur et en avant. Je dois être le seul chauffeur de la boîte avec une œuvre d'art pareille sur les étagères à clopes. Paraît même que ça résiste à un vent de force neuf.

– Il faut qu'on parle, Alfie, dit Resnick en louchant vers le cuistot qui découpait un chapelet de saucisses.

– C'est pas ce qu'on est en train de faire ?

– Allons au chaud.

Alf Levin n'hésita que le temps d'allumer une cigarette et de glisser au cantinier :

– Si tu me vois pas revenir chercher mon hot-dog, tu peux prévenir mon avocat ?

*
* *

Maria était assise sur les W.-C., au rez-de-chaussée.

1. Petit chien. *(N.d.T.)*

Elle avait pris soin de retrousser sa jupe et de rabattre le couvercle. Elle roulait nerveusement son verre vide, d'une main dans l'autre.

– Dépêche-toi, salopard, dit-elle à haute voix. Décroche ton téléphone.

8

– Je suppose que votre supérieur n'est toujours pas revenu ?

La voix du superintendant fit sursauter Millington qui se cogna le genou contre le bord de la table et renversa du thé sur ses mains, sur le magazine qu'il était en train de lire et sur le sol.

– Non, monsieur. Je ne l'ai pas vu depuis cet après-midi.

Skelton hocha la tête et parcourut la pièce du regard. Ses dimensions devaient se situer à mi-chemin entre celles d'une salle des profs de lycée et celles du vestiaire « messieurs » du club de squash où il avait rendez-vous d'ici vingt minutes.

– Il y a un message à lui transmettre, monsieur ?

Skelton répondit par la négative.

– Bonsoir, sergent.

Millington renvoya la politesse en forçant un brin et suivit des yeux le big boss qui repassait les portes en sens inverse, son sac de sport à la main. Cinq jeux contre un magistrat en sueur, deux gin tonic puis il rentrerait retrouver les siens et ce que sa femme lui avait gardé au chaud. Byzance. La femme de Millington, quant à elle, ne serait pas encore revenue de sa classe de russe, deuxième année. Il s'arrêterait en chemin à la friterie, ou bien au pub, le temps d'avaler un sandwich jambon-fromage et deux bières.

Il sortit son mouchoir pour s'essuyer les doigts et

éponger le coin du bureau. Ce n'était pas en soi une mauvaise chose que le superintendant le trouve seul au bureau à travailler tard. Mais pourquoi fallait-il que ça arrive juste au moment où Millington était en train de boire une tasse de thé en feuilletant l'exemplaire de *Penthouse* qu'il avait trouvé dans le classeur de Divine ?

*
* *

– Ils sont au courant, pour ton casier ?

– Oui, répondit Alf Levin. Mais ça n'a fait aucune différence.

Ils s'étaient installés à une table d'angle, dans l'arrière-salle, aussi à l'écart que possible d'un groupe de figurants qui évoquaient leurs souvenirs de collaboration avec Michael Caine et Bob Hoskins.

– Depuis combien de temps tu travailles pour Midlands ?

– Dix-huit mois. Un peu plus même. Enfin, deux ans, quoi.

– Tu donnes le chiffre comme si tu parlais prison ferme.

Alf Levin leva sa pinte et noya la mousse qui s'était déposée sur les parois intérieures du verre.

– Moi, j'avais ramassé douze ans.

– Tu es ressorti au bout de neuf.

– Moins.

– Bonne conduite.

– Surpopulation, plutôt.

Resnick se redressa, posant un coude près de son demi de Guinness qu'il avait à peine touché.

– Content de te voir « réinséré », comme on dit. Comme quoi ça sert de temps en temps à quelque chose.

– C'est pas d'avoir fait de la taule qui m'a remis le pied à l'étrier.

– Tu as eu la révélation ?

– Non plus. Seulement un bon agent de probation.

– Effectivement, c'est plutôt rare.

– Elle m'a trouvé un endroit pour crécher, s'est assurée que je pointais régulièrement et elle m'a même emmené à des réunions. Vous imaginez ? moi, à des réunions...

Son visage maigre se plissa dans un sourire. La perruque le faisait paraître plus jeune que sa quarantaine passée.

– Et ça t'a aidé ?

– Non, fit Levin avec un ricanement moqueur, mais c'est pas le problème. Le truc important, c'est qu'elle m'a mis en condition pour ce job. C'est la première fois que je fais quelque chose de net depuis que j'ai quitté l'école pour venir dans le nord avec ma bonne bouille et mon GCE[1] de chaudronnerie.

– C'est *Le Magicien d'Oz,* ton histoire.

– Plutôt Dick Whittington, je préfère.

– Mais lui, il allait vers Londres.

– Oui, mais seulement après que les Cloches l'aient remis dans le droit chemin. Vous vous souvenez ?

– Et toi, Alfie, tu as vraiment réintégré les rails ?

Il posa une main sur son cœur :

– Dieu m'est témoin.

Resnick posa sa Guinness et jeta un œil en direction du bar.

– Il n'a pas l'air d'être là, ce soir.

– Je croyais qu'il était partout ?

– Ah ! fit Resnick. Tu vois bien que tu as été touché par la grâce.

– J'ai acheté un disque de Cliff Richard, répondit Levin. Est-ce que ça compte ?

***

– Vous êtes seule ? demanda Grabianski.

1. General Certificate of Education : équivalent anglais du certificat d'études et du CAP. *(N.d.T.)*

– Oui, dit Maria, si doucement qu'il l'entendait à peine.
– Pardon ?
– Oui.
Elle imaginait son sourire, à l'autre bout du fil.
– Nous devons nous rencontrer.
– Pas question.
– Il le faut.
– Pourquoi ?
– Ça vous mène où de jouer à l'innocente ?
Elle ne sut quoi répondre.
– Que diriez-vous de maintenant ? demanda-t-il.
– Non, vous êtes fou. C'est impossible.
– Rien n'est impossible à ce point-là.
– Harold...
– Votre mari ?
– Mon mari.
– Eh bien ?
– Il va rentrer d'un instant à l'autre.
– Sortez avant qu'il n'arrive et retrouvez-moi.
– Non.
– Alors je viens.
– Non !
Elle avait crié. Perdu son calme. Elle l'entendit rire dans l'appareil, puis :
– D'accord. Alors demain. Et ne me dites pas que c'est impossible, cette fois.
Maria sentit la goutte de sueur s'échapper du creux de sa paume pour glisser le long du combiné. Tout comme elle sentait la moiteur qui s'était insinuée à d'autres endroits de son corps.
– D'accord, dit-elle.
Elle ferma les yeux.

*
* *

Depuis l'apparition des différentes variétés au curry, au fromage ou au jambon, Alf Levin considérait que les chips étaient devenues partie intégrante de la cuisine internationale.

– En fait, dit-il à Resnick en lui proposant le sachet de friandises, ce que vous me demandez c'est de balancer un petit peu.

– Tout de suite les grands mots, dit Resnick en refusant les chips.

– Donner des informations sur des types avec qui j'aurais prétendument été en cheville, vous appelez ça comment, vous ?

– Coopérer. Faire ton devoir d'honnête citoyen.

– Vous êtes drôle. Je débute seulement, moi, dans l'honnêteté.

– Justement.

Levin renversa la tête en arrière et fit descendre entre ses mandibules le reste du paquet. L'ennui, avec les chips, c'est que ça donnait faim et soif. Quelle que soit la variété.

– Une autre, Mr. Resnick ?

– Je préférerais une réponse.

En retroussant sa lèvre supérieure, Levin découvrit deux incisives assez impressionnantes pour casser une belette en deux d'un seul coup.

– C'est pas comme si j'avais encore mes entrées dans certaines sphères.

– Il te suffirait de reprendre certains contacts. C'est faisable.

– Beaucoup de choses sont faisables.

– Mais cette fois pour la bonne cause.

– C'est quoi la bonne cause ?

– Va savoir.

Alf Levin chiffonna le sachet vide et se leva. Les figurants commençaient à déserter le bar, eux aussi.

– Allons-y, dit-il. Avant de ramener mon foutu camion, il me faut mes deux saucisses, sinon je ne réponds pas du chauffeur.

Harold Roy était resté à l'écart des autres et ne mangeait rien. La manière dont il tourna le dos pour dévisser le capuchon de sa flasque et verser une rasade de gnôle dans son gobelet de polystyrène semblait tenir de l'automatisme. En l'observant à la dérobée, Resnick ressentit presque de la sympathie pour ce type qui semblait crouler sous les angoisses et les problèmes. En outre, le café était proprement immonde.

Harold écrasa le gobelet vide dans son poing et le balança dans le sac-poubelle le plus proche avant de se diriger vers le pub. Resnick suivit le mouvement et prit place à trois tabourets d'intervalle lorsque Harold Roy s'installa au bar.

Lorsqu'il l'entendit commander une vodka tonic taille adulte, il sourit en pensant à son grand-père, assis tous les soirs devant son assiette de harengs accompagnés de rondelles d'oignons, de mayonnaise et de pain de seigle. Et aussi de vodka.

– Qu'est-ce que ce sera, mon grand ? demanda la barmaid.

– Guinness, répondit Resnick.

– Pinte ?

– Demi.

Il savoura la première gorgée et la fraîcheur du breuvage sous le faux col crémeux. De l'extérieur parvenaient des bruits de moteurs mais il y avait encore loin d'ici à ce que tout le monde soit parti. De petits groupes entraient par intervalles, leurs voix plus aiguës et affectées que la clientèle ordinaire, leurs phrases ponctuées régulièrement de « putain » et « bordel » – articulées soigneusement. Un jeune homme portant un anneau à l'oreille s'assit à la droite de Resnick et commanda un St Clements qui lui valut un regard mauvais de la barmaid.

– Fais-nous un sourire, Harold, dit quelqu'un en lui tapant sur l'épaule. C'est pas la fin du monde !

Harold semblait d'un tout autre avis et ne se donna même pas la peine de répondre. On avait mis des pièces dans le juke-box et quelques voix accompagnèrent Tom Jones le temps du premier couplet. Resnick avait cru remarquer qu'il n'était pas seul à observer Harold. Adossé au mur du fond, entre le distributeur de cigarettes et un gros yucca en plastique, un homme arborant une calvitie précoce lorgnait par intermittences du côté du bar tout en parlant distraitement à une jolie brune en moon boots. À moins qu'il ne s'intéressât tout simplement à Resnick, il semblait attendre le moment propice pour aborder Roy.

D'autres avaient moins de patience et de complexes.

Le producteur de *Dividendes* serra tout de même quelques mains, distribua quelques sourires et quelques tapes amicales bien que visiblement très pressé de s'entretenir avec son metteur en scène, auprès duquel il vint s'asseoir :

– Que s'est-il passé ? demanda-t-il. Cette fois ?

– Commence pas, Mac, fit Harold sans lever le nez de son verre.

– Personne ne commence rien, Harold.

– Bien.

– Et c'est justement le problème...

Harold poussa son verre en direction de la barmaid pour demander la même chose d'un signe de tête.

– ... parce que personne ne finit rien non plus.

– Je croyais que tu...

– Je fais mon boulot, Harold. Et c'est lamentable de constater que tu ne sembles plus en mesure de faire le tien.

Les membres de l'équipe présents avaient interrompu leurs conversations. On n'entendait plus que le cliquetis des boules de billard dans l'arrière-salle et la musique du juke-box, où Tom Jones avait laissé place à Elvis.

Harold Roy avait le regard presque vitreux, à force d'alcool et de colère contenue, aussi de honte. L'espace d'un instant, Resnick crut que le metteur en scène allait élever la voix, balancer un coup de poing ou le contenu de son verre, mais il détourna les yeux et les vingt personnes qui regardaient reprirent leur souffle.

– Il y avait combien de scènes prévues, Harold ?

Harold secoua la tête.

– On pourrait pas parler de ça demain matin, au bureau ?

– Combien ?

Mackenzie parlait d'une voix glaciale. D'où il était, Resnick ne pouvait voir son visage, mais sentait à quel point il prenait plaisir à cette humiliation publique.

– Une ? Deux ? Combien ?

– Quatre.

– Combien ?

– Quatre.

– Je ne t'entends pas.

– Quatre !

En voulant descendre du tabouret, Harold coinça son talon dans le barreau et perdit l'équilibre. Le verre à la main, il tomba lourdement sur le sol et éclaboussa ses vêtements.

– C'est à se demander comment tu arrives seulement à tenir debout, avec la dose d'alcool que tu ingurgites et les autres saloperies avec lesquelles tu te finis le reste de la cervelle !

Mackenzie s'approcha d'Harold tandis que celui-ci se relevait péniblement. Il se planta devant lui, assez prêt pour qu'Harold soit en mesure de lui allonger un coup de poing, et probablement pour le mettre au défi.

– Au cas où ça te serait sorti de la tête, nous avons un planning à respecter et des dates de diffusion arrêtées sur le calendrier. Si tu continues à nous foutre dans la merde, on va se retrouver avec des épisodes de quinze minutes au lieu des soixante prévues !

Il lui lança un dernier regard méprisant.

– Demain, 8 h 30 à mon bureau ! On va voir ça de près !

Mackenzie tourna les talons, cette fois sans poignées de main, sourires ou tapes amicales, et quitta le bar. La plupart des conversations reprirent aussitôt. Resnick termina sa Guinness et renonça au scotch qu'il se serait volontiers appuyé par-dessus. Harold s'était de nouveau perché sur son tabouret et attendait une autre vodka tonic. Resnick se demanda s'il serait assez raisonnable pour laisser sa voiture rouge sur place et rentrer en taxi.

Dans le feu de l'action, Resnick n'avait pas remarqué à quel moment le chauve s'était éclipsé. Sans doute avait-il décidé que le moment était mal choisi pour parler à Harold. Il consulta sa montre et arriva à la même conclusion : il avait un quatuor de chats affamés qui l'attendaient à la maison. Un quatuor qui devait d'ailleurs s'être transformé en trio. Peu patient de nature, Dizzy avait dû partir chasser lui-même son repas du soir.

– Bonsoir, dit-il à la cantonade avant de sortir.

– Au revoir, mon grand, répondit la barmaid.

Harold Roy avait vaguement tourné la tête, croisant le regard de Resnick sans le voir. L'alcool et les autres saloperies cités par Mackenzie, songea Resnick en se glissant au volant de sa voiture. Mackenzie lui avait rappelé tous les types infatués d'eux-mêmes et de leur propre pouvoir qu'il avait côtoyés dans la police. Il les savait nombreux, connaissait le goût qu'ils avaient tous en commun d'user de ce pouvoir en public. Durant trois ans, à l'époque où il portait encore l'uniforme, il avait servi sous les ordres d'un de ces guignols, jamais plus heureux que lorsque l'occasion lui était donnée de passer un savon à un officier devant le reste de l'équipe. Un type qui aurait écrasé n'importe qui pour le plaisir et attendait en retour des sourires et des ronds de jambe. Resnick frémit à la pensée de prendre ce pli-là un jour.

Il passa la seconde et s'engagea sur l'avenue. En moins de dix minutes, il aurait regagné le centre-ville.

Reprenant le fil de ses pensées, il se dit que dans certains cas, on ne devait même pas se rendre compte de ce qu'on devenait. Il sourit à son reflet dans le rétroviseur, songeant après réflexion qu'entre les tics de Jack Skelton et la vigilance de Lynn Kellogg, il ne courait qu'un risque minime de se transformer en médiocre petit chef.

Parfois, en observant le superintendant, Resnick se demandait si ses parents ne l'avaient pas obligé à porter un corset pendant sa jeunesse.

*
* *

Jack Skelton était assis dans le fauteuil, dos à la fenêtre aux rideaux tirés. Dans la rue, la circulation semblait extrêmement fluide, lointaine. Il ne s'était même pas donné la peine d'allumer la lumière. Il devinait dans la pénombre la silhouette de son sac de sport, là où il l'avait laissé et pouvait même sentir l'odeur de sueur de sa tenue de squash. Cette fois, il était resté dix-huit minutes sans regarder la pendule.

9

Miles était là pour accueillir Resnick au moment où celui-ci descendit de voiture. Le chat avait reconnu le bruit familier du moteur et était accouru pour pousser son miaulement de bienvenue depuis le mur de pierres, la queue en berne. Resnick tendit la main au passage pour caresser la tête de l'animal au-dessus et au-dessous de l'oreille.

– On y va, mon bonhomme. C'est l'heure de la graille.

Miles courut jusqu'au bout du mur avant de sauter tandis que Resnick ouvrait la grille.

Avant qu'il n'atteigne la porte d'entrée, Resnick

sentit la présence de Dizzy qui, silencieusement comme à son habitude, se matérialisait au moment opportun, l'air de déboucher de nulle part. Avec sa spontanéité coutumière, il rappela fermement Miles au protocole et passa le premier tandis que Resnick ouvrait la porte.

Il alluma et se baissa pour ramasser le courrier. Quatre enveloppes et une carte de visite. Il referma la porte et glissa la chaîne de l'entrebâilleur dans son logement.

Il faisait froid dans le vestibule et Resnick essaya de se rappeler quand il avait purgé les radiateurs pour la dernière fois.

Pepper attendait, niché entre la huche à pain et le percolateur, les deux pattes en avant, et Bud sous la table de cuisine. Miles et Dizzy se frottaient chacun contre une jambe de Resnick, miaulant et ronronnant d'une manière très intéressée.

– Silence dans les rangs, dit-il tout en sachant que cela ne produirait aucun effet.

Il répartit en proportions égales le contenu de la boîte dans chacun des quatre bols de couleur – vert, bleu, jaune et rouge – puis rajouta une poignée de croquettes par-dessus et un peu de lait entier, gardant le demi-écrémé pour lui. Quelle heure pouvait-il bien être ? Il mit deux poignées de grains noirs dans le moulin à café, versa l'eau dans la machine après quoi il se sentit assez détendu pour ôter son manteau, desserrer un peu plus sa cravate en tire-bouchon et se débarrasser de ses chaussures. Il passa au salon, choisit un 33 t de Lester Young sur l'étagère et mit la stéréo en sourdine. New York City avec Johnny Guarnieri : trois jours après Noël 43, un retour à l'époque où tout semblait encore possible. *I Never Knew, Sometimes I'm Happy*.

En repassant à la cuisine, Resnick vira Dizzy qui squattait la pâtée de Bud, avant de se couper quelques tranches de pain de seigle et d'ouvrir une boîte de sardines à l'huile de soja auxquelles il rajouta quelques fines rondelles d'oignon. Avec le conséquent morceau de féta qui restait, cela devrait suffire. Il prit la carte de visite en emportant son sandwich au salon. Elle portait la signature de Claire Millinder, en diagonale, au dos, ronde et nette.

Essayé de vous joindre chez vous et au bureau, lut-il. *Pourquoi n'achetez-vous pas un répondeur ?*

« Ce qu'il vous faut, lui avait dit un jour Millington, c'est un four à micro-ondes. Comme ça, vous ne serez pas obligé de manger tout le temps des sandwichs. »

« Je n'ai jamais très bien compris ce que vous avez au juste contre les disques laser, Charlie », avait laissé tomber Jack Skelton par un après-midi moins guindé qu'à l'ordinaire.

« D'après ce qu'en dit Debbie, avait-il entendu Kevin Naylor expliquer à Lynn Kellogg, l'investissement dans un lave-vaisselle s'amortit en temps gagné. »

Resnick ne se souvenait plus si c'était avant ou après la naissance du bébé.

Lester en était à *Just You, Just Me,* avec un premier chorus presque en ligne droite, ponctué de triolets aux intervalles millimétrés, une prise d'air en douceur, par-dessus la caresse des balais de Sid Catlett sur la caisse claire, le tout avec la confiance sereine de l'artiste parvenu à un contrôle total de son esprit et de ses doigts. Avec les mêmes accords, il fait une autre chanson, un air à lui.

What are these arms for ?
What are these charms for ?
Use your imagination. [1]

Pourquoi Resnick n'achetait-il pas un répondeur ? Pour continuer de tenir les mauvaises nouvelles à dis-

1. À quoi servent ces bras ? / À quoi servent ces charmes ? / Fais marcher ton imagination. *(N.d.T.)*

tance. Ne pas avoir à écouter les messages qu'il ne voulait pas entendre.

Une photographie de Lester Young, prise en 1959, lui revint à l'esprit. Le « Pres[1] » se trouve dans un studio d'enregistrement, son instrument à la main. Il ne joue pas. Même pour la mode de l'époque, son complet paraît beaucoup trop large, comme si l'homme avait commencé à fondre dedans. Il baisse la tête, ses joues dégoulinent sur sa mâchoire. Ce que ses yeux bruns et doux regardent se situe en dehors de la pièce. Il tient dans sa main gauche le capuchon de son ténor, donnant l'impression de vouloir ranger son instrument, peut-être bien une bonne fois pour toutes. Au creux de son œsophage, les veines ont peut-être déjà commencé de se rompre, entraînant l'hémorragie.

Le café devait être prêt. Dans la cuisine, Resnick prit celle des enveloppes dont l'adresse n'avait pas été imprimée à l'ordinateur. Depuis combien de temps n'avait-il pas posé les yeux sur cette écriture ? Combien d'années ? Il aurait voulu la déchirer en menus morceaux. S'acharner dessus jusqu'à en faire des confettis.

– Viens.

D'une main, il souleva Bud et le posa sur ses genoux, laissant la tasse de café en équilibre sur le bras du fauteuil. La première variation sur *I never Knew* prit brusquement fin. Une harmonie au sax, une phrase inachevée au piano. Lester est là, l'embouchure tout près des lèvres, mais il a les yeux ailleurs. Comme si quelque chose venait de passer la porte, en 1943, pour suspendre le temps. Une prémonition.

Un fantôme.

1. Surnom de Lester Young, diminutif de « Président ». *(N.d.T.)*

10

Ce genre d'appel était la plupart du temps enregistré aux alentours de sept heures. D'une voix furieuse et encore embrumée de sommeil, le maître de maison expliquait comment il avait retrouvé la porte de derrière grande ouverte ou la fenêtre du jardin forcée juste avant de prendre la première tasse de thé ou de café. L'officier de service qui prenait la communication avait souvent beaucoup de difficulté à calmer son correspondant pour prendre ses coordonnées. Rees Stanley, pour sa part, était en rogne bien avant la découverte des faits : seulement dix minuscules centimètres de neige sur les pistes d'Obergurgl et cinquante de poudreuse en altitude. Sa femme et sa fille cadette s'étaient pourtant offert chacune une paire d'après-ski qui avaient coûté les yeux de la tête et son fils avait trouvé le moyen de se briser tous les doigts du pied gauche. Quant à l'idée intelligente d'emmener avec eux la jeune fille au pair, elle n'avait eu pour résultat qu'une perte de temps et d'argent.

Le retour en voiture depuis Gatwick n'avait été pour Rees qu'une longue veille silencieuse, un combat de tous les instants pour ne pas piquer du nez sur son volant tandis que tout le monde ronflait autour de lui.

Et au retour...

Le sergent de service prit note de tous les détails, moins les gros mots et fit signe à Divine qui arrivait juste.

– Pour toi, Mark.

Divine parcourut le compte rendu tout en grimpant l'escalier quatre à quatre. Pourquoi est-ce que les gens gardaient autant d'argent chez eux plutôt que de le mettre à la banque ? Des vieux, encore, il aurait compris. Les éconocroques sous le matelas, bon. Mais là. Non, vraiment, les gens n'étaient pas raisonnables.

Il posa son pardessus sur le dossier d'une chaise et

mit la bouilloire à chauffer. Il avait du pain sur la planche avant que Millington et Resnick ne débarquent : classer les plaintes enregistrées dans la nuit, les entrées et les sorties des pensionnaires du bloc et les messages dans les chemises prévues à cet effet qu'il apporterait ensuite à l'inspecteur en même temps qu'un thé fort et sans sucre.

Dernière page, première page, page trois : ce qu'il aimait par-dessus tout, c'était les dix minutes de détente, les pieds sur le bureau à lire son petit journal.

Un parfum de fruit défendu.

***

– Est-ce que quelqu'un a une idée ? lança Resnick à la cantonade.

La cantonade, formée par Millington, Divine, Naylor, Kellogg et Patel ne semblait pas crouler sous les idées.

– Toute la famille part pour sa transhumance en altitude annuelle, ne laissant derrière elle qu'un système d'alarme qui n'a pas fonctionné depuis dix-huit mois. Même scénario que pour le casse Roy. Vous en concluez quoi ?

– Un coup de chance ? risqua Divine.

– Un coup de chance pour qui ? fit Resnick.

– Un coup de chance, en tout cas, que ça ne leur soit pas arrivé plus tôt, fit Millington. À quoi sert une alarme qui n'est pas branchée ?

– À faire croire que la maison est protégée, monsieur, intervint Patel. Un effet dissuasif.

Millington tourna la tête, préférant l'ignorer.

– C'est plutôt réussi, comme effet dissuasif, fit remarquer Divine.

Resnick pianota sur le bord de son bureau. Deux doigts.

– Peut-être que tout cela n'a rien de fortuit, monsieur, commença Lynn Kellogg.

– Rien de quoi ? s'étonna Divine.

– Fortuit. Je veux dire que si ça se trouve, tout cela n'a rien d'un coup de chance.

– Ils ont pas ce mot-là dans le *Sun ?* fit Naylor avec un sourire, ce qui était chose rare ces derniers temps.

– Seulement à la page des mots croisés, renchérit Millington, fidèle lecteur du *Mail* depuis toujours.

– Et dans l'hypothèse, reprit Lynn en regardant Resnick, je veux dire s'ils travaillaient sur la base d'informations préalables, pourquoi avoir attendu la dernière minute ?

– Peut-être qu'ils sont rentrés plus tôt que prévu, fit Divine. Les Stanley.

– C'est pas idiot, en effet, dit Resnick. Pensez à vérifier lorsque vous vous rendrez sur place.

Un instant, Mark Divine crut rêver. Resnick venait d'acquiescer à l'une de ses interventions. Du jamais vu.

– Renseignez-vous également au sujet de cette alarme défectueuse. Qui l'a installée, qui l'a débranchée et pour quelles raisons ?

– Justement, monsieur, dit Millington. Il y avait un certain...

– Lloyd Fossey.

– Oui, c'est ça, Lloyd. Même qu'avec un nom comme ça, je m'attendais à tomber sur un Noir.

– Ou un Gallois, fit Divine.

– Il n'était d'ailleurs ni l'un ni l'autre. Né et élevé à Sutton-in-Ashfield. Bref. Un petit malin, en tout cas. Il avait quelque chose à l'œil.

– Fossey avait travaillé pour une boîte de sécurité de la région et s'était fait virer, expliqua Resnick à l'intention des autres. Nous avions quelques raisons de penser qu'il avait monté une combine...

– En utilisant ce qu'il savait pour arrondir ses fins de mois, termina Millington.

– Mais nous ne sommes pas parvenus à établir un lien solide.

– Une véritable anguille.

– On aura peut-être plus de chance cette fois-ci, Graham.

– Comptez sur moi pour m'y atteler dès que j'en aurai terminé avec les Chinois, dit Millington.

– Ceux-là aussi, comme engeance de faux derches et d'anguilles... marmonna Divine.

– Qu'est-ce que tu veux dire par là ? demanda Patel.

– Rien.

– Tu pourrais préciser ta pensée ?

– Laisse tomber.

– Non, je voudrais...

– Pas maintenant, intervint Resnick. Je dois être chez le superintendant d'ici dix minutes et ça ne nous laisse pas le temps d'écouter Mark nous faire un exposé, même édifiant, sur le fondement des préjugés raciaux.

– Quels préjugés ? protesta Divine. J'ai seulement voulu dire que...

Resnick l'interrompit d'un seul regard. Divine comprit qu'il valait mieux ne pas en rajouter.

– Je vais tâcher de commencer dès cet après-midi, proposa Millington.

– Très bien. Mais en cas de problème, veillez à ce que quelqu'un s'occupe des autres fers qu'on a au feu, dit Resnick en regardant sa montre. Mark, première chose, vous vous occupez de la maison Stanley et vous ne laissez passer aucun détail. Vous, Kevin, vous vérifiez si par hasard Stanley et Roy ne seraient pas assurés par la même compagnie, si une vérification des installations et de leur conformité a été effectuée avant la signature du contrat d'assurance et si oui par qui. Vous me passez également en revue les rapports sur les cambriolages récents qui correspondent au profil de ces deux affaires, pour voir s'il y a éventuellement un lien. Si nous sommes en présence de la même équipe pour les deux casses, il y a gros à parier qu'ils ont eu accès à pas mal de renseignements et il faut qu'on en localise la source. O.K. ?

Resnick se leva. Son équipe en fit autant.

– Lynn, vous êtes toujours au centre commercial ? demanda-t-il tandis que les officiers quittaient le bureau.

– Oui, monsieur, répondit-elle sans enthousiasme.

– Je passerai vous voir plus tard, me faire offrir un café.

– Bien, monsieur.

Il posa une main sur le bras de Patel qui sursauta.

– Vous avez eu raison d'aligner Divine, dit-il en le prenant à part. Même si je doute qu'il ait compris.

– J'en doute aussi, monsieur.

– J'aurais peut-être dû vous laisser aller jusqu'au bout.

Le jeune agent le regarda sans répondre.

– Maria Roy, dit Resnick. Comment avez-vous trouvé son histoire ?

– Bancale, monsieur. À la limite de l'incohérence.

– Elle maintient que ses cambrioleurs étaient deux petits Noirs ?

– Deux grands Noirs, monsieur. Ils n'ont pas arrêté de grandir pendant toute la durée de la conversation.

– Mais ils n'ont pas changé de couleur de peau ?

– Non, monsieur.

– Après tout, elle est peut-être daltonienne, fit Resnick avec un clin d'œil.

– À ce point-là, ce serait un cas grave, monsieur.

– Alors il va falloir trouver pourquoi elle ment.

***

Mon Dieu, mais qu'est-ce que je suis en train de faire ? songeait Maria Roy. Je ferais mieux d'aller directement chez un psy, au lieu de rester là bêtement, dissimulée sous des porches, à attendre un homme que je ne connais même pas. Un criminel. Elle avait la sensation désagréable que toutes les clientes qui entraient et sortaient de chez Debenhams entendaient le halètement de sa respiration. Elle sortit les mains de ses poches, ôta ses gants, un doigt après l'autre, glissa à nouveau les mains dans ses poches, un gant dans chacune. Qu'est-ce qu'il lui avait pris de choisir ce manteau ? Il n'était même pas élégant. Elle releva le col puis, trouvant que cela lui donnait l'air d'une espionne et ne lui valait rien au teint, le remit en place. Les aiguilles en forme de mains de l'horloge du Council House mettaient une éternité à marquer onze heures. Et elle ne pouvait en aucune manière être sûre qu'il viendrait au rendez-vous.

Enfin si : elle en avait la certitude.

Elle reboutonnait le haut de son manteau lorsqu'elle l'aperçut qui se frayait un chemin parmi les groupes compacts de pigeons du square.

*
* *

Resnick aimait s'asseoir sur le tabouret du bout, ou bien sur celui qui se trouvait juste à côté, près du container de jus d'orange et de l'appareil à milkshake et à distance raisonnable du four où tiédissaient les saucisses et les pâtés en croûte.

– Dix minutes, fit Sarah, l'une des deux serveuses. Ça ira ?

Resnick répondit d'un geste de la main que ça irait. Il savait le vieux percolateur aussi capricieux que les locomotives à vapeur d'autrefois.

Deux femmes frisant la soixantaine s'installèrent à une table et, après avoir posé leurs emplettes, commandèrent du thé. La plupart des autres clients étaient des commerçants du marché couvert qui plaisantaient tout en buvant du thé ou du café dans leurs tasses personnelles, qui étaient soigneusement conservées de l'autre côté du comptoir.

Resnick songeait à ce que lui avait dit Skelton juste

avant qu'il ne quitte son bureau : « Cette fameuse source d'information, Charlie, – si source d'information il y a – elle pourrait être plus près de nous que nous ne l'imaginons. »

*
* *

– Arrêtez, dit Maria.
– Quoi donc ?
– Vous savez très bien.
– Je sais très bien quoi ?
– Arrêtez de me regarder comme vous le faites.

Ils se trouvaient au premier, juste au-dessus de la carterie, dans l'espace salon de thé. Ils s'étaient installés près de la fenêtre qui donnait sur le centre-ville, la place où quelques punks sur le retour partageaient la fraîcheur de la fontaine avec les clochards du coin, les pierres grises du Council House tout au bout, la mosaïque de l'hôtel de ville et les deux lions sculptés de chaque côté des marches. Un bus vert aux trois quarts vide tourna dans la petite côte en direction du théâtre rénové. Un crieur de journaux annonçait la première édition. Une escadrille de gamins en roller slalomait entre les obstacles. Couples, jeunes gens en bras de chemises, portant moustaches et tatouages vaquaient à leurs occupations. Des occupations ordinaires pour gens ordinaires.

– Non !

Un cri étouffé, presque un murmure.

Quelques regards se tournèrent néanmoins dans leur direction. Grabianski se contenta de sourire, avec la même gourmandise, la même assurance. Il laissa sa main posée sur le genou de Maria et le bord de la jupe à l'endroit où il l'avait retroussée, ne bougeant que le pouce, qui dessinait des cercles entre son mollet et sa cuisse, là où la peau était la plus douce.

– Est-ce que tout va bien ? demanda la serveuse d'un air vaguement concerné.

Maria se contenta de plisser légèrement les yeux et renversa la tête en arrière dans un soupir.

– Nous n'hésiterons pas à vous faire signe si nous avons besoin de quelque chose, dit Grabianski avec aménité.

Quelques minutes s'écoulèrent avant que, la main de Grabianski redevenue immobile, Maria puisse articuler de nouveau.

– Pourquoi sommes-nous là ? demanda-t-elle.

– Pour un petit déjeuner tardif. C'est bien comme ça que l'on dit ?

C'est une sorte de torture, songea Maria. Le mot exact était plutôt celui-là. Il recommença à caresser le creux de son genou et elle tenta de l'arrêter, ne réussissant qu'à emprisonner ses doigts dans les siens. Grabianski interposa sa jambe gauche contre la jambe droite de la jeune femme, pressant suffisamment fort pour lui donner le choix entre lâcher prise ou tourner sur sa chaise.

– Tout le monde nous regarde.

– C'est seulement dans votre tête.

– Ils peuvent voir.

– Quoi ?

– Ce que vous êtes en train de faire.

– Que suis-je en train de faire ?

Essayer de me rendre folle, pensa Maria.

– Ils étalent du beurre sur leurs cakes, dit Grabianski, cochent avec le plus grand soin le détail de leurs listes de courses ou se préparent à aller faire pipi. Ils ont bien autre chose à faire que nous observer.

– Écoutez... commença-t-elle.

– Oui ?

– Vous ne m'avez pas encore... dit ce que... au téléphone, vous aviez dit que vous vouliez quelque chose.

Grabianski partit d'un rire de gorge proche du grognement qui surprit Maria. Elle l'imagina à côté d'elle, dans un lit. Enfin, pas exactement à côté d'elle. Il rit à nouveau et lui pinça le genou. Comment sait-il, se dit

Maria avec angoisse, comment arrive-t-il à lire ainsi mes pensées !

– S'il vous plaît, dit Grabianski à l'adresse de la serveuse qui lui tournait le dos, prenant la commande à la table d'à côté.

– Oui ?

La jeune fille avait les traits tirés et portait une alliance ternie au doigt. Sur le devant de sa robe noire lustrée, elle arborait un petit tablier de dentelle comme Maria n'en avait jamais vu ailleurs que dans les vidéos pornographiques qu'affectionnait parfois son mari après une bonne ligne de coke.

– L'addition.

– Dans un instant, monsieur, je suis...

– Nous partons.

– Je suis à vous dans...

– Maintenant.

La serveuse s'exécuta de mauvaise grâce et feuilleta le petit carnet à souches qu'elle portait accroché à la taille, pour finir par retrouver leur addition qu'elle posa près de la seconde tasse de café intacte de Grabianski.

– Merci, dit-il en glissant un billet de cinq livres dans sa main avant de gagner les escaliers en compagnie de Maria. Et à bientôt.

– Vous êtes toujours comme ça ? demanda Maria lorsqu'ils furent dans la rue.

– Comme quoi ?

– Je ne sais pas. Excité, imbu de vous-même.

– Non, répondit-il, je ne crois pas. Sincèrement.

Il l'entraînait vers la station de taxis qui se trouvait à l'entrée sud du square.

– Vous... vous avez pris quelque chose ?

Grabianski marqua un temps pour s'assurer qu'il avait bien compris.

– Non. Je n'ai jamais vu l'utilité de ces trucs-là, dit-il tandis que le chauffeur asiatique abandonnait son collègue pour leur ouvrir la portière de son taxi.

Ils prirent place à l'arrière et restèrent silencieux quelques secondes sous le regard du chauffeur qui s'était installé au volant.

– Qu'attendez-vous pour donner votre adresse au monsieur ? dit Grabianski.

***

Resnick avait avalé ses deux espressos, parcouru le journal local et échangé avec Sarah leurs quelques phrases rituelles. En donnant un rapide coup d'œil à sa montre, il vit qu'il n'avait pas le temps d'attendre Lynn qui feignait une véritable passion pour les collections de printemps chez Miss Selfridge ou Next. Il fit un crochet par le delicatessen pour une livre de saucisse fumée, cent vingt-cinq grammes de champignons séchés (un peu d'extravagance ne nuit pas), deux onces de fenouil et une part de gâteau aux graines de pavot, puis par le marchand de fruits et légumes pour un chou January King et un demi-concombre. Enfin, au stand du crémier, il fit provision de Jarlsberg, de cheddar et de féta et s'arrêta encore au delicatessen à côté de la sortie pour quelques harengs marinés et du raifort à la crème. La femme qui le servit s'adressa à lui en polonais, sachant qu'il comprenait la langue et Resnick répondit en anglais.

Parfois, il lui arrivait de se dire qu'il devrait faire plus que seulement vendre la maison. Demander son transfert aussi, pour une autre ville.

Il savait pourtant qu'il n'en ferait rien. Sa vie était ici.

À l'autre bout du marché couvert, près de l'escalator et de l'horloge d'Emmett, une douzaine de polonais en pardessus et casquettes s'en grillaient une en évoquant le passé. Médailles, citations, campagnes militaires, bortsch, hivers froids. Ils étaient venus là, certains parachutés par des forteresses volantes, d'autres pour travailler dans les mines. Ils étaient restés. Pour ces hommes, la vodka garderait à tout jamais le goût et l'odeur de l'estragon et du miel sauvage, de la cerise ou de l'herbe de bison.

La seule vodka que Resnick avait quant à lui connue du temps de sa jeunesse était fabriquée à Warrington.

Il pressa le bouton de l'ascenseur qui descendait au parking. Si tout allait bien, il serait à Midlands Television dans les dix minutes pour avoir enfin une conversation avec Harold Roy...

11

Mackenzie était debout depuis six heures moins cinq. Après deux jus d'orange pressée, un bol de céréales avec brans et germes de blé, vingt minutes à nager d'un bout à l'autre de sa piscine en songeant à son planning du jour, il avait pris le chemin de son bureau de production, le pli de pantalon au rasoir et la pince de cravate en or impeccablement droite. La cloison de séparation en verre fumé lui renvoyait l'image d'un homme large d'épaules en blazer croisé de laine bleue qui paraissait au plus 35 ans, soit dix ans de moins que son âge.

En s'installant à son bureau, il fit pivoter le fauteuil du côté du moniteur TV et se pencha légèrement pour glisser une cassette dans le magnétoscope. La première scène mise en boîte au cours de la journée de tournage de la veille apparut à l'écran.

Il se munit d'un bloc et décapuchonna son stylo pour prendre des notes. Il espérait qu'Harold serait à l'heure à leur rendez-vous de 8 h 30. S'il s'avérait nécessaire de lui remonter les bretelles avec brutalité, Mackenzie préférait que la chose ait lieu avant l'arrivée des autres. Non pas que leur présence lui eût posé problème. L'expérience lui avait simplement appris que la rumeur allait plus vite à créer une légende que la réalité des faits.

La scène qui passait à l'écran lui inspira une grimace et il se demanda combien de téléspectateurs remarqueraient comme lui le léger mouvement de recul, l'imperceptible hésitation de la star masculine au moment d'étreindre avec fougue la star féminine. Il se demanda également combien parmi les plus observateurs mettraient ce détail sur le compte de la mauvaise haleine de la dame et combien sur les préférences sexuelles du monsieur.

– Mac...

Mackenzie pressa la touche pause avant de tourner la tête.

– Mac, justement je voulais te voir...

– Oui, mais...

– Je voulais juste que tu jettes un coup d'œil à cette séquence...

– Volontiers un peu plus tard, Robert, mais pour le moment...

– C'est trois fois rien, juste quelques petites modifications.

– Le problème, c'est que je dois avoir visionné le travail d'hier avant l'arrivée des autres. Il y a une réunion à 9 h 15, dit-il en prenant congé de Robert Deleval d'un sourire. Tu sais ce que c'est...

Deleval baissa les yeux sur les feuillets verts qu'il tenait à la main.

– Bien, dit-il. Alors qu'est-ce que je fais ? J'en parle directement avec Harold ?

– Tu ne crois pas qu'il est déjà assez débordé ?

Deleval secoua la tête :

– Je sais, Mac, mais ce texte ne tient pas debout et si on ne fait rien, ça va être intournable.

– C'est peut-être un peu tard pour s'en rendre compte.

– En ce qui me concerne, je ne l'ai eu en main qu'hier. Quelqu'un a récrit depuis la séance de lecture.

– Quelqu'un a récrit ?
– Ouais.
– Et tu as une idée de qui ça peut être ?
Robert Deleval regarda fixement le producteur pendant quelques instants.
– Non, finit-il par répondre.
– J'en toucherai deux mots à Harold, ne t'en fais pas. Laisse-moi tes pages de script, on trouvera une solution.
– De toute manière, il faudra modifier les dialogues.
– Je te dis de ne pas t'en faire.
Mackenzie tendit la main et Deleval lui remit la demi-douzaine de feuillets avant de tourner les talons. Il attendit patiemment que ses pas s'évanouissent à l'autre bout du couloir pour déchirer les pages en quatre et les jeter dans la corbeille.
– Les écrivains, grogna-t-il dans son bureau vide. C'est vraiment une race !

*
* *

Harold Roy avait oublié le rendez-vous pris avec son producteur. Il s'était réveillé tard, en sueur, épouvanté par l'odeur des draps dans lesquels il avait dormi. Maria allait et venait dans son peignoir, l'air absent sauf lorsqu'elle se regardait dans un miroir. Il sentait toujours la disparition du kilo de cocaïne suspendue au-dessus de sa tête comme une menace. L'angoisse de croiser le propriétaire chaque fois qu'il tournait le coin d'une rue ou d'un couloir allait recommencer de le tenailler.
– Allons, Harold, avait insisté le type en question, qu'est-ce que tu as à perdre ? Moi, je peux te le dire : rien. En revanche, qu'est-ce que tu as à gagner : un pourcentage, comme qui dirait un loyer ou des frais de garde, si tu préfères. Moi, je ne peux pas m'en occuper pour l'instant. J'ai des problèmes, faut que je démé-

nage de chez cette fille, c'est la vie, tu sais comment c'est, j'te fais pas un dessin : trouver un appart', une chambre de bonne ou un hôtel, au pire. Tout ce que je te demande dans l'intervalle, c'est de me garder ça au chaud sans y toucher. Promis, tu auras ta part. Quinze jours, non, tiens, un mois de ravitos. De la came de première. Goûte-moi ça, fais-toi une ou deux lignes et tu m'en diras des nouvelles ! Alors ?

Alors, Harold avait rembarqué le kilo de poudre dans son attaché-case, entre son filofax et son script de tournage. Ne serait-ce que pour faire taire le type qui, deux lignes de coke plus tard ressemblait à une créature à trois bouches.

*
* *

– En retard, Harold.

– Je sais, Mac. Désolé.

– O.K. ! ce n'est pas grave, fit Mackenzie en passant un bras autour des épaules d'Harold. Allons prendre le petit déjeuner.

– Moi, ça y est, c'est fait.

– Moi aussi. Bon, alors un café.

– Je croyais qu'on avait une réunion ?

– C'est le cas.

– Alors quel besoin de sortir boire un café ?

– On pourra parler plus tranquillement.

– Pourquoi pas ici ?

– Pourquoi pas là-bas ?

L'assistant et la secrétaire de production demeuraient immobiles face à leurs petits écrans verts, les mains suspendues au-dessus du clavier.

– Nous sommes bien au bureau de production, ici ?

– Bien sûr qu'on est au bureau de production. Qu'est-ce que tu veux dire au juste ?

– Que c'est l'endroit idéal pour une réunion de travail au sujet de la production, simplement.

Mackenzie prit une respiration. Qu'est-ce que ce petit con avait donc derrière la tête, ce matin ?

– Tu veux des témoins, c'est ça que tu essaies de me faire comprendre ?

– Je dis seulement que je préfère que la réunion se déroule ici, qu'est-ce qu'il y a de mal à ça ?

– Rien.

– Parfait, alors commençons.

– Tu ne veux vraiment pas qu'on aille prendre un café à la cantinc ?

– Mac.

– Oui ?

– Quel que soit ce que tu as à me dire, dis-le.

– Bien ! Je mets un autre réalisateur sur le coup.

– Quoi ?

– Je mets un...

– Tu quoi ?!!

– Un autre réalisateur, Harold.

– Tu ne peux pas faire ça !

– Harold...

– Tu n'as pas le droit !

– Harold, si tu me laisses en placer une, je t'explique.

– Oui, ça, tu vas m'expliquer, bordel. C'est *ma* série !

– Non, Harold, tu es simplement le metteur en scène.

– C'est exactement ce que je veux dire.

– Et cette série est la mienne.

– Mais enfin, tu m'as engagé !

– Je sais cela.

– Pris sous contrat !

– Je sais cela aussi.

– Alors tu sais également que tu ne peux pas engager un autre réalisateur comme ça !

Mackenzie secoua la tête. Il aurait dû se douter que les choses se passeraient ainsi.

– C'est pourtant ce que j'ai fait, Harold.

– Comment ça, c'est ce que tu as fait ? Non, mais je rêve ! Tu n'as pas le droit !

– On va s'asseoir et discuter de ça calmement. Tâcher de...

– Il n'y a rien à discuter !

– ... trouver une issue sereine.

– Issue sereine, mon cul !

– Il commence ce matin, Harold.

– Qui, d'abord ? Hein, qui ?

– Freeman Davis.

– Freeman Davis ?

– Il atterrit de Glasgow à 11 h 05. J'envoie une voiture le chercher.

– Freeman Davis serait incapable de diriger la circulation à un carrefour.

– En attendant, il a décroché des récompenses.

– C'est pas une médaille en chocolat qui fait le coup de patte.

– Il sait travailler à l'économie.

– Pour ça, il a pas dû te coûter cher !

– Détrompe-toi, Harold, rétorqua Mackenzie. C'est toi qui ne m'a pas coûté cher. Comment crois-tu que tu aurais décroché ce job, autrement ? Qu'est-ce que tu t'imagines ? Plus de quinze ans avec ton nom au générique et tu ramasses moins qu'une gagneuse de Clapham Common un samedi après-midi pluvieux. Davis a coûté les yeux de la tête à cette production.

– Alors, au lieu de lui envoyer un chauffeur, envoie-lui un télégramme : retourne à Glasgow – stop – l'Écosse a besoin de toi – stop.

– Le problème, c'est qu'on a besoin de lui. Et que même si ça nous coûte cher, ça vaut quand même mieux que de faire prendre le bouillon à la série.

– Le bouillon ! C'est absurde. Pas où nous en sommes !

Mackenzie sortit une enveloppe de sa poche.

– La compagnie a eu une réunion extraordinaire hier à Londres. On prend encore une demi-journée de retard dans les yeux et ils arrêtent les frais, quitte à faire une croix sur ce qui a déjà été investi.

Il brandit l'enveloppe sous le nez d'Harold :

– Ils m'ont faxé cette lettre à l'hôtel, hier soir, tu veux lire ?

Harold secoua la tête et baissa les yeux.

– Cela dit, personne n'a parlé de te virer, Harold.

Lentement, celui-ci releva la tête.

– Ne crains rien là-dessus. J'espère que tu n'es pas allé t'imaginer des choses. Non, vous travaillerez en équipe, Freeman et toi. L'un pourra faire répéter les acteurs et rester sur le plateau pendant que l'autre surveillera les opérations en régie. Freeman pourra commencer un pré-montage, une copie de travail pour t'avancer sur le montage final et débroussailler pour qu'on voie exactement où on en est et les raccords dont on a besoin. Tout ça bien entendu sous ta supervision. C'est toi qui diriges, Harold, aucune ambiguïté là-dessus. J'ai mis d'entrée les choses au point avec Freeman avant de lui proposer le job. Je crois qu'il l'a accepté principalement pour avoir l'opportunité de travailler avec un homme d'expérience comme toi.

Harold avait conscience que tout le monde le regardait et attendait une réaction de sa part, mais il ne savait plus trop quoi dire. Au moins, personne ne pourrait dire qu'il s'était laissé faire et qu'il n'avait pas défendu sa position. Il sentait un creux dans son estomac et craignait, s'il s'aventurait à ouvrir la bouche, de n'émettre qu'un son inaudible. Au bout de quelques instants, il finit par se résoudre à tourner les talons et quitter la pièce.

Mackenzie tendit l'enveloppe qu'il avait sortie de sa poche à la secrétaire :

– Soyez gentille de me ranger ça quelque part, dit-il. Il se pourrait que ça resserve.

Lorsque la jeune femme déplia la feuille que contenait l'enveloppe, elle constata que celle-ci était vierge.

*
* *

La voiture était une Volkswagen rouge capotée dont

l'une des vitres arborait un sticker vert mentionnant l'usage d'essence sans plomb. La conductrice mesurait déjà autour du mètre soixante-quinze et ses talons lui rajoutaient encore quelques centimètres. Elle attrapa sur le siège arrière un long manteau blanc cassé qu'elle passa autour de ses épaules et, une fois les portières verrouillées, glissa son trousseau de clés dans le sac de cuir sombre qu'elle portait en bandoulière et qui battait sa hanche tandis qu'elle marchait.

– Est-ce que je vous connais ? demanda-t-elle sans ralentir le pas.

– Non, enfin je ne crois pas...

– Cette manière que vous aviez de me regarder, j'ai cru...

– Désolé.

– Comme si vous me connaissiez de quelque part.

– Malheureusement non.

Elle interrompit sa marche pour le regarder, évaluer sa carrure et ses quelques livres de trop, son complet plus lustré que ses chaussures.

– Je m'apprêtais seulement à vous demander mon chemin.

Elle hocha la tête :

– Vous allez à quel endroit ?

– J'ai un rendez-vous.

– La réception se trouve juste au coin de ce bâtiment blanc, là-bas.

– Je dois voir Harold Roy.

– Ah.

– Vous le connaissez ?

– Oui, nous travaillons ensemble, enfin, sur la même série.

– Peut-être pourriez-vous me conduire jusqu'à lui, dans ce cas.

– Il serait plus orthodoxe de passer par le bureau d'accueil.

– Plus orthodoxe mais moins rapide.

Elle se remit en marche et Resnick lui emboîta le

pas. Il se dit que s'ils devaient aller loin, il aurait du mal à suivre.

– À quel sujet voulez-vous voir Harold ?

– Je crains de ne pouvoir vous répondre.

– Vous n'êtes pas son agent ?

– Non.

Elle fit halte devant une porte où était inscrit « Entrée Interdite ».

– Je suppose qu'il est au courant de votre venue ? Je veux dire, ce que je préférerais éviter, c'est de vous avoir fait passer la sécurité pour m'apercevoir ensuite que vous venez lui délivrer une assignation ou un truc de ce genre.

– Je peux vous promettre qu'il ne s'agit de rien de semblable. Et j'ai effectivement téléphoné avant de venir.

– Dans ce cas.

Elle ouvrit la porte et invita Resnick à la précéder.

– Vous n'êtes pas de la police, au moins ?

– Pourquoi dites-vous ça ?

– Je ne sais pas.

– Franchement, est-ce que j'ai l'air d'un flic ?

– Non.

Ils traversèrent un long et étroit couloir aux murs recouverts d'un enduit verdâtre. Sans raison apparente, une chaise de bureau encombrait le passage à mi-parcours. Resnick laissa la jeune femme prendre un demi-pas d'avance afin de pouvoir observer à loisir le mouvement de sa chevelure sombre aux reflets roux.

– Vous semblez craindre des poursuites judiciaires à l'encontre de Mr. Roy ? laissa tomber Resnick.

Elle tourna la tête vers lui :

– Pas spécialement. Ou alors pour délit de mauvais goût.

– Vestimentaire ?

Elle s'arrêta. Ils étaient presque au bout du couloir.

– Vous n'avez jamais rien vu de ce qu'il a réalisé ?

– Pas que je sache.

– Si c'était le cas...

Sa bouche se fendit en un sourire et le bout de sa langue pointa juste sous sa lèvre :

– Non, oubliez ça. Oubliez ce que je viens de dire. D'ailleurs, je n'ai absolument rien dit. O.K. ?

– O.K. !

– Promis, hein ?

Resnick la rassura d'un signe de tête. Elle avait les yeux vert-brun et son regard étincelait encore du sourire qui venait de s'estomper sur ses lèvres.

Le premier couloir débouchait sur un second, plus large, aux murs ornés de photographies et de posters encadrés des productions-maison.

– Vous continuez et vous tournez immédiatement à droite, le bureau de production de *Dividendes* se trouve tout au bout.

– *Dividendes ?*

– C'est le titre de la série qu'Harold réalise, précisa-t-elle. S'il n'est pas là, c'est qu'il est déjà au studio. Le studio n° 3. Vous reprenez ce couloir-ci et vous suivez les flèches, c'est indiqué.

– Merci.

– Je suis Diane Woolf, dit-elle. Au cas où nous nous croiserions de nouveau, dans un autre parking.

Resnick pensa un instant à lui tendre la main, sans être vraiment sûr et le temps qu'il se décide, elle avait déjà poussé la porte des toilettes pour dames. Il ne lui avait même pas dit son nom.

*
* *

Aucune des deux personnes qui occupaient le bureau de production n'était Harold Roy. Resnick le trouva à l'entrée du studio en train de raccrocher brutalement le récepteur téléphonique au nez de son agent. Ou plus exactement son ex-agent. Continuer de larguer 10 % à cet ancien enfant-star dégarni et mielleux, dont l'essentiel de l'activité consistait à traîner au Groucho Club en feuilletant *Screen International* tenait vraiment de la stupidité pure. D'autant que ses seuls conseils pour gérer la situation présente étaient de continuer les pourparlers et de faire attention aux coups bas.

– Mr. Roy...

– Harold...

– Harold...

Resnick était arrivé en même temps qu'un autre type qui brandissait une série de feuillets verts, et que Chris, la première assistante entrevue la veille, qui portait toujours ses chaussures de base-ball garnies d'étoiles.

– Mr. Roy, je souhaiterais...

– Harold, il faut absolument qu'on voie ce dialogue.

– Harold, on est prêts dans cinq minutes.

Harold Roy se boucha les oreilles et ferma les yeux, ouvrant la bouche sans émettre un son pour faire mine de demander grâce. Lorsqu'il rouvrit les yeux, Chris avait tourné les talons en haussant les épaules mais les deux autres étaient toujours là.

– Tu l'as entendue, dit-il à l'adresse de Robert Deleval. Cinq minutes.

– Pas avec un script dans cet état-là, Harold.

– Qu'est ce qui ne va pas avec le script ? Enfin en dehors du fait que tu en sois l'auteur.

– Non, justement, tonna Deleval en agitant ses feuillets verts sous le nez d'Harold. Je ne suis pas l'auteur de ce tissu de conneries !

Harold les lui arracha des mains :

– La raison d'être de ce tissu de conneries, comme tu l'appelles c'est le tas de merde que tu as pondu initialement en guise de scénario ! Et dans quatre minutes et quelques secondes, je vais essayer de transformer ce tissu de conneries tiré d'un tas de merde en télévision !

Il rendit les pages de textes incriminées à Deleval et ouvrit la porte du studio d'un geste rageur. Resnick s'interposa calmement.

– J'ai téléphoné, dit-il.

– Oui, mais moi, j'ai quatre minutes, dit Harold.

– Ça devrait suffire, dit Resnick, mais je ne promets rien.

– De quoi parlez-vous ?

– Du cambriolage qui a eu lieu chez vous, monsieur.

– Du cambrio... ? commença Harold avant d'avoir un éclair de mémoire. Oui, bien sûr, vous êtes...

– Resnick. Détective inspecteur.

– Et merde ! lâcha Harold en regardant nerveusement sa montre, puis le voyant vert au-dessus de la porte du studio. Il s'était bien juré d'avoir pris le taureau par les cornes d'ici à ce que Mackenzie lui amène Freeman Davis dans les pattes. Ce qui voulait dire deux scènes mises en boîte avant le déjeuner et, si possible, une troisième prête à rouler.

– Je comprends que vous êtes débordé, dit Resnick. Mais j'ai besoin de vérifier un ou deux détails avec vous.

– Ma femme...

– Je sais, mais il s'agit d'une simple vérification, vraiment. Cela ne prendra que quelques minutes.

L'espace d'un instant, Harold se revit à genoux sur le lit en train de glisser le colis de poudre au fond du coffre.

– Après, nous n'aurons plus à vous embêter, promis.

Harold s'adossa contre le mur près de la porte :

– Faites-moi une fleur, inspecteur : laissez-moi m'occuper de ma première scène. J'en ai pour une heure tout au plus et pendant qu'ils mettront en place la suivante, nous pourrons parler tranquillement. C'est le mieux que je puisse vous proposer pour l'instant.

– D'accord, dit Resnick, si je peux passer un ou deux coups de fil de votre bureau...

– Faites comme chez vous.

Harold Roy s'engouffra dans le studio et Resnick reprit le couloir en sens inverse. Il mit quelques secondes pour remarquer que Robert Deleval lui avait emboîté le pas.

– J'ai cru comprendre que vous étiez policier ?

– Oui. Inspecteur.

– Vous vous occupez de meurtres ?

– Ça m'arrive.

– Alors il se pourrait qu'on se revoie avant peu.

Resnick tourna la tête :

– C'est-à-dire ?

– Si cet enfoiré continue de me saloper mes scripts comme il s'est amusé à le faire là, je crois que je vais finir par le tuer.

12

Il ne l'avait pas touchée de toute la durée du trajet en taxi ni lorsqu'ils avaient remonté côte à côte l'allée de gravillons ou pendant qu'elle tentait nerveusement d'ouvrir la porte d'entrée. C'est pourquoi elle crut se soulever de terre lorsqu'il passa la main dans le bas de son dos.

– Attends, dit-elle. Attends.

La tête en arrière, appuyée contre le mur dans une position inconfortable, elle sentit le petit guéridon derrière elle se renverser dans la bousculade et tournoyer quelques secondes avant de venir heurter ses mollets.

– Montons au premier, souffla-t-elle.

Mais les pouces de l'homme excitaient déjà ses mamelons tandis que sa tête descendait lentement entre ses seins.

*
* *

– Je ne sais même pas ton nom.
– Grabianski.
– Pas celui-là. Ton petit nom.
– Jerzy.
– Comment ?
– Jerry.
– Mais tu viens de dire...
– Mon nom de baptême était Jerzy.
– Quand l'as-tu changé ?
– Le jour où j'ai cessé d'aller à confesse.
– Et c'était quand, ça ?
– Le jour où j'ai décidé que j'avais assez fait rougir le prêtre comme ça.

Elle le dévisagea, attendant qu'il ponctue sa phrase d'un sourire. Appuyée contre les oreillers, il ne lui restait que très peu de maquillage sur le visage. Elle n'avait pas ramassé ses vêtements, disséminés entre les marches de l'escalier, le tapis et le pied du lit, se contentant de passer juste une petite culotte de soie crème.

– Jerzy, répéta-t-elle doucement.
– O.K. ! dit-il avec un sourire, donne-moi l'absolution.

Elle bougea légèrement pour lui caresser l'intérieur du bras, là où la peau était aussi ferme que douce, étonnamment douce. Son corps tout entier était celui d'un jeune homme, sans une once de graisse ou de chair flasque. Elle se rapprocha encore pour poser sa joue au creux de son épaule, caressant au passage ses côtes du bout de son sein, et murmura quelque chose qu'il n'entendit pas. Grabianski savait que s'ils restaient longtemps dans cette position, il n'allait pas tarder à avoir une crampe. En outre, il avait très envie de pisser.

– Je ne suis pas en train de vous dire que ma femme est une lumière, expliquait Harold Roy, mais elle est encore capable de distinguer le blanc du noir. À la limite, elle peut partir acheter du saumon fumé et revenir avec une bouteille d'eau minérale et une petite culotte fantaisie, ça d'accord, mais ça n'a rien à voir avec ce dont nous parlons, n'est-ce pas ?

Il offrit une pastille de menthe extra-forte à Resnick et en glissa une dans sa bouche qu'il croqua presque tout de suite. Chaque fois qu'il faisait cela, il le regrettait presque aussitôt et se souvenait combien il préférait les laisser fondre lentement dans la bouche, comme les osties de son enfance. Né de père juif et de mère catholique, Harold Roy n'avait plus pratiqué depuis des lustres et cette communion aux pastilles de menthe en compagnie d'un flic en civil n'avait somme toute qu'un rapport très lointain avec le rituel eucharistique.

– Elle a dû avoir très peur, Mr. Roy.

– Oui. Cette histoire l'a littéralement terrifiée sur le moment. Comme n'importe quelle femme peut l'être dans une telle situation.

– Vu les circonstances, elle peut avoir paniqué.

– C'est une situation atroce.

– Ç'aurait pu être pire encore.

– Sans doute.

– Je veux dire, pour votre femme.

Harold Roy ferma les yeux pendant quelques secondes.

– Je préfère ne pas y penser, dit-il.

– Quoi qu'il en soit, poursuivit Resnick, elle était peut-être toujours en état de choc lorsqu'elle a parlé avec l'agent.

– Vous voulez dire l'esprit confus ?

– Exactement.

Resnick regarda Harold Roy croquer une autre pastille de menthe. *Avec la dose d'alcool que tu ingurgites et les autres saloperies avec lesquelles tu te finis le reste de la cervelle.* Il se dit que Mackenzie n'avait sûrement pas fait allusion à des pastilles de menthe extra-forte.

Harold n'avait nul besoin de regarder sa montre pour sentir l'heure tourner. Il était dans les temps et ne pouvait plus se permettre de perdre un pouce de terrain. Dans moins de dix minutes, il devrait avoir regagné le plateau.

– Inspecteur, si...

– Vous savez, il arrive souvent qu'après avoir fait une déposition, des gens tout ce qu'il y a d'innocent se sentent embarrassés d'y changer une virgule, sans doute par crainte de s'attirer des ennuis, dit Resnick, s'interrompant le temps de croiser le regard de Roy. Vous comprenez ce que je veux dire ?

– Oui.

– Si votre femme souhaitait modifier sa déclaration, pour une raison ou une autre – une vision plus claire des choses, avec le recul – vous pensez qu'elle nous le ferait savoir ?

– Évidemment. Enfin, je veux dire, bien sûr...

– Rien dans ce qu'elle a pu vous dire ne tendrait à suggérer qu'elle souhaite, comment dire, revenir sur un détail ou un autre ?

– Non, rien.

De l'autre côté des cloisons de verre, il voyait les autres, affairés derrière leurs claviers, suspendus au téléphone ou en train de boire une tasse de café. Si l'un d'entre eux lève le nez ou tourne la tête par ici, songea Harold, on me verra en train de bavarder avec ce flic débraillé au lieu d'être au boulot.

– Inspecteur... commença-t-il en se levant.

– Bien sûr, dit Resnick. Je comprends.

Ils restèrent quelques instants immobiles, l'un en face de l'autre, dans le décor sans vie de la petite pièce.

– Je crois qu'il serait bon que vous parliez avec votre femme. Et que vous l'encouragiez à nous contacter si besoin est.

Harold Roy acquiesça et ouvrit la porte.

– Quels que soient les auteurs de ce cambriolage, plus vite on pourra les mettre hors circuit, mieux ce sera pour tout le monde. Tout spécialement pendant qu'il reste une chance de remettre la main sur ce qui vous a été volé. Enfin la partie dont ils n'ont pas pu disposer immédiatement.

Confusément, Harold se sentit presque mis en accusation, sans comprendre exactement de quoi il était question.

– Vous savez comment retrouver la réception, inspecteur, ou bien voulez-vous que je vous indique le chemin ?

– Ne vous dérangez pas, Mr. Roy. Et merci de m'avoir consacré un peu de votre temps.

Vêtements griffés, coupe de cheveux grand luxe, Resnick le suivit du regard jusqu'à ce qu'il soit hors de vue, digéré par le dédale de boxes vitrés. Il n'aurait su dire pourquoi à cet instant précis, mais il était certain que lui et Harold Roy étaient appelés à se revoir.

*
* *

À la lourdeur de son corps, et au changement de rythme dans sa respiration, Grabianski sut que Maria s'était assoupie. Il tourna la tête pour lire l'heure au radio-réveil et comprit sans peine pourquoi son estomac se rappelait discrètement à son souvenir. Il aurait dû avaler quelque chose au salon de thé, au lieu de décourager les prévenances de la serveuse. Grabianski sourit en songeant à quel point il avait goûté ces instants-là, lui promenant sa main sous la table, elle dans tous ses états, ce au vu et au su de tous les autres clients qui faisaient de leur mieux pour ne pas regarder dans leur direction pour les observer sans en avoir l'air.

Un filet de salive échappé du coin de la bouche de Maria glissa contre sa poitrine.

Ce moment qu'ils venaient de passer ensemble

avait aussi été formidable. Plus encore que tout ce qu'il avait pu en imaginer. On pouvait rester des mois, même des années à se dire que le sexe était une chose surévaluée – et même hors de prix au creux de lits douteux, dans certaines villes étrangères. Et puis il arrivait quelque chose comme cela.

Maria grommela et remua la tête, étirant l'épais filet de salive avant de le rompre dans le mouvement.

– Je suis désolée. J'ai dû m'endormir.

– Pas grave.

Il prit un coin du drap pour lui essuyer le coin de la bouche.

– Qu'est-ce que tu as fait pendant ce temps-là ?

– Pendant que tu dormais ? Tu sais, j'avais un champ d'action plutôt limité, dit-il en souriant.

Mon Dieu, pensa-t-elle soudain. Cet homme est en train de me regarder comme ça, sans maquillage, l'œil hagard, la bouche baveuse et il trouve le moyen de sourire.

– Je te regardais dormir.

– Et c'est tout ?

– Je pensais.

– À quoi ?

Le sourire de Grabianski s'élargit tandis que sa main remontait lentement vers les seins de Maria.

– Et c'est tout ? répéta-t-elle.

Il releva prestement les couvertures, non sans remarquer la lueur de déception dans le regard de sa partenaire.

– Si je ne me dépêche pas d'aller pisser, ma vessie va exploser, dit-il.

– Deuxième porte à gauche, dit-elle machinalement.

Puis, en renversant sa tête contre l'oreiller, elle se rappela qu'il connaissait parfaitement les lieux.

*
* *

Resnick reprit en sens inverse l'étroit couloir par

lequel il était venu et où planait encore le souvenir de Diane Woolf. Il regrettait de n'avoir aucune bonne raison de retrouver sa trace.

Enfin, aucun prétexte.

– Les limiers sont en chasse, inspecteur ?

Il pouvait entendre sa voix dans sa tête et imaginer l'expression de son visage tandis qu'elle prononçait ces mots.

Le temps de pousser la porte qui donnait sur le parking et Resnick tomba sur Alfie Levin.

– Mr. Resnick.

– Alfie.

Alf Levin avait du mal à dissimuler sa fébrilité face à l'apparition inattendue de son vieil ennemi.

– Vous cherchez toujours après Harold Roy ?

– Je l'ai trouvé.

– Il n'a pas tellement la cote par ici.

– J'ai cru comprendre.

– Ça n'empêche pas les gens de chercher après lui.

Resnick s'effaça pour laisser le passage à deux ouvriers trimbalant une échelle, autour desquels flottait une odeur mêlée de tabac et de peinture fraîche.

– Quelque chose à me dire, Alfie ?

– Pas au sens où vous l'entendez.

– Va pour le sens où tu l'entends toi.

– Moi, je fais rien d'autre que meubler la conversation, voyez. Pluie, beau temps et consorts. Balancer, c'est pas le genre de la maison.

Resnick acquiesça en silence.

– Un grand maigre, déplumé du haut...

Machinalement, Resnick se prit à lorgner le postiche d'Alf Levin, cherchant la jointure entre le vrai et le faux.

– Je l'ai vu traîner par ici pendant que je garais mon bahut. M'a demandé si j'avais une idée de l'heure à laquelle ils terminaient, sur *Dividendes.*

– Et tu savais ?

– Ouais, mais je lui ai pas dit.

– Pourquoi ?
– Il m'a pas paru casher, sur le coup. S'il avait été franc comme l'or, il serait passé par l'accueil, comme tout un chacun.
– Et à ton avis, il cherchait quoi ?
Alf Levin secoua la tête et sortit la main de sa poche de pantalon pour la présenter à Resnick, paume vers le ciel :
– D'après moi, il avait l'air d'avoir bien du souci. Peut-être bien qu'il cherchait une idée pour s'offrir des chaussures neuves.
– Des chaussures ?
– Oui. Il se traînait dans une paire de pompes de sport complètement nases. Le genre acteur dans la débine, si vous voulez mon sentiment.
– Tu l'avais déjà vu avant ?
– Une ou deux fois.
– Après Harold Roy ? Avec lui ?
Alf Levin réfléchit un instant :
– Peux pas vous dire, Mr. Resnick. Par contre, je peux vous dire où je l'ai repéré la dernière fois avant aujourd'hui.
– C'est pas utile, fit Resnick. J'étais présent moi aussi ce soir-là, tu te rappelles ?
– J'aurais du mal à oublier.
– Tu n'as donc pas oublié non plus ce dont nous avons parlé.
– Ce dont *vous* avez parlé. Moi, j'écoutais.
– Tu y as réfléchi ?
– Je vous ai dit...
– Écoute, Alfie, je ne te demande pas de balancer sur des gens que tu connais. Juste quelques bribes de conversation informelle, comme maintenant. Rien de plus.
– Je vous crois pas, Mr. Resnick.
– Ce serait pourtant mieux.
– Pour vous, peut-être. Mais en ce qui me concerne ?

Resnick posa une main sur l'épaule d'Alfie, dans un geste délibéré, propre à réveiller les mauvais souvenirs.

– Une petite assurance, Alfie. Juste histoire de consolider les bonnes résolutions.

Sur ces bonnes paroles, Resnick l'abandonna pour rejoindre sa voiture, avisant au passage la Citroën d'Harold Roy, garée non loin de là, mais sans repérer aucun grand type maigre déplumé du haut à l'horizon. Il se dit qu'il aurait dû vérifier le signalement toutes affaires cessantes auprès du fichier et que cet oubli constituait une négligence impardonnable. Il avait l'habitude de chapitrer Divine et Naylor pour moins que ça.

En passant le garde à l'entrée principale, il se demanda si Kevin Naylor aurait mis à jour une nouvelle piste et si Graham Millington était enfin parvenu à localiser Lloyd Fossey. Il commençait à craindre, si rien ne bougeait rapidement, que les choses se diluent avant même qu'ils n'aient l'enquête en main, comme la dernière fois.

***

Maria Roy était à peine vêtue, mais n'aurait pu l'être moins que Jerry Grabianski. Debout contre le canapé, elle n'arrivait pas à empêcher ses jambes de trembler.

– C'est bien d'avoir pensé à racheter de la vodka, fit-il avec ce même sourire qui paraissait à présent si familier à Maria. J'étais sûr qu'on pouvait compter sur toi.

Elle aimait en lui cet aplomb tranquille. En revanche, elle avait une profonde aversion pour l'homme avec qui il faisait équipe, ce Grice dont ils avaient parlé. Désagréable, sans humour. Elle l'imaginait seulement capable de rire de la souffrance des autres.

– Un verre ?

Maria secoua la tête. Elle se sentait assez cotonneuse comme ça.

C'est ici que je l'ai vu pour la première fois, songeait-elle. Cette manière de se tenir dans l'encadrement, puis de faire quelques pas à l'intérieur de la pièce. J'étais là, tremblante, parcourue de frissons exactement comme maintenant.

Elle le regardait, nu, parfaitement à l'aise, se fondant dans ce décor qui semblait le sien. Un homme au corps parfait qui ne ressentait nulle honte à le montrer, à s'en servir, à jouir avec. Il marcha vers elle, posant au passage son verre sur la table basse, pour avoir les mains libres.

Ils étaient pareils à des enfants grisés par la découverte. Comme ces couples qui se glissent entre des draps étrangers après des semaines passées dans des voitures ou des salles de cinéma. La première escapade de Maria lui était revenue en mémoire. La première fois où elle était partie retrouver un homme – plutôt un garçon, dix-sept ans, les jambes arquées –, mentant à sa mère, bravant l'interdiction paternelle pour attraper le premier train du soir à destination de Weymouth où il lui avait donné rendez-vous sur le quai de la gare. Deux nuits d'hôtel et quelques maigres rations de cornflakes et de thé immonde. En regagnant la gare, elle s'en souvenait encore, elle arrivait à peine à marcher.

– Il faut qu'on parle, dit Grabianski.

– Maintenant ?

– Le moment en vaut un autre.

Maria baissa légèrement les yeux :

– Vraiment, tu es sûr ?

Il accompagna son regard et sourit :

– Bon. Alors après.

Maria avança la main pour le caresser et ferma les yeux.

– Oui, après.

*
* *

Ainsi qu'il l'avait maintes fois répété à ses parents au cours de son adolescence, il ne croyait pas en Dieu. Il gardait à ce sujet un souvenir formidable du rictus de désapprobation de son père et de la lueur d'épouvante qui avait un instant traversé le regard de sa mère, la première fois qu'il avait déclaré officiellement son athéisme. Néanmoins, au vu de la tournure qu'avaient pris les événements de la journée, Harold Roy n'était plus loin de croire aux miracles et, pourquoi pas, tant qu'il y était, au petit Jésus en culotte de velours.

Après s'être non sans mal débarrassé de ce flic et avoir enfermé Deleval dans un bureau avec une machine à écrire et une rame de papier pour pratiquer sur le script différentes retouches dont il s'empresserait de ne tenir aucun compte, il avait parfaitement maîtrisé les choses. Costumières et maquilleuses avaient eu droit à un remontage de bretelles collectif, les perches n'apparaissaient plus dans le champ pendant les prises et les acteurs qui oubliaient systématiquement leur texte avaient pour une fois répété avec les autres. Au bout du compte, toutes les scènes prévues avaient été mises en boîte, plus une en réserve et la première de celles figurant au programme du lendemain.

À son arrivée, Freeman Davis arborait un bronzage d'une semaine passée au Maroc pour une publicité chocolatière et s'était montré affable, découvrant une dentition à la blancheur parfaite pour signaler son enthousiasme de pouvoir travailler avec un des vrais pros du métier. Harold lui avait serré la main avec la même courtoisie de pure façade avant que Mackenzie n'entraîne sa nouvelle recrue en salle de projection pour visionner le matériau déjà tourné.

Petit con ! s'était dit Harold.

Il n'avait pas quitté le studio d'aussi bonne humeur

depuis des temps immémoriaux. Il planait. Il se dit même qu'après le dîner, lui et Maria pourraient déboucher une seconde bouteille de vin et passer une des cassettes vidéo qu'il se procurait dans Streatham High Street.

Tout à ses pensées et à son euphorie, il ne repéra Stafford que trop tard.

*
* *

Les mains dans les poches de son parka, une jambe croisée par-dessus l'autre, en équilibre sur la pointe de ses chaussures de sport fatiguées, Alan Stafford attendait adossé à une camionnette de matériel. Juste comme il tournait la tête, Harold fit halte pour reculer d'un pas et obliquer entre deux grosses Volvo en se demandant s'il avait été assez rapide. Il aurait préféré attendre planqué derrière et risquer un œil, mais au lieu de cela, il accéléra le pas, courant presque entre les véhicules garés pour faire le tour jusqu'à sa Citroën. Quelques rapides coups d'œil par-dessus son épaule lui confirmèrent que Stafford ne suivait pas. Il se dit qu'il avait peut-être réagi à temps et que l'autre ne l'avait pas vu du tout. La nuit tombait et il faisait de plus en plus sombre. Avec un peu de chance, rien ne le distinguait de n'importe quelle silhouette anonyme regagnant sa voiture après le boulot.

Marcher vite le fit songer naturellement à toute cette graisse qu'il trimbalait. Il devenait gras et lourd et devrait faire plus attention. Quand était-ce déjà ? La semaine précédente ou celle d'avant ? Un décorateur avec qui il avait travaillé sur un ou deux téléfilms, âgé seulement de quarante-sept ans. Le type se penche pour prendre une cigarette après le repas. Terrassé net. Connerie !

– Harold !

Il s'immobilisa, bouche ouverte et ferma les yeux, sentant une décharge d'adrénaline dans tout son corps. Alan Stafford déboucha le long de la Citroën, la lumière orange de la veilleuse au-dessus de sa tête soulignant les traits anguleux de son visage entre la fourrure du parka.

– Ben qu'est-ce qui t'arrive, Harold ?

– Rien, je...

– Pourquoi tu fais un détour en me voyant ?

– Pourquoi tu...

– À croire que tu cherches à m'éviter...

– Mais non, Alan, je ne savais pas que... Je ne t'avais pas vu.

– Tiens donc.

– Je t'assure.

– Tu filais comme un lapin, oui !

– Tu dis n'importe quoi.

– Dans la direction opposée à ta voiture... un peu de marche pour garder la forme ?

– Oui. Enfin, non. Je...

– Remarque qu'un peu d'exercice te ferait du bien, fit Stafford en pinçant Harold Roy entre le pouce et l'index à travers la toile de sa chemise. T'es justement dans la tranche d'âge où on voit pas venir les ennuis.

– Oui, je sais. D'ailleurs, c'est marrant, j'étais justement en train de penser...

– À quoi tu pensais ?

– À ça, exactement.

– Sans blague ?

– Oui, sans blague. Je devrais me surveiller, faire un peu d'exercice.

Stafford le pinça juste un brin plus fort avant de laisser retomber son bras.

– Comment va notre petit secret ? demanda-t-il, tout sourire.

Deux types en grande conversation passèrent à quelques mètres d'eux. Harold faillit appeler à l'aide.

– Toujours bien gardé ? insista Stafford.

Harold fit oui de la tête.

– À l'abri dans ton coffre ?

– Bien sûr. Où veux-tu... ?

– T'affole pas, Harold. Cool. C'est juste que je vais en avoir besoin.

– Quand ?

– Demain, après-demain, je ne sais pas encore, mais dans ces eaux-là. C'est plutôt une bonne nouvelle pour toi, non ? Tu vas ramasser ta part dans l'opération. Cinq pour cent, c'est bien ce que... ?

– Dix.

– Oui, bien sûr, fit Stafford dans un éclat de rire. Dix. Dix pour cent sur un kilo, ça te fait dans les mille deux cents livres. Pas mal pour du baby-sitting, même si tu te payes en marchandise.

– Je sais, dit Harold.

Il n'avait plus de salive et un goût de cendres froides à l'intérieur de la bouche. Il espérait que sa voix ne trahissait pas sa peur et que, pour une fois, il parvenait à truquer avec la conviction nécessaire.

– L'affaire est assez juteuse sans que tu nous fasses une poussée de gourmandise folâtre.

– Bien sûr, qu'est-ce que tu vas chercher ?

– Alors, tout baigne.

– Tout baigne.

– Eh bien voilà. C'est mieux comme ça.

– En dehors de ce qu'on a à régler, il y a un problème ?

Stafford était assez près de lui pour qu'Harold puisse sentir son haleine. Relents de fromage, after-shave bas de gamme et effluves de gin. Harold sentait une forte pression métallique contre sa jambe. Pendant une seconde, il voulut détourner le regard pour voir ce que c'était, mais il se ravisa et continua de fixer Stafford droit dans les yeux, attendant une réponse à sa question.

– Le pub, l'autre soir, en régie d'extérieurs, fit Stafford. Tu as bu un verre avec un type.

– Qu'est-ce que tu racontes ? J'ai juste parlé deux minutes avec Mackenzie, c'est tout.

– C'est marrant, parce qu'il est revenu aujourd'hui, spécialement pour te voir.

– Tu veux dire cet inspecteur-là ?

– Il s'appelle Resnick.

– C'est la première fois que je le voyais.

– Alors qu'est-ce qu'il foutait à deux tabourets du tien, ce soir-là ? Coïncidence ?

– Sans doute. Je n'ai pas fait attention à lui. Je ne savais même pas qu'il...

Quel que fût ce qui pressait contre la jambe d'Harold, la chose manqua de lui arracher un cri de douleur. Autour d'eux, des portières claquaient, des voitures démarraient et, par intervalles des phares balayaient leurs visages.

– Si jamais je découvre que tu as essayé de me piéger...

– Quelle raison j'aurais de faire une chose pareille ? Réfléchis.

– J'en sais rien, mais je n'ai pas l'intention de prendre le risque.

– Écoute, Alan, cette histoire d'inspecteur n'a rien à voir avec toi, ni avec notre... affaire.

Un type en duffle-coat bleu s'arrêta près de la voiture immédiatement à la gauche de Stafford et déverrouilla les portières en sifflotant le premier chant d'amour de l'Acte I de *Madame Butterfly*. Harold aurait donné n'importe quoi pour se trouver sur une colline surplombant Nagasaki ou n'importe où ailleurs.

Le type leva les yeux pour le saluer d'un signe de tête. Harold le connaissait de vue, mais sans parvenir à se rappeler son nom.

– Problème ? s'enquit l'homme.

– Non, répondit Harold. Pourquoi ?

– Pour rien, fit l'autre et jetant un coup d'œil vers Stafford qui avait reculé d'un pas. J'avais cru que vous aviez une batterie à plat ou quelque chose de ce genre.

Harold passa la langue sur sa lèvre inférieure desséchée.

– Non, tout va bien, dit-il. La voiture aussi.
– Bon, très bien, acquiesça l'homme avant de s'engouffrer à bord de son véhicule et de mettre le contact.
– Je t'appellerai à huit heures, Harold. Et je te dirai où livrer le colis.
– Huit heures du matin ?
– Ouais, à la fraîche. Et puis, juste une chose, mon grand, ajouta Stafford en tapotant la poche droite de son parka. Si, pour une raison ou une autre tu ne te montres pas au rendez-vous avec ce qui m'appartient ou si je sens le moindre truc, pas besoin de te faire un crobard.

Lorsque, plus tard, Harold Roy se remémorerait les événements, il serait incapable de revoir avec netteté Alan Stafford se frayer un chemin parmi les véhicules en stationnement sur le parking. Seul lui reviendrait avec une absolue précision le fil de cette lame d'acier qui lui remontait à l'intérieur de la jambe jusque dans l'aine.

13

De prime abord, Grabianski trouva seulement le corps de la femme étendue sur le lit étrangement familier. Ce n'est qu'en y regardant de plus près qu'il reconnut Maria. Pendant un long instant, la panique le saisit et il sentit poindre un renvoi de bile dans sa bouche, à l'idée qu'on eût caché une caméra dans la chambre à coucher des Roy.

– T'as pas perdu grand-chose, fit Grice, vautré dans son fauteuil un Pepsi de régime à la main, cacahuètes salées et pop-corn au miel à portée. C'est aussi torride qu'un documentaire sur les pingouins.
– Où est-ce que... !
– Ben quoi ?

– Bordel de merde, d'où est-ce que tu sors ça !
– Ben calme-toi ! Qu'est-ce qui te prend ?
Grice s'était levé et regarda sans comprendre son équipier s'emparer de la télécommande et s'y reprendre à trois fois pour couper l'image floue sur le téléviseur.
Grabianski le fusilla du regard. Debout, jambes légèrement écartées devant l'appareil muet, Grice songea aux rares fois où il s'était auparavant préoccupé des dix kilos de muscles supplémentaires et de la vitesse d'exécution qui donneraient l'avantage à Grabianski si les deux hommes avaient des mots.
– Écoute... commença Grice.
– Non !
– Mais enfin...
– Non, ça va comme ça ! Ras le bol ! Cette piaule ressemble déjà à une porcherie par ta seule présence, toute la journée, à bâfrer des friandises et à te palucher, alors n'en rajoute pas !
Grabianski était au bord. Au bord d'attraper Grice par les épaules et de l'envoyer valser à travers la pièce partiellement meublée. Grice le sentait. Il attendit patiemment que la lueur de colère s'estompe dans le regard de son équipier.
– Où est-ce que tu as trouvé ça ?
– Chez un loueur de matériel. Des prix cassés, tu verrais...
– Je te parle de la cassette.
– Tu sais bien où on l'a trouvée.
Grabianski laissa retomber ses mains dans un soupir de lassitude.
– Et merde.
Il tourna les talons en direction de la porte.
– Jerry ! attends, fit Grice en lui emboîtant le pas. On boit un verre, tranquilles. J'ai fait des courses.
Au beau milieu de la cuisine trônait en effet un carton de supermarché contenant une demi-douzaine de bouteilles et deux packs de bière, ainsi que quelques

conserves, boîtes de sardines et de soupe en sachet, pain de mie sous Cellophane.

– J'ai pris deux sortes de vodka différentes. Je me rappelle jamais laquelle tu préfères. Y a aussi du scotch.

– Laisse tomber.

– Mais je les ai achetées pour toi.

– Laisse tomber, je te dis.

– Comme tu voudras.

Grice haussa les épaules et contempla son reste de Pepsi diététique avant de le verser dans un verre et d'y ajouter un doigt de scotch.

– C'est la cassette qui se trouvait dans le coffre ?

– Tout juste.

– Nom de Dieu.

– Si ça peut te consoler, elle a pas l'air de s'amuser beaucoup.

Grice trouvait même qu'elle avait l'air d'avaler ça comme une purge, mais il le garda pour lui, des fois que Grabianski n'ait pas encore complètement retrouvé son sens de l'humour.

– À part ça, fit Grice au bout de quelques instants. Comment ça s'est passé ?

Grabianski se retourna, le regard mauvais.

– Je veux dire quand vous avez parlé affaires.

*
* *

– J'ai réussi à loger Lloyd Fossey, monsieur.

Millington était tombé sur Resnick à la sortie du parking et s'était empressé de lui annoncer triomphalement la nouvelle tandis qu'ils marchaient d'un même pas vers le bâtiment.

– La dernière fois que je l'avais vu, il habitait une rue en terrasse du côté de Sutton, avec un mur en pierre de taille sur le devant et une camionnette qui portait son nom. Maintenant, il a une propriété aux abords de Burton Joyce et, d'après un gusse qui demeure pas loin, Monsieur conduit une Audi dernier modèle.

– Au fait, Graham. Au fait, fit Resnick en prenant l'escalier.

– Il a emménagé il y a neuf mois. Vous savez pour combien il en a eu ? Près de trois cent mille !

Si seulement quelqu'un offrait ça pour mon pavillon, se dit Resnick. Même la moitié. Le quart !

– Même s'il s'est endetté jusqu'au cou, poursuivit Millington en poussant la porte et en s'effaçant pour laisser entrer Resnick, il a quand même fallu qu'il sorte un gros paquet de fric de quelque part.

– Et d'après vous, il n'a pas pu ramasser autant d'argent en vendant des systèmes de sécurité.

– Consultant en surveillance électronique, c'est ce que Fossey a donné comme raison sociale en s'acquittant des formalités. Il semblerait qu'il utilise son domicile pour les démonstrations. On passe trop près d'un crocus dans le parterre de fleurs et la sirène réveille tout le quartier.

– Un crocus ?

– Ils ne poussent pas, cette année, monsieur, expliqua Millington. Avec le printemps qu'on a eu.

Derrière sa machine à écrire, à l'autre bout de la pièce, Patel s'était interrompu dans la dactylographie de son rapport et tentait timidement d'attirer l'attention de Resnick. Divine se balançait sur sa chaise, récepteur téléphonique à l'oreille, l'air de s'ennuyer mortellement.

– Et Fossey lui-même ?

– En voyage de noces, monsieur. Il devrait rentrer après-demain.

– Les Îles Canaries ? Le Bosphore ?

Millington secoua la tête :

– Benidorm.

– C'est toujours mieux que Skegness.

– Fermez les yeux et la différence est bien mince, monsieur. Enfin, il paraît.

D'après ce que savait Resnick, les Millington passaient chaque été dans le Devon et une semaine chaque automne chez les beaux-parents quelque part au nord d'Aberdeen. Pour Noël, Mrs. Millington était partie en voyage organisé pour un circuit de trois villes en Russie et Graham était resté tout seul pour décorer le sapin.

– Monsieur, risqua Patel.

– Dans une minute, dit Resnick avec un signe de la main.

– J'ai passé en revue quelques boîtes de surveillance électronique, poursuivit Millington, histoire de me renseigner sur l'activité exacte de Fossey. Il ressort que notre bonhomme sélectionne les villas et fait l'article aux propriétaires sur la nécessité impérieuse de faire installer un système personnalisé. La plupart du temps, les gens se laissent convaincre et il leur envoie quelqu'un.

– En prenant une commission au passage, j'imagine ?

– Naturellement.

– Pas mal. Et certainement juteux, à condition que les installations découragent les casseurs. Autrement...

– D'accord avec vous, dit Millington, mais il reste les baraques dont il a pu prendre toutes les mesures sans arriver à fourguer ses gadgets.

– C'est en effet une piste à vérifier. Vous avez réfléchi à la chose ?

– Oui, mais pour ça, il faut mettre la main sur Fossey, éplucher ses dossiers si tant est qu'il ait gardé des traces de ce qui nous intéresse.

– Cela vaudrait la peine de contacter les boîtes de sécurité une par une, pour voir avec lesquelles Fossey travaille régulièrement.

Millington acquiesça :

– Je vais mettre quelqu'un là-dessus. Dans les pages jaunes, ça va de 137 à 143. J'espère que Naylor a terminé ses vérifications auprès des compagnies d'assurances.

– Vous avez prévu un comité d'accueil quand Fossey descendra de l'avion ?

– Vol BA 435. Il sera accueilli avec tous les honneurs, assura Millington avant de s'éclipser.

Resnick jeta un bref regard à Patel qui attendait impatiemment son tour, mais choisit d'interpeller d'abord Divine, toujours suspendu au téléphone.

– Rees Stanley, ça donne quoi ?

– Pas à prendre avec des pincettes, monsieur. Pas de neige ou presque, alors ils sont rentrés deux jours en avance. Confirmation de la déclaration faite au sergent de permanence.

Resnick enregistra l'information et fit signe à Patel.

– J'ai croisé par hasard l'agent qui a fait le premier constat et pris la déposition de Maria Roy, monsieur.

– Croisé par hasard ?

– J'ai fait en sorte que ça ait l'air fortuit. J'ai pensé que ce serait mieux.

– Et ?

– Il a trouvé lui aussi que quelque chose ne collait pas dans ce qu'elle lui a raconté. Il en a fait part à l'inspecteur Harrison, mais celui-ci n'a pas eu l'air très convaincu. Il lui a dit d'enregistrer la déposition sans chercher midi à quatorze heures.

*
* *

Grabianski avait sorti du magnétoscope la cassette du film de vacances des Roy et s'était empressé de la soustraire aux yeux de Grice, bien que ce dernier ne semble pas enclin à la visionner une deuxième fois. Toutes ces vergetures et ces chairs affaissées, entre autres détails réalistes dont fourmillait cette tranche de vie sur bande lui soulevaient le cœur. Tout en reconnaissant qu'il en fallait pour tous les goûts, Grice considérait quant à lui en avoir vu assez pour tourner végétarien.

De son côté, Grabianski avait perdu cette humeur joyeuse qui était la sienne le matin même, lorsqu'il était parti à son rendez-vous. Triste comme un animal après l'amour. Vidé. Autant pour l'échange des fluides corporels. Il avait toujours su que Samson laissant couper sa longue chevelure était symbolique d'autre chose.

– Qu'est-ce qu'elle a pensé de notre proposition ? À ton avis, elle marchera ?

Grabianski n'était pas dans son état normal. Il n'avait pas ouvert son livre d'ornithologie depuis des heures.

– Est-ce qu'au moins, tu lui as donné un aperçu des désagréments si jamais ils refusent de cracher ?

– Oui, répondit Grabianski sans conviction.

– Vous avez quand même pas passé toute la sainte journée à... enfin, j'veux dire. Pas d'offense. Je veux dire : vous avez quand même pris le temps d'échanger trois mots ? Tu comprends, j'ai besoin d'être sûr.

– Tranquillise-toi, on a abordé la question. Dans les termes prévus : un kilo de coke vendu dans la rue va chercher dans les vingt-quatre mille et plus. On leur rend pour vingt mille et personne ne pose de questions d'un côté comme de l'autre.

– Et elle a dit quoi ?

– Je t'ai expliqué.

– Recommence.

– Ils ont à peu près autant de chances de trouver une somme pareille en quarante-huit heures que l'Angleterre de gagner la prochaine coupe du monde.

– Elle est branchée foot ?

– Bon, d'accord. Elle n'a pas employé ces mots-là exactement, mais c'est l'esprit.

– Tiens-t'en à ses mots à elle.

– Ses mots à elle, c'est que je peux attendre qu'il gèle en enfer avant qu'elle trouve autant de pognon.

– Et tu as réagi comment, en dehors de faire ton signe de croix ?

– Je n'ai pas fait mon signe de croix.
– Je blaguais. Viens-en au fait.
– Elle reconnaît que son mari a été stupide d'accepter la garde de ce colis et d'après elle, il est complètement mort de trouille, parano au dernier degré à l'idée que le propriétaire pense qu'il l'a doublé et s'en prenne à lui. Des petites appréhensions comme se faire taillader le portrait, briser les deux jambes ou même se faire tuer, il paraît que ça le hante, ce pauvre Harold !
– Et elle, dans tout ça ?
– Maria ? Elle m'a paru tout à fait emballée par le programme.
– Elle a envie qu'on lui bute son gros père ?
– De manière lente et récréative si possible, mais elle prendra ce qui vient. S'il ramasse seulement une balle dans la nuque, elle fera contre mauvaise fortune, bon cœur.
– Nom de Dieu ! Mais qu'est-ce qu'il lui a donc fait ?
– Justement, pas grand-chose, ces temps derniers.
– D'accord, je vois le tableau : le cher et tendre six pieds sous terre et un veuvage en croisière sur l'Adriatique avec toi. Les femmes ont un sens pratique !
Grabianski se leva, prit ses jumelles et marcha jusqu'aux fenêtres du salon.
– Laisse tomber tes trucs et finis de me raconter, dit Grice en retenant son équipier par le bras. D'abord, à cette heure-là, tu verras seulement des réverbères et des fenêtres de salles de bains. Alors, si j'ai bien compris, un après-midi bestial et elle boucle sa valise ? Mais qu'est-ce que t'as dans la braguette ? Un missile radioguidé ?
– C'est pas ce qu'on a dans la... commença Grabianski.
– Oui, je sais, compléta Grice. C'est l'art de s'en servir, O.K. ! tu m'épargnes la soirée thématique.

Moi, mon truc, c'est plutôt de rester allongé et de laisser faire la lotion n° 9. Au fond, je suis un peu comme la masseuse : notre exaltation, c'est plutôt le fric.

– Toujours est-il qu'elle va lui en parler et faire en sorte qu'il accepte notre deal. Elle m'a promis.

– Tout en continuant, de l'autre main, à brûler des cierges pour que son Harold ait un accident bête ? Pas bien franc, tout ça.

– Non, t'en fais pas. Elle va lui en parler.

– Et tu crois qu'il nous fera une offre ?

– Qu'est-ce que tu ferais, à sa place ?

– Je proposerais douze, j'attendrais que tu contre-attaques à dix-sept et demie, en espérant que les choses se stabilisent à quinze. Et ensuite, je commencerais à m'affoler pour rassembler la somme.

– Il peut vendre sa voiture, demander une avance à son banquier ou emprunter sur son assurance-vie, dit Grabianski. Pas simple, mais faisable. L'un dans l'autre, il peut arriver à quinze.

– J'espère. Parce que rester assis comme ça sur un kilo de coke, j'aime pas beaucoup.

– De toute façon, t'aimes rien.

– J'aime pas tout, c'est différent.

– On n'a pas à s'en faire. S'il est seulement moitié moins terrifié que ce qu'elle m'a dit, non seulement il paiera, mais en plus il nous dira merci.

L'estomac de Grice fit entendre un long borborygme, semblable au ronronnement d'une boule de bowling roulant sur le bois de la piste.

Par association d'idées, Grabianski loucha vers les packs de boîtes de sardines, dans le carton de supermarché.

– On sort dîner ?

– Plus tard, dit Grice.

– Tu m'as pourtant l'air d'avoir faim.

– Oui, seulement tu n'es pas le seul à avoir un carnet de bal bien rempli.

– Tu vas où, ce coup-ci ? Au Studio Heaven ou au Restless Palms ?

– Je dois voir un type au sujet d'une baraque.
– Pour louer ou pour acheter ?
– Pour casser.
– Tu veux que je t'accompagne ?
– C'est pas indispensable. Tu viens si tu veux.
– Dans ce cas, je te laisse t'en occuper. Je vais prendre un bain.
– O.K. ! retrouvons-nous à l'Albany Bar pour boire un verre, et puis on ira dîner au Carvery.
– D'accord pour l'Albany, mais je préférerais un autre endroit pour le dîner.
Grice signifia d'un haussement d'épaules que cela lui était égal.
– J'ai envie de manger chinois.

14

Il y avait en ville deux clochards homologués, tous deux d'une carrure imposante, tous deux querelleurs et vêtus de guenilles indescriptibles, qui n'avaient qu'à tonner un peu fort pour faire immédiatement le vide autour d'eux et devant qui les promeneurs détournaient le regard, passant leur chemin avec un sourire ou une moue désapprobatrice. Resnick n'avait guère croisé qu'une seule fois au cours de la même journée les deux énergumènes. Ils étaient tellement repérables, tellement pittoresques qu'on aurait pu croire qu'ils étaient les seuls clochards de la ville. C'était compter sans les centres d'accueil pour sans domiciles fixes, les asiles de nuit, les hôtels minables abritant les déclassés par familles entières, les squats ; il essaya de se souvenir de la première fois où il avait été abordé par un jeune type qui faisait la manche. Il y avait trois cent quarante-trois offres d'emploi dans les annonces du journal local, annonçait pourtant le placard publicitaire. Pourquoi ne fais-tu pas un effort et un brin de toilette, s'était dit Resnick, pourquoi ne tentes-tu pas de décrocher un job sur les trois cent quarante-trois proposés. « Vous auriez un peu de monnaie, m'sieur ? » lui avait demandé le gars. « Pour une tasse de thé. » Resnick avait commis l'erreur de regarder ses yeux et son visage. Il ne lui donnait même pas dix-huit ans. « Voilà », s'était-il contenté de répondre en lui tendant une pièce. À présent, il y en avait chaque jour davantage. Et toujours trois cent quarante-trois jobs à prendre annoncés sur le placard publicitaire du journal local.

Il ralentit et gara sa voiture juste après le virage. Combien Millington avait-il dit au sujet des boîtes de surveillance électronique ? Une demi-douzaine de pages dans l'annuaire professionnel. Ça en faisait du monde soucieux de rendre sa propriété privée inviolable, de faire valoir le droit imprescriptible de tout citoyen à transformer sa maison en forteresse.

Ça en faisait du travail pour les Lloyd Fossey.

Il retint sa respiration la clé à peine tournée dans la serrure. Il y avait quelqu'un dans la maison.

Sans un bruit, Resnick s'avança dans le vestibule et tira très légèrement la porte tout en glissant les clés dans sa poche. Il tendit l'oreille en se demandant ce qui l'avait alerté et si tout cela n'était pas tout bonnement le fruit de son imagination ou d'une déformation professionnelle. Mais le bruit de l'eau coulant sur le plastique d'une écuelle confirma. Un détail de plus, qui venait s'ajouter à l'absence des chats derrière la porte, prêts à l'accueillir en se frottant contre ses jambes.

Il les trouva tous les quatre dans la cuisine, le nez dans leur bol respectif. Claire Millinder portait un sweater bleu-gris avec une bande blanche, la même jupe courte sur des collants mauves et ses bottes rouges. Elle regardait les chats, l'ouvre-boîte à la main.

– Bonsoir.

Elle sursauta et, dans une brusque volte-face, lâcha l'instrument qui atterrit, à grand renfort d'éclaboussures, dans une écuelle de lait, provoquant une panique immédiate : Pepper se réfugia aussitôt dans le premier fait-tout à sa taille, Miles derrière le four et Bud disparut dans le premier abri qu'il put trouver. Seul Dizzy demeura imperturbable, terminant sa pâtée avant d'attaquer le bol du voisin.

– Je ne vous ai pas entendu rentrer.

– C'était un peu voulu.

Claire resta à le regarder, attendant que sa respiration reprenne un rythme normal. Elle se prit à songer qu'avec ses mesures exactes et une somme raisonnable, elle parviendrait sans difficulté à remédier au look catastrophique de l'homme qu'elle avait en face d'elle.

– Vous m'avez prise pour un cambrioleur ?

– Je vous ai prise pour ma femme.

*
* *

Après avoir délogé Pepper de sa batterie de cuisine et rassuré le très émotif Bud d'une caresse derrière l'oreille, Resnick jeta une poignée de grains noirs et brillants dans le moulin à café.

– Vous avez l'air chez vous, ici, n'est-ce pas ?

– Dans cette maison ?

– Dans la cuisine.

Resnick extirpa d'un sac en plastique les deux tiers restant d'une miche de pain de seigle et prit de la margarine dans le réfrigérateur.

– Vous n'avez rien contre un sandwich ?

– C'est curieux, dit-elle. Je n'ai quasiment jamais vu aucun homme de ma connaissance à l'aise derrière des fourneaux, même ceux qui savaient bien cuisiner. Tous ces ingrédients à utiliser dans l'ordre, ces temps de cuisson à observer. Ils avaient toujours l'air aux commandes d'un supersonique ou en train de suivre un séminaire sur l'organisation et la méthode. Enfin, ça ne m'a jamais semblé leur être naturel.

– Vous ne m'avez pas répondu, au sujet du sandwich.

– Avec plaisir.

Dans l'esprit de Claire Millinder, un sandwich se composait de deux tranches de pain de mie pressées sur de petits rectangles de fromage ou de fines lamelles de poitrine de dinde, qu'on agrémentait éventuellement d'une feuille de salade sans goût et d'une larme de mayonnaise basse-calorie. Selon Resnick, l'affaire prenait un tour autrement plus sérieux, plus gai aussi : deux ingrédients principaux aux goûts contrastés mais complémentaires – l'acide et le velouté, l'aigre et le doux – relevés de moutarde ou de condiment sans toutefois oblitérer le mariage initial et tempérés d'une rondelle de tomate ou de minces demi-lunes de Cox ou de Granny Smith.

– Je peux me servir de votre téléphone ?

– Je vous en prie.

Elle finissait sa communication lorsque Resnick passa au salon, deux pots dans une main, deux assiettes dans l'autre, l'une en quinconce reposant sur le poignet, façon brasserie.

– Mon Dieu Quand vous avez parlé de sandwich je ne pensais pas...

– Tenez, aidez-moi, prenez-en une...

– Pardon.

– Vous n'êtes pas obligée de tout manger si c'est trop.

– Non, c'est parfait, ça a l'air très appétissant. Je crois que j'ai bien fait d'annuler mon rendez-vous à dîner.

Resnick lui lança un regard interrogateur, tout en rattrapant *in extremis* avec son index un filet de moutarde à l'estragon qui débordait de l'assiette.

– Grillade ou scampi avec un promoteur dont la conversation se limite aux hypothèques et l'imagination à essayer de savoir si je porte des bas ou des collants. Je suis bien contente d'avoir une excuse pour y échapper.

Merci pour l'excuse, se dit Resnick.

– Désolée, dit-elle. J'espère que je ne vous ai pas choqué ?

– Non.

– Beaucoup d'hommes sont choqués quand les femmes sont franches.

– Les mêmes qui sont mal à l'aise derrière des fourneaux ?

Elle répondit par un sourire radieux, auquel sa dentition irrégulière ajoutait encore un charme supplémentaire.

– J'ai dû rencontrer ceux qu'il ne fallait pas, manifestement. Cela doit venir de mon travail. Tout le monde cherche à ramasser une commission sur tout et n'importe quoi : pas de pourcentage, pas d'affaire.

Quelque part dans la rue, une alarme de voiture se déclencha. Miles s'approcha à pas comptés pour renifler les bottes rouges de la jeune femme et s'en retourna aussitôt d'un air désapprobateur. Resnick se souvint que lorsque Rachel s'était assise à la même place, les chats avaient sauté immédiatement sur ses genoux.

– Dites, ça ne vous a pas ennuyé, au moins ? Je veux dire, c'était un peu cavalier de ma part de...

– Puisque vous étiez là...

– Non, je ne parlais pas d'avoir nourri les chats, je faisais allusion à ma présence lorsque vous êtes rentré. Normalement, j'aurais dû partir avec les clients et refermer derrière moi.

Elle posa son assiette sur le bras du fauteuil et croisa les jambes :

– Je voulais souffler un peu, me retrouver seule un moment. Je me suis sentie bien dans cette maison, je ne sais pas... J'habite un petit studio, depuis trois ou quatre ans, avec lit escamotable, où il n'y a pas la place pour bouger. Alors, vous comprenez, ici, j'ai eu l'impression de pouvoir respirer. C'est un peu vieillot, mais spacieux. Habité. On sent que cette maison a un passé.

Du bout du pied, il poussa la porte, mais quelque chose en bloquait l'ouverture.

– C'est ça, répéta Claire, presque pour elle-même. Un passé.

Resnick loucha vers le téléphone, priant pour qu'il se mette à sonner. Il remarqua que Claire n'avait touché qu'à la moitié de son sandwich. Il finit par se lever pour aller choisir un disque sur l'étagère.

– Je vais mettre un peu de musique, dit-il.

– Oh non, s'il vous plaît.

– Désolé, je pensais...

– Je préfère parler.

Il la regarda décroiser et recroiser les jambes, sourire à nouveau, mais plus timidement que la première fois.

– Je n'ai pas très envie de parler, dit-il simplement.

Claire prit une profonde inspiration et baissa légèrement la tête. Il y eut quelques secondes de silence au bout desquelles elle partit d'un petit rire nerveux et se leva.

– C'est drôle, dit-elle.

– Drôle ?

– Enfin, étrange. Je me suis sentie bien ici et en confiance avec vous. Alors je me suis dit, je vais m'asseoir un moment, me détendre, bavarder, essayer de faire connaissance.

Elle frotta ses paumes l'une contre l'autre, mal à l'aise.

– Mais ce n'est pas ce que vous souhaitez.

– Je suis navré.

– Bon, eh bien... commença Claire tout en posant son assiette et son pot de café sur la table. Je crois que le mieux, c'est que je vous rende vos clés, dit-elle en ouvrant son sac.

Resnick secoua la tête :
– Non.
– Quelqu'un d'autre à l'agence pourra...
– Non, répéta-t-il en posant sa main sur la sienne. Vous avez dit que la maison vous plaisait. Vous réussirez à la vendre.
– Vous êtes sûr que... ?
– Absolument.
Lorsqu'il retira sa main, il vit une larme de moutarde sur la phalange du petit doigt de la jeune femme. Moutarde.
– Dans ce cas, dit-elle en gagnant la porte d'entrée, il y a deux ou trois choses que vous pouvez faire pour rendre les lieux plus attrayants. Ce ne sont bien sûr que des suggestions, vous en ferez ce que vous voudrez...
Resnick attendit sans rien dire.
– Première chose, poussez un peu le thermostat du chauffage et laissez-le pendant la journée. Un éventuel acheteur qui entre dans cette maison en prend vite les mesures et voit aussitôt défiler devant ses yeux des factures énormes – gaz, électricité, double vitrage, etc... La première chose qui lui vient à l'esprit, c'est que tout cela va être difficile et coûteux à chauffer. Surprenez-le.
– Ensuite ?
– Cela vous coûtera un peu d'argent, mais prenez le temps d'aller dans un magasin acheter quelques lampes supplémentaires. Pour donner un aspect plus chaleureux, moins sombre.
– Et la troisième chose ?
– Engagez une bonne femme de ménage. Une professionnelle. Je ne dis pas régulièrement, mais pour passer une journée ou deux à faire le ménage en grand.
– Je vous promets de réfléchir à tout ça.
– Vraiment à tout ?
Resnick lui tint la porte tandis qu'elle sortait sur le perron. Le lampadaire de la rue allongea son ombre

sur le parterre d'herbes folles. Après quelques secondes d'interruption, la sirène de l'alarme automobile reprit de plus belle.

– Et la prochaine fois que je ferai visiter, je vous téléphonerai avant.

– Laissez-moi un message au bureau.

– Entendu.

À présent qu'elle avait mis le pied dehors, c'était comme si aucun des deux n'avait vraiment envie qu'elle parte.

– Vous pensez toujours que je devrais baisser à nouveau le prix ?

– Peut-être pas, finalement. Tout au moins, pas tout de suite.

– Bon. Alors, bonne fin de soirée.

– À vous aussi. Et excusez-moi en...

– Non, je vous en prie...

– Bonsoir.

– Bonsoir.

Il entendit ses pas disparaître dans le chemin, la portière de sa Morris s'ouvrir et se refermer. Un peu plus loin dans la rue, l'alarme continuait de couiner et il se demanda si quelqu'un, le propriétaire de la voiture ou un agent en patrouille allait faire quelque chose. Les phares de Claire dessinèrent un arc de lumière sur le mur d'en face et il entr'aperçut une dernière fois son visage avant que la voiture ne disparaisse dans le virage.

Dans le salon désert, Pepper et Dizzy faisaient un sort à la moitié de sandwich abandonné sur la table. Resnick resta planté un long moment devant sa discothèque, hésitant entre Johnny Hodges et Lester Young sans parvenir à se décider. Il gagna finalement la cuisine et ouvrit le tiroir au fond duquel il avait glissé sans la décacheter la lettre de sa femme. Le cachet de la poste indiquait Abergavenny. Il retira le bol qui traînait dans l'évier et alluma un fourneau sur la cuisinière. La flamme ne tarda pas à lécher toute la longueur de l'enveloppe et, après s'être assuré qu'elle ne faiblirait pas, Resnick la laissa faire son œuvre dans l'évier, taquinant la lettre de la pointe d'un couteau pour qu'elle se consume tout à fait.

Après quoi il ouvrit le robinet et attendit que l'eau emporte jusqu'au dernier pétale de cendre.

15

– Allons, Harold ! disait la voix avec un accent de sincérité typiquement show-biz. On est au Penthouse Bar du Royal, avec Freeman. Rejoins-nous. On prend un verre, relax, et on se parle. On met les choses à plat.

– Va te faire mettre, répondit seulement Harold. Son accent de sincérité à lui ne trompait pas.

– Qui était-ce ? demanda Maria en descendant l'escalier, son peignoir entrouvert sur des jambes luisantes, fraîchement sorties du bain. Harold se dit qu'avec le temps qu'elle passait vêtue de ce truc-là, tout le reste de sa garde-robe serait aussi bien au Secours Populaire.

– Personne.

– Allons, c'était forcément quelqu'un.

– C'est ce qu'il aurait voulu nous faire croire.

Harold abandonna son épouse à ses conjectures et à la consommation de son talc griffé et s'éclipsa en quête d'un peu de solitude. Il se serait parfaitement accommodé d'une ou deux lignes de coke, en cette minute, histoire de se rassurer par les narines sur qui avait le contrôle de la situation. Il ne put que se rabattre sur la première bouteille en rêvant à la manière dont les rock-stars des seventies se faisaient refaire le nez par l'intérieur.

Contemplant le fond de son verre, il décida de doubler la dose.

– Harold ! sois gentil, sers-moi un verre et apporte-le-moi, veux-tu ?

Il marcha jusqu'à la porte et la referma.

– Va te faire foutre, grinça-t-il, d'un ton toutefois mesuré, de peur qu'elle l'entende et le prenne au mot.

*
* *

– Regarde-moi ça ! Tu as vu les deux, là-bas ?

Grabianski tourna la tête, mais ne vit qu'un énorme pot de fleurs et une colonne décorative.

– Où ?

– Enfin, t'es aveugle, ou quoi ? La table dans le coin, juste après le piano.

Grabianski aperçut en effet deux jeunes femmes d'une vingtaine d'années, en robe noire fendue et couvertes d'or des pieds à la tête.

– On y va ?

– Comment ça, on y va ?

– On s'invite.

– Tous les deux ?

– Ben oui, quoi. Qu'est-ce qui te chiffonne ?

– Au jugé, comme ça ?

– Enfin, qu'est-ce qui t'arrive, Jerry ? T'es long à la détente !

– J'ai faim.

– Tu préfères aller bouffer que de leur faire un brin de causette ?

– La question ne se pose même pas.

Grice secoua la tête, incrédule.

– D'autant, ajouta Grabianski, qu'elles attendent sûrement quelqu'un.

– Pour ça, tu peux être tranquille : le premier type qui viendra leur agiter une clé de chambre d'hôtel sous le nez en leur faisant tâter son portefeuille.

– On n'est pas descendus à l'hôtel.

– Exact, on a fait mieux : un appart' à cinq minutes de marche.

Grabianski se leva.

– Je préfère ça, fit Grice. Mais tu me laisses celle de gauche.

Grabianski ne voyait aucune différence entre les deux.

– Ce n'est pas là que je vais.

– Faut encore que tu ailles pisser ?

– Je t'ai dit que j'avais faim. Alors je vais manger et toi tu restes si tu veux pour t'offrir une maladie vénérienne de luxe.

Grice retint Grabianski par la veste. Tous deux avaient revêtu leurs meilleurs complets, ceux-là même qu'ils portaient pour les casses de la maison Stanley et de la maison Roy. L'idée venait de Grabianski, dont l'enfance avait été bercée par les aventures de Raffles, le gentleman-cambrioleur. Son film préféré était *La Main au collet,* d'Hitchcock et sa grande déception lorsqu'il se regardait dans un miroir était de ne pas voir s'y refléter l'image de Cary Grant.

– Et merde ! grommela Grice. C'est trop tard.

– Pour aller dîner ?

– Non, regarde.

Deux types venaient juste de s'asseoir à la table des demoiselles en robes noires et parlaient avec force gestes tout en se tordant le cou pour loucher dans leurs décolletés garnis de bijoux. Peut-être pensaient-ils déjà aux mensonges qu'ils raconteraient à leurs épouses.

– On lève le camp ? proposa Grabianski.

– Chinois ?

– Chinois.

***

Maria Roy avait changé trois fois de tenue avant de descendre, sans parvenir à se rappeler pour laquelle de ses toilettes Harold avait dernièrement manifesté un intérêt quelconque. Elle avait finalement jeté son dévolu sur un ensemble en soie mandarine à col fermé, s'était parfumée aux poignets et derrière les oreilles puis entre les seins avant de remonter la fermeture Éclair jusqu'en haut.

Tout cela pour constater, en entrant dans le salon, qu'Harold était déjà rond comme une pelle à feu et qu'elle aurait aussi bien pu s'habiller avec le sac poubelle de la veille.

Il était vautré sur le canapé, une jambe à l'extérieur, l'autre étendue sur l'accoudoir, trois verres encore à demi pleins posés près de lui sur le sol.

– C'était Mackenzie, au téléphone, tout à l'heure. Ce sac à merde voulait que j'aille faire de la lèche à l'autre enculé, là, cette espèce de petit con pervers de mes deux, ce Freeman Davis de merde !

Maria se demanda qui pouvait bien être le Freeman Davis en question. Elle n'en avait jamais entendu parler.

– Me mettre sur la touche, c'est ça qu'ils gambergent dans leur tête pourrie, ces deux emmanchés ! En douceur, à la sournoise. Freeman peut s'occuper de ci, Freeman peut se charger de ça. Pourquoi tu ne laisses pas faire Freeman, Harold ? Prends du champ, occupe-toi de l'unité du film et laisse Freeman se charger de l'intendance. Punaise édentée !

Il se pencha, appuyé sur un coude, sans parvenir à attraper aucun des trois verres.

– Mais moi, je l'encule ! J'les encule tous ! Ils voulaient m'attirer dans leur putain de Penthouse Bar seulement pour essayer de me balancer par la fenêtre !

Il se pencha encore une fois et finit par rouler lourdement sur le tapis. Il ne tenta même pas de se relever.

– Enculés !

*
* *

La salle de restaurant était séparée en deux par un panneau de verre sur lequel semblait comme sculptée en relief la plus énorme langouste que Grabianski ait jamais vue.

– Imagine ça avec un peu d'ail, dit-il à Grice.

– Tant qu'on partagera la même salle de bains, je préfère même pas imaginer.

Ils traversèrent le bar, seulement occupé par un groupe de quatre personnes qui buvaient un gin tonic en attendant leur table. Un Chinois à la stature impressionnante s'avança vers eux pour leur proposer de s'installer à l'une des petites tables basses pour prendre un apéritif tout en consultant les menus savamment disposés sur des présentoirs, mais les deux hommes déclinèrent l'offre et gravirent les deux marches qui menaient, de l'autre côté du panneau de verre, dans la salle de restaurant. Une serveuse en talons aiguilles et jupe noire moulante les accueillit d'un : « Par ici, messieurs » au pur accent Suzie Wong, mâtiné d'une pointe de celui du Notts-Derbyshire.

Grabianski lui adressa un très beau sourire en refusant la table qu'elle leur proposait et indiqua le coin avec le bout de son index.

Grice n'avait d'yeux que pour les jambes de la fille. Une fois installé, il reprit une respiration normale au bout de quelques instants.

– C'est bien, ici ?

– La rumeur le dit, répondit Grabianski.

– De toute manière, fit Grice en regardant autour de lui, on va payer le décor dans l'addition.

Grabianski n'arrivait pas à comprendre qu'un type capable de payer quarante livres pour quinze minutes de massage passe son temps à geindre dès qu'il était question de prendre un repas dans un bon restaurant.

– Que boirez-vous, messieurs ?

– Bière allemande pour moi, fit Grice, Une pinte.

– Nous n'en servons pas, monsieur.

– Vous n'avez pas de bière ?

– Si. Ce sont les pintes que nous ne servons pas. Demi-pintes seulement.

– Bon. Alors deux demi-pintes.

– Bien, dit-elle avant de se tourner vers Grabianski avec un sourire. Et vous, monsieur ?

– Du thé, s'il vous plaît.

– Chinois ?

– Oui.

D'un geste sûr et gracieux, elle ôta les deux verres à pieds et présenta à chacun une carte des menus.

– Moi ce sera un menu et basta, dit Grice en refermant presque aussitôt la sienne.

Grabianski soupira.

– Tu sais quel est ton problème ? dit Grice.

– Non, mais tu vas m'expliquer.

– Dans le temps, les seuls trucs qui t'intéressaient dans la vie, c'était apprendre tout par cœur sur les différentes races de piafs dans ton bouquin et trouver une montagne à la con sur laquelle tu n'avais pas encore grimpé. Maintenant c'est les restaurants à chichis et les bonnes femmes des autres.

– Je crois, dit Grabianski après réflexion, que je prendrai le poulet aux noix de cajou et la carpe à la ciboulette et au gingembre. Accompagné de riz et de petits légumes. Qu'en dis-tu ?

La serveuse revint avec les deux pintes de bière et le thé de Grabianski, qu'elle lui servit dans une très élégante tasse baguée d'or, décorée d'un dessin subtil.

– Avez-vous fait votre choix ?

Grice parcourut la carte du bout de l'index, commandant les plats par numéros, que la jeune femme inscrivait au fur et à mesure, donnant l'impression d'anticiper sur le choix du client maussade. Grabianski, quand vint son tour, la gratifia d'un sourire de connivence et mit un point d'honneur à donner les noms des plats.

– Et puis vous m'apporterez un couteau et une fourchette, lança Grice tandis que la serveuse s'en retournait.

Les lèvres de Maria Roy formèrent un O parfait, exhalant un rond de fumée impeccable. Harold ronflait doucement sur le canapé où il était parvenu, non sans peine à se hisser de nouveau, sans que Maria bouge le petit doigt pour l'aider. Elle lisait, assise en tailleur au fond du grand fauteuil, son verre posé sur un des accoudoirs, le cendrier sur l'autre, indifférente aux images qui défilaient sur l'écran du téléviseur muet. L'inconvénient, avec la littérature de supermarché, c'est que tous les bouquins semblaient calqués sur le même modèle et que lorsqu'on en avait lu un... La facilité avec laquelle toutes ses responsables en marketing et autres chargées de relations publiques parvenaient à l'orgasme d'un simple claquement de doigts la laissait un peu rêveuse. Sans parler des pratiques buccales dans l'ascenseur des cadres, entre le rez-de-chaussée et le onzième étage, dont on faisait disparaître toute trace par la simple application d'un mouchoir parfumé sur les lèvres avant de pousser la porte de la salle du conseil d'administration.

Mais, bien que peu convaincante, la lecture réveillait en elle certaines émotions. Les pouces de Jerry Grabianski flattant les aréoles de ses seins ; le poids de son corps sur elle ; la prévenance avec laquelle il lui avait fait l'amour.

Harold eut un sursaut dans son sommeil, laissant tomber son bras avec un grognement rauque.

– Bon sang, Harold ! s'écria Maria. Mais crève donc en silence !

Les six cent quarante-huit pages de sublimation fantasmatique pour ménagères frustrées ratèrent sa tête de seulement quelques centimètres. Maria commençait à envisager sérieusement de ne rien lui dire au sujet de l'offre de Jerry. Afin qu'il continue à croire la cocaïne perdue corps et biens et attende, mort d'angoisse de se faire couper en rondelles par son dealer. Ce bâtard n'aurait que ce qu'il mérite.

Elle écrasa sa cigarette à demi consumée et en

alluma une autre. Du haut de leurs quelques vingt années de vie conjugale, elle contemplait son mari, endormi comme une masse ; les touffes de cheveux qui bouclaient sur ses oreilles, non plus grisonnantes mais blanchies ; ses paupières qui battaient convulsivement au rythme d'une succession de mauvais rêves. Le rideau tombait sur sa carrière minable, sans que ce fût réellement sa faute et sa vie ne valait plus bien cher.

Elle le haïssait.

*
* *

– Ton porc est comment ?

– Correct.

– Meilleur que d'habitude, tout de même. Non ?

– Correct, sans plus.

– Parce que s'il est seulement à moitié aussi bon que ce poulet...

– Jerry.

– Oui ?

– C'est un plat de porc à la chinoise. Point.

– Bon.

– Revenons plutôt à nos moutons.

– Je t'écoute.

– Encore deux chantiers et on arrête.

– Comment ça : « on arrête » ?

– C'est le contraire de « on continue ». C'est clair, non ?

Grabianski attrapa un morceau de poivron vert entre ses baguettes et le trempa dans la sauce aux haricots noirs avant de mordre dedans, l'air songeur :

– Et pourquoi ?

– Les sources, dit seulement Grice.

Grabianski baissa les yeux un instant sur ses plats qui reposaient sur des assiettes chaudes.

– Il y a un problème de ce côté-là ?

– Si t'arrêtais une minute de penser avec ton estomac ? Jusqu'ici, tout s'est déroulé impeccablement, comme tu dis si bien, mais je commence à avoir un petit doute pour la suite. Alors je dis deux chantiers maximum.

Un bruyant éclat de rire se fit entendre, repris en chœur par les autres convives installés à la grande table ronde située au centre de la salle. Une cacophonie de voix excitées suivit, ponctuée d'un spectaculaire coup de poing sur la table et de bruits de couverts. Du coin de l'œil, Grabianski aperçut le patron de l'établissement, à l'autre bout du panneau de verre.

– Et ensuite ?

– Quoi, ensuite ? ensuite, on décanille, comme d'habitude.

Grabianski but une gorgée de thé au jasmin.

– Et l'appartement ? Il n'était pas question de trois mois minimum ?

– J'ai simplement dit à la fille ce qu'elle avait envie d'entendre.

Une jeune femme de couleur fit son entrée en compagnie d'un homme de race blanche. Tandis que la serveuse les conduisait jusqu'à une table, une rumeur monta à la table du centre, pour finir en cri de guerre des supporters anglais : une imitation en chœur de cris de chimpanzés.

– Y a d'la relance sur le beignet d'banane, les mecs !

Le couple fit semblant d'ignorer les rires gras derrière lui.

– Tu sais ce que je pense des risques inutiles, poursuivit Grice. On a toujours été d'accord là-dessus. C'est à ce prix-là qu'on s'est toujours tenus à l'écart des emmerdements.

– Oui, je sais, dit Grabianski, songeant à ce que lui avait murmuré Maria en promenant sa langue dans le creux de son cou. « Jerry, si je n'avais plus droit qu'à une seule chose au monde, je voudrais que ce soit de pouvoir recommencer ce que nous venons de faire, pour toujours. »

« Pour toujours » ne faisait pas partie du vocabulaire de Grabianski, même dans la douce euphorie d'après l'amour. Mais pour un an, neuf mois, il voulait bien croire au possible.

– À quoi tu penses ? demanda Grice.

– À rien.

Tous deux savaient que c'était un mensonge.

Le plus baraqué de la bande attablée au centre se leva. Blanc, la quarantaine, il était de toute évidence le plus vieux. Coupe à la tondeuse petit cran, bomber noir avec bandes rouges et vertes sur les manches, il prit une assiette sur la table, sous le regard du reste de ses compagnons. Certains d'entre eux paraissaient sortir tout juste de l'école.

– C'est l'heure de nourrir les bêtes ! lança le type à la cantonade avant de jeter le contenu de l'assiette en direction de la table où avait pris place le couple mixte.

– Non, s'il vous plaît... ! implora le patron en se précipitant vers eux.

La jeune femme noire balaya d'un revers de main les grains de riz sur son épaule et la manche de sa robe. L'homme se leva, pétrifié, blanc comme un linge.

– Viens chérie. Cette fois, on s'en va.

– Ben quoi, ma poule ? fit l'autre. Ta négresse se plaint du service ?

La serveuse se plaça face au cavalier tremblant de la jeune femme et plaça une main sur sa poitrine :

– Asseyez-vous, monsieur, je vous en prie. Ignorez-le.

Le contenu d'une autre assiette vola, éclaboussant le dos et les cheveux de la serveuse.

– Cette fois, ça suffit ! cria le patron.

L'un des convives de la table ronde le cueillit d'un violent coup de poing dans l'estomac qui le plia en deux et le fit tomber à genoux.

– Appelez la police ! lança un client, à l'autre bout de la salle.

– Ferme ta gueule, connard !

Deux, puis trois Chinois arrivèrent de la cuisine dans leurs tabliers blancs, l'un d'eux armé d'un couteau à désosser, un autre d'un manche à balai.

Grice vit avec frayeur son acolyte étirer ses bras.

– Reste en dehors de ça, Jerry.

D'un pas décidé, la serveuse se dirigea vers le bar, pour prendre le téléphone ou simplement pour se mettre à l'abri et trébucha sur la jambe tendue d'un des imitateurs de cris d'animaux. Perdant l'équilibre, elle jeta les bras en avant mais ne réussit qu'à aller se cogner la tête dans l'encadrement métallique du panneau de séparation. Un flot de sang gicla de son arcade sourcilière.

– Jerry !

Le chef de la bande se pencha pour ouvrir le sac de sport au pied de sa chaise et en sortit une hache.

– Nom de Dieu, Jerry, ne va pas t'en mêler ! siffla Grice.

Grabianski l'ignora et ôta sa veste sans quitter des yeux la lame de la hache que le tondu brandissait au-dessus de la table.

– Trop tard.

La hache retomba lourdement, fendant le bois, tandis que trois des compagnons de l'excité attrapaient le patron du restaurant pour le balancer à travers le panneau de verre.

Laissant son veston sur le dossier de sa chaise, Grabianski se débarrassa de sa montre qu'il posa entre les baguettes et la tasse de thé.

Le jeunot qui avait fait trébucher la serveuse continuait de s'acharner sur elle et, tout en lui tordant un bras derrière le dos, tentait d'arracher le devant de sa robe.

Trois pièces fichées entre les doigts de son poing fermé, Grabianski se dirigea vers eux et entra dans la mêlée.

Après avoir agrippé fermement les bords de la cuvette des W.-C., Harold Roy baissa lentement la tête, rafraîchissant son front au contact de la porcelaine. Malgré tout le mal qu'on disait de la cocaïne et de ses effets secondaires, jamais elle ne l'aurait mis dans un tel état. Il savait déjà que le matin à venir allait être horrible.

Maria ouvrit en grand la porte de la salle de bains et tourna aussitôt les talons en réprimant un haut-le-cœur. Elle appelait de ses vœux une vie sans Harold : emporté par la nature – ou par autre chose – dans l'éternité. Elle entra dans la chambre en riant. Qu'est-ce qui lui prenait de faire des citations, à présent ? Ce devait être Chester – à moins que ce ne fût Salisbury ? Sa seule et unique prestation en Ophélie. En fait, elle n'était que doublure et avait préparé en même temps le rôle d'Ophélie et celui de la Reine. Elle n'en avait pas moins eu par deux fois l'opportunité de se promener d'un bout à l'autre de la scène en chantant des comptines, des fleurs artificielles dans les cheveux, au cours de matinées enfantines bruyantes. Le jeune public s'y bombardait de cacahuètes et de projectiles divers avec un tel enthousiasme qu'elle aurait aussi bien pu jouer sans savoir un traître mot de son texte.

Le reste du temps, elle donnait un coup de main à l'habilleuse ou aux machinos pour les décors, veillait à ce que les épées soient bien à leur place pour le duel et apprenait par cœur ses textes et ceux des autres.

Ce n'est pas seulement ce manteau couleur d'encre, bonne dame, ni ce costume obligé d'un deuil solennel...

Elle se demanda combien de personnes feraient l'effort de se déplacer pour l'enterrement d'Harold. On ferait sans doute appel à MacKenzie pour écrire deux paragraphes dans *The Stage.*

Les viandes cuites pour les funérailles ont été servies froides au festin des noces.

Jerzy Grabianski.

Jerry.

Harold apparut dans l'encadrement de la porte, chancelant, appuyé au chambranle. Il semblait distinguer Maria au cœur du brouillard. Tu peux crever, enflure, songea-t-elle. Plutôt griller en enfer que te prendre en pitié !

Il risqua trois pas à l'intérieur de la pièce et s'arrêta.

- Harold ?

- Hmm ?

- Il y a tout de même quelque chose qu'il faut que je te dise.

16

Du bout du pied, il poussa la porte, mais quelque chose en bloquait l'ouverture.

Ses différentes tentatives pour trouver le sommeil s'étaient révélées infructueuses. Il avait pourtant épuisé une par une toutes les positions possibles dans son grand lit, tenté sa chance sur le canapé du salon, le tout assorti des trucs habituels : lait et whisky, musique douce plus quelques exercices de relaxation qui relevaient d'une conception toute particulière de la paix de l'esprit.

En promenant la main sur les murs de la petite chambre, il pouvait presque sentir sous ses doigts les différentes strates de papier peint. Ce n'était pas la première fois qu'il se retrouvait là, grattant avec un acharnement tranquille les résidus de sang séché sur les plinthes et les boiseries. Il lui suffisait même de rester un certain temps dans la pièce pour que l'odeur entêtante lui revienne. *Étendu, inerte, au pied du petit lit.* Du temps de son mariage, cet endroit avait représenté le mirage d'une vie à naître. Puis, un soir, les quatre murs s'étaient éclaboussés de sang et Rachel était sortie de sa vie.

Pourquoi voulez-vous partir de cette maison ?

Un ventre vacant. C'étaient les mots exacts qu'avait employé Rachel. Resnick referma la porte derrière lui en se demandant ce qu'il avait bien pu faire de la clé.

Au fond, tout cela n'avait été qu'une histoire banale.

Une femme venue lui dire au revoir. Un assassin venu pour faire entendre sa confession et s'acquitter de sa pénitence sur le fil d'un rasoir.

Resnick savait combien la vie était, pour certains, affaire de pas comptés.

Tout au long du couloir, en haut et en bas de l'escalier, la maison silencieuse le guettait.

*
* *

Jack Skelton leva sa tasse et étira ses membres engourdis. Lorsqu'ils avaient décidé d'emménager dans cette maison et de s'installer en banlieue, les proportions et l'agencement des lieux leur avaient paru idéaux. Lui et sa femme avaient soigneusement fait leurs comptes, examiné les revenus de leur épargne et son salaire de superintendant, avant de décider d'un commun accord que ce déménagement serait le dernier. Même si, dans l'avenir, la maison ne suffisait pas à loger le temps d'une visite, les enfants prodigues, les gendres, les brus et les petits-enfants.

Nichée entre les photos encadrées qui ornaient le large manteau de cheminée, la pendule marquait 1 h 20. Alice était déjà descendue pour lui demander de monter se recoucher.

– De toute façon, tu n'arriveras pas à lui tirer un mot quand elle rentrera.

Skelton s'était arrêté un instant d'arpenter la salle de séjour en forme de L pour lever les yeux vers son épouse, avec ce désagréable mouvement des sourcils dont il n'était jamais parvenu à se défaire depuis l'adolescence.

– Dans un moment, avait-il répondu.

Alice n'avait pas insisté.

Il poussa la porte à vantaux de la cuisine et, après avoir vérifié que la bouilloire posée sur la plaque électrique était encore chaude prit le pot de café soluble sur l'étagère. Aucun bus ne circulait plus à cette heure et il se demandait comment sa fille allait faire pour rentrer.

Car il se refusait à envisager qu'elle puisse ne pas rentrer de la nuit.

*
* *

– Kate.

Skelton se réveilla au bruit de la clé tournée dans la serrure. Il s'était endormi dans le fauteuil et avait à peine discerné dans son sommeil le ronronnement d'un moteur ralentissant près de la maison.

– Katie.

Elle tourna la tête pour lui faire face, le pied déjà posé sur la première marche d'escalier. Elle portait les cheveux courts depuis quelques mois et les avait copieusement hérissés au gel pour la soirée. Visage blafard, lèvres peintes en noir, T-shirt, pantalon collant et blouson orné d'impedimenta gothiques également noirs, cartouchière vide pendant sur la hanche. Les chaussures noires à bouts pointus, par-dessus les socquettes blanches commençaient à rebiquer.

Tête haute, une main sur la rampe, elle le toisait d'un regard qui se serait voulu implacable.

– Je me suis endormi, dit Skelton.

– Ici, en bas ?

– J'attendais que...

– Pas la peine de me faire un dessin.

– J'étais inquiet.

– Ouais.

– Nous étions inquiets, ta mère...

– Non, j't'en prie.

– Quoi ?
– Épargne-moi le couplet.
– Tu te comportes d'une façon...
– Elle n'a rien à branler de moi ni de ce que je fais, alors n'essaie pas de me faire avaler le contraire.
– Katie !
Il avança vers elle d'un pas rapide, le bras levé, interrompant son geste avant de savoir s'il voulait la frapper ou l'étreindre.
La jeune fille plissa les yeux et soutint son regard. Seize ans et deux mois.
– Café, dit Skelton en faisant un pas en arrière.
– Hein ?
– Je pourrais préparer du café pour nous deux.
Elle le considéra d'un œil incrédule et se mit à rire.
– On pourrait parler.
Kate secoua la tête.
– Au moins s'asseoir un moment.
Elle eut un soupir amer.
– Tu ne crois pas qu'il est un peu tard pour ça ?
– Non, pourquoi ?
– Pour rien. Je pensais que le fond du problème, c'était justement qu'il soit tard.
– Qu'est-ce que tu veux dire ?
– Je veux dire, tout ça, quoi...
Skelton soupira et tourna les talons, mais elle ne voulait plus que les choses en restent là.
– Le comité d'accueil, tous ces regards lourds de reproches ; tes manières de ne surtout pas me demander si je sais l'heure qu'il est.
Il ne savait que faire, face à son hostilité. L'encaisser, la détourner ? L'ignorer lui était en tout cas impossible. Il regarda les deux anneaux qui scintillaient à ses oreilles malgré la faible lumière. La colère n'était pas de mise, tant ses sentiments pour sa fille étaient d'une tout autre nature. Mais Kate aurait considéré cela comme de la sensiblerie de vieil imbécile.
– Fais ce que tu veux, je prépare du café de toute manière.

Il se tenait assis sur un des tabourets de cuisine, tenant sa tasse brûlante à deux mains lorsqu'elle vint le rejoindre. Elle avança un autre tabouret, mais sans s'y asseoir, préférant rester debout en équilibre instable et regarder le sol.

– Tu es sûre que tu ne veux pas de café ?

Elle répondit une nouvelle fois par la négative.

Skelton fit un effort sur lui-même pour essayer de ne pas penser en père ou en flic. Le silence s'installa entre eux, sans que Kate manifeste le moindre désir de le rompre ou de quitter la pièce. Se taire, songea Skelton. Je dois me taire et attendre.

– Comment as-tu fait pour... ? commença-t-il.

– Je me suis fait déposer.

– Par qui ?

Les mots étaient sortis tout seuls, sans qu'il puisse faire quoi que ce soit.

– Je ne leur ai pas demandé leurs papiers.

Il lui renvoya un regard froid et inquisiteur, incapable de déterminer si elle avait répondu sans malice ou délibérément pour le choquer.

– J'ai fait du stop, deux types se sont arrêtés. Ils m'ont ramenée mais on n'a pas eu le temps de faire connaissance.

– Tu aurais pu téléphoner.

– À qui ?

– Ici. Il te suffisait de m'appeler et je...

– Ben voyons ! Allô ! mon superintendant de père, viens donc chercher ta fille. Non, merci.

– Bon, alors il fallait partir plus tôt.

– Je ne pouvais pas.

– Ou prendre un taxi.

– Avec quoi ?

– Tu avais de l'argent sur toi.

– Tout dépensé.

– Katie, je t'en prie, dit Skelton en tendant les bras dans un élan spontané. Ne sois pas comme ça.

– Comme quoi ?

Il fit disparaître ses mains et se leva.

– Écoute, je ne te demande qu'une chose : lorsque tu sors le soir et que tu sais que tu vas rentrer aussi tard, préviens-moi.

– Pour que tu m'interdises de sortir ?

– Pour que je te donne de quoi rentrer en taxi.

– Chaque fois ?

– Oui, chaque fois.

– Non, dit-elle.

– Comment ça, non ? Pourquoi ?

– Parce que j'aurai dépensé l'argent avant qu'il soit l'heure de rentrer.

L'instant d'après, la porte de la cuisine battait derrière elle et il resta planté là, à écouter les pas de sa fille qui gravissait les marches au-dessus de sa tête. Demain matin, il n'y aurait plus la moindre trace de gel dans ses cheveux et les anneaux seraient remplacés par deux petites boucles d'oreilles d'une discrétion absolue. Démaquillée, un simple pull par-dessus un chemisier et une jupe, elle ne prononcerait guère plus d'une demidouzaine de mots avant de quitter la maison.

Katie.

*
* *

Les chats réagirent avant Resnick à la sonnerie du téléphone. Il avait fini par s'endormir avec un oreiller sur la tête, bras et jambes étendus en diagonale d'un bout à l'autre du lit.

Il dut s'y reprendre à plusieurs fois avant de parvenir à porter le combiné à son oreille et à grommeler un borborygme dans l'appareil.

– Pardon de vous déranger, monsieur, bafouilla Millington. Mais il est arrivé un truc... on se croirait revenu en pleine guerre des Tongs, monsieur ! J'ai pensé que vous souhaiteriez être prévenu.

Resnick se frotta les yeux en émettant quelques grognements :

– Laissez-moi dix minutes, Graham, dit-il. Enfin, dix minutes, un quart d'heure.

Puis, en attrapant son pantalon, il prit les chats à témoins :

– C'est pas beau, ça ? Millington qui la ramène sur la guerre des Tongs, maintenant ! Les cours par correspondance ont encore frappé !

17

– Kevin ! appela Resnick en traversant le bureau des enquêteurs.

– Oui, monsieur.

Le bout de son stylo coincé entre les dents du pignon de la cassette, Naylor rembobinait minutieusement quelque vingt centimètres de bande emmêlée. À quoi servait d'enregistrer les témoignages si la technologie vous lâchait ?

– Vous avez terminé avec les compagnies d'assurances ?

– Oui, monsieur, le rapport est prêt. Je l'ai là.

Il posa un instant la cassette pour chercher au milieu de la paperasse qui envahissait son bureau et refréna un geste instinctif vers le téléphone qui sonnait.

– Je lirai le rapport plus tard, Kevin. Dites-moi seulement si ça a donné quelque chose.

Naylor secoua négativement la tête :

– Cinq compagnies différentes, dont quatre nationales et pas plus de deux baraques assurées chez les mêmes.

La sonnerie du téléphone s'interrompit un instant avant de reprendre de plus belle. Resnick esquissa un rictus de déception avant de se diriger vers son bureau.

– Il y a quand même un petit détail, monsieur, ajouta Naylor en se levant.

Resnick s'immobilisa et tourna la tête :

– Est-ce que quelqu'un pourrait décrocher ce foutu téléphone ? lança-t-il à la cantonade.

Chacun à un bout de la pièce, Patel et Divine tendirent la main vers l'appareil le plus proche.

– Deux des clients ont eu affaire au même courtier, reprit Naylor. Il y a peut-être quelque chose à voir de ce côté-là, d'autant que...

– D'autant que ?

– Eh bien, au moment de l'expertise des lieux, lorsqu'ils ont évoqué l'installation d'un système d'alarme, le courtier a recommandé Fossey.

Depuis le début de la matinée, il ne s'était rien produit de nature à arracher le moindre sourire à Resnick. Le petit détail de Naylor marqua une légère embellie.

– Et vous avez rendez-vous quand, avec ce monsieur ?

– Je m'en occupe dès que j'aurai fini de rembobiner cette saleté, dit-il.

– Parfait, acquiesça Resnick.

– Monsieur, appela Divine étouffant d'une main le combiné. On a une histoire de voyeur, là.

– Vous transmettez au rez-de-chaussée. C'est le rayon du personnel en tenue.

– C'est justement eux qui nous ont passé l'appel.

– Eh bien vous les remerciez de leur gentillesse, mais vous leur expliquez qu'on a déjà de quoi se distraire.

Divine haussa les épaules et s'exécuta.

Avant que Resnick ne parvienne à la porte de son bureau, Millington fit une entrée remarquée dans la salle commune, les paupières fripées par l'épuisement et la lassitude, un gobelet de polystyrène dégoulinant de café froid à la main.

– Kevin a peut-être du nouveau sur l'ami Lloyd Fossey, lui annonça Resnick.

L'information ne souleva aucun enthousiasme chez le sergent, dont les rêves de bonheur se limitaient présentement aux matelas multispire haute densité, aux couettes en duvet de caneton et à la déportation massive hors des frontières de tout ce qui avait les yeux bridés. Sans oublier un vrai café chaud servi dans une vraie tasse.

– Moi qui pensais vous faire plaisir, fit Resnick, le regard soudain empli d'une compassion un rien taquine.

– Oui, mais là, pour le moment... commença Millington avant de préférer n'en penser pas moins.

– Vous en avez ras le bol, compléta Resnick.

Millington tiqua légèrement, flairant la plaisanterie de mauvais goût derrière la formulation lapidaire, prêt à se vexer d'un rien.

– Il n'y a pas de milieu, résuma-t-il : la moitié d'entre eux sont rusés comme des fouines, l'autre moitié cons comme trente-six pelletées de crottin !

– Pelletées ?

– C'est une expression de mon grand-père : chaque fois qu'un attelage passait dans la rue, il sortait avec son balai et sa pelle pour ramasser le crottin. Paraît que pour le jardin, il n'y a pas mieux et...

– Excusez-moi, monsieur, dit très poliment Patel en s'approchant de Resnick. L'officier de garde dit que Mrs. Olds est à l'accueil et qu'elle voudrait vous voir.

– *Miss* Olds, malheureux ! rectifia Resnick. Pas d'impair ! Apprenez ça par cœur ou elle est capable de vous bouffer tout cru pour son petit déjeuner.

Patel rosit, légèrement embarrassé. Derrière lui, Mark Divine ricana doucement et tendit l'oreille. Resnick se tourna vers Millington :

– Sa visite a quelque chose à voir avec votre enquête, Graham ?

– J'en ai bien peur, soupira Millington.

– Alors j'ai plutôt intérêt à réviser, fit Resnick en

franchissant la porte de son bureau. Patel, descendez voir Miss Olds, proposez-lui du thé ou quelque chose. Enfin, tâchez de l'occuper dix minutes. D'accord ?

D'accord ou pas d'accord, Patel n'avait guère le choix.

– Courage, mon poussin, susurra Divine dans son dos. Et si elle veut s'en prendre à ton pucelage, appelle au secours.

*
* *

Il n'était pas encore huit heures et demie. Depuis les premières heures du matin, Millington et six autres officiers avaient mené les interrogatoires des clients et des employés du restaurant chinois. Sur les huit personnes qu'il avait fallu transporter aux urgences, trois étaient restées hospitalisées dont une en chirurgie pour une transfusion et plusieurs doigts à recoudre après avoir été sectionnés à la hache. Naylor et Patel n'étaient rentrés de l'hôpital qu'une heure auparavant.

Jusqu'ici, le chef de la bande, responsable de la majeure partie des dégâts humains et matériels s'accrochait à sa version des faits : Non, personne ne l'avait payé, fût-ce en tickets-repas pour se rendre dans ledit établissement et y déclencher une bagarre. Quoi, la hache ? les gens voyaient vraiment le mal partout et cherchaient des bizarreries là où en fait, il n'y avait qu'un hasard drôlatique : un ami la lui avait empruntée quelque temps auparavant pour abattre un vieux prunier sinistre qui endeuillait le jardin et venait seulement de la lui rendre. Une arme extrêmement dangereuse ? dans les mains de n'importe quel exalté, certes. Mais tout de même, qu'on se mette à sa place : que faire en face d'une cohorte de jaunes rompus aux arts martiaux qui déferlent sur vous en brandissant des hachoirs et des gourdins ? Tendre l'autre joue ?

Les gamins qui s'étaient trouvés avec lui disaient ne rien savoir, soit parce qu'ils vouaient une obéissance aveugle à leur chef, soit tout bonnement parce qu'ils ne savaient rien. Pour la plupart d'entre eux, les évènements de la soirée précédente n'avaient rien de bien exceptionnels en regard de leurs distractions habituelles du samedi soir.

Le bras gauche en écharpe et une arcade constellée d'agrafes, le patron du restaurant avait expliqué en fumant cigarette sur cigarette – des françaises – qu'il ne savait rien, absolument rien d'une quelconque vendetta familiale. Il avait vu pour la dernière fois Mr. Chao et son fils à l'occasion d'une fête de famille. Tous deux étaient souriants et semblaient parfaitement détendus. Au cours d'une de leurs conversations, Mr. Chao avait même pris le bras de son fils.

Dans l'ensemble, les témoins s'accordaient à confirmer que les hostilités avaient été déclenchées par le bucheron et ses amis de la table du milieu, mais demeuraient beaucoup plus vagues quant à savoir exactement qui avait dit quoi ou menacé le premier. À l'exception d'un. Le type même de témoin que Millington eût aimé rencontrer plus souvent, un grand gaillard qui avait récolté quelques ecchymoses mais également pesé son poids dans l'affrontement. Un nom à coucher dehors, tchèque ou polonais.

Il y a ce type dont je vous ai parlé, monsieur...

– Le client qui n'a pas laissé faire ?

– Il a un nom d'origine polonaise.

– Il est du coin ?

Millington ne savait pas :

– Grabianski, ça vous dit quelque chose ?

Resnick fit non de la tête.

– Je me suis dit que vous aimeriez peut-être lui dire trois mots. Lui présenter nos remerciements, ou quelque chose. Après tout, ce n'est pas si courant qu'un membre du public intervienne pour rétablir la balance dans ce genre d'incident.

– D'accord, mais plus tard, dit Resnick. Dans l'immédiat, la priorité est de nous débarrasser de Suzanne Olds. Apparemment on n'a rien qui nous permette encore d'impliquer le très affable Mr. Chao et j'imagine que c'est la raison de sa présence à une heure aussi matinale ?

– Croyez que je regrette autant que vous, monsieur.

– Vous ne voyez pas la moindre bricole qui justifierait un petit interrogatoire de routine ?

– Cela me paraît hasardeux tant que personne ne se risque à la moindre confidence.

– Bon ! fit Resnick en se levant. Eh bien, je crois qu'il est temps d'affronter Miss Olds et le petit déjeuner de la cantine.

Avant de sortir, Millington se retourna sur le pas de la porte :

– Si par hasard vous tombez sur un sandwich à trois étages avec des œufs et du bacon, pensez à moi.

***

Suzanne Olds avait autrefois chéri le rêve d'une éblouissante carrière de patineuse internationale : les championnats du monde de danse sur glace d'abord, puis, l'œil encore humide après les larmes que lui aurait tiré l'hymne national joué en son honneur, la signature de contrats mirifiques pour une série d'exhibitions aux quatre coins de la planète. Outre la patinoire chaque soir après l'école ainsi que les samedis matin et les dimanches, ses parents lui avaient payé des voyages en Autriche et au Colorado et un entraîneur dont les honoraires étaient venus à bout d'une hypothèque. Pour elle, ils avaient fait tous les sacrifices : pas de second cottage dans le sud de la France, pas de vacances de neige en famille, sans parler de toutes ses allées et venues pour conduire et aller chercher le petit prodige à l'entraînement. Tout cela pour un rêve, mais le rêve de qui ? Les vieux films en noir et blanc du dimanche après-midi où Sonja Henie jouait de ses bouclettes à la Shirley Temple, laçait ses patins et dansait dans les bras de Tyrone Power étaient plus beaux que tout ce qu'elle pouvait rêver.

À l'âge de quinze ans, à Streatham, Suzanne Olds tenta un triple axel et le manqua.

Et tout fut dit.

Après trois opérations au genou, le spécialiste déclara forfait. Suzanne s'inscrivit à l'université, histoire et économie. À vingt-huit ans elle avait une voiture de fonction, un appartement sur Fullham Broadway et de l'assurance à revendre ; elle présentait bien en tailleur sur mesure, savait s'exprimer et avait parfaitement appris sa leçon. Suzanne Olds et le marketing étaient faits l'un pour l'autre.

Puis, peu après son trentième anniversaire, elle repoussa une demande en mariage et prépara sa lettre de démission au dictaphone. Le lendemain, elle commençait son droit.

– Pourquoi m'avoir amenée ici ?

– Toutes nos suites ont été prises d'assaut.

– Votre bureau aussi ?

– Je m'étais dit que vous auriez peut-être une petite faim.

Elle dévisagea Resnick à travers ses longs cils :

– Café, dit-elle. Noir.

Il acquiesça d'un signe de tête et grilla d'autorité plusieurs places au sein de la file, constatant au passage que des mots comme salmonelle et listeria, venus de fraîche date enrichir le vocabulaire courant n'avaient pas pour autant éteint l'appétit des forces de police pour les œufs recuits, le bacon et les saucisses ou le toast grillé au beurre.

– Par ici, dit Resnick en ouvrant la marche à travers le réfectoire. Dans le coin, nous serons tranquilles.

Suzanne Olds avait toujours beaucoup d'allure en tailleur et plusieurs paires d'yeux envoûtées épousèrent sa démarche. Un officier risqua même un sous-entendu vaguement graveleux sur leur passage et récolta un regard propre à lui bloquer son morceau de saucisse dans la trachée.

– Je présume que ce n'est pas une simple visite de courtoisie, dit Resnick en s'asseyant.

– J'ai abandonné ce terrain-là depuis longtemps, en ce qui vous concerne.

Elle goûta son café et le trouva moins immonde qu'elle l'avait craint. En fait elle n'avait exploré le terrain en question que le temps de s'enquérir discrètement de la situation de famille de l'inspecteur à la faveur d'une ou deux rencontres fortuites en dehors du cadre professionnel et n'était jamais revenue à la charge après qu'il eut décliné une première invitation à dîner.

– Donc, vous êtes là au sujet de Mr. Chao. Je me trompe ?

– C'est exact. Il est très préoccupé par ce qui s'est produit hier soir et aussi, comment dirais-je, par certaines conclusions hâtives qui pourraient en résulter.

Resnick sourit. Suzanne Olds était une femme élégante et, lorsque les cartes étaient ainsi distribuées, un adversaire intelligent. Il était un peu plus vieux qu'elle et juste un petit peu plus grand, aussi. Elle se renversa dans sa chaise, sa tasse entre les doigts. Elle avait les cheveux tirés en arrière et portait un chemisier blanc fermé par un discret ruban noir, un tailleur anthracite dont la jupe était légèrement évasée et de hauts talons noirs.

– Conclusions hâtives, répéta-t-il d'un ton ironique.

– Ne jouons pas les naïfs entre nous, inspecteur. Vos hommes ont dépensé suffisamment de temps et d'énergie ces derniers jours pour prouver la responsabilité de mon client dans le malencontreux incendie qui a détruit l'établissement de son fils.

– Votre client ?

– Mr. Chao m'a en effet versé une provision.
– Pour parer à toute éventualité.
– Exactement.
– Et quelle est l'éventualité qui vous amène aujourd'hui ?
– Vous faire part des regrets sincères de mon client que tout cela soit arrivé, même si bien entendu il n'a rien à se reprocher, lui ou qui que ce soit parmi son personnel. Il m'a également chargé de vous dire qu'il a donné des instructions à ses employés afin qu'ils apportent leur pleine et entière collaboration au travail de la police.
– Cette diligence va-t-elle jusqu'à la pleine et entière collaboration de Mr. Chao lui-même ?
– Inspecteur, mon client se trouve être seulement le propriétaire de l'établissement où se sont déroulés les incidents. Il n'était pas présent lors des faits, ni aucun membre de sa famille et n'a donc rien à y voir. Dès lors pourquoi devrait-il se tenir à la disposition de la police ?
Resnick prit son temps. À l'issue de son entretien avec Suzanne Olds, d'autres corvées l'attendaient bien moins stimulantes.
– Si tout ce que vous dites est vrai, Miss Olds, pour quelle raison vous a-t-il mobilisée toutes affaires cessantes et chargée de venir me voir aux premières heures de la matinée ?
Elle repoussa la tasse de café encore à moitié pleine, épousseta le revers de son tailleur d'une imaginaire peluche et se leva :
– Mr. Chao n'est pas arrivé à la position qu'il occupe dans le milieu des affaires en laissant ce genre de choses au hasard, vous vous en doutez bien. Il sait anticiper et prendre les précautions adéquates.
Resnick accepta de se contenter de cette réponse. Momentanément.

Trois messages l'attendaient sur son bureau : Rees Stanley l'avait appelé pour s'enquérir de la progression de l'enquête sur le cambriolage de sa maison. Il rappellerait à onze heures ; le superintendant devait se rendre au Central et souhaitait s'entretenir avec lui auparavant ; Jeff Harrison avait tenté déjà deux fois de le joindre et rappellerait.

*
* *

– Qui a pris les appels de l'inspecteur Harrison ? demanda Resnick de la porte de son bureau.

– C'est moi, monsieur, dit Lynn Kellogg.

– Il vous a dit ce qu'il voulait ?

– Non, monsieur, il ne m'a rien dit. Peut-être simplement vous offrir une pinte de Mansfield, risqua-t-elle avec ce sourire qui donnait encore plus de rondeur à son visage.

Dans le souvenir de Resnick, Jeff ne fréquentait le houblon que très occasionnellement et toujours assorti d'un pousse-cosaque. Il était davantage porté sur les spiritueux que sur la bière, avec une préférence marquée pour le double par rapport au baby. Le cadre importait peu : un débit de boisson homologué ou le bar improvisé dans le classeur du fond du bureau des inspecteurs.

Stanley, Skelton, Harrison. Pic et pic et colégram. Resnick décida plutôt de rencontrer le dénommé Grabianski, pour voir à quoi il ressemblait et si la communauté polonaise locale comptait un nouveau membre dans ses rangs.

18

Lorsque le téléphone sonna, Harold Roy, attablé devant un jus de tomate, tentait de se concentrer sur son découpage. À moins que l'installation demande la moitié de la matinée, il était partisan d'utiliser une troisième caméra pour les contrechamps. Outre le gain de temps, ça donnerait à cette conne d'ingénieur de la vision de quoi s'occuper à autre chose que se polir les ongles ou faire les mots croisés de l'*Independant*.

– Oui, oui, je t'écoute, répondit-il à la voix d'Alan Stafford, à l'autre bout du fil.

Par la porte entrebâillée, Maria elle aussi écoutait. Bien qu'il y eût fort peu à écouter. La conversation dura à peine deux minutes, au cours desquelles Harold prononça seulement le mot « oui » à quatre reprises, avant d'essuyer sa paume moite contre la jambe de son jean.

– Harold... ?

Elle se plaça entre son mari et la porte, rencontrant un regard d'un dureté qu'elle ne lui connaissait pas. Tout ce qui arrivait ne tarderait plus à le pousser trop loin.

– Quoi ?

– Quand tu iras à ce... à ce rendez-vous. Tu penses que tout se passera bien ?

– Tu vas rester plantée là toute la journée avec ce machin sur le dos ? Ou bien est-ce qu'il y a une chance pour que tu arrives à te traîner jusqu'à la salle de bains ?

*
* *

– Avec tous les avantages qu'offrait le site de Milton Keynes, expliquait Grabianski, ç'aurait été de l'inconscience de manquer l'occasion. Des locaux tout neufs à des prix abordables, plus les subventions et l'allègement des charges ; avec notre usine de Leicester, ses problèmes de ventilation et de chauffage, sans parler des autres frais, l'endettement aurait été tel pour tout rénover que nous aurions fait le plongeon.

– Vous avez donc préféré vous délocaliser ?

– Stock, machines et tout le saint bataclan. Adieu la campagne.

– Pas de regrets ?

Grabianski secoua la tête :

– La balade n'est plus ce qu'elle était, mais en dehors de cela...

– La balade ?

Il se renversa confortablement dans le siège que lui avait offert l'inspecteur, parfaitement à l'aise avec même une pointe de jubilation. D'ici un quart d'heure, il serait en route pour rejoindre Maria et dans moins d'une heure, au lit avec elle.

– Je voulais dire la randonnée pédestre. En prenant le M 1 de Leicester, on atteint Monsal Dale avant que le brouillard ait fait disparaître les collines.

– Mais je suppose que ce n'est pas le plaisir de la randonnée qui vous a amené en ville ?

– Malheureusement non, dit Grabianski avec un sourire. Je suis là pour affaires. Nous avons toujours des racines dans la région, des débouchés. Sheffield, Manchester. Je suis obligé de me déplacer souvent.

– Chaque fois, c'est vous qui faites le voyage ?

– Mon associé ou moi, ça dépend.

– Vous avez un associé ?

– Oui, bien sûr. Depuis le début ou presque.

– Mais ce n'est pas la personne avec qui vous vous trouviez au restaurant hier soir ?

– Si.

– Donc, cette fois, vous avez fait le déplacement à deux ?

– Oui.

– Ah bon. J'avais cru que...

– C'est exceptionnel, mais ça arrive lorsqu'il y a beaucoup à faire, beaucoup de gens à rencontrer.

– Les grossistes...

– Entre autres. Quelquefois, on n'est pas trop de deux.

– Et pendant ce temps-là, l'usine tourne toute seule au soleil de Milton Keynes ?

– Comme de la soie. Ou plutôt devrais-je dire « comme dans du coton », pour être plus juste.

– Bien. Je ne voudrais pas vous retenir inutilement, dit Resnick.

– Pensez-vous, c'est toujours un plaisir de bavarder un peu.

– En tout cas, dit-il en se levant pour l'accompagner à la porte, c'est plutôt rare de rencontrer des gens qui ne restent pas les bras croisés. Peu de gens auraient fait ce que vous avez fait.

– En toute honnêteté, dit Grabianski en s'arrêtant un instant sur le pas de la porte, je me serais abstenu si j'avais pris le temps de réfléchir. Mais quelquefois, il suffit d'une impulsion et vous vous retrouvez dans l'arène avant d'avoir compris...

Un large sourire s'épanouit sur son visage et il sortit du petit bureau, suivi de Resnick.

– Et, selon vous, demanda ce dernier, qu'est-ce qui a déclenché votre impulsion d'hier soir ?

– Oh, la fille je présume.

– La serveuse ?

– Oui.

Resnick s'arrêta en haut des marches :

– Heureux de constater que l'âme de la chevalerie a encore droit de cité dans le cœur industriel de Milton Keynes.

– J'ai toujours été un peu trop romantique, paraît-il. Mes amis disent souvent que c'est ce qui causera ma perte.

– Il faut peut-être chercher du côté d'un patrimoine culturel ancien, suggéra Resnick. Les racines qui sont les nôtres...

– Le panache de la cavalerie face à l'invasion des blindés ?

– Quelque chose comme ça.

Ils gagnèrent le rez-de-chaussée et Resnick ouvrit la

porte qui donnait sur le hall d'accueil. De l'extérieur parvenaient les bruits d'une circulation intense, celle de la dernière heure de pointe matinale.

– J'imagine que vous descendez à l'hôtel, lors de vos déplacements ? fit Resnick lorsqu'ils furent sur le perron.

– Comment faire autrement ?

– L'un d'eux a votre préférence ?

– Le King's Court. Au moins, le service est impeccable.

– Mais le restaurant n'a rien d'extraordinaire.

– Pardon ?

– Je veux dire, rien d'assez extraordinaire pour vous retenir d'aller dîner dehors.

Grabianski offrit sa main à Resnick. Deux hommes de même corpulence avec quelques faux plis à leurs complets et des cernes sous les yeux. La nuit avait été longue et la matinée n'en finissait plus de commencer vraiment.

– J'espère que vous parviendrez à résoudre cette affaire, dit Grabianski.

– On y arrivera. Avec de la patience.

– Bon courage.

– À vous aussi.

Resnick le suivit des yeux tandis qu'il s'éloignait. Grabianski tourna à gauche pour s'engager sur le passage piétons, puis à droite face à l'entrée du cimetière et ce qui avait été en d'autres temps un urinoir public.

– Patel, appela-t-il sitôt de retour dans les bureaux du CID. Trouvez le numéro du King's Court Hotel, sur Mansfield Road. Je veux un double de la liste de leurs clients pour les dix derniers jours.

*
* *

Harold Roy s'était installé au centre, devant la console de régie. À sa gauche se tenait la secrétaire de production et à sa droite Diane Woolf, l'ingénieur de la vision.

En face d'eux, le banc de moniteurs affichait trois angles de caméras différents sur un même décor de salle de séjour hideuse : celle de la demeure où emménage la famille de *Dividendes* après avoir décroché le gros lot. L'une des caméras se mit à panoter maladroitement pour suivre le jean moulant d'une des maquilleuses.

– Sois un peu à ce que tu fais, John, dit Diane au micro.

– J'essaie, répondit une voix dans le grésillement du retour.

– Bon, on peut y aller ? demanda nerveusement Harold.

– On répète encore une fois, avant ?

– On vient de le faire. On va pas y passer la matinée !

Il y eut un silence entrecoupé de parasites dans l'appareil :

– Il en faut encore une pour le son, Harold.

– Vous faites chier !

– Alors faudra pas venir gueuler après, s'il y a des ombres de perches dans le champ, intervint l'ingénieur du son, dans le box adjacent.

– Je me gênerai, tiens !

– On répète ou on ouvre un colloque ? demanda le chef de plateau.

– Allez-y ! fit Harold, prenant sa tête à deux mains. Allez-y, mais remuez-vous !

Le premier acteur fit son entrée et, presque aussitôt, une spectaculaire ombre de perche apparut sur le mur du fond.

– Je fais un malheur si quelqu'un dit un mot ! prévint Harold en se tournant vers l'ingénieur du son qui, de l'autre côté du panneau de verre donnait des instructions au perchman.

– Faut descendre un peu la lumière, Harold.

– On va pas refaire les éclairages maintenant, merde !

– Seulement un tout petit poil, t'affole pas, rassura la voix de l'éclairagiste au micro.

– Nom de Dieu ! grinça Harold en regardant l'heure à la pendule.

– Tiens, dit Diane Woolf en épluchant un rouleau de pastilles de menthe extra-fortes avant d'en faire tomber deux dans la main tendue d'Harold.

– Est-ce que tu veux un peu d'aspirine ? s'enquit la secrétaire de production en posant une main manucurée sur son bras tandis qu'il croquait rageusement ses bonbons.

– Ce que je voudrais, c'est foutre quelque chose en boîte avant l'heure du déjeuner !

– Harold ?

Robert Deleval venait de faire son apparition à l'entrée de la pièce, l'œil anxieux :

– Pendant qu'ils font leurs petits réglages, je me suis dit qu'on pourrait en profiter. Il y a deux répliques qu'il faudrait...

– Robert.

– Oui ?

– Dégage !

*
* *

L'entrevue de Resnick avec le superintendant avait été brève et infructueuse. Skelton lui avait paru comme absent, l'esprit manifestement absorbé par d'autres préoccupations.

– Mr. Chao ne manque pas de relations en ville, Charlie. Cela ne nuirait pas à votre enquête d'en tenir compte.

– Il est membre du country club, je crois ?

– Charlie ?

– Oui, monsieur.

– Je veux simplement dire que nous savons vous et moi comment peut se comporter Millington lorsqu'il se sent dans une impasse. En outre, l'attitude imperturbable de ces gens n'est pas pour arranger la situation. Cela risque de produire le même effet que ce chiffon rouge qu'on agite devant un taureau.

On appelle ça une muleta, corrigea Resnick pour lui-même.

– Je veillerai à ce que les choses ne dégénèrent pas, monsieur.

– Je compte sur vous, Charlie.

Skelton était resté immobile à le regarder durant quelques longues secondes qui n'avaient fait que rappeler à Resnick les gens à voir et les choses à faire avant la fin de la matinée.

– Autre chose, monsieur ?

– Non, Charlie, avait répondu Skelton en remuant légèrement la tête. Non, ce sera tout.

Resnick avait laissé le cas Rees Stanley à Divine, donnant pour consigne au jeune homme de calmer l'individu et de tâcher de déterminer si quelqu'un du voisinage était au courant de ses projets de rapatriement anticipé pour cause de neige inexistante. Il n'était pas vraiment pressé de rappeler Jeff Harrison qui avait tenté de le joindre sans succès une troisième fois. Sans doute parce qu'il avait une vague idée du motif de ces coups de fil à répétition. Il se contenta de noter la corvée dans un coin de sa tête.

– Monsieur ?

Posté devant le bureau de Resnick, veste à carreaux de bon goût, plis de pantalon au rasoir, Patel redressa légèrement les épaules à l'approche de l'inspecteur.

– J'ai eu le King's Court. Toutes leurs listes sont sur informatique.

– Et ?

– Problème avec l'ordinateur. Il n'imprime plus.

– Bon, soupira Resnick, je ferai un crochet.

***

Le disque de Barry Manilow que Maria avait glissé

dans l'appareil en se rendant à la salle de bains continuait d'égrener en sourdine quelques occasionnelles bribes de piano, en partie étouffées par le dynamiseur de basses. Dans le rectangle de lumière crue, à peine filtrée par les rideaux de dentelle qui tendaient la fenêtre de la chambre, planaient des volutes de fumée bleue.

– Tu aimes ce genre de trucs ?

– Mmm. Pas toi ?

Grabianski ne savait pas trop. Il s'y connaissait en musique à peu près autant que son équipier en oiseaux. Pour Grice, il y avait les petits oiseaux et les gros oiseaux, pour Grabianski, la musique douce et la musique rapide. Le bruit de fond émanant de la chaîne semblait appartenir à la première catégorie.

– Eh ! s'écria Maria.

– Qu'y a-t-il ?

– Où as-tu appris ça ?

– Appris quoi ?

– Ce que tu es en train de faire.

– Ah, ça ?

– Mmm... où l'as-tu appris ?

Grabianski fit en sorte de se positionner sur un flanc sans bouger le bras droit et surtout les doigts de sa main droite. Il donna deux petits coups de langue précis dans le creux de son oreille et sentit Maria frémir de tout son corps. Il recommença et lui arracha une brève plainte. Il se rappelait très bien où il avait appris à faire ça. Et aussi quand : il avait quinze ans et la fille du gardien seize. Elle était maigrichonne, portait des lunettes et de redoutables culottes de coton. Derrière l'immeuble se trouvait un porche discret et assez spacieux pour abriter leurs deux corps serrés l'un contre l'autre. Hormis ses parents et ses tantes, pour Noël ou son anniversaire, Grabianski doutait que quiconque eût jamais embrassé la jeune fille. En tout cas, pas avec la langue ni dans le creux de l'oreille.

– Jerry.

– C'est mon nom.
– Non. Enfin pas tout à fait.
– Ça se rapproche.
– Je sais.
– C'est tout près...
– Mmm, gémit Maria. Mmmm.
– Après tout, qu'est-ce que c'est, un nom ? dit-il avec un sourire.

*
* *

Le King's Court Hotel était né du réaménagement d'une maison familiale à double fronton, comprenant caves et mansardes autrefois dévolues aux travaux domestiques et aux domestiques eux-mêmes, ainsi que des dépendances pour abriter chevaux et voitures. Il s'adressait aujourd'hui à une clientèle de représentants en micro-informatique, de parents venus visiter leur progéniture étudiante ou de touristes américains et allemands impatients de se faire photographier à côté de la statue de Robin des Bois. La réceptionniste avait déjà prévenu Resnick que l'hôtel était complet avant que celui-ci ne s'identifie. Outre de pincer ses lèvres, le premier réflexe de la jeune femme fut de remettre de l'ordre dans ses cheveux permanentés d'un geste de la main, des fois que les caméras de *Crimewatch* fussent dans le sillage immédiat du policier.

Elle avait une trentaine d'années et portait une veste noire dotée d'un conséquent rembourrage aux épaules avec, épinglé au revers, un badge au nom de Lezli. Si l'orthographe était la même sur son certificat de baptême, Lezli avait sans doute été bénie par un vicaire dyslexique.

– Vous avez des problèmes avec votre ordinateur, semble-t-il ? dit Resnick.
– Je croyais que vous étiez de la police ?
– C'est exact.
– Et vous faites aussi du dépannage informatique ?

– Ah non, pas du tout.

– Ah bon, dit-elle avec un sourire. Remarquez, ç'aurait pu être le cas : ça existe, les policiers qui travaillent au noir, non ?

– Les poètes travaillent bien au clair de lune.

En toute innocence, Resnick venait de prononcer le mot magique et de réveiller le phantasme récurrent de Lezli sur Bruce Willis. Un phantasme d'agrément au cœur duquel elle se réfugiait sur commande, à tout moment de la journée qu'elle passait vissée sur son siège à répondre au téléphone, ainsi qu'à toute une série de questions idiotes posées par des imbéciles. Elle n'arrivait pas à comprendre comment Maddie pouvait ainsi tenir David à distance depuis deux saisons. Inimaginable. Pour sa part, elle l'aurait cloué au sol dans la première moitié du pilote de la série et violé sauvagement à même la moquette du bureau de direction. Quitte à ce que les prolongements récréatifs de cet élan spontané fassent un peu désordre à une heure de grande écoute.

– Hello ! dit gentiment Resnick.

– Excusez-moi, dit-elle en émergeant soudain de sa rêverie. Qu'y a-t-il pour votre service ?

– Cet ordinateur en panne...

– Oui ?

– Je suppose qu'il ne s'est pas miraculeusement remis à fonctionner ?

Lezli secoua la tête en mâchonnant l'extrémité de son stylo. Elle avait appelé à cinq reprises le service de dépannage, avec chaque fois à l'autre bout du fil la même voix suave lui promettant que quelqu'un passerait d'ici une heure. Quelle heure en particulier était demeuré jusqu'ici une notion extrêmement floue.

Resnick se hâta d'enchaîner sur un autre sujet avant que la jeune employée ne s'engouffre à nouveau dans quelque rêverie :

– À quand remonte le changement de système ?

– Le changement de système ?

– Le passage sur fichier informatique.

– Attendez, cela doit dater d'un an environ. Oui, c'est ça, à peu de choses près.

– Et que sont devenus vos registres antérieurs ?

– Vous voulez dire les petites fiches, tout ça ?

– Oui. Vous vous en êtes débarrassée après le transfert sur disquette ?

– Vous plaisantez. Moi j'étais pour ct si cela n'avait tenu qu'à moi... mais le patron a dit qu'on devait les conserver pendant au moins cinq ans. Elle se pencha vers lui et Resnick remarqua ses lentilles de contact. Il y a une loi qui oblige à garder ces machins-là pendant cinq ans ?

– Pas que je sache.

– Vous voyez. Moi, je le lui ai dit, mais ici il faut crier pour se faire entendre et encore...

– Vos archives sont-elles accessibles ?

– Comment ça ?

– Est-ce qu'il serait possible de les consulter en cas d'urgence ?

– C'est important ?

– Très.

Resnick lut aussitôt dans les yeux de Lezli un évidcnt manque d'enthousiasme à l'idée d'aller fouiner dans les recoins du bureau sous l'œil du patron pour soulever la tonne de poussière qui recouvrait de vicux classeurs.

– Cela me rendrait un très grand service, ajouta-t-il afin de l'encourager.

Lezli soupira ostensiblement avant de s'éclipser et réapparut cinq minutes plus tard munie de trois gros classeurs métalliques qu'elle déposa sur le comptoir devant Resnick. Une fois les mains libres, elle se mit aussitôt en quête d'un chiffon à poussière.

– Il y a les cinq dernières années là-dedans ? demanda Resnick.

– Trois, répondit-elle avec un regard qui le mettait au défi de réclamer le reste.

Resnick n'était pas du genre à tenter sa chance à la paresseuse ou à l'aveuglette et savait que son intuition le conduirait quelque part, d'une manière ou d'une autre. Il feuilleta un dépliant touristique tandis que Lezli recherchait les renseignements demandés d'un classeur à l'autre. Le résultat ne se fit pas attendre.

– Vous voulez que je vous mette tout cela par écrit ?

– S'il vous plaît.

Grabianski avait donné comme adresse le siège de la société G & G Textiles et Cuirs à Milton Keynes. Il avait séjourné à l'hôtel à deux reprises au cours des trois dernières années, plusieurs semaines chaque fois. Il était encore là cette semaine mais avait inopinément décidé d'écourter sa visite.

Resnick regarda la jeune femme avec un intérêt renouvelé :

– Quand est-il parti ?

– Vous auriez dû commencer par là, dit-elle. Il a quitté l'hôtel il y a trois jours. Une urgence, apparemment. Sa femme tombée malade ou quelque chose, chez lui d'après ce que j'ai cru comprendre.

– Il serait marié ?

Lezli acquiesça d'une manière un peu appuyée :

– Il n'y a jamais fait directement allusion, mais ce sont des choses que l'on devine. Enfin moi.

Pour mon malheur, se dispensa-t-elle d'ajouter.

Resnick empocha la feuille de bloc à en-tête de l'hôtel sur laquelle la jeune femme avait inscrit les dates. Il avait la quasi-certitude que l'un des séjours coïncidait avec la précédente vague de cambriolages sur laquelle ils s'étaient cassé les dents l'année passée.

– Merci, dit-il. Vous m'avez été d'un grand secours.

Lezli le regarda s'éloigner avec curiosité, sans parvenir à chasser complètement de son esprit l'idée qu'une caméra de télé était dissimulée quelque part. C'était bien comme ça qu'ils procédaient pour ces reality-shows, non ? C'est seulement en le voyant remon ter dans sa voiture, à travers la porte vitrée de l'hôtel, qu'elle songea qu'un flic œuvrant pour une émission de télévision aurait vu sa tenue surveillée d'un peu plus près. On aurait au moins donné un coup de fer à son complet et fait quelque chose au sujet de cette cravate immonde.

Lezli était au moins sûre d'une chose : à la différence du très élégant Mr. Grabianski, cet inspecteur Resnick n'avait sûrement pas d'épouse à la maison pour s'occuper de lui.

19

C'était la scène clé de l'épisode : après avoir gagné plus d'un million de livres et dépensé sans compter pour replâtrer les ruines de son mariage, le principal protagoniste masculin rentre du conseil d'administration de la chaîne de pizzerias dans laquelle il a investi une partie de sa toute récente fortune. Ses associés se sont retournés contre lui et ont fait main basse sur tout, de sa BMW achetée sur le compte-société à sa recette révolutionnaire de pizza fruits-et-salami pour la vente à emporter. Il se sent abandonné, trahi, malheureux et, surtout, prêt à exploser lorsqu'il regagne le petit palais d'architecture similigothique où il a installé sa famille. Surprendre son épouse en train de chahuter dans la piscine avec le jeune livreur de journaux va être la goutte qui fait déborder le vase. Un vrai petit bijou en matière de tension dramatique ! Pourtant, Harold n'était pas pleinement satisfait du résultat obtenu jusqu'ici.

– Je descends ! annonça-t-il en braillant littéralement dans le micro.

– Et merde ! fit une voix dans le retour.

– Harold descend, transmit la responsable de plateau.

L'actrice qui jouait l'épouse faisait réajuster le haut de son bikini tandis qu'une maquilleuse lui tartinait différents endroits du corps d'un quelconque produit cosmétique afin de faire disparaître la chair de poule. Le mari trompé faisait les cent pas d'un bout à l'autre du plateau, tâchant de se concentrer sur son état d'esprit et sur l'épouvantable texte qu'il avait à dire. Le livreur de journaux était un jeune homme d'à peine vingt ans arborant un anneau d'or à l'oreille et une peau marquée par les traces résiduelles d'une acné juvénile abondante. La maquilleuse en combinaison bleu fluo qui s'occupait de son cas semblait ne rien trouver à redire à sa main baladeuse.

– Un problème, Harold ? s'enquit Mackenzie qui venait d'apparaître, tel un requin attiré par l'odeur du sang.

– Rien qu'on ne puisse résoudre.

Mackenzie n'était pas homme à se laisser convaincre aussi facilement, mais il se contenta d'observer Harold passer un bras autour des épaules de l'acteur principal et l'entraîner à l'écart :

– Écoute, mon grand. Ton boulot est impeccable, ça rend très bien à l'image, seulement je trouve ça juste un poil trop intériorisé, tu comprends ?

L'acteur le dévisagea d'un œil incrédule.

– Tu rentres chez toi, tu viens de te faire mettre profond par tes associés, tu te sens à bout de nerfs, tu attends un peu de réconfort et qu'est-ce que tu trouves ? Moi, je sens toute cette rage qui est la tienne, le coup de massue, cet état second dans lequel tu te trouves. C'est là, c'est parfait. Il faut juste que ça se voit un tout petit peu plus à l'extérieur. Que tu expulses un peu, tu vois ?

– En fait, Harold, tu es en train de m'expliquer que tu veux les tranches de jambon un peu plus épaisses ?

– Un peu de punch, mon grand. Ce que je veux, c'est juste un peu de punch, dit Harold en lui donnant une petite tape d'encouragement. Pense un peu à la situation : Tu trouves ta femme en train de te cocufier avec un bellâtre dans la piscine que tu lui as offerte. Fatalement, tu prends le coup de sang, tu as envie de la tuer. C'est ça que je veux sentir, c'est ça que je veux voir. O.K. ?

– Ouais, entendu, Harold.

– Génial ! Magnifique ! dit Harold retraversant le plateau en sens inverse. Juste le temps de remonter et on reprend, fit-il à l'adresse de la première assistante.

– Tout le monde en place, ordonna celle-ci.

Ses chaussures de base-ball étaient aujourd'hui vert émeraude avec des chiffres en bleu sur les chevilles et une effigie quelque peu délavée à la gloire des Washington Redskins blasonnait son sweat-shirt.

– Silence sur le plateau !

– Bon ! fit Harold en se rasseyant et en tournant nerveusement les pages de son script. Cette fois, c'est la bonne.

*
* *

– Tout ce que je dis, siffla Robert Deleval d'un ton angoissé, c'est que si cette scène n'est pas traitée dramatiquement, le machin entier s'écroule.

Assise à côté du scénariste dans le box vitré qui jouxtait la salle de régie, l'assistante-déco stagiaire fit passer son chewing-gum d'un côté à l'autre de sa mâchoire en feignant de s'intéresser.

– S'il n'y a pas ça, insista-t-il d'une voix sourde, le reste n'a pas vraiment de sens.

– À ce point-là ?

– Absolument. C'est la clé de voûte pour comprendre de quoi il est vraiment question dans cette histoire.

– Mais, tout de même, je suppose que...

– Non, tout le scénario est là, c'est le cœur même de l'histoire, l'aboutissement de toute la narration !

Il se leva d'un bond, en continuant de parler avec de grands gestes :

– Les lignes de force initiales, les thèmes de l'argent et de la trahison demeurés en filigrane depuis le début de l'histoire explosent littéralement dans cette scène autour de la piscine, c'est pourtant clair, non ?

Elle le regardait sans rien dire. Dans environ une demi-heure, il serait temps d'aller déjeuner.

Deleval serra ses poings contre ses cuisses :

– La piscine est à la fois symbolique d'un rêve de réussite sociale et de choses enfouies qui remontent des profondeurs. Si ce con d'Harold n'arrive pas à faire fonctionner ça...

– Qu'est-ce qu'il va se passer ?

– Il coule la série.

*
* *

– Prête ? demanda Harold.

Les mains en position au-dessus des commandes de la console, Diane Woolf passa la langue sur sa lèvre inférieure, s'assurant une dernière fois qu'elle embrassait d'un même regard les annotations en rouge sur son exemplaire du script et les trois moniteurs devant elle.

– Quand tu veux, répondit-elle.

– Juste avant qu'on démarre... lança Harold au micro.

– Oh, merde, soupira l'assistante de production à voix basse. On n'en finira jamais...

– ... rappelle à Laurence de faire comme on a dit.

– Je lui dis, Harold, répondit la responsable de plateau. O.K. ! tout le monde, silence absolu sur le plateau ! J'entends encore des murmures. Silence, s'il vous plaît ! on y va : quarante-sept, cinquième. Action !

Laurence fit une nouvelle fois son entrée dans l'hideuse salle de séjour au moment même où retentissaient une série de gloussements et de clapotements d'eau de l'autre côté de la porte-fenêtre entrouverte.

L'actrice jouant l'épouse entra précipitamment, ruisselante d'eau fraîchement vaporisée à l'aérosol, une serviette-éponge accrochée à son minuscule bikini et s'immobilisa.

– Oh, mon Dieu ! cria-t-elle.

Le jeune éphèbe apparut presque aussitôt à sa suite, avec dans le regard l'expression de surprise teintée de malaise demandée par le scénario et dans l'attitude, la discrète efficacité du cabot à l'affût de la caméra.

– Voilà donc comment je suis récompensé d'avoir dépensé tout cet argent ! s'exclama Laurence. Notre foyer transformé en Sodome et Gomorrhe de banlieue !

– Tu te trompes complètement, dit l'épouse d'un ton implorant tout en dissimulant sa surprise face à la réplique totalement improvisée de son partenaire. Le script avait beau être stupide, il n'y avait pour autant jamais été question de Sodome et Gomorrhe.

En haut, dans la cabine, Harold laissa échapper un cri qui ressemblait à un cri de douleur.

Dans le box voisin, Robert Deleval posa ses deux mains à plat contre la vitre.

– Maintenant je te vois sous ton vrai jour : la putain de Babylone derrière le masque de la ménagère bourgeoise ! continua Laurence sans se démonter, d'un ton déclamatoire qui renvoyait à l'époque héroïque de la Royal Shakespeare Company.

– Mon Dieu ! gémit Harold, voilà qu'il nous fait son Othello.

– Roulure ! tonna Laurence en arrachant d'un geste le haut du bikini de sa partenaire terrifiée.

– Coupez !

– Merde !

– Fumier !

– Salope !

Harold donna deux coups de tête successifs dans son micro. Diane Woolf ferma les yeux. L'assistante de production retint son souffle.

Mackenzie entra dans la salle de régie, le visage rayonnant :

– Bravo Harold. Formidable. Ce coup-ci, c'est vraiment du beau boulot !

Harold fit pivoter son siège, se leva tranquillement et lui en colla une en plein dans les gencives.

*
* *

– Tu sais, dit Maria, on ne fait jamais des trucs comme ça avec Harold.

– Jamais ?

– Nn... non.

– Jamais, tu veux dire plus maintenant, ou jamais jamais ?

– Oh, ça a dû nous arriver une fois, dans le temps. Et encore, une vraie catastrophe.

– C'est-à-dire ?

– Ce con a glissé.

Grabianski éclata de rire et Maria se dit une fois de plus qu'il avait un rire merveilleux. Le rire franc et clair des gens qui n'ont pas peur de se laisser aller. Il était si différent d'Harold, pour ça comme pour le reste. Harold, lui, ne se laissait jamais aller, quelles que soient les circonstances. Malgré une étagère entière de l'armoire à pharmacie occupée par les laxatifs, il restait aussi constipé qu'une chaisière.

– Ce pauvre idiot ne sait pas ce qu'il rate, dit Grabianski en prenant un peu de mousse parfumée dans ses mains pour caresser les bras et les seins de Maria.

– À qui le dis-tu.

Maria se renversa en arrière contre lui et se tordit le cou jusqu'à rencontrer sa bouche. Les cuisses de Grabianski épousaient sa taille, ses genoux par-dessus les siens, ses mollets entre les siens. Au moment où leurs langues s'effleurèrent elle le sentit se durcir à nouveau contre ses fesses. À son âge, mais comment faisait-il ?

– Maria, murmura-t-il avec douceur.

– Oui, je te sens.
– Crois-tu qu'Harold agira comme prévu ?

Elle redressa la tête et passa machinalement son doigt sur le mélangeur nimbé de buée.

– Que pourrait-il faire d'autre ?
– Je ne sais pas.
– Qu'est-ce qui te fait croire... ?
– Rien de précis, simplement il arrive qu'un homme qu'on pousse ainsi dans ses retranchements se comporte de manière imprévisible.

Maria faillit s'étrangler de rire :

– Harold ?

Grabianski aimait la manière dont la masse sombre de ses cheveux bougeait contre sa nuque. Il aimait enlacer cette femme de tous ses membres, la sentir contre son corps.

– Quand doit-il rencontrer son dealer ?
– Je te l'ai déjà dit, je ne sais pas exactement à quelle heure. Sûrement ce soir après sa journée de tournage.

Elle s'avança légèrement afin de pouvoir glisser une main entre leurs deux corps.

– Tu te fais du souci pour ça ?
– Non, répondit Grabianski, songeant qu'après tout il n'y avait pas réellement matière à inquiétude. Tout au moins pas pour le moment.
– Tu ne trouves pas que l'eau commence à être froide ?
– Si, un peu.
– On se sèche et on retourne au lit ?
– Pas tout de suite, attends un petit peu, dit-il. Détends-toi.

*
* *

La lèvre de Mackenzie saignait toujours lorsque Harold Roy sortit en trombe du parking au volant de sa Citroën et s'engagea sur la route dans un crissement de pneus rageur. Lorsque l'assistante de production put enfin appliquer délicatement un Albuplast sur la coupure, Harold avait couvert une bonne partie de la distance et doublait au mépris de toute prudence un camion transportant de la bière. Lorsqu'il prit le dernier tournant avant la maison, Mackenzie était au téléphone et demandait les coordonnées de l'avocat de la boîte.

Il finissait de les noter au moment où la Citroën s'immobilisa, moitié sur le terre-plein de gravillons, moitié sur la pelouse.

– Tu as entendu ? souffla Grabianski.

À califourchon sur lui, la tête rejetée en arrière, Maria ne répondit pas.

En entendant claquer la portière, Grabianski comprit qu'il n'avait pas rêvé.

– Debout, Maria !

– Oui, gémit-elle. Oh, oui !

Une voix appelant son nom leur parvint comme un écho étouffé, suivie d'un bruit de pas dans l'escalier.

Grabianski saisit les bras de Maria pour lui éviter de perdre l'équilibre tandis qu'il se dégageait et la laissa glisser dans l'eau tiédasse en sortant précipitamment de la baignoire.

– Qui... ? s'étrangla Harold, stupéfait, la main refermée sur la poignée de la porte. Qui êtes-vous, bordel de merde !

Il dévisagea, incrédule, l'homme nu en face de lui et les quelques bulles de mousse qui glissaient de son sexe en érection puis jeta un regard à sa femme qui se laissait glisser lentement contre le revêtement de la baignoire comme pour essayer de disparaître sous l'eau.

Sur le moment, Harold n'eut pas la moindre pensée pour Sodome, Gomorrhe ou Babylone :

– C'est ça, poufiasse ! Noie donc ta sale petite gueule !

– Vous devez être Harold Roy ! Je suis Jerry Grabianski, fit ce dernier en tendant sa main humide au nouveau venu tandis qu'il attrapait une serviette de l'autre. Allons à côté, nous avons beaucoup à nous dire.

20

Resnick regarda encore une fois les documents qu'il avait soigneusement disposés devant lui et se mit à rire. Cette fois, la concordance entre les séjours de Grabianski au King's Court et la succession de cambriolages exécutés suivant le même mode opératoire ne relevait plus de la simple intuition. Un coup de fil à Milton Keynes avait suffi pour établir en outre que si la zone industrielle qu'il avait donnée en guise d'adresse professionnelle existait bel et bien, le site ne comportait en revanche aucune entreprise textile et personne sur place n'avait jamais entendu parler d'un dénommé Grabianski.

Encore maintenant, il n'aurait su dire exactement ce qui l'avait alerté. Il aurait compris qu'un jeunot avec la tête près du bonnet se jette ainsi au beau milieu d'une bagarre sans se préoccuper des conséquences. Mais un homme du même âge que lui, adulte, pondéré, affrontant délibérément un vrai commando de furieux dont le chef brandit une hache, voilà qui sortait de l'ordinaire. Quant à la raison, le beau sourire de la serveuse qui avait pris sa commande et apporté le thé, elle avait paru quelque peu insuffisante à Resnick. *J'ai toujours été un peu trop romantique.* Fallait-il pour autant conclure qu'un citoyen, qui agit comme la police encourage tout citoyen à agir, devenait aussitôt suspect ? *Mes amis disent souvent que c'est ce qui causera ma perte.* Non, le déclic était venu d'autre chose. De la crédibilité même de Grabianski.

Trop lisse, trop étrangement lisse. De cette confiance en lui-même, cette assurance d'équilibriste qui depuis longtemps ne baisse plus les yeux pour regarder le vide en dessous. Oui, c'était plutôt de ce côté-là qu'il fallait chercher l'explication. La raison de ce picotement étrange qu'avait ressenti Resnick quelque part en haut de la nuque.

– Naylor !

Face à son écran d'ordinateur, le jeune agent cherchait désespérément à se souvenir de la manœuvre adéquate pour transférer une information d'un dossier à un autre. La veille, il avait remporté à la maison le manuel technique pour potasser un peu mais il n'avait pas eu le temps. Comme d'habitude.

– Est-ce que votre micro peut vivre sans vous cinq minutes ?

– Oui, monsieur. Excusez-moi, j'arrive.

Il appuya sur la touche de sauvegarde et gagna en toute hâte le bureau de l'inspecteur.

– Un problème avec votre bécane ? s'enquit Resnick.

– Non, monsieur. Enfin, pas vraiment.

– Ces trucs-là sont censés nous faire gagner du temps, non ?

– Absolument, monsieur. C'est juste une question de savoir s'en servir.

– Touchez-en deux mots à Millington. Il est l'homme de la situation.

– Ah, bon.

– Il a suivi un stage.

Naylor acquiesça. Il en avait effectivement entendu parler à la cantine.

– Bon, fit Resnick en avançant la feuille de bloc à l'en-tête du King's Court. Ce type s'appelle Grabianski. Il a résidé à plusieurs reprises dans cet hôtel, pile au moment (Resnick avança la seconde feuille de papier) de cette vague de cambriolages.

Naylor attendit la suite sans faire de commentaires.

– J'ai vérifié si on avait quelque chose sur lui au fichier central. Rien. Lors de ma conversation avec le bonhomme, j'ai appris qu'il avait un associé. Ils voyagent ensemble, mais apparemment chacun descend dans un hôtel différent. D'après Millington, le nom de ce deuxième homme serait Grice.

Naylor hocha la tête et anticipa :

– Compris, monsicur. Jc devrai vérifier les hôtels et les pensions au sujet d'un homme seul qui aurait séjourné en ville durant cette période, c'est ça ?

– C'est ça. En principe, les dates d'arrivée et de départ doivent être les mêmes, en comptant que cette fois-ci, ils ont levé le camp au bout de trois jours.

– Bien, monsieur.

Impeccable, même. Bien mieux, en tout cas que ce qu'il avait craint. Naylor retourna à son bureau en se demandant s'il devait appeler Debbie et quels étaient les risques qu'il tombe à un mauvais moment, pendant qu'elle serait en train de changer le bébé, de préparer son biberon ou encore – si seulement ! – de dormir. Lorsqu'il fut de nouveau installé devant son écran, il se dit qu'il avait davantage de chances de trouver l'aiguille dans la meule de foin dont Resnick venait de l'entretenir.

*
* *

Curieux, songeait Resnick accoudé à son comptoir, curieux comme les associations d'idées fonctionnent, s'insinuent au fil de la pensée, de bric et de broc, sans lien apparent, sans raison précise. Il était en train de se remémorer un après-midi – cela devait remonter à la fin des années cinquante – chez ce copain dont la famille possédait une maison à la campagne. Bien que ce ne fût pas à proprement parler une résidence secondaire, la chose était rare, à l'époque. Il s'agissait d'une ancienne ferme dont les lettres blanches du nom – Lower Brook Farm – s'écaillaient sur le bois vermoulu du portail. Dieu, ce qu'il pouvait être timide à cette époque-là ! « Eh, Charlie ! viens par ici Charlie ! » appelait un groupe de filles du village, en maraude autour de la maison. Un peu plus tard, cet après-midi-là tandis qu'il descendait seul le petit sentier, son copain étant parti se promener ailleurs, une fille l'avait rejoint. Pat. Patricia. Elle était un peu plus grande que lui et paraissait un peu plus âgée aussi, mais ce n'était peut-être qu'une illusion. « Est-ce que tu peux déjà, tu sais ? Est-ce que tu es en âge de... » Même après toutes ces années, il pouvait encore sentir le coup de chaleur soudain monté à ses oreilles et cette envie de prendre ses jambes à son cou. Ils étaient restés un long moment assis sur le parapet ébréché du petit pont de pierre, puis elle avait approché son visage du sien et l'avait embrassé. Il se rappelait encore comme dans un rêve, la main de la jeune fille remontant entre ses cuisses. « Allez, Charlie avait-elle dit avec un rire moqueur, dis bonjour à la dame ! »

– Désolé de vous avoir fait attendre, s'excusa le serveur, de l'autre côté du comptoir.

– Pas grave.

Resnick lui tendit un billet de cinq livres, attendit sa monnaie et prit tout de suite à gauche en sortant du délicatessen, juste après une rangée de bâtisses sordides et délabrées qui attendaient d'être réhabilitées en lofts pour gens comme il faut. Tandis qu'il attendait que le feu passe au rouge pour traverser l'artère principale, il aperçut Skelton avec son impeccable training à bandes et ses Reebok bleues et blanches qui descendait les marches du perron en petites foulées et entamait son parcours de jogging.

Il reconnut le visage de Mackenzie dans le hall, mais mit quelques instants à l'identifier. Que diable venait-il foutre ici ? Et qui lui avait mis la lèvre dans cet état ?

– C'est plutôt au Central que vous auriez dû aller, monsieur, lui expliquait l'officier en uniforme à l'accueil.

– Vous croyez que je n'ai que ça à faire ? Vous êtes le poste le plus proche du studio, c'est vous que je viens voir, point.

– Tout va bien ? s'enquit Resnick en s'approchant du comptoir vitré.

– Ce monsieur souhaite déposer une plainte pour agression, inspecteur.

– Vous avez été agressé ? demanda Resnick en se tournant vers Mackenzie.

Le producteur répondit par un grognement excédé.

– Plutôt une dispute sur le lieu de travail, monsieur, précisa l'agent.

– Harold Roy a quelque chose à y voir ?

Mackenzie écarquilla les yeux, ébahi comme s'il venait de recevoir un second coup, dans le dos cette fois.

– Vous connaissez ce taré ?

– Vaguement.

– Il a pété les plombs, comme ça, tout d'un coup. Et il m'a foutu sur la gueule en plein milieu d'une conversation normale, dénuée du moindre éclat, sans aucune provocation. Puis il a quitté le studio en plein milieu d'une scène. Ce mec a vraiment besoin d'un psychiatre. Il est bon pour la camisole !

– Enregistrez la plainte de monsieur, dit Resnick à l'officier. Et faites-m'en une photocopie.

De retour dans son bureau, Resnick n'eut pas le temps de défaire l'emballage de son sandwich que Millington frappait à la porte.

– Bon appétit, monsieur. Ne vous interrompez pas pour moi.

Resnick l'entendait bien comme ça et prit soin de replacer quelques tranches de fenouil récalcitrantes entre les feuilles de salade et les morceaux de foie avant de mordre dans son sandwich.

– Graham ?

– C'est au sujet de l'avocat, monsieur, votre demoiselle Olds. Si on m'avait dit que ce serait finalement une bénédiction de l'avoir dans les pattes, je ne l'aurais pas cru, mais le fait est : j'ignore comment elle s'y est prise, toujours est-il que Chao et son fils n'en finissent plus de se serrer la main, de faire la paix et de déplorer que les choses aient pu dégénérer à ce point. C'est pas compliqué, on se croirait à la fin d'un film de Charlie Chan.

Plus d'une fois, avant d'aller prendre son tour de service, Millington s'était retrouvé en compagnie de l'un ou l'autre de ses enfants devant le film diffusé en fin d'après-midi à la télévision, à siroter du thé et grignoter des chips. *Charlie Chan in the City of Darkness, Charlie Chan's Murder Cruise* (il avait vu celui-là au moins deux fois), *Charlie Chan at the Wax Museum.* La série en comportait vingt-sept, son fils avait vérifié à la bibliothèque d'Angel Row.

– Ce qui veut dire plaintes retirées et aucune charge retenue, si je comprends bien ?

– Il reste tout de même la bande d'affeux. Voies de fait, coups et blessures, port d'armes prohibées et j'en passe. Ils ont dû toucher un paquet pour leur numéro de cirque, car malgré l'émouvante réconciliation, ils refusent de changer une virgule à leur histoire.

– C'est quand même frustrant, fit Resnick.

– Oui, mais d'un autre côté, fit remarquer Millington, je ne suis pas fâché qu'on soit débarrassé de toute cette clique.

Resnick prit une autre bouchée de son sandwich et, dans la manœuvre, fit glisser un morceau de foie gris-brun qui atterrit sur son buvard. Si je faisais des cochonneries pareilles en mangeant, songea Millington, ma femme m'enverrait bouffer à la cave.

– Le dénommé Grice... dit Resnick.

– Le type avec qui dînait Grabianski ?

– Oui. Il ne s'est pas du tout mêlé à la bagarre ?

– Même pas pour compter les points.

– Un garçon prudent, on dirait. Non ?

– Très prudent. Je dirais même un peu trop, maintenant que vous m'y faites penser, monsieur. À mon avis, ce type est un inquiet.

Resnick regrettait de n'avoir pas rapporté une part de tarte à la mélasse pour après son sandwich. Lorsqu'on en était seulement à prendre un déjeuner sur le pouce à l'heure du thé, n'importe quelle gâterie était la bienvenue.

– Vous n'oubliez pas Fossey, Graham ?

– N'ayez crainte, monsieur. Je me remets sur son cas dès demain. Et à présent que l'autre affaire est réglée...

Resnick acquiesça d'un signe de tête qui mettait fin à la conversation et Millington gagna la porte.

– Une dernière chose, Graham : je crois qu'il est temps de rapatrier Lynn du centre commercial. Outre le fait que cette planque commence à lui entamer le moral, elle ne tardera plus à se faire repérer pour ce qu'elle est, à force de traîner là-bas. Et nous avons besoin d'elle ici.

– Entendu, monsieur.

Le sergent n'avait pas plus tôt refermé la porte que le téléphone sonna. Resnick décrocha en regrettant d'avoir sans cesse remis aux calendes la corvée d'appeler Jeff Harrison pour lui payer un verre. Mais la voix qu'il entendit dans l'appareil n'était pas celle de son collègue et l'accent venait de l'autre bout du monde :

– Je crains de ne pas avoir de très bonnes nouvelles, dit Claire Millinder.

Resnick se rembrunit et prêta l'oreille sans rien dire.

– J'ai été vraiment à deux doigts de faire signer ces gens dont je vous avais parlé, ce matin. La maison leur plaisait, la topographie des lieux, le jardin, tout.

– Et qu'est-ce qui a posé problème ?

– La situation géographique.

– Ne me dites pas qu'ils ne conduisent ni l'un ni l'autre. Et quand bien même, le secteur est desservi par les bus.

– Oui, mais le problème vient des établissements scolaires. Ils ont un gosse dans le secondaire et une autre qui termine le primaire. La mère m'a dit qu'elle n'avait absolument aucun préjugé vis-à-vis des minorités ethniques, mais elle craignait un mauvais départ dans l'existence pour sa progéniture dans des classes où les Asiatiques sont supérieurs en nombre.

– J'espère que vous avez su lui répondre, dit Resnick avec une pointe de colère dans la voix.

– Je lui ai répondu avec mon plus beau sourire commercial que je me tenais à leur entière disposition au cas où ils changeraient d'avis.

– Et ça n'arrivera pas ?

Elle marqua un temps à l'autre bout du fil :

– Non.

Resnick jeta un coup d'œil à sa montre.

– O.K. ! dit-il. Merci quand même de m'avoir tenu au courant.

– Normal. Dites... ça ne vaut peut-être pas le coup, enfin je veux dire, c'est vous qui jugerez mais j'ai une idée à vous soumettre.

– Au sujet de la maison ?

– Bien sûr.

– Je vous écoute.

– C'est-à-dire que je préférerais vous en parler de visu. C'est possible ?

Resnick ne répondit pas.

– Vous n'êtes pas chez vous, ce soir, je suppose ?

– Allons, Charlie !

– Si, mais plus tard, finit-il par dire.

– Neuf heures, ça irait ?

– D'accord.

– Formidable. J'apporte une bouteille. Vous préférez rouge ou blanc ?

– Je croyais que...

– Certaines propositions passent mieux après quelques verres.

– Écoutez, je...

– Boutade. Je disais ça juste histoire de plaisanter, O.K. ?

– O.K. !

– J'apporterai quand même du vin. C'est bon de se détendre un peu après une longue journée, vous ne trouvez pas ?

*
* *

Lorsque Lynn Kellogg rentra enfin du centre pour rédiger son rapport sur une autre journée perdue, son estomac commençait à envoyer des signaux de détresse de plus en plus sonores.

À mi-chemin dans la file du self, elle repéra Kevin Naylor à une table d'angle, à l'autre bout du réfectoire. Le jeune homme avait piqué du nez entre son bol de soupe et sa tartine de beurre. Il semblait dormir à poings fermés.

21

L'appartement de Lynn était situé dans le vieux quartier de Lace Market, parmi d'anciennes usines de style victorien finement proportionnées que les généreux entrepreneurs du temps jadis avaient dotées de chapelles, afin que la population laborieuse puisse s'élever spirituellement avant ses seize heures de travail quotidien. La plupart de ses hauts bâtiments de brique étaient toujours debout et restaurés petit à petit, ou tout au moins préservés du délabrement irréversible. Plusieurs parkings avaient été aménagés autour et l'immeuble locatif où vivait Lynn Kellogg faisait angle avec trois d'entre eux.

La jeune femme précéda Naylor dans la petite cour intérieure et dans l'escalier qui menait au premier étage. Elle ramassa son courrier sous la porte et fit un inventaire rapide des diverses sollicitations publicitaires, prêts à taux préférentiels et autres offres spéciales, avant de mettre de côté l'inévitable lettre de sa mère postée à Thetford comme d'habitude, le mardi ou le jeudi, lorsqu'elle se rendait en ville pour faire ses courses.

– Enlève ton manteau, Kevin. Je mets de l'eau à chauffer.

Le salon était petit sans être exigu, décoré de plantes vertes et semé de livres de poche ouverts. Une chemise d'uniforme traînait dans un coin et une serviette-éponge séchait sur le radiateur.

– Thé ou café ?

– N'importe. Ce qui va le plus vite à préparer.

– Kevin.

– Thé.

– Le café est peut-être plus indiqué pour te remettre les yeux en face des trous.

– Bon, alors café.

Quand Lynn revint de la cuisine avec les deux tasses qu'elle venait de préparer, elle trouva Naylor calé dans le grand fauteuil acheté à la vente aux enchères de Steinton Market.

Il s'était endormi.

*
* *

Harold Roy avait passé la plus grande partie de l'heure écoulée dans un bar à vin d'Hockley. Il était à présent en quête d'un endroit tranquille où s'asseoir, le temps de reprendre un verre ou deux, d'avaler éventuellement une bricole et surtout de réfléchir à la manière dont il conduirait la conversation.

Quelques secondes seulement après avoir poussé la porte, il sut que l'endroit où il venait d'entrer ne conviendrait pas.

Rien à redire sur l'éclairage, suffisamment tamisé

pour donner aux bougies disposées sur les tables une autre raison d'être que la simple décoration, rien non plus sur la clientèle, peu nombreuse. Non, le problème majeur était cette musique assourdissante qui rendait toute méditation impossible. Il fit mine de parcourir la salle des yeux à la recherche de quelqu'un qui ne s'y trouvait pas, histoire de donner le change et sortir aussitôt. De retour dans la rue, il consulta sa montre et calcula qu'il lui restait cinquante minutes avant son face à face avec Alan Stafford.

– Écoute, Alan, voilà de quelle manière, je vois les choses...

Il jeta finalement son dévolu sur un pub de quartier et commanda une vodka tonic avec glace et rondelle de citron avant d'aller s'asseoir près du feu, à l'écart des autres clients – quelques gamins à dégaines d'étudiants, un homme en costume trois-pièces marron qui parlait avec le plus grand sérieux à une femme qui n'était visiblement pas la sienne – presque tous installés au bar. Un chien se promenait de table en table, en quête d'un amuse-gueule oublié ou d'un morceau de chips. Un retriever ou peut-être un labrador, il n'avait jamais su les différencier.

Ses premières réactions face à l'infidélité de Maria avaient été les réactions classiques : colère, sentiment de trahison, choc émotionnel. Quelques heures plus tard, il commençait à voir les choses sous un angle différent : tout bien considéré, si ça tentait quelqu'un de faire reluire le corps avachi de sa légitime, c'était toujours un problème de moins. Il ne restait plus rien de leur couple depuis longtemps et comme cela au moins, les choses seraient consommées. Mieux encore : il avait soudain l'impression d'apercevoir une lueur au bout de ce long tunnel sans fin qu'était devenue sa vie conjugale. Bon débarras. À la tienne, mon pote et merci encore !

Ce Grabianski était vraiment un type formidable. Et à plus d'un titre.

À présent qu'ils avaient eu cette conversation au sujet de l'autre problème à résoudre, Harold se sentait plus fort. Comme épaulé face à l'adversité. La peur qui l'avait rongé jusqu'ici de rencontrer Stafford et de voir la situation tourner au vinaigre commençait lentement à s'estomper. Bien sûr, il n'avait pas oublié le couteau dans la poche du dealer, mais s'était finalement rendu à l'argument principal de Grabianski : Alan Stafford était avant tout un homme d'affaires et le différend qui les opposait n'était que l'un de ces imprévus qui surviennent parfois dans les affaires. Rien de personnel. Seulement les affaires.

Il contempla son verre, presque surpris de le trouver vide.

En retournant au bar, il s'arrêta pour caresser le chien. Un geste parfaitement inhabituel de sa part. Il se souvenait avoir caressé un chat, une fois mais ça remontait loin. Il se sentait bien. Libéré. Avec sa seconde vodka, il rapporta un paquet de chips oignon et fromage pour partager avec son nouvel ami.

*
* *

Lynn savait qu'elle ne pourrait pas reculer éternellement l'échéance. Kevin dormait toujours et elle en avait profité pour repasser sa chemise, trier le linge pour la lessive du lendemain et même nettoyer le dessus de la cuisinière. Elle en était à présent à épousseter les espaces inoccupés des étagères de cuisine. Juste après *Chère Lynnie,* la lettre commencerait par un préambule genre *Je sais que tu as ton content de soucis et je ne voudrais pour rien au monde donner l'impression de me plaindre tout le temps...*

Mais...

Mais depuis que sa tante s'était installée à Diss, il semblait qu'elle n'eût personne de plus proche à qui parler. Et depuis sa dernière visite chez le médecin, aucun des traitements ou remèdes préconisés n'était parvenu à la débarrasser de ces douleurs lancinantes et sporadiques à la tête, certaines *comme un tisonnier rougi plaqué dans l'intérieur de mon crâne, Lynnie chérie, tu ne peux pas imaginer...* et elle ne pouvait rien faire d'autre que se retirer dans l'obscurité et attendre que la souffrance prenne fin.

Lynn décacheta l'enveloppe avec le manche d'une cuillère et déplia la feuille de papier à lettres de chez Woolworth noircie à la pointe Bic par l'écriture tremblée de sa mère.

Chère Lynnie...

Du coin de l'œil, elle observa Kevin Naylor en train de profiter d'un sommeil sans doute le plus long et le plus réparateur depuis des semaines et se rendit compte que c'était la première fois qu'elle faisait entrer un homme dans son appartement depuis que celui avec lequel elle vivait avait enfourché son vélo sans espoir de retour. Quelque part au fond d'un tiroir, elle avait retrouvé un kit anti-crevaison qu'il avait oublié dans sa hâte. Elle s'était dit qu'elle devrait le balancer à la poubelle mais ne l'avait pas encore fait.

Lynnie, tu sais comment est ton père. Depuis qu'il a dû massacrer tous ces oiseaux, quelque douze cent...

Elle pouvait l'imaginer, un homme à l'ossature frêle avec son éternel ciré en plastique, ses bottes en caoutchouc, allant et venant d'un poulailler à l'autre, son bâton à la main.

Bon sang, Kevin ! Réveille-toi !

*
* *

Harold Roy se sentait tellement détendu qu'il arriva en retard à son rendez-vous. En chemin, son cerveau bouillonnait littéralement d'idées de vacances. Changer de vie. Envoyer chier la télé et le show-biz ! Envoyer Maria se faire foutre ! (Enfin, non, plus la peine puisque Grabianski avait la gentillesse de se charger du boulot et qu'il était, paraît-il, un coup d'enfer.) Il investirait son fric dans du robuste, s'offrirait un petit cottage dans la forêt de Dean, écrirait un livre, pourquoi pas ? Et puis il adopterait un chien, aussi.

– Qu'est-ce que t'as foutu, bordel ?

– Eh, relax ! fit Harold, ponctuant d'un ample geste des bras pour signifier sa bonne humeur. Quelques minutes, c'est pas une affaire, entre potes !

– T'es encore bourré !

– Gai, rectifia Harold en approchant une chaise pour s'asseoir. Je suis absolument pas bourré. Juste un peu gai.

La musique de fond et son niveau sonore très raisonnable ne déparaient pas à la désuétude presque kitsch du pub. Harold crut reconnaître Neil Sedaka. La station devait être Gem-AM.

– T'es ensuqué à ras bord, oui !

– Puisque je te dis que non, insista Harold en tapotant le verre vide de Stafford. Tu bois quoi ?

Stafford prit appui des deux mains sur le bord de la table et recula sa chaise afin de contenir son envie d'emplafonner la bouille réjouie de son interlocuteur. Ils étaient les deux seuls clients.

– Tu r'prendras bien une petite bière ? fit Harold.

– Laisse tomber.

Harold se leva :

– Pour moi, ce sera une vodka bien tas...

– Vodka mon cul !

Stafford l'avait attrapé par les revers, leurs visages à deux centimètres l'un de l'autre. Harold sentit l'odeur âcre des cigarettes roulées au tabac de pipe qui empuantissait l'haleine du dealer.

– T'es censé avoir des choses à me dire ! On a des affaires à régler ensemble !

– Bien sûr, t'affole pas. Je veux juste...

Stafford le secoua encore une fois, menaçant :

– Essaie encore d'aller jusqu'à ce putain de comptoir, même pour rire !

– D'accord. D'accord ! Tu veux faire le service, vas-y ! Pour moi, c'est vodka double sur glace avec une rondelle de citron.

C'était un peu comme pénétrer dans l'antre du monstre et s'apercevoir aussitôt qu'on était à Disneyland. Stafford fit signe au barman sans quitter la table : vodka et bière-pression. Servies fraîches !

– Attends, c'est... ? commença Harold, l'œil plissé, tendant l'oreille.

– Quoi ?

– Je me demande si c'est...

– Si c'est quoi ?

– C'est Connie Francis ou Brenda Lee ?

*
* *

Finalement, elle s'était décidée à le réveiller en douceur et le regarda s'étirer entre deux bâillements embarrassés. « Quelle heure tu as dit ? » Lorsqu'elle lui tendit la tasse de café, il fut surpris de la trouver encore chaude.

– Je pensais avoir dormi plus longtemps.

– Tu as dormi longtemps. C'est du café que je viens de refaire.

Il jeta aussitôt un coup d'œil à sa montre. La panique fut immédiate :

– Bon sang, Debbie ! elle va...

– Mais non, calme-toi, dit-elle en posant une main sur son bras. Je l'ai appelée.

Naylor n'en parut pas soulagé le moins du monde. Il parcourut la petite pièce du regard, en proie à une angoisse nouvelle : qu'allait penser Debbie ? Il n'avait jamais oublié de la prévenir du moindre retard à rentrer du travail. Enfin jusqu'ici. Et là, il n'était même plus au travail.

– Arrête donc de t'en faire. Elle ne va tout de même pas s'imaginer que nous avons une liaison.

Elle avait dit ça sans y penser. Une de ces phrases à

l'emporte-pièce dont fourmillaient les séries façon *East Enders*. Les gosses d'aujourd'hui regardaient ça en avalant leur thé, à l'âge où, dix ou quinze ans plus tôt, on fabriquait une maquette du *Titanic* avec des boîtes de corn-flakes et adoptait un arbre dans le désert du Kalahari.

Naylor se leva, ses deux mains refermées autour de la tasse, les traits encore plus tirés qu'en entrant.

– Kevin.

En le débarrassant de sa tasse, elle effleura du bout des doigts les articulations de ses mains. Pourquoi aller chercher des arrière-pensées derrière chaque mot ? Elle avait juste dit ça comme ça.

– Enfin, Kevin, je lui ai expliqué que tu avais piqué du nez dans ta soupe à la tomate. Je n'aurais jamais appelé pour la prévenir que tu t'étais rendormi ici s'il y avait quoi que ce soit qu'elle ait à soupçonner.

Mais tout en disant ces mots, elle se rendit compte que ç'eût été exactement la chose intelligente à faire s'il y avait eu quelque infidélité à couvrir.

– Je ferais bien de la rappeler, dit-il en se dirigeant vers le téléphone.

Elle l'arrêta d'un geste. Pour la seconde fois. Son visage blafard devint alors livide.

– Tu n'as pas envie de parler ?

Il tendit la main :

– Si. Mais une autre fois.

*
* *

– Il faut qu'on se comprenne bien, Harold.

Qu'est-ce qu'il était en train de faire là ? Depuis une heure, le cul vissé sur une chaise face à ce branché du show-biz en fringues de luxe, imbibé de vodka comme plus personne n'osait, il écoutait, prenant la conversation au sérieux sans même s'en apercevoir et venait même d'appeler ce taré par son prénom. Comme s'ils avaient été copains, ou associés. On allait où, comme ça ? En fait, il le savait très bien. L'idée était de remettre la main sur un kilo de cocaïne et les moyens pour y parvenir importaient peu. Pour le moment, il payait tout simplement le fait d'avoir agi comme un con. Écoute, lui avait-il dit – mais sans l'appeler Harold, cette fois-là –, voilà l'affaire. Un yuppie sur le retour qui avait plongé le nez dans la poudre parce que ça posait son homme et parce qu'au prix où c'était, le petit frisson devait valoir le détour. Et qui, à force de s'en coller plein les narines y avait pris goût. « C'est pas compliqué, avait dit Stafford : j'ai des petits ennuis en ce moment et je te donne l'occasion de ramasser un petit bonus en me rendant un service. Juste un échange de bons procédés, trois fois rien. Tout le monde s'y retrouvera. »

Et il avait refilé le colis à Harold, comme qui dirait en consigne.

À présent, les gens qu'il devait livrer s'impatientaient et lui avait un besoin urgent de liquidités afin de ne pas perdre ses options sur différentes affaires. À la place qu'il occupait, la moindre rumeur d'une solvabilité précaire faisait vite des vagues.

Faut pas rester là, Alan. On ne te connaît déjà pas que des amis, mais en ce moment tu intéresses un peu trop de monde. Il avait dû changer de planque et bouleverser les habitudes de son petit commerce ambulant. Trois fois en trois semaines. Son habituelle longueur d'avance sur la brigade des stupéfiants ne suffisait plus. Il en avait mis une supplémentaire.

– Harold...

– Hum ?

– Ton voleur veut me rencontrer pour me revendre le colis, soit. Mais qu'est-ce qu'il propose ?

– Un prix d'ami.

– Sans blague !

– Les deux tiers de sa valeur.

– Tu te fous de ma gueule ?

– Fais une contre-proposition.

– Dix mille.

Harold se contenta de ricaner bêtement, avec en fond musical Dion qui chantait la solitude de l'adolescence amoureuse. Était-ce avec ou sans The Belmonts ? Harold n'arrivait jamais à se souvenir.

– Douze.

– Tu sais, je ne me suis pas renseigné n'importe où en matière de tarifs, fit pompeusement Harold. Cette marchandise vaut exactement le double.

– Pas si fort !

– Pardon, dit-il en baissant la voix. Le double.

– Peut-être que *moi,* je peux en tirer le double. Je dis bien peut-être. Pour toi et l'autre tête de con, ce paquet vaut exactement que dalle. Tout ce que ça peut vous rapporter se compte seulement en années de placard.

– Arrête, j'ai peur, rétorqua Harold.

Stafford aurait adoré l'entraîner dehors jusqu'à la ruelle la plus proche et prendre tout son temps pour le démolir.

– Quatorze, dit-il. C'est ma dernière proposition.

– Quinze.

Stafford rabattit le couvercle de sa rouleuse en fer blanc et vérifia le fini de sa cigarette.

– Salut, Harold, dit-il en se levant.

L'autre attendit qu'il fasse quelques pas en direction de la porte, puis :

– Bon, d'accord.

Stafford prit son temps pour se retourner :

– Quoi, d'accord ?

– D'accord pour quatorze.

Stafford se rassit :

– Deux jours pour réunir la somme et je t'appelle.

– Non, répondit Harold du tac au tac.

– Tu ne vas pas me faire le coup des petites annonces, en plus !

– C'est pas ça. C'est juste que...

– Que quoi ?

C'était juste qu'Harold n'avait pas trop envie de

moisir chez lui tout ce temps, assis près du téléphone pendant que Maria et son cambrioleur polonais seraient en train de s'envoyer en l'air au premier.

– Rien. On fait comme ça. Tu me téléphones, soupira-t-il.

– C'est ce que je viens de te dire.

– Quarante-huit heures ?

– Dans ces eaux-là.

– Tu rebois quelque chose ?

– Non, Harold. Je ne rebois rien du tout, dit-il avant de passer la porte.

*
* *

Eh bien moi, si. Tout le monde s'en fout, mais j'ai encore soif. On reste à la vodka. Il aurait aimé avoir encore un peu de ce kilo de coke qui avait disparu du coffre-fort de la chambre à coucher, mais bon. Il se mit à rire, pour lui-même. La neige qu'on croyait fondue était retombée du ciel. Joie et félicité !

– Eh, dit-il au barman. Vous connaissez la parabole du kilo prodigue ?

– Vodka ?

Harold acquiesça et posa un autre billet de cinq livres sur le comptoir.

– Super, la musique.

– Casse-burnes, ouais, fit le barman.

Harold haussa les épaules et s'installa au bar, seul et gris, réfléchissant à la race de chien qu'il achèterait et incapable de se décider sur l'interprète de la chanson en train de s'achever. Patti Page ou Lita Roza ?

22

Lennie Lawrence avait vu le jour à St Anne's. Bien avant que ces salopards rasent entièrement le quartier pour le moderniser jusque dans ses entrailles. Pour sa part, Resnick n'avait jamais compris cette nostalgie hystérique pour l'époque des taudis sans salles de bains et des toilettes au fond de la cour. D'autant que la résidence individuelle du chef Lawrence à Wollaton ne reflétait en rien cette apparente mystique du temps passé et de la chaude promiscuité des quartiers pauvres.

– Qu'est-ce qui vous passionne à ce point dans cette histoire d'agression, Charlie ? Vous voulez vous faire des relations à la télé ? pas votre genre, pourtant.

– Je m'intéresse à Harold Roy, dit Resnick. Et donc à toute occasion de pouvoir le serrer de près. Il a été cambriolé récemment et il y a des bizarreries dans la déposition de sa femme.

– Ils veulent arnaquer leur assurance ?

Resnick haussa les épaules. C'était effectivement une possibilité parmi d'autres, mais qui n'expliquait pas les errements de l'épouse dans la description des malfaiteurs.

– Grand bien leur fasse, non ?

– Peut-être, monsieur.

– Vous, comme tête de lard ! Allons, Charlie. Je veux bien que vous ayez cette réputation d'aller toujours dans le sens inverse des aiguilles d'une montre, mais là, vous virez sournois.

– Peut-être, monsieur.

– Peut-être, monsieur, répéta Lennie Lawrence en tâchant de l'imiter. On peut dire qu'une fois que vous avez planté vos crocs dans la viande, vous ne lâchez pas vite, vous.

– Bon, alors c'est d'accord pour la plainte, monsieur ? On s'en occupe et on tient bien sûr vos gars au courant.

– Sans faute, Charlie.

– Comptez sur moi.

Resnick s'apprêtait à franchir la porte du bureau de l'inspecteur-chef quand celui-ci le rappela :

– Au fait, le vieux...
– Skelton ?
– Oui. Vous avez la moindre idée de ce qui lui fout les glandes, en ce moment ?
Resnick secoua la tête :
– Non, monsieur.
– L'autre matin, il a piqué une rogne bizarre, sans raison particulière. Ça lui ressemble pas. Un genre de crise de ménopause. Mais les hommes n'ont pas de bouffées de chaleur, en général. Bon, vous me tenez au courant Charlie.
Resnick passa à proximité du bureau de Jack Skelton et hésita un instant à frapper à la porte pour demander ce qui n'allait pas, mais il n'en fit rien, bien sûr. Autant s'inviter à une garden-party de la Reine pour lui demander des nouvelles de son transit intestinal.

*
* *

Alf Levin avait garé son minibus Midlands entre deux des platanes qui bordaient la rue jusqu'en haut de la colline. Il vit Resnick approcher, dans son rétroviseur extérieur et écrasa sa cigarette avant de la jeter dans le caniveau.
– J'ai vu pire, comme temps au mois de mai, lança-t-il en le rejoignant au portail.
Perché sur le mur de pierre, Dizzy paradait en miaulant avec insistance.
– Vous vendez votre cambuse ? demanda Levin en désignant le panneau de l'agence.
– J'essaie.
– J'ai un pote, au boulot qui a déménagé d'Elstree, quand ils ont fermé les studios, par là-bas. Il avait acheté un pavillon dans un tout petit bled du Lincolnshire. Sa baraque lui avait coûté des clopinettes, pour ainsi dire. Le genre de prix ridicule pour lequel on trouve même pas une niche à chien dans le sud,

voyez ? Bon, évidemment il se faisait chier comme un rat mort, là-bas. Paraît que la bière du pub local est plus infecte que de la pisse d'âne et que quand le vent d'est se met de la partie, on se pèle les meules pire que chez les Esquimaux. Même avec une gonzesse et une couverture chauffante, les nuits sont glaciales été comme hiver...

– Cette tranche de vie bouleversante pour en arriver où, Alfie ?

– Simplement au fait qu'il a mis dix-huit mois avant de la refourguer, sa cabane au Canada.

– C'est gentil de me remonter le moral.

Levin alluma une autre cigarette :

– J'ai peut-être quelque chose pour vous, Mr. Resnick.

Resnick caressa du bout de l'index le poil ras et fin derrière l'oreille de Dizzy, sans répondre.

– Cela dit, j'ai pas changé d'idée pour ce qui est de balancer. En plus, je sais absolument rien de ce qui vous intéresse pour ces baluchonnages en série. J'ai perdu le contact avec les gens du métier.

– D'accord. Alors, c'est quoi ma surprise ?

– Le rombier de l'autre soir. Le furtif.

– Dégarni et client pour une paire de chaussures neuves ?

– Voilà. Il s'appelle Stafford. Son truc, c'est la dope. Je dis bien la dope, hein, pas la fumette.

– Tu es sûr ?

– Dieu m'est témoin.

– Tu me confirmerais ça par...

– Non, Mr. Resnick. Je confirme rien officiellement, je vous ai rien dit et je vous ai même pas vu. Même de force devant un tribunal, je ferai celui qui comprend pas. Le trou, l'amnésie. C'est juste que ce genre de mec, Dieu sait à quel point c'est nuisible. Les petites aiguilles, le virus HIV. Je me suis laissé dire qu'il a des envies de retraite.

– Alfie, je te dois un ascenseur.

Levin secoua la tête.

– Au moins une tasse de thé.

– Une autre fois, Mr. Resnick, dit-il en regardant la maison. Je préfère la cantine du studio à votre manoir. Excusez-moi d'être indiscret, mais vous êtes marié ?

– Autrefois.

– Eh ben, à la vôtre. Vous devez vous faire tartir comme un petit pois dans un sifflet, là-dedans.

– Merci d'être passé, Alfie.

– C'est rien.

Resnick pensait déjà au type qu'il connaissait aux Stupéfiants, Norman Mann. Il se demanda s'il avait son numéro personnel ou bien s'il figurait à l'annuaire.

*
* *

Excusez-moi d'être indiscret...

L'espace de quelques minutes, le temps de coincer entre deux tranches de pain de mie trois tranches fines de jambon fumé accompagnées de moutarde et de petits morceaux de Jarlsberg, Resnick regretta d'avoir détruit la lettre de sa femme, son ex-femme, sans l'ouvrir. Enfin il supposait que c'était elle.

... mais vous êtes marié ?

S'il arrivait un jour à déménager d'ici, où irait-il ? Quelque part où ses lettres n'arriveraient pas. Non qu'il y en ait eu beaucoup. Celle-ci était même la première depuis plusieurs années. Auparavant, il y en avait eu trois, qui s'étaient succédées dans un laps de temps relativement court. La première menaçait de le traîner en justice pour augmenter la pension, la seconde présentait des excuses, invoquant la fragilité nerveuse engendrée par un licenciement – navrée, Charlie, je te promets que je ne t'ennuierai plus. Trois mois s'étaient écoulés avant qu'elle ne lui adresse une description distante, rédigée dans un style bizarre, de la maison qu'elle partageait avec l'agent immobilier avec qui elle s'était remariée. Le genre de lettre qu'on écrit à un lointain cousin qu'on ne voit jamais. Resnick n'avait jamais trop compris pourquoi elle lui avait écrit cette lettre-là, ce qui lui était passé par la tête. Peut-être avait-elle voulu jouer avec lui aux amis séparés par la distance qui échangent, à des centaines de kilomètres quelques clins d'œil par poste interposée. Mais quelles qu'aient pu être ses raisons, aucune autre lettre ne suivit et les années passèrent. Un intervalle de plusieurs années dans la correspondance, c'est long. Même pour des amis séparés par la distance.

Autrefois.

Resnick avait appris, avec le temps, à reconnaître deux signes comme véritables points de repères de son humeur : lorsqu'il ne supportait plus de boire du café et lorsqu'il promenait ses doigts d'un bout à l'autre de sa collection de disques sans parvenir à en choisir un.

Un homme qui n'aime plus le jazz, n'aime plus la vie. Quelqu'un avait dû écrire ça quelque part, il ne savait plus qui, ni même, d'ailleurs si le poids de l'écrit donnait vraiment un caractère plus définitif au théorème. Il savait seulement qu'il ne s'aimait plus lorsqu'il était ainsi.

Il retrouva le numéro de Norman Mann et laissa un message afin que celui-ci le rappelle, puis décida de préparer quand même du café. Du pur arabica de Colombie. Il alla s'asseoir au salon en attendant qu'il passe, avec Bud et Miles sur les genoux occupés à faire un sort à la deuxième moitié de son sandwich. Lorsque la sonnette retentit, il se rendit compte que la visite improvisée de Claire Millinder lui était complètement sortie de l'esprit.

*
* *

– J'ai opté pour le rouge, annonça-t-elle avec un sourire radieux.

Elle se tenait légèrement en retrait, sur le pas de la porte, dans un long manteau de laine bleu foncé ouvert sur une courte jupe noire et des collants rayés. Le haut était beige et épousait la douce rondeur de ses épaules. Il était possible qu'elle l'ait tricoté elle-même.

– J'ai essayé de trouver du vin de Nouvelle-Zélande dit-elle en entrant dans l'étroit vestibule, mais finalement, je me suis rabattue sur celui-là. Murrey Valley. Shiraz d'Australie. Il n'est pas trop lourd et c'est du bon. (Elle lui tendit la bouteille). Je l'ai tenu au chaud pendant le voyage.

Il prit la bouteille et s'effaça pour la laisser entrer dans la cuisine. Elle avait le rose aux joues et ses yeux brillaient d'un éclat sans pareil. Son épaule le frôla au passage.

– La journée a été bonne ? demanda-t-elle en se penchant pour caresser le minuscule Bud.

Resnick eut toutes les peines du monde à détacher son regard de sa jupe :

– Moyennement.

– Vous êtes fatigué, je parie ?

Resnick ne répondit pas. Il déboucha la bouteille et la reposa sur la table. Il avait entr'aperçu une étiquette disant de laisser le vin respirer un peu, mais il n'avait jamais su exactement combien de temps ni pourquoi.

– Vous n'êtes pas un grand buveur de vin, je me trompe ?

– J'ai un tire-bouchon.

– Et moi une raquette de tennis, ça ne veut pas dire que je vais faire Wimbledon.

Bud s'éclipsa au premier mouvement que fit Claire pour se redresser.

– Je voulais juste dire, fit-elle en regardant la ceinture abdominale de Resnick, enfin je vous vois plutôt en amateur de bière qu'en amateur de vin.

– Vous voulez qu'on attende un peu avant de le servir ?

Claire sourit, amusée :

– Non, dit-elle. Maintenant sera parfait.

*
* *

Il se contenta de rester assis à la regarder tandis qu'elle faisait tranquillement le tour de la pièce. Disques, livres pris au hasard ; une pile de vieux journaux locaux prêts à partir à la poubelle ; les murs nus.

– Vous n'avez pas de photos d'elle, n'est-ce pas ?

Il fit tourner le verre entre ses doigts.

– De qui parlez-vous ?

– De celle avec qui vous avez acheté cette maison. Votre femme.

– Vous aviez parlé d'une idée à me soumettre.

– Ça peut vouloir dire, poursuivit-elle sans relever, que son souvenir vous fait encore mal. Ou bien que vous avez voulu la chasser de votre mémoire. Peut-être les deux.

A son tour, elle le regarda, assis dans son fauteuil, mal à l'aise. Elle n'était plus tellement sûre de la raison qui l'avait poussée à venir, à présent. Ni que cette heure passée seule dans un bar à vin avant de venir ait été une si bonne idée. Elle savait pourtant que l'exubérance était la pire des tactiques pour séduire un homme comme lui, pour le faire sortir de sa coquille. Mais pour renverser la vapeur, maintenant...

– Que diriez-vous de mettre un peu de musique ? proposa-t-elle en s'asseyant sur le bras du canapé pour goûter son vin.

– Qu'est-ce que vous aimez ?

– Choisissez.

La dernière fois qu'il s'était trouvé dans cette situation, avec Rachel, les choses avaient été faciles. Il avait su tout de suite ce qu'il souhaitait lui faire écouter, aussi lui faire entendre, à travers quelle chanson faire passer un petit message en contrebande.

Il promena son regard d'un bout à l'autre de sa collection de disques, hésitant. Dans son dos, Claire ne le quittait pas des yeux. Un instant, elle imagina se lever et s'approcher de lui doucement pour enfoncer ses doigts dans les muscles de ses épaules et le soulager du poids de la fatigue avant que son visage ne se tourne vers le sien. Lentement.

Le saphir descendit sur le sillon d'un morceau d'Ellington, *Jack the Bear,* 1940. Quelques phrases saccadées de cuivres assourdis suivies du contrepoint des instruments à anches, la basse de Jimmy Blanton portant la mélodie jusqu'à la première cascade de notes au piano.

– Charlie, dit Claire. C'est comme ça que les gens vous appellent ?

– Certains.

– C'est un nom un peu désuet, vous ne trouvez pas ?

– Peut-être.

– J'aime bien. Ça vous donne l'air moins distant.

Resnick but un peu de vin, tâchant de ne pas l'avaler à la manière d'une gorgée de Budweiser tchèque ou de Guinness-pression. Il lui semblait que sa dernière pause sandwich remontait à des heures. La séduisante jeune femme qu'il avait en face de lui trouvait son métier monotone et les gens qu'elle rencontrait jour après jour profondément ennuyeux. Les hommes particulièrement. Ah ! le charme des policiers britanniques. Non, c'étaient des choses que l'on ne disait plus sauf dans les rediffusions de vieux films, entre le billard et les courses. Il y avait pourtant de cela dans l'intérêt qu'il avait éveillé en elle. Quelque chose en rapport avec son travail. Peut-être bien cette promiscuité avec l'illicite, avec l'interdit. Un parfum canaille, le vertige du franchissement de la limite.

Claire Millinder était jolie, attirante et le savait sans que cela ne gâche rien. On sentait qu'elle s'habillait ainsi pour se plaire à elle-même et que c'était à prendre ou à laisser. Sûre d'elle, avec un rien d'effronterie qui laissait Resnick pantois, même à son corps défendant. Pourquoi tout cela ne lui suffisait-il pas ?

Elle évoquait à présent son enfance dans une ferme de l'Île du Nord[1], là-bas au loin, les plages, la quiétude. Le niveau de la bouteille descendait trop rapidement et le vin montait à la tête de Resnick. Pourtant, lorsqu'elle lui proposa d'un geste de remplir à nouveau son verre, il ne l'en empêcha pas.

– Je suis vraiment désolée de n'avoir pas trouvé d'acheteur pour votre maison, dit-elle en s'asseyant sur l'accoudoir du fauteuil qu'occupait Resnick et posant la bouteille à ses pieds.

– Pas grave, dit-il. Je suis sûr que vous avez fait de votre mieux.

– Pour ça, oui.

Elle posa délicatement la main sur son épaule, avançant doucement vers son cou. Lorsqu'il inclina son visage vers celui de Claire, sa joue rencontra le bout des ongles de la jeune femme.

– Est-ce que vous savez ce qui vous rend tellement attirant, Charlie ? parce que moi, je n'en sais absolument rien.

– Peut-être est-ce justement de ne pas être attirant du tout.

Elle sourit.

– Je crois que c'est ça.

La langue de Claire se promena le long de ses dents avant de goûter sa bouche, tiède, sensuelle, inquisitrice. L'intérieur de ses lèvres était d'une douceur infinie et sentait le vin. Sans le vouloir, la main de Resnick rencontra le galbe d'un sein et se retira prestement, comme sous l'effet d'une décharge électrique.

– Charlie, je ne peux pas vous embrasser et rire en même temps !

– Vous avez raison, il faut faire des choix.

---

1. L'Île du Nord, ou Île fumante forme avec l'Île du Sud, ou Île de jade, la Nouvelle-Zélande. *(N.d.T.)*

Ils glissèrent langoureusement sur le sol tandis que le saxo de Johnny Hodges s'insinuait au fil de *Warm Valley* d'Ellington. Claire fit en sorte de se débarrasser de ses chaussures tout en rattrapant la bouteille à moitié vide de Shiraz qui menaçait de tomber. Elle sentit un chatouillement du côté de son orteil et se dit que c'était sûrement l'un des chats. Resnick roula sur le côté afin de ne pas écraser Claire sous son poids. En plein milieu de l'échange entre les cuivres et les saxos de *Ko-Ko,* la jeune femme entreprit de déboutonner la chemise de son cavalier :

– En tant que votre agent immobilier, déclara-t-elle à mi-voix, je préconise sans plus attendre une visite de la chambre principale.

Resnick s'écarta d'elle.

– Non, s'il vous plaît ne faites pas ça, dit Claire.

– Quoi ?

– Vous étiez sur le point de pousser un profond soupir, de fermer les yeux et dodeliner de la tête. Ce n'est pas nécessaire. Ce n'est pas grave.

Elle se leva, défroissant sa jupe et tirant sur ses collants pour en redresser les rayures.

– C'est déjà arrivé, ajouta-t-elle avec un demi-sourire. Pas souvent, mais c'est arrivé.

Resnick se sentait un peu bête, assis par terre en tailleur au beau milieu de son salon.

Elle lui tendit une main pour l'aider à se relever :

– Qu'est-ce qu'il vous faut, Charlie ? Le grand amour ?

– Oui, peut-être, dit-il d'une voix embarrassée, le regard fuyant.

Claire lui prit gentiment le bras et l'embrassa rapidement dans le cou avant de tâter son estomac.

– Oh, Charlie ! venez, dit-elle en l'entraînant vers la cuisine. Je meurs littéralement de faim. Vous devez bien avoir quelque chose à manger, même une poignée de corn-flakes rassis. En plus, si nous finissons cette bouteille l'estomac vide, nous allons nous endormir comme des sacs l'un sur l'autre, et ça n'arrangera rien.

*
* *

– Vous vous nourrissez exclusivement de sandwichs ! demanda Claire.

– La plupart du temps, oui.

– Et là, vous ne prenez rien ?

– J'ai déjà mangé.

– Un de cette taille-là ?

– À peu près.

– Évidemment, je comprends que vous n'ayez plus faim.

– Vous n'aimez pas ?

– Si, c'est formidable, simplement je ne vais plus rien manger pendant une semaine.

– Nous n'avons toujours pas étudié la proposition que vous deviez me soumettre, dit Resnick, avant de marquer un temps. Enfin, je ne crois pas...

Claire éclata de rire la bouche pleine et attendit d'avoir mâché pour lui répondre :

– Nous avons imaginé un moyen terme, pour certains appartements, maisons ou propriétés qui se révèlent difficiles à vendre. Cela ne vous concerne pas encore directement, vous ou ce lieu, loin de là, toujours est-il que nous avons déjà mis au point avec plusieurs propriétaires un système de location de courte durée, compris entre trois et six mois. Cela signifie des rentrées d'argent supplémentaires et, bien entendu, le contrat prévoit la possibilité de continuer de faire visiter les lieux aux clients potentiels. Parfois, les gens ont déjà trouvé l'endroit de leurs rêves, mais il leur faut le temps de se retourner pour expédier les affaires courantes, le préavis à leur employeur, etc.

– Pour ma part, je peux encore tenir un moment.

– Bien sûr. Comme je vous l'ai dit, je n'envisageais pas une éventualité de ce genre tout de suite, en ce qui vous concerne. Mais vous pouvez y penser si par hasard personne ne s'est porté acquéreur d'ici au printemps.

– Ou si je tombe sur l'appartement de célibataire de mes rêves...

– Par exemple.

– Il faut que je réfléchisse. Je ne sais pas.

– Il y aura toutes les garanties.

– Oui, mais je ne sais pas si j'aime trop l'idée que des inconnus...

– Enfin, Charlie. A qui imaginez-vous que vous vendrez cette maison ? À des amis ?

– Vendre et louer, ce n'est pas la même chose. Supposez que vous n'arriviez pas à vendre...

– Vous voulez dire que je n'arrive *jamais* à vendre ?

– Oui, c'est ça.

– Tout arrive à se vendre, tôt ou tard.

– Oui, mais si par exemple je déménage et que, pour une raison ou pour une autre, je suis obligé de revenir...

– Charlie, dit-elle en s'approchant tout près de lui. En fait, vous n'avez pas envie de quitter cette maison, n'est-ce pas ? c'est chez vous ici.

Leurs corps et leurs visages se touchaient presque, mais ce contact physique n'avait plus rien à voir avec l'élan de passion de tout à l'heure. L'ardeur, la sensualité s'étaient comme évaporées.

Les yeux de Resnick semblaient fixer une sorte de point invisible, au-delà de Claire.

– Peut-être que le problème est là.

Elle l'embrassa rapidement sur la joue et fit un pas en arrière :

– Sommes-nous amis, Charlie Resnick ?

Il se décida enfin à sourire :

– Peut-être bien.

– Vous savez, Charlie, précisa-t-elle avec une solennité moqueuse, je ne vous demande pas de sceller un pacte de sang.

– Nous avons fini le vin, mais je crois qu'il me reste deux bières au frigo, fit Resnick.

*
* *

De retour au salon, il lui passa Mose Allison, Ben Webster en duo avec Art Tatum et un Lester Young des débuts, au temps de sa jeunesse insouciante. Elle lui raconta ses jobs de serveuse pour payer ses études à l'université, la cueillette estivale des kiwis avant qu'on ne se décide à les faire pousser dans des régions financièrement plus avantageuses. Resnick écoutait, acquiesçait, posait des questions de temps à autre, tout en laissant une idée, issue de la conversation précédente, faire son chemin dans son esprit.

– Claire.

– Oui ?

Elle leva les yeux vers lui, promenant machinalement sa langue contre l'intérieur de sa lèvre, faisant tourner son verre à bière entre les doigts de ses deux mains. À ce moment précis, il aurait pu choisir de s'approcher d'elle pour l'embrasser sur la bouche.

– Cette histoire de contrat de location à courte durée, j'y repense à présent. Est-ce que vous en auriez par hasard établi un au nom de Grabianski ?

– Un homme ou une femme ?

– Un homme.

Elle secoua la tête.

– Ce n'est pas un nom que j'aurais oublié.

Resnick songea que si l'homme avait eu assez de jugeote pour sentir le vent et quitter son hôtel, il avait sans aucun doute pris également la précaution d'utiliser un pseudonyme. Il tenta d'en faire une description aussi précise que possible à Claire.

– C'est drôle, dit-elle. Le signalement que vous êtes en train de me donner pourrait être le vôtre.

– Vous ne vous souvenez pas d'un type qui correspondrait à cette description ?

Elle inclina légèrement la tête de côté et le gratifia d'un large sourire.

– Je m'en souviendrais, répondit-elle.

Lorsque le disque s'arrêta, elle lampa le reste de sa bière et se leva :

– Il faut que je parte, dit-elle.

Elle s'arrêta quelques instants sur le pas de la porte. Derrière elle leur parvenait le ronronnement de la circulation sur Mansfield Road.

– Beaucoup d'hommes ne savent que traiter les femmes avec condescendance ou essayer de les culbuter. Cela se repère généralement en cinq minutes, dix maximum. Vous êtes différent.

Resnick ne sut trop quoi répondre et préféra ne rien dire. Il n'était pas certain que les choses soient aussi simples.

– Bonne nuit, Charlie.

– Bonne nuit.

*
* *

En regagnant la cuisine, Resnick se sentit convaincu de l'insuffisance de recherches uniquement limitées aux agences de location et de la nécessité d'inclure dans leur tour d'horizon les autres boîtes spécialisées comme celle de Claire.

L'angle de tir fut rectifié dès les premières heures de la matinée du lendemain. On s'intéressa alors tout spécialement à un appartement mansardé resté invendu et toujours invendable pour un profit décent. L'homme qui avait signé le contrat avait payé en liquide, emménagé aussitôt et apparemment trouvé là une formule qui lui convenait parfaitement pour rester en ville le temps de mener à bien une affaire.

Ce n'était pas Grabianski qui s'était occupé de la transaction, mais un dénommé Trevor Grice qui avait donné une adresse professionnelle à Milton Keynes.

23

Lloyd Fossey avait grandi dans une petite ville minière de la banlieue nord. Dans sa rue, quatre familles sur cinq étaient connues soit des services de liberté surveillée soit du bureau d'aide sociale, quand ce n'était pas des deux à la fois. Il avait quitté l'école à seize ans et filé un mauvais coton avant de tomber amoureux d'une fille qui l'avait poussé à rempiler pour les cours du soir. La fille était partie, mais il avait entre-temps acquis une formation solide et trouvé à la grande surprise de son entourage un emploi stable. Il s'était en outre découvert un goût pour les mots, plutôt surprenant chez un homme qui, enfant, n'osait jamais ouvrir la bouche à la maison, par crainte de son père, et à l'école par peur des moqueries de ses petits camarades. C'est à cette époque que, sans se montrer particulièrement brillant ni imbu de sa personne, Lloyd Fossey avait commencé à se rendre compte qu'il produisait néanmoins une impression sur les gens. On lui faisait naturellement confiance et généralement dès le premier contact.

Il entreprit dès le début de sa carrière de tirer parti de ce don insoupçonné en acceptant de faire quelques petits extras à l'insu de l'entreprise de sécurité qui l'employait. Arrangements spéciaux suggérés du bout des lèvres, paiements de la main à la main, installations discrètes les jours de congé. Sa boîte ne tarda pas à le suspecter, outre de détournement de clientèle, d'être à l'origine des mystérieuses disparitions de matériel constatées lors de la vérification du stock.

Fossey fut viré séance tenante et la police alertée. Graham Millington l'interrogea au sujet de quatre affaires différentes et se trouva pris à contre-pied par un client des plus retors, connaissant toutes les réponses et anticipant sur la moitié des questions. L'individu était toujours tiré à quatre épingles et fumait d'odieux petits cigarillos. Il avait un nez trop long et les joues creuses de ceux qui ont connu la pauvreté et en gardent à jamais les stigmates.

Millington aurait vraiment aimé le coincer et en avait fait un genre d'affaire personnelle. Pour lui, il était clair que les agissements de Fossey dépassaient la simple escroquerie envers ses employeurs et il avait tout fait pour établir un lien entre le démarcheur indélicat et la fameuse vague de cambriolages. Qui, en effet se trouvait mieux placé que lui pour recueillir de précieuses informations et les revendre ensuite pour un profit substantiel ? Mais Fossey avait des nerfs d'acier et s'était contenté de rester tranquillement assis, sans se démonter, fumant l'un sur l'autre ces cigares immondes et usant lentement l'énergie des gens qui l'interrogeaient.

Lorsque Millington avait dû se résoudre à le relâcher faute de preuves, Fossey avait poussé le vice jusqu'à lui serrer chaleureusement la main en lui proposant 40 % de remise sur une installation de système d'alarme.

À présent, les deux hommes étaient de nouveau face à face dans le genre d'intérieur dont Millington et sa femme s'autorisaient à rêver seulement de temps en temps, après leur bouteille de chianti du samedi soir et un petit coup vite fait devant la télé.

– Vous me remettez ?

Une des premières leçons que Fossey avait retenue de ces lectures d'ouvrages bon marché, consacrés à la réussite en affaires, était de ne jamais oublier un visage. Il tendit la main et offrit son plus beau sourire :

– Bien sûr, inspecteur.

– Sergent.

– Pardon, je pensais que vous auriez eu de l'avancement depuis.

Enfant de salaud, pensa Millington.

– Vous avez de la chance de me trouver, je rentre tout juste de voyage, dit Fossey.

– Oui, voyage de noces, je suis au courant.

Fossey plissa légèrement le regard un court instant, sans laisser transparaître plus avant sa méfiance et retroussa la manche de son très élégant blazer bleu marine pour jeter un œil à sa montre :

– Je dois me rendre chez un client, dit-il. Je suis déjà en retard.

– Téléphonez-lui.

– Pardon ?

– Pour lui dire que vous serez en retard au rendez-vous.

– Mais c'est impossible, je...

– Inventez une excuse, dites que votre avion a été retardé, je ne sais pas.

– Qu'est-ce que c'est, Lloyd ?

La toute nouvelle Mrs. Fossey venait d'apparaître, frottant ses yeux encore fripés de sommeil et étalant les restes du mascara de la veille dans la manœuvre. Elle avait passé ce qui semblait être une robe de chambre de son époux par-dessus ce qui ne pouvait être qu'une de ses chemises. Millington se dit que Fossey attendait peut-être qu'elle parvienne à sa taille adulte avant de lui offrir un trousseau. Il ne donnait guère plus de dix-huit printemps à l'ingénue boulotte qui pour un peu aurait fait paraître l'époux dix ans plus vieux que son âge.

– Tu nous prépares du café, mon amour. Ce monsieur et moi avons à parler.

– Du soluble, alors. Parce que ta machine, je ne sais pas la faire marcher.

– Ça demande pourtant pas d'avoir une thèse en physique.

– Si ça ne complique pas trop, glissa Millington, je préférerais du thé.

Elle le remercia d'un sourire de connivence, ferma les pans de la robe de chambre et s'en fut dans la cuisine. Elle apprendrait, se dit Millington. Elle apprendrait ou bien elle le laisserait tomber, la deuxième solution paraissant la plus vraisemblable.

À son tour, Fossey abandonna le sergent à la contemplation du salon décoré de cuir blanc cassé, de tables basses en verre et doté d'assez de rampes d'éclairage pour abriter un tournoi international de scrabble. Dans un coin était installé un bar extrêmement fourni où Millington ne dénombra pas moins de cinq sortes de malts et trois marques de cognac différentes. En provenance du vestibule lui parvenait la voix de Fossey qui s'excusait par téléphone de devoir repousser son rendez-vous.

Lorsque le maître des lieux revint, Millington s'assit en face de lui et l'examina en silence. Sa tenue vestimentaire du jour était aussi élégante et coûteuse que lors de leur précédente rencontre, mais il y avait quelques changements sensibles. Il paraissait plus à l'aise, habillé sur mesure. Le tombé du pantalon gris clair était impeccable et les chaussures semblaient flambant neuves. Ce qui n'empêchait pas que pour Millington, bien fringué ou pas, un voyou restait un voyou.

– C'est l'opulence, apparemment.

– On fait ce qu'on peut.

– Tout dépend de quelle manière.

– Il suffit d'habiter notre merveilleux pays.

– Vraiment ?

– Je dis ça sans ironie aucune.

La jeune épouse réapparut munie d'un plateau de thé. Elle avait changé de tenue et revêtu quelque chose de plus féminin – blouse de coton rose et bleu, jean blanc étroit – mais semblait toujours une étrangère dans sa propre maison.

– Merci, mon cœur.

Bien que le plateau comportât trois tasses, le ton de Fossey était sans équivoque et la jeune femme le sentit. Elle omit de refermer la porte derrière elle en quittant la pièce, obligeant son mari à se lever.

Millington saisit l'anse de la théière puis se ravisa. Il fallait laisser le temps d'infuser.

– Vous disiez que la libre entreprise était florissante, reprit Millington.

– Plus que jamais. Comment croyez-vous que j'aurais pu m'offrir tout ça ? fit Fossey en caressant le cuir de son fauteuil. Il faut un peu d'ambition, c'est tout. Et puis aussi un peu de savoir-faire et d'instinct pour mener sa barque. N'importe quel homme, je dis bien n'importe lequel – il souligna les mots clés en tapant la paume de sa main avec l'index et le médius – peut réussir dans notre société, s'il le veut. Ne me parlez pas du chômage, des taux d'intérêts ou des usines qui ferment, parce que ce couplet-là, je ne veux plus l'entendre. Regardez-moi, plutôt : il y a seulement – quoi ? – dix ou quinze ans, je quittais l'école et je me retrouvais au bas de l'échelle comme un vulgaire traîne-latte (comme un vulgaire voyou, rectifia Millington pour lui-même) et aujourd'hui, alors qu'on ferme à tour de bras parce qu'il paraît que ça ne paie plus, qu'on arrête les centrales atomiques pour mettre le pognon là où ça rapporte, voyez comment je m'en tire. Moi, je dis que n'importe quel mec qui veut retrousser ses manches et se lancer dans les affaires peut y arriver. Entre les prêts bancaires, les aides à la création d'entreprises, les organismes divers et tout le blé disponible, il y a de quoi faire. Seulement voilà : avec tous ces feignants et ces bonnes sœurs pleureuses qui préfèrent rester assis et ramasser l'aumône plutôt que de se bouger, fatalement les choses risquent pas de s'arranger. J'ai raison ou j'ai pas raison ?

Il s'était penché en avant, les coudes sur les genoux, attendant la réponse de Millington. Mais celui-ci évita volontairement son regard et décida que le moment était venu de servir le thé.

– Rees Stanley, lâcha-t-il calmement.

Un peu amer comme ça, sans sucre. Il sentit Fossey retenir son souffle. Pour un peu, il aurait regretté l'époque des cigarillos.

– Harold Roy...

Fossey n'en bâillait plus une. Le silence s'épaissit quelques instants. Soucoupe entre le pouce et l'index de la main gauche, tasse entre le pouce et l'index de la main droite, Millington trouvait le thé excellent.

– Vous les avez conseillés en équipements de sécurité, alarmes électroniques et autres babioles.

Pour la première fois depuis le moment où il lui avait ouvert la porte, Fossey baissa les yeux.

– Pas de panique, dit le sergent en retenant un sourire carnassier. Avec tous les clients que vous avez, c'est normal d'oublier un nom.

– Oui, parce que là... bredouilla Fossey.

– Vous avez un trou. Heureusement que vous avez des archives.

Lloyd Fossey posa sa tasse et fit quelques pas jusqu'à la cheminée où un foyer à gaz doté d'un variateur de flamme brûlait à demi-régime parmi de fausses braises.

– Je pense qu'il serait temps d'en venir au fait.

– Nous y sommes.

– Vous avez seulement parlé d'un nommé...

– Stanley. Rees Stanley et aussi d'un certain Harold Roy.

– Cela ne me dit absolument rien.

– Faites un effort.

Fossey secoua la tête et se déplaça de nouveau, cette fois jusqu'aux baies vitrées donnant sur le jardin. Les trois cerisiers à l'extrémité du terrain semblaient prêts à donner les premiers bourgeons. On était encore en janvier. Absurde.

– De toute manière, ces renseignements sont confidentiels.

Millington se mit à rire.

– Mes clients me font entrer chez eux, ils sont en droit d'attendre de ma part le respect du secret professionnel.

Millington remua lentement la tête de droite à gauche, toujours souriant, se leva et avança tranquillement vers Fossey. Le but de la manœuvre était de l'impressionner physiquement et le sergent savait qu'il avait ses chances. L'adversaire mesurait moins d'un mètre quatre-vingt et n'était pas très large d'épaules. Il aurait suffi à Millington de marcher droit sur lui sans s'arrêter pour l'envoyer rebondir sur le gazon.

– Alors, dit-il d'une voix suave, ces fameuses archives ?

– C'est-à-dire, elles sont au bureau et...

– Vous n'avez pas de bureau. Vous travaillez d'ici.

– Oui, mais je vais ouvrir un bureau en ville...

– C'est bien de s'agrandir, mais nous n'en sommes pas encore là.

– Le problème, c'est que tous mes dossiers clients sont empaquetés, en attente.

– C'est vraiment pas de chance.

– Écoutez, dit-il en levant les mains comme pour prévenir une éventuelle réaction d'impatience de Millington. Laissez-moi jusqu'en fin de journée pour vérifier au sujet de ce... hum... Stanley et aussi de l'autre. Je vous promets de vous rappeler avant ce soir. Vous avez ma parole.

– Votre parole ?

– Oui.

L'expression sur le visage de Millington fut celle d'un type à qui l'on propose de contracter une maladie contagieuse par simple imposition des mains. Il se dit que soit Fossey s'était fait rouler en achetant sa lotion après-rasage, soit il commençait à transpirer. Il fit deux pas en arrière pour le laisser retourner à son fauteuil finir son thé.

– D'où vous vient cette vaste clientèle ? reprit Millington après un temps de silence.

– De la publicité, pour une part. Pages jaunes, prospectus, démarchage à domicile. Vous seriez surpris des résultats obtenus à partir d'un simple bout de papier glissé dans une boîte aux lettres. Il y a aussi le bouche à oreille, les recommandations personnelles.

Le ton de la voix traduisait un léger soulagement.
– La réputation, quoi. À l'exclusion bien sûr des gens qui ont préféré se passer de vos services.
– Pardon ?
– Évidemment, ceux-là ont déjà leur sécurité d'assurée.
– Je ne vois pas très bien où vous voulez en venir.
– Le contraire m'aurait étonné.
– Écoutez...
– Vous vous répétez.
– Qu'est-ce que vous voulez au juste ?
– Jeter un œil sur vos dossiers, mais vous faites des manières.
– Je vous ai expliqué que je ne pouvais pas.
– Oui, bien sûr. Le déménagement, les cartons...
– Ce n'est pas la seule raison.
– Ah oui, le vieux truc du secret professionnel.
– Vous pouvez faire de l'ironie...
– Mais je ne me moque pas. Vous êtes un professionnel dont le métier touche au domaine de la propriété privée. Il est évident que vous vous trouvez dans une position un peu spéciale.
– C'est exact.
– Une position délicate.
Les mains de Fossey papillonnaient avec nervosité entre les accoudoirs de cuir blanc, la porcelaine de Chine et les plis au rasoir de son pantalon.
– Un peu comme un docteur, j'imagine. Examen, diagnostic. Ou comme un confesseur : vous êtes au courant des secrets et de l'endroit où on les cache.
De l'autre côté de la porte, la femme de Fossey demanda si tout allait bien et s'ils voulaient qu'elle fasse à nouveau chauffer de l'eau. Aucun des deux ne répondit.
– Revenons à ces histoires de recommandation, dit Millington. Vos confrères agissent par pure bonté d'âme et souci de la communauté ou bien êtes-vous obligé de leur graisser un peu la patte ?

– Il n'y a aucune loi qui...

– ... interdise l'échange de bons procédés, c'est exact, acheva le sergent, les doigts croisés dans son dos.

– Évidemment, dit Fossey, je ne vous cacherai pas que de temps en temps...

– Oui bien sûr, acquiesça Millington, de temps en temps. (Il marqua une longue pause.) Seulement de temps en temps ou bien y a-t-il des arrangements plus réguliers ?

Fossey joignit les mains pour dissimuler qu'elles tremblaient.

– En fait, c'est simple, vous voyez quelqu'un faire du bon boulot, vous en parlez autour de vous en espérant qu'on vous renverra l'ascenseur.

Millington acquiesça de nouveau et attendit.

– Attendez voir, il y a Vi-J Sécurité pour qui j'ai fait pas mal de choses et qui apparemment ont dit du bien de moi à plusieurs reprises. Autrement je ne vois pas... ah si, que je suis bête. Il y a le courtier en assurance, aussi.

– Son nom ?

– Savage.

– Il vous a fait quelques fleurs aussi, celui-là. Apparemment.

– Oui. Il m'a effectivement envoyé pas mal de clients.

– Moyennant finances ?

– Pardon ?

– Vous vous répétez encore.

– Je n'ai pas compris.

– Vous avez très bien compris. C'est combien, le tarif de la bonne adresse ?

– Je ne sais... enfin, ça dépend, c'est selon. Quelquefois, les gens veulent seulement se renseigner sur la meilleure façon de rendre leur baraque plus sûre et puis ils se débrouillent eux-mêmes. Ou alors, dès qu'on leur fait un devis et qu'ils voient combien ça coûte, ils ne veulent plus entendre parler de rien.

– Rees Stanley vous a fait ce coup-là, hein ?

– Je vous ai déjà dit que...

– Il a voulu augmenter son assurance, fait venir le courtier pour lui demander conseil. Votre gars lui a fait des suggestions, comme quoi la compagnie demandait des garanties en termes de sécurité. Lui dispose seulement d'une boîte accrochée à son mur qui ressemble à une alarme mais n'est connectée à rien du tout. Vous arrivez et vous commencez à lui parler cellules photo-électriques, caméra vidéo et tout le bazar. Seulement voilà : Stanley est du genre radin et il pense uniquement à ses vacances de neige. Il réfléchit au fait que s'il a pris des risques depuis si longtemps, il peut attendre encore un peu. Et voilà une bonne adresse de plus où on a repéré une alarme bidon qui n'empêchera personne d'entrer. Il doit y en avoir des tas comme ça.

– D'accord, dit Fossey en se levant d'un bond. J'ai compris. Dehors !

– Vous avez tort de prendre les choses sur ce ton, dit Millington en se levant à son tour.

– Je ne perds pas une minute de plus avec vous et je ne réponds plus à aucune question !

– Vous voulez dire sans l'assistance de votre avocat ?

– Je veux dire simplement que vous pouvez remballer vos questions à la con et vous tirer de chez moi, c'est clair ?

– Pauvre petit lapin, il est vexé, fit Millington, tout sourire.

– Vous débarquez sous mon toit pour faire des insinuations sournoises et abjectes, vous... !

Millington se trouvait à distance idéale et l'attrapa par les revers de son veston croisé :

– Tu as fait du chemin depuis Sutton-in-Ashfield, hein, Lloyd ? Grande baraque et grande gueule. Mais tu vois, t'as raison : on arrête les insinuations et on passe une taille au-dessus. (Il le lâcha et lui donna une chiquenaude sur le bout du nez.) En attendant, rends-toi un service : fouille dans tes cartons et retrouve tes dossiers. Parce que si tu nous obliges à obtenir un mandat et à mettre les petits plats dans les grands, je te promets de la mauvaise humeur.

*
* *

Mrs. Fossey donnait un coup de plumeau symbolique dans le vestibule. Une gamine, se dit Millington. Une gamine à peine plus vieille que sa propre fille et qui jouait à être une grande personne avec une maison à tenir. Il se demanda s'il y avait eu une cérémonie avec marche vers l'autel au bras du père.

– Merci pour le thé, mon cœur, dit-il en ouvrant la porte.

– Je vous en prie, répondit-elle.

Une lueur fugitive passa dans son regard et disparut aussitôt lorsqu'elle aperçut Lloyd Fossey sur le pas de la porte du salon.

– À bientôt, dit Millington.

24

Mark Divine déchira le coin du prospectus touristique qu'il avait trouvé glissé dans son journal du matin, le plia en trois et s'attaqua à l'interstice entre deux molaires du côté droit de sa mâchoire. Le problème avec cette saleté de muesli, c'est qu'on en avait pour des heures à se curer les dents. Jusqu'à l'heure du déjeuner, parfois. Il monta légèrement le volume de l'autoradio en reconnaissant le tempo des Four Tops. Divine les avait vus dans *Top of the Pops,* toujours d'attaque malgré les années, avec leurs tempes grises, leurs éternels claquements de doigts et leurs faux airs d'avoir appris à bouger en scène sur un guéridon. Que ferait-il, lui, lorsqu'il friserait la cinquantaine ? Habiter un quartier comme celui-là, peut-être. Bon Dieu, quelle angoisse ! ce bon ton, ces gazons impeccables nourris à l'arroseur rotatif et ces chiens de race teutoniques. Mieux valait songer à un changement d'herbage. Simon Mayo, par exemple avait débuté comme disc-jockey à la radio locale et animait à présent les programmes du matin sur Radio One, à Londres, bavardant avec le présentateur ou la présentatrice des nouvelles et surtout avec cette fille à la voix formidablement sexy qui faisait la météo. Comment s'appelait-elle déjà ? Roscoe ? non, ça, c'était l'Empereur du temps où il était à l'école primaire. Non, ce n'était pas Roscoe. Ruscoe, voilà. Sybil. Quelquefois, Divine aurait bien aimé que ce soit de la télévision. Juste pour voir ce qui se passait exactement dans le studio et ce qui la faisait pouffer à tout bout de champ.

Il entendit un bruit de moteur et baissa le son, mais lorsque le véhicule déboucha de l'allée, il en fut quitte pour une fausse alerte de plus.

Divine se dit qu'avec un peu de chance, d'ici cinq ans il aurait pris du galon et qu'un bel avenir s'ouvrirait à lui. La capitale. La Brigade Volante de Scotland Yard. La classe, quoi. Comme Simon Mayo : en route vers le sud.

Cette fois, le ronronnement de moteur fut celui de la Citroën. Divine tourna la clé de contact et démarra en trombe dans un crissement de pneus.

Harold Roy s'apprêtait juste à sortir du chemin vicinal au moment où la voiture banalisée surgie de nulle part freina brutalement en travers de sa route, lui bloquant le passage. S'il n'avait pris garde à mettre sa ceinture de sécurité avant de partir, ce qu'il oubliait de faire une fois sur deux en moyenne, il aurait donné de la tête dans le pare-brise.

Le temps qu'Harold revienne de sa surprise et s'arrête de trembler, Divine était descendu du véhicule et s'avançait vers lui. Costume gris, chemise bleu pâle et cravate en soie d'imitation, le jeune officier lui fit signe de descendre sa vitre.

– Ça vous prend souvent ?

D'un geste mécanique copieusement répété, Divine ouvrit son porte-cartes sous le nez d'Harold.

– Officier de police Divine, monsieur. J'ai quelques questions.

– Des questions ? Il y a... ?

– Veuillez sortir de la voiture, s'il vous plaît.

– Je ne vois vraiment pas...

– Veuillez sortir de la voiture.

– Je sortirai quand vous m'aurez dit...

Divine passa le bras à l'intérieur pour déverrouiller la portière et l'ouvrit sans ménagements :

– On va pas y passer la matinée !

Travaillez-le en férocité, avait dit le patron, qui n'avait pas précisément pour habitude de l'encourager à l'excès d'humeur. Divine s'était dit que ce n'est pas tous les jours fête. Le teint du client changea de couleur tandis qu'il hésitait entre se mettre en colère et filer doux. Il avait les yeux bouffis par le manque de sommeil. Le faire fondre en larmes aurait été un jeu d'enfant.

– D'accord, d'accord ! fit Harold en sortant prudemment de la Citroën, le dos collé à la carrosserie et les boyaux en grand conciliabule.

C'est ça, mon poussin, sourit intérieurement Divine. Décompose-toi.

– Une plainte a été déposée contre vous, monsieur. Pour voies de faits.

*
* *

En entendant les coups de freins, Maria avait couru à la fenêtre. Elle continuait d'observer Harold en train de raconter sa vie au jeune type qui sentait le flic à dix lieues, et se demanda pourquoi ils prenaient la peine de s'habiller en civil. Celui-là paraissait différent du jeune qu'on lui avait envoyé pour vérifier sa déposition, un Asiatique, très bien élevé, délicat. Un très joli grain de peau, des doigts magnifiques. Timide comme un petit garçon, il avait eu quelque difficulté à soutenir son regard.

Au contraire de Grabianski.

Lui, c'était quand même autre chose, une autre trempe. Ce flegme quand Harold les avait surpris dans la salle de bains ! Un calme olympien, comme si son mari avait simplement interrompu une banale conversation sur la pose d'un double vitrage au lieu de les trouver à deux dans la baignoire en plein milieu de l'après-midi.

Nous avons beaucoup à nous dire.

Par là, il n'entendait pas ouvrir un colloque sur l'adultère ou parler de la température du bain. Seulement discuter affaires. Et Maria espérait de tout son cœur que la conversation en train de se dérouler au bout de l'allée n'avait aucun rapport avec ce que s'étaient dit son mari et son amant. Elle noua la ceinture de son peignoir et retourna à la cuisine. Elle jeta un regard à la pendule et se demanda à quelle heure Grabianski appellerait. Il avait promis de le faire.

*
* *

Ce n'était pas la première fois, loin s'en fallait, que Lynn Kellogg se posait la question : quel intérêt pouvaient bien trouver les gens à s'offrir des sweat-shirts vantant des produits ou des endroits qui leur resteraient à jamais inconnus ? Dorfmann's Steel Tubing, the Best of the Midwest. University of Michigan, Ypsilanti. Un petit logo, style Wrangler, Pepe ou Levi's était bien suffisant et en tout cas bien moins inesthétique. Pour sa part, la tolérance en la matière s'arrêtait là. Un jour, sur l'escalator de C & A, un T. shirt à l'effigie de la marque Hard Core lui avait valu quelques réflexions salaces. Elle faisait depuis lors preuve d'un discernement sans failles dans le choix de ses vêtements décontractés.

Elle examina avec attention un chemisier à rayures et chercha ce qui pouvait justifier le prix de vingt-neuf livres et quatre-vingt-dix-neuf pence. Un instant, elle surprit son reflet dans une glace et ses joues trop rouges à son goût. Du coin de l'œil, elle se formalisa du rictus niais au coin des lèvres du petit vendeur. Elle n'allait pas tarder à lui parler du pays, à celui-là. Un môme. Dix-neuf ans à tout casser, coiffure au gel fixant et des effluves de Paco Rabanne probablement acheté l'été précédent en détaxe. Elle lui donnait trois secondes pour faire disparaître son sourire stupide.

La fille.

La même fille qu'auparavant. Lynn la repéra qui longeait la rampe à l'autre bout de l'étage, passant devant la boutique Miss Selfridge sans s'arrêter et entrant chez Boots.

Le vendeur remonta la travée entre deux étalages et vint se planter devant Lynn :

– Je peux vous aider ? demanda-t-il, un rien sarcastique.

– Oui.

– Je vous écoute.

– Retourne colorier ton album.

***

Patel avait fini par se lasser de compter les Porsche et les Ferrari garées dans l'une ou l'autre des rues à l'angle desquelles il montait la garde. Il avait fait discrètement les cent pas dans les deux directions, veillant bien à ne jamais perdre de vue l'entrée de l'immeuble. Surtout, ne vous faites pas repérer, avait dit l'inspecteur. Localisation, surveillance. Patel disposait du signalement précis de l'un et d'une description un peu plus vague de l'autre.

Il n'était pas encore certain de l'attitude à adopter selon que les deux types sortiraient ensemble ou séparément. La seule consigne précise que lui avait donnée Resnick était d'appeler du renfort et de ne pas les perdre si jamais il les voyait quitter l'immeuble avec armes et bagages. Les autres cas de figure étaient laissés à son esprit d'initiative.

En dehors de l'absence du dispositif classique, l'éventail réduit des postes d'observation discrets ne facilitait pas le travail de Patel. Lorsqu'il ne battait pas la semelle, il se réfugiait derrière une rangée de poubelles vertes alignées près du mur de séparation entre deux bâtiments d'époque à tourelles reconvertis en immeubles de luxe.

Le jogging semblait un sport extrêmement prisé dans le quartier. Patel n'aurait su dire exactement combien d'adeptes il avait croisé depuis le début de sa planque, mais cela faisait beaucoup. Il observa celui qui arrivait péniblement à sa hauteur, le pantalon de survêtement flottant autour des hanches, les lunettes maintenues par une étroite bande élastique blanche. Pour sa part, il pratiquait le squash et se défendait plutôt bien. Sur les instances de Divine, qui l'avait vu un jour se promener avec son équipement, ils avaient disputé une partie ensemble. Mené 9-0, 9-2, 9-1 au bout de vingt minutes très éprouvantes pour lui, l'adversaire avait préféré opter pour le claquage diplomatique. Le lendemain, Patel l'avait entendu déclarer haut et fort dans le bureau des enquêteurs que le squash était un sport de pédés.

*
* *

Le flacon de parfum resta quelques instants dissimulé dans la manche trop longue du manteau avant de passer dans la poche. Repli stratégique. Discrétion. Puis l'on fit semblant de se passionner pour les crayons à sourcils, la déclinaison des pourpres sur le nuancier des fards à paupières. Allez. Un bon mouvement !

Lynn regarda la fille flâner nonchalamment jusqu'au bout du comptoir et crut tout d'abord qu'elle n'avait rien pris. C'est seulement en promenant une seconde fois ses yeux le long des présentoirs qu'elle fut prête à prendre le pari d'un tour de passe-passe sur celui des foulards en soie.

Quelle serait la prochaine étape ? Lynn craignit qu'elle prenne le chemin de la sortie et, pour peu qu'elle courre vite, ne s'évanouisse dans le flot des passants. Son intuition la rassura cependant : si cette fille était ce qu'elle avait l'air d'être, elle ne se satisferait pas d'un aussi modeste butin. Prudence et circonspection ; Lynn feignit le coup de foudre pour un béret grenat, songeant qu'un truc pareil sur la tête la ferait ressembler à une betterave avec deux jambes.

Sans l'ombre d'une hésitation, la fille gravit les quelques marches et retourna se promener dans le centre. Lynn était bien décidée à ne pas la lâcher.

***

– Mrs. Roy ?

– C'est quoi, cette fois ?

– Je viens d'avoir une conversation avec votre mari.

– Quelle chance.

– Vous devez être au courant au sujet de la plainte déposée contre lui...

– Pour avoir mis son poing dans la figure de Mackenzie ? Oui, je sais, et je trouve que c'est la chose la plus intelligente qu'ait fait Harold depuis des années.

– Il y a autre chose dont je souhaiterais m'entretenir avec vous.

– Oui, mais j'ai un rendez-vous et je dois me préparer.

– Vous permettez que j'entre quelques minutes ?

– Non, je vous l'ai dit, j'ai des choses à faire.
– Vous ne craignez pas que les voisins... ?
– Je me fiche éperdument des voisins.

Divine la crut sur parole. Il se demanda comment c'était, d'être marié à une femme comme ça. Rondouillarde, une voix cassante, un caractère de cochon.

Maria Roy accompagna le regard de Divine qui louchait sur son décolleté mais nc fit pas un geste.

– Vous allez regarder mes nichons toute la matinée ou bien vous décider à en venir au fait ?

Divine pouvait encaisser ce langage de la part des filles qui faisaient la tournée des pubs en ondulant du cul le vendredi soir. Mais dans la bouche d'une femme qui aurait pu être sa mère...

– Bon, dit-elle en faisant mine de lui fermer la porte au nez.

– C'est au sujet de votre déposition concernant le cambriolage. Nous avons des raisons de penser que le signalement que vous avez donné des malfaiteurs est faux.

*
* *

Souvent, lorsqu'il s'ennuyait, Patel tuait le temps en énumérant dans sa tête les comtés d'Angleterre, les États de l'Union ou les capitales des pays de l'Est, ou encore les vainqueurs au championnat du monde de squash depuis 1965, l'année de sa naissance. À d'autres moments, en revanche, il fermait son esprit à toute tentation dérivative, pour ne plus prêter attention qu'au bruit de sa propre respiration et aux sons qui l'entouraient. Jamais il n'aurait imaginé qu'ici, en plein cœur de la ville, on puisse entendre autant de bruits et de sons naturels. Différents chants d'oiseaux, par exemple.

– Jeune homme...

Malgré lui, Patel sursauta. Lorsqu'il se retourna, il se trouva face à une petite vieille tassée par l'âge avec des cheveux blancs crépus. L'épais manteau de laine marron à col d'astrakan qu'elle portait et qui avait dû autrefois lui aller paraissait maintenant trop grand de plusieurs tailles. Le blanc des tennis qu'elle avait aux pieds avait tourné au gris sale.

– ... Êtes-vous de la police ?

Elle parlait comme ces maîtresses d'école d'antan, du moins telles qu'il les imaginait d'après ses lectures, avec une odeur de camphre flottant autour d'elles, une haleine parfumée au bonbon à la poire ; on devait entendre voler une mouche une fois qu'elles avaient demandé le silence. Lui, à Bradford avait plutôt connu des enseignants en jeans avec, agrafé sur le pull des badges contre l'apartheid ou le danger atomique.

– Ou alors, vous êtes des services d'hygiène ? Parce que j'ai signalé aussi qu'on avait des rats et...

Patel secoua la tête en souriant et lui fit voir sa carte.

– Ah, très bien ! dit-elle avec emphase. Alors vous êtes là pour cet horrible individu !

– Quel horrible individu ?

– Ce pervers qui loge au dernier étage ! tonna-t-elle en désignant du doigt l'immeuble qu'il était chargé de surveiller. Cette espèce de lubrique, ce voyeur !

*
* *

– Excusez-moi, dit Lynn en saisissant la fille par la manche, mais j'ai des raisons de croire...

La gamine eut le réflexe particulièrement vif : coup de talon dans le mollet, volte-face furibonde, elle écarta les bras avec violence pour se dégager. Lynn esquiva de justesse un coup de genou.

– Ne me touchez pas ! Lâchez-moi !

Mais Lynn ne lâcha pas prise malgré les coups de griffes au visage.

– Eh, regarde ! fit une passante à l'homme qui l'accompagnait, les bras chargés de boîtes de gâteaux à la crème de chez Bird's nouées avec des rubans.

– Arrêtez ! cria Lynn, ça ne vous mènera nulle...

Mais la fille se débattit de plus belle et, se ramassant soudain sur elle-même réussit à se libérer du manteau qui resta entre les mains de Lynn tandis qu'elle s'élançait à toutes jambes vers l'aile supérieure du centre commercial.

Agrippant fermement le vêtement de la main gauche, Lynn se lança aussitôt à sa poursuite et les travées entre les étalages extérieurs et les devantures de magasins parurent instantanément comme envahies de personnes âgées aux réactions lentes et de chariots poussifs.

– Excusez-moi, police ! cria-t-elle à la cantonade. Police, dégagez le passage !

La petite voleuse avait environ trente mètres d'avance et laissait derrière elle un sillage d'objets de petite taille et de friandises qui tombaient de ses poches. Les clients stupéfaits assistaient au spectacle, croyant figurer à leur insu dans quelque bande publicitaire ou séquence de foule de la série *Hard Cases.*

– Arrêtez-la ! Arrêtez cette fille !

La gamine fonça droit sur une des colonnes avant d'obliquer adroitement sur la gauche en direction des escaliers, comme si elle avait voulu descendre pour finalement repartir sur la droite vers l'aile opposée qui débouchait sur l'arrêt des bus, dans la rue.

Le manteau par-dessus l'épaule, flottant derrière elle comme un drapeau, Lynn puisa dans ses réserves et gagna peu à peu du terrain. Un groupe de jeunes adossés à la vitrine du magasin de musique saluèrent son passage par une salve d'applaudissements tandis que la jeune fille changeait encore une fois de direction pour atteindre les escalators. Elle s'engagea brutalement sur les marches roulantes, bousculant sans ménagements les gens immobiles qui lui barraient le chemin, bientôt imitée par Lynn qui doubla une jeune femme avec un bébé et manqua de perdre l'équilibre dans sa précipitation à avaler la distance de plus en plus faible qui les séparait encore. L'officier plongea en avant sans se soucier des protestations environnantes et parvint à saisir la gamine par le col de son tricot quelques secondes avant que l'escalator ne les amène au premier.

– Eh ! Regardez donc où vous allez !

Lynn baissa la tête pour éviter le bras d'un quidam furieux et plaqua la fille aux jambes pour parer à toute tentative de fuite. Elles roulèrent sur le sol et Lynn encaissa encore un coup de pied dans la figure avant d'assurer sa prise.

– Lâche-moi poufiasse, espèce de gros veau !

Lynn l'attrapa par les cheveux et l'obligea à se redresser sur les genoux. Un bracelet en or tombé d'une manche ou d'une poche roula quelques instants près d'elles avant de s'immobiliser.

– Vous êtes en état d'arrestation.

La gamine lui cracha à la figure.

25

Celui ou celle qui avait commencé à redécorer l'intérieur de l'appartement semblait s'être trouvé à court de peinture ou d'enthousiasme pour achever le dernier tiers du mur du fond. À d'autres endroits on parvenait à distinguer les couches successives appliquées au rouleau à même la tapisserie et, çà et là, au plafond et sur le sol, quelques empreintes digitales bleu clair. Plusieurs bandes de moquettes roulées ensemble dans un coin formaient un canapé de fortune sur le bord duquel un homme avec quelques kilos de trop regardait un programme de mathématiques pour les onze-quatorze ans. Un deuxième type, assis par terre en tailleur lisait un roman de Leon Uris. Norman Mann, posté près des stores vénitiens avec sa paire de jumelles complétait le trio.

Resnick salua les deux policiers d'un signe de tête et rejoignit son collègue.

– Je t'ai fait lever tôt, Charlie, dit Norman Mann avec un sourire.

Resnick secoua la tête. En fait il avait été réveillé à 4 h 25 par Dizzy qui grattait à la fenêtre de sa chambre et, faute de pouvoir se rendormir s'était levé vers 5 h, de guerre lasse, dans l'attente des premières lueurs de l'aube.

Norman Mann fit jouer les lames du store, découvrant à Resnick une vue imprenable sur un petit immeuble semblable à celui où ils se trouvaient et une petite allée aux palissades blanches recouvertes de graffitis, qui donnait sur une cour pavée jonchée de merdes canines et de cartons vides, souvenirs d'une tournée des pubs sur Alfreton Road.

Mann tendit ses jumelles à Resnick en lui indiquant l'entrée sous haute surveillance :

– C'est pas exactement Crack City, mais on apporte notre pierre à l'édifice, dit-il avec cette ombre d'accent d'Édimbourg qui colorait légèrement sa voix.

– Un laboratoire clandestin ? s'enquit Resnick

Mann secoua la tête :

– Peu probable. Plutôt des bricoleurs : tu coupes la coke avec de la farine, tu mélanges avec un peu d'eau et tu mets à sécher au four. C'est aussi facile que de préparer une tarte, sauf qu'à l'arrivée, tu obtiens une boule de crack qui changera de mains pour vingt-cinq, trente ou quarante livres.

– Vous ne leur rendez pas une petite visite ?

– Pas avant qu'on en sache plus sur ceux qui se trouvent à l'intérieur, dit-il en récupérant les jumelles et en faisant signe à l'homme qui regardait la télévision. Tu sais comment ça se passe dans ce genre de plaisanterie, Charlie. On attend, on ronge son frein, on s'emmerde...

Il désigna d'un signe les deux autres officiers :

– On en profite pour se cultiver un peu.

Les deux hommes se regardèrent en riant, puis le matheux prit la place de son sergent, tandis que le littéraire passait à la page suivante.

Norman Mann entraîna Resnick jusqu'à une petite cuisine exiguë et délabrée. La gazinière avait été déplacée de l'endroit qu'elle occupait contre le mur et abandonnée sans raison apparente devant l'évier dont elle bloquait l'accès. Dans un coin, quelque chose avait été laissé à moisir dans un emballage de papier humide. Mieux valait ne pas demander quoi.

– Quelqu'un habite ici ?

– Plus maintenant. Avant il y avait des squatters qui n'étaient pas plus mal ici que livrés à eux-mêmes dans la rue. Les agents les ont expulsés il y a environ une semaine, sans doute pour faire plaisir au gérant. En tout cas, cette planque nous est bien utile.

Il proposa une cigarette à Resnick qui déclina, s'en alluma une et remit son briquet en place, dans la poche revolver de son jean :

– Alors, Charlie, cette affaire urgente, c'est quoi ?

– Alan Stafford.

Mann exhala sa fumée de cigarette vers le plafond :

– C'est déjà plus sérieux que nos rigolos d'en face.

– Quel genre ?

– Il est connecté un peu partout. Newcastle, Southampton, Douvres, Liverpool. Un intermédiaire qui compte. Il ramasse un maximum d'oseille en prenant le minimum de risques, mais si je me souviens bien, il a gardé sa clientèle personnelle, moitié par nostalgie, moitié pour garder le contact avec la rue et aussi avec le gratin.

– Tu lui connais des amis à la télé ?

– Tu parles ! ce milieu de branleurs marche au brut Cordon Rouge et à la poudre. Dans le genre famille tuyau-de-poêle, il y a de quoi se remplir les poches. Fric, pouvoir, relations. Tout bénef' !

– Tu gardes un œil sur lui ?

– Disons, de loin en loin...

– Pourtant, si c'est le gros poisson que tu dis...

– C'est un salopard prudent et il connaît pas mal de monde. Bien sûr, je ne te dis pas que ça me déplairait de l'agrafer, mais on ne peut pas être partout. Le boulot qu'on fait là, en restant à planquer ces minables me préoccupe davantage. Pour s'offrir deux minutes d'extase avec ces saloperies de petites boules, tu trouves des mômes qui vont faire des passes en forêt, juste après l'école. Côté résultats, c'est ça, ma priorité.

– Mon client t'intéresse quand même ?

– Bien sûr que oui.

Resnick acquiesça et dispersa d'un geste le nuage de fumée grise en suspension sous le plafond bas.

– On le retrouve autour d'une affaire bizarre qu'on ne tardera plus à débrouiller, maintenant. Il manque encore quelques pièces, mais je crois qu'on tient le bon bout. Je ne sais pas encore précisément à quel endroit il intervient dans cette histoire, mais il est mouillé, je suis prêt à prendre le pari.

– Patron, appela l'un des officiers dans l'autre pièce. Venez voir, on dirait que ça commence à bouger.

Norman Mann donna une tape amicale sur l'épaule de Resnick.

– Si je peux t'aider, Charlie, ce sera avec plaisir.

– On reste en contact.

– Vois avec le fichier central de la NDIU[1]. Ils tiennent leurs dossiers à jour et ils doivent avoir des choses intéressantes sur Stafford.

– Merci, fit Resnick en gagnant la porte.

– Oh, juste une chose Charlie. Fais gaffe en sortant : c'est difficile de te confondre avec un squatter, mais on ne sait jamais.

1. *National Drug Intelligence Unit :* Direction centrale de la brigade des stupéfiants. *(N.d.T.)*

De retour dans sa voiture, Resnick appela le bureau pour s'assurer qu'aucune urgence ne contrariait sa liberté de mouvement. Il s'était déjà occupé le matin même de la demande d'information au fichier central des stupéfiants, auprès du chef Parker.

– Une dernière chose, Charlie, lui avait demandé Tom Parker. Jeff Harrison et vous étiez copains à une époque, non ?

– On a fait équipe, dans le temps. Pas longtemps, avait répondu Resnick.

– Parce qu'il a l'air salement défrisé par un truc et il laisse entendre que vous en êtes la cause.

Resnick s'était contenté d'attendre la suite sans répondre.

– D'après lui, il aurait tenté de vous joindre et vous faites le mort. Deux de vos gars seraient allés soutirer des informations à ses hommes pour ensuite mettre leur nez partout. Bref, il vous accuse d'être venu marcher sur ses plates-bandes et de fouiner dans son dos.

– J'ai suivi la voie hiérarchique, monsieur, lui rappela Resnick. Vous m'aviez donné le feu vert.

– Peut-être avais-je mal compris ce que vous aviez en tête ?

– Rien de plus que ce dont je vous avais parlé : voir si ce cambriolage avait quelque point commun avec nos informations sur les autres. Ça n'allait pas plus loin.

– Il doit pourtant y avoir autre chose, pour qu'Harrison vienne me cavaler sur le haricot en s'excitant comme ça.

– Peut-être, monsieur.

– Vous aimez bien ce mot-là, hein Charlie ? peut-être.

Peut-être bien, au fond, s'était dit Resnick avec un sourire.

– Votre idée c'est qu'il n'a peut-être pas la conscience tranquille, hein ? Et ne me dites pas « peut-être » ! d'ailleurs, ne me dites rien du tout. Pas avant d'avoir quelque chose de tangible. Parce que là, je voudrais tout savoir, Charlie, par le menu. Cette affaire ne sera plus de votre ressort, vous vous en doutez bien.

– Oui, monsieur, avait-il répondu.

*
* *

Resnick ralentit à l'approche du portail et déclina son identité au garde de Midlands TV, avant d'apercevoir Suzanne Olds remonter à bord de sa Honda beige et gagner la sortie du parking. Elle finit par le repérer à son tour et s'arrêta à sa hauteur.

– Pour votre client, dit-il après avoir descendu sa vitre, je tenais à vous remercier. Vous nous avez rendu un grand service.

– Dans ce cas, invitez-moi à dîner.

– D'accord, mais pas un chinois.

– Polonais, alors. Il devrait y avoir un bon restaurant polonais en ville, non ?

Avec des serveurs en costume régional et un grand verre de vodka à boire cul sec en début de repas.

– Oui, j'en connais un, dit-il.

– Parfait. Cochon qui s'en dédit.

– Vous avez un nouveau client dans les parages ?

Suzanne Olds ôta ses lunettes un instant. Elle avait des verres spéciaux qui changeaient de teinte selon l'intensité de la lumière.

– Mackenzie est un inquiet. Il a cru que vous aviez pris sa plainte à la légère. Mais votre présence démontre que ses craintes étaient sans fondement.

– Je m'étonne un peu que la boîte le laisse faire autant de publicité à cette histoire. En général, on évite plutôt d'ébruiter ce genre d'incident.

Suzanne Olds réfléchit un instant avant de répondre, caressant sa lèvre inférieure du bout de sa branche de lunettes.

– Moi, je ne vous ai rien dit, mais il me semble que ce coup de poing sur le nez...

– Dans la mâchoire, corrigea Resnick.

– Peu importe. Je pense qu'ils s'en servent uniquement comme prétexte.

– Pour quoi faire ?

– Contre Harold Roy. Pour faire pression sur lui. Enfin, ce n'est qu'une hypothèse.

– C'est plutôt lui que vous devriez avoir comme client, à la place de Mackenzie.

Elle rechaussa ses lunettes et mit le contact :

– N'oubliez pas, pour le dîner polonais, dit-elle. Gotabski, c'est ça ?

– Gotabki, rectifia-t-il.

Du chou farci dans une sauce tomate à l'ail. Mais elle avait déjà franchi le portail et actionnait son clignotant pour tourner à droite.

*
* *

Mr. Mackenzie était en salle de montage avec Mr. Freeman Davis et avait laissé des instructions très claires afin qu'on ne le dérange sous aucun prétexte. Mr. Roy n'était pas au studio, du moins pas à la connaissance de l'hôtesse. Quant à Miss Woolf, peut-être avait-il une chance de la trouver à la cantine.

Il n'aperçut Diane Woolf nulle part à l'endroit indiqué, mais reconnut quelqu'un d'autre, assis tout seul dans un coin. Robert Deleval, l'œil morose, regardait l'herbe pousser de l'autre côté des fenêtres.

Ou bien, peut-être cherchait-il l'inspiration.

– Je peux ? demanda Resnick.

Deleval fit un vague geste vers les chaises vides autour de lui. Il faisait l'effet d'un type qui vient d'écrire *Gatsby le magnifique* et qui vient d'apprendre que la poste a malencontreusement perdu le seul exemplaire de son manuscrit.

– Ça n'a pas l'air d'être la grande forme.

Deleval arracha un bout de sa solide portion de gâteau à la crème, puis un autre et encore un autre.

Resnick se souvint de ce que sa mère lui disait lorsqu'il était enfant : on ne joue pas avec la nourriture.

– Vous savez ce qu'on dit, commença Deleval tout en continuant de démembrer son gâteau. Tout ce qui touche au domaine gynécologique, de près ou de loin, on appelle ça des problèmes de dames. Qu'est-ce qu'elle a tante Sophie ? des problèmes de dames. Eh bien moi, c'est exactement pareil.

Resnick le considéra avec une curiosité nouvelle :

– Vous avez des problèmes de dames ?

– Des problèmes d'écrivain.

– Quel rapport ?

– À priori, aucun. Sauf que ça ne peut s'expliquer qu'à des gens qui souffrent des mêmes problèmes.

La conversation s'annonçait plutôt ennuyeuse. Lui qui avait toujours cru que les auteurs étaient des gens passionnants.

– Alors, vous êtes venu pour lui passer les bracelets ?

– À qui ?

Pendant un instant, Resnick se demanda s'il n'aurait pas dû dire « auquel » plutôt que « à qui ». Et voilà : on s'asseyait cinq minutes à côté d'un écrivain et on commençait à angoisser sur les points de grammaire.

Mais Deleval ne sembla pas avoir relevé de faute particulière :

– À notre vénéré metteur en scène, bien sûr.

– Pour avoir envoyé un taquet à Mackenzie ?

– Je regrette de ne pas avoir eu d'appareil photo sous la main. Il y a tout de même des choses qui méritent d'être immortalisées sur pellicule. Les agrafes, les anti-inflammatoires, il a eu droit à tout le service après-vente. Mais c'est quand même dommage qu'Harold n'ait pas cogné plus fort. Deux ou trois coups bas bien vicelards auraient donné un peu de relief à cette petite saynète.

– La dernière fois qu'on s'est vus, c'est plutôt

Harold Roy que vous rêviez de crucifier en place publique.

– C'était avant qu'Harold devienne une figure emblématique du grand marathon des scénaristes baisés jusqu'à l'os.

– Vous prétendiez qu'il massacrait votre travail.

Deleval acheva la mise en pièces de son dessert, puis posa son couteau sur le bord de l'assiette :

– Oui, mais il y a des degrés, dans ça comme dans le reste. Mackenzie, je suis venu le voir il y a deux ans avec cette idée de série : une famille ordinaire qui se retrouve soudain à la tête d'une fortune gagnée au jeu. Casino, pools, loterie, peu importe. Mackenzie s'intéresse, réfléchit, trouve le truc génial et nous voilà partis dans le cirque habituel des déjeuners de travail, des petits déjeuners de travail et des après-midi entiers assis dans des fauteuils de cuir à boire verre sur verre avant de rentrer en taxi. Dans un premier temps, on jette des idées qu'on griffonne sur des serviettes en papier, au dos d'un paquet de cigarettes. Puis Mackenzie me demande un synopsis, une base pour commencer à travailler et, en moins d'un mois je me retrouve à écrire le premier traitement. Channel 4 s'intéresse au projet et du coup, Mackenzie et moi montons notre compagnie avec une promesse d'avance de fonds, histoire de garder le contrôle. Il me donne alors le feu vert pour développer les lignes de force et commencer l'écriture proprement dite. C'est ton enfant, il me dit, à toi l'honneur.

Deleval s'interrompit pour regarder autour de lui. Il avait haussé le ton sans s'en apercevoir et les gens commençaient à regarder dans leur direction.

– Un an de boulot. Dans l'intervalle, Channel 4 s'est retirée du projet mais la BBC s'y intéresse. Alors on me demande avec les formes si je pourrais faire quelques réajustements de manière à ce que le script puisse être présenté avec toutes les chances de réussite à Felicity Kendal. Bon. Je signale quand même qu'à cette étape de l'histoire, je n'avais pas encore vu la couleur d'un rond et que l'horizon était tout ce qu'il y a d'incertain, mais comme dit l'autre, c'est mon enfant et on ne recule devant aucun sacrifice pour l'avenir de son enfant pas vrai ? C'est alors qu'on assiste à un véritable raz-de-marée dans le département fictions et séries à la BBC. Tout le monde saute et plus personne ne sait très bien où est la tête et où est la queue. Exit Felicity Kendal, exit le script réajusté aux convenances de la Bible et voilà Mackenzie qui frappe à la porte de la télévision indépendante et régionale avec l'enfant – qui commence à avoir quelques heures de vol – dans les bras. Et mon idée initiale commence à en prendre un sérieux coup avant de ressembler petit à petit à l'idée de quelqu'un d'autre. Pour finir à l'arrivée transformée en hydre à sept têtes qui part dans toutes les directions à force d'essayer de plaire à tout le monde. Et voilà le travail !

– Le point de départ reste quand même votre idée, dit Resnick.

Robert Deleval partit d'un rire amer :

– Une idée signée, empaquetée et vendue au plus offrant. Tout le monde a besoin de manger, même les auteurs. Alors on signe les papiers d'adoption pour le bébé et on l'abandonne à des gens qui promettent de bien s'en occuper, même s'ils vous expliquent qu'ils devront se montrer inflexibles pour lui faire respecter certains principes. Après tout, quelques bonnes corrections n'ont jamais fait de mal à personne.

Resnick regardait de plus en plus souvent par-dessus l'épaule de son interlocuteur dans l'espoir de voir enfin arriver Diane Woolf. Les quelques éléments prometteurs de la conversation de Robert Deleval s'étaient vite dilués dans le spleen et l'apitoiement sur soi.

– Vous savez ce qu'il faut à un auteur pour réussir dans ce métier ?

Resnick secoua la tête, sentant qu'il n'allait pas tarder à prendre congé, Diane Woolf ou pas Diane Woolf.

– Je vais vous dire...

Deleval parlait d'une voix de stentor et se leva sous les regards intrigués des gens attablés tout autour, pour finir par s'adresser à la cantonade.

– Ce qu'il lui faut, outre une peau de rhinocéros et une échine souple, c'est une langue et un palais à toute épreuve...

Il leva son assiette à hauteur de sa bouche et commença à enfourner un par un les débris de ce qui avait ressemblé quelque temps auparavant à une part de gâteau :

– Pour bouffer de la merde et apprendre à aimer ça...

*
* *

En quittant la salle de restaurant, Resnick faillit manquer purement et simplement Diane Woolf. Ce fut elle qui dut lui taper sur l'épaule pour qu'il remarque sa présence. La jeune femme quitta la file du self avec, sur son plateau déjeuner une assiette de crudités, un yaourt minceur arôme banane et un café noir.

– Allons ailleurs, proposa-t-elle.

– Bonne idée.

Il la suivit le long d'un étroit couloir et, une volée de marches plus tard, elle le fit entrer dans une pièce exiguë donnant sur le parking. Il y avait là quelques tables de montage, deux écrans-moniteurs et un double râtelier de cassettes VHS que Resnick déplaça pour permettre à Diane de poser son déjeuner. Du moins ce qui en tenait lieu.

– Tenez, dit-elle en poussant vers lui le gobelet de café. C'est de bon cœur. Vous l'aimez comme ça ?

– Oui, mais c'est le vôtre...

Elle fit voleter harmonieusement son impressionnante chevelure rousse lorsqu'elle secoua la tête :

– J'en bois déjà beaucoup trop. C'est plus fort que moi, chaque fois que je passe devant une cafétéria ou un distributeur, je ne peux pas résister. Quitte à le balancer ensuite discrètement dans les plantes vertes. Alors faites-moi plaisir. Elles ont déjà beaucoup souffert.

Resnick se contenta de la regarder.

– La compagnie n'a pas prévu de réceptacles compatibles avec un cas comme le mien, ajouta-t-elle.

Elle savait très bien que cette parenthèse au sujet de ses marottes n'était pas la raison pour laquelle il la regardait ainsi. Délicatement, entre le pouce et l'index, elle porta une feuille de luzerne à sa bouche et croisa ses longues jambes. Elle portait une salopette blanche par-dessus un chemisier satiné bleu électrique.

– Robert semble avoir eu sa petite crise, apparemment ?

– Ça se produit souvent ?

– Ce type est réglé comme une horloge. Robert présente plus de symptômes pré-menstruels que moi ou n'importe quelle femme de mes relations. Sauf qu'il ne saigne pas.

– Non, ça c'est plutôt le rayon de Mackenzie.

– Nous y voilà. Moi qui croyais à une visite de courtoisie.

Resnick aurait préféré, lui aussi.

– Vous avez vu ce qui s'est passé ?

– Pour ça, j'étais aux premières loges.

– Est-ce qu'il y a eu provocation ?

– Lorsque le vent souffle dans la bonne direction, Mac pourrait transformer le dalaï-lama en machine à tuer.

– Et dans quelle direction soufflait le vent, ce jour-là ?

– Nord, nord-ouest.

– Force neuf ?

– Toutes voiles dehors !

– Donc, il l'aurait un peu cherché ?

– C'est un euphémisme.

– Si ça devait en arriver là, vous seriez prête à témoigner ?

Diane eut une moue un peu embarrassée :

– Le problème, c'est que je dois aussi gagner ma vie. J'ai un vice quasi obsessionnel pour les chaussures de luxe.

Aujourd'hui, elle portait une paire de Nike à bande fluorescente jaune. Peut-être conservait-elle le reste de sa collection dans une vitrine sous clé.

– Cela dit, je serais étonné que les choses en arrivent là.

– Vous ne donnerez pas suite à la plainte ?

– C'est encore un peu tôt pour le dire, mais...

– Vous savez, le problème est ailleurs.

– À savoir ?

– Mac utiliserait n'importe quoi pour le virer.

– Le virer du tournage ?

– Du tournage, du studio voire même du métier.

– C'est pourtant lui qui l'a engagé, non ?

– On embauche, on met à la porte, ça fait partie du jeu et Harold connaissait les risques, ce n'est pas un débutant. Il touchera ce qui lui est dû, ils lui feront quelques promesses, histoire de le faire tenir tranquille. Son nom restera au générique et il percevra ses droits.

– Quels droits ?

– Ses droits sur les rediffusions et les ventes à l'étranger. Ce truc va faire un malheur en Australie.

Resnick adorait sa bouche. Surtout la lèvre inférieure légèrement charnue.

Elle croqua un bout de céleri en prenant tout son temps.

– Vous faites toujours les yeux doux à vos témoins ?

Resnick faillit sortir une ânerie du genre « seulement lorsqu'ils ont un physique comme le vôtre », mais préféra rougir légèrement, ce qui était beaucoup plus efficace.

– Est-ce que vous voulez goûter ? proposa-t-elle en avançant l'assiette vers lui.

– Sans façons.

– Vous devriez, dit-elle avec un sourire. C'est très important, les hydrates de carbone.

Resnick eut à peine le temps de rentrer son ventre et de redresser son dos avant que les premiers éclats de voix retentissent de l'autre côté de la porte.

Au bout du petit couloir, Harold Roy était en train d'éructer une suite d'accusations dans les oreilles de Mackenzie qui, plaqué contre la porte d'une des salles faisait rempart de son corps pour l'empêcher d'entrer. L'essentiel de l'altercation portait évidemment sur ce qui se déroulait à l'intérieur.

– On va bien voir si je me goure complètement, hurlait Harold, enlève-toi du passage et laisse-moi ouvrir cette putain de porte !

– Ce qui se passe là-dedans ne te regarde pas, Harold.

– Et mon cul c'est une lanterne ?!

– Harold...

– Pousse ta viande ou ça va chier !

– Harold...

Harold Roy saisit le bras de Mackenzie et l'obligea à s'écarter suffisamment pour lui rendre la poignée de la porte accessible. Mais il eut beau peser de tout son poids, cette dernière demeura close.

– C'est fermé de l'intérieur !

– Bien sûr, qu'est-ce que tu t'imagines ? on est obligé de prendre des précautions avec tes crises de délirium. Tu ne devrais même pas être ici.

– Producteur de mes fesses !

– Harold, tu es un individu petit et vindicatif.

– Faux cul ! Espèce de lope !

– Mais oui, c'est ça, fit Mackenzie avec un soupir. C'est *mon* projet ! C'est moi qui ai créé cette série !

– Après l'avoir volée à un autre, oui !

– Je t'emmerde !

Les coups auraient sans doute recommencé à pleuvoir si Freeman Davis n'avait choisi cet instant précis pour ouvrir la porte et passer sa tête dans l'embrasure, interrompant l'échange viril des duettistes.

Harold s'engouffra dans la pièce sans un regard pour son jeune collègue et ressortit seulement quelques secondes plus tard, rouge de colère :

– C'est plus fort que toi, Mac, hein ? Tu pouvais pas attendre avant de laisser ce petit con tripatouiller mon boulot et tout foutre en l'air !

Resnick décida qu'il était temps d'intervenir et retint le poing d'Harold avant que les choses dégénèrent :

– On se calme. Sinon, cette fois vous aurez du mal à plaider la provocation.

– Laissez-le faire, dit Mackenzie qui n'en menait tout de même pas large. De toute façon ce connard est un homme fini !

Resnick planta son regard dans celui d'Harold jusqu'à ce qu'il sente la tension se relâcher dans son bras.

– Harold et moi devons avoir une petite conversation, dit-il à l'adresse de Mackenzie sans le regarder. Vous pouvez nous indiquer un endroit tranquille ?

– Mais certainement, fit Mackenzie avec un soulagement perceptible dans l'intonation. Vous désirez autre chose ?

Resnick fit non de la tête. À quelques pas d'eux, Diane Woolf finissait tranquillement ses crudités, un sourire dans le regard. Comment faisait-elle pour être aussi désirable dans cet accoutrement de laveur de carreaux ?

Diane demeurait sidérée par la rapidité de mouvement dont avait fait preuve Resnick, malgré son poids. Outre cette façon si particulière qu'il avait de la regarder, il y avait chez cet homme quelque chose de spécial. Quelque chose qui le rendait différent des autres.

26

Harold Roy serra les poings de toutes ses forces et attendit que ses articulations virent au blanc. S'il lui était resté une chance de préserver son avenir au sein de cette boîte, il venait de la foutre en l'air dans la demi-heure écoulée. Et une fois les rumeurs dûment colportées, avec plus de bassesse que d'exagération – incapable de tenir un planning, bourré sur le plateau, violences physiques contre le producteur – il pourrait encore s'estimer heureux de faire des bandes-annonces de soixante secondes pour la télé par satellite. Certains hommes dans sa situation avaient quelque part où trouver refuge, quelqu'un pour leur apporter réconfort, compréhension, leur servir une vodka et mettre du baume sur leurs blessures. Lui n'avait qu'une épouse aigrie en pleine redécouverte de sa sexualité avec un voleur professionnel atteint du syndrome de Priape. Et un dealer haineux qui n'attendait qu'une occasion pour lui ouvrir la tronche au rasoir.

Il avait quarante-neuf ans.

Il fouilla dans ses poches mais n'y trouva que des spirales de papier vert et de papier d'argent.

– Et merde !

– Qu'est-ce qu'il vous arrive ? demanda Resnick.

– Plus de pastilles de menthe.

– À nous, dit Resnick les coudes sur la table et les bras vaguement croisés.

Harold tira sur sa cravate pour en desserrer le nœud mais n'aboutit qu'au résultat inverse. Il avait la tête de quelqu'un pour qui deux comprimés de Valium auraient davantage fait l'affaire qu'un rouleau de pastilles de menthe extra-fortes.

Par association d'idées, le nœud de cravate fit germer en lui celle d'aller s'enfermer dans les toilettes pour se pendre et en finir une bonne fois.

– Si vous me racontiez ? dit Resnick.

– Qu'est-ce que vous voulez savoir ?

– Tout.

Harold sentit ses épaules se voûter tandis qu'il exhalait un long et profond soupir. Il y avait un goût d'inéluctable dans la manière qu'avait cet homme de se tenir en face de lui, de l'encourager du regard. Sa carrure, sa placidité et aussi quelque chose d'autre qui semblait lui dire : « Tout va bien, Harold. Je suis au courant de tout. Je sais. J'attends seulement de l'entendre de ta bouche. Pense au poids immense dont tu seras enfin soulagé après m'avoir tout dit. »

Pour un peu, il aurait cru respirer une odeur d'encens.

Resnick demeurait immobile et le regardait.

– En fait, commença Harold en baissant les yeux, ce qui vient de se passer, là tout de suite et ce qui est arrivé quand... enfin, quand je l'ai frappé, tout ça remonte...

Resnick prit tranquillement ses aises dans le fauteuil. La voix assourdie de l'hôtesse bourdonna dans le haut-parleur. Harold sentit un mince filet de sueur perler sur son front, puis descendre jusqu'au sourcil et lui caresser l'arête du nez. Il attrapa un chiffon douteux qui traînait sur la table pour prévenir la transpiration qui le gagnait.

– Ce n'est pas... ?

Resnick secoua lentement la tête.

– Non, Harold, fit-il avec un soupçon de connivence dans le regard.

– Et puis merde...

Harold prit sa tête à deux mains comme on s'emmitoufle sous les draps et les couvertures pour faire rempart à la stagnation d'un mauvais rêve. Il sentit son bras gauche agité de tremblements, comme sous l'effet d'ondes de choc à répétition. Son pouls.

– Le cambriolage, laissa calmement tomber Resnick. Pourquoi ne pas commencer par là ? et puis on en viendra au reste au fur et à mesure.

– D'accord, finit par dire Harold. Je vais commencer par le début.

*
* *

Lorsque le téléphone avait sonné la première fois, Maria était sous la douche et l'avait entendu trop tard, le temps pour le grincement répétitif de s'insinuer dans sa tête. La deuxième fois, elle était vautrée sur le canapé en train de lire un article de *Good Housekeeping* consacré aux régimes gourmands. Mais le temps de finir sa phrase et de chausser ses mules, trop tard là aussi. Au bout de seulement dix sonneries. Quel manque de savoir-vivre ! ce n'était sûrement pas Grabianski. Il avait plus de délicatesse que ça.

Toutes ces bouteilles qui semblaient n'attendre que d'être vidées lui inspirèrent soudain une sensation bizarre, proche du dégoût. Elle fit un faux mouvement et renversa du gin partout, sur sa main, son peignoir et aussi sur le sol.

– Bon sang, Maria. Tu es en train de virer à la vieille pocharde !

Elle se dit que la meilleure chose à faire serait d'appeler un taxi et d'aller voir un film en ville, après s'être choisi la toilette adéquate à son nouveau statut de femme adultère romantique. Dans le genre de la robe rouge, décolletée dans le dos que portait Kim Novak, sans soutien-gorge, dans ce film où elle abandonnait son gosse à l'arrêt du car scolaire pour aller se faire lutiner par Kirk Douglas qui jouait le rôle d'un brillant architecte. Elle n'arrivait pas à se rappeler le titre.

Harold saurait. Il faudrait qu'elle pense à le lui demander. Harold était capable de citer le générique complet de pratiquement n'importe quel film produit entre le début des années trente et la fin des années soixante. Il se trompait parfois sur les scénaristes mais c'était son seul point faible. En dehors de cela, il avait la structure mentale rêvée pour le *Trivial Pursuit.* À condition toutefois de ne pas dépasser l'époque d'*Easy Rider*. L'époque juste avant le baby-boom.

Trivial. Voilà un mot qui convenait parfaitement à Harold, se dit-elle en trempant le bout de la langue dans son verre. Non, elle était un peu injuste avec ce salopard. Il avait bien encaissé le coup lorsqu'il les avait surpris, elle et Jerry dans la baignoire. Et l'autre, tout nu, couvert de mousse qui lui avait tendu la main. *Allons à côté, nous avons beaucoup à nous dire.* Elle avait manqué de faire pipi dans l'eau du bain.

Quand le téléphone sonna de nouveau, elle sursauta et faillit perdre l'équilibre.

– Où étais-tu, bon sang ? j'ai attendu toute la journée que tu appelles, malade d'inquiétude. Qu'est-ce qui t'arrive ?

– J'ai appelé déjà deux fois.

– C'était toi ?

– Pourquoi n'as-tu pas répondu, si tu étais là ?

– Je n'ai pas pu.

– Tu n'étais pas seule ?

– Si. J'ai cru devenir folle.

– Tu as bu.

– Tu comptes m'interdire de prendre un verre, maintenant ?

– Je n'ai rien dit de tel.

– J'ai très bien entendu ce que tu as dit.

– J'ai seulement fait une remarque. Il n'est pas question de t'interdire quoi que ce soit ni de te dire ce que tu dois faire. Tout ce que j'ai dit, c'est...

– Bon d'accord, j'ai bu un peu. Qu'est-ce que tu imagines ? À force de tourner en rond depuis ce matin. Tu m'avais promis d'appeler tôt.

– C'est ce que j'ai fait.

– Oui, mais seulement cet après-midi.

– Je suis désolé, mais j'ai été très occupé.

– À préparer un autre casse ?

Grabianski ne répondit pas.

– Jerry... c'est ça, hein ? Oh non, Jerry, s'il te plaît. Il ne faut pas. Je me fais du souci pour toi.

– C'est gentil.

– Ce n'est pas gentil. Je ne suis pas faite pour rester toute seule dans une maison à me ronger les sangs.

– Personne ne t'y oblige.

– C'est plus fort que moi.

Il y eut un nouveau silence à l'autre bout du fil. Elle essaya de l'imaginer. Impossible de savoir s'il appelait ou non d'une cabine. La qualité des lignes téléphoniques s'était considérablement améliorée, avec les années.

– La police est venue, dit-elle.

– Qu'est-ce qu'ils voulaient, encore ?

Il avait essayé de poser la question sur le même ton mesuré, mais sans y parvenir complètement.

– Ils savent que j'ai menti.

– Comment peuvent-ils en être sûrs ?

– Je n'en sais rien. Ils le savent, c'est tout.

– Ils n'ont aucun moyen de le savoir.

– En tout cas, le flic m'a dit : « Nous savons que vous avez fait une fausse déposition. »

– Attends. Il te l'a dit comme ça ? Quels termes a-t-il employés exactement ?

– Il a dit : « Nous avons des raisons de penser que vous avez falsifié votre déclaration, sinon de bout en bout, du moins en ce qui concerne le signalement des malfaiteurs. »

– Et tu lui as répondu quoi ?

– Rien.

– Rien ?

– Enfin, je lui ai demandé sur quelles bases il se permettait d'affirmer une chose pareille.

– Et ?

– Il a pris un air entendu. C'est tout juste s'il ne m'a pas ri au nez.

– Merde.

– Comme tu dis.

– Et ils ne t'ont pas convoquée pour remplir une autre déclaration ?

– Pas encore.
– Comment ça ?
– Il a dit : « Pas à cet état de l'enquête. »
– À cet état ?
– Ou bien, pas à ce stade de l'enquête.
– Tu n'as pas marché, j'espère ? Je veux dire, tu n'es pas revenue sur ce que tu avais dit ?
– Non, je...
– J'ai l'impression que si.
– J'ai seulement dit que... enfin qu'il était possible que j'ai fait une erreur.

Grabianski étouffa un juron.

– Jerry, j'ai seulement dit que c'était possible. Je n'ai pas dit...
– Oui, d'accord, d'accord. Ce flic, c'était un en civil ? Un inspecteur ?
– Non. Un agent-détective.
– De quelle brigade ?
– Comment veux-tu que je le sache ?
– Ce n'était pas l'un de ceux que tu as déjà vus ?
– Non. Les autres fois, j'ai eu affaire à un inspecteur et à deux autres agents. C'en était encore un nouveau.
– Et tu dis qu'il n'a pas insisté pour que tu modifies ta version ?
– Insisté, non. Mais disons qu'il m'y a invitée. Comme ça, à mots couverts.
– Tu n'en as rien fait ?
– Je viens de te dire que non.
– Tu as quand même dit que tu avais pu faire une erreur.
– Oui, bon...
– Comment a-t-il réagi ? Je veux dire, il t'a quittée sur quoi ?
– Il a juste dit que si les voleurs étaient des Noirs, lui était le fils de King Kong.

Maria mit un instant à réaliser que la communication venait d'être coupée. Elle reposa l'appareil qui se remit à sonner aussitôt.

– C'est toi qui viens de raccrocher ?
– Et si c'était Harold ?
– Est-ce que c'est toi qui viens de me raccrocher au nez ?
– Ça pourrait être un coup d'Harold.
– Quoi, un coup d'Harold ?
– De t'avoir envoyé les flics dans les jambes. Allez donc interroger ma femme, je crois qu'elle a menti.
– C'est vrai que ce flic a parlé avec Harold dans le chemin avant de venir sonner à la porte.
– Tu vois bien. Pas la peine de chercher plus loin.
– Pourquoi Harold aurait-il fait ça ?
– Par vengeance, tiens. Le coup de la baignoire...
– Harold n'en a rien à secouer du coup de la baignoire, comme tu dis. Ni de ce que nous faisons l'après-midi.
– J'aimerais que tu ne dises pas des choses comme ça.
– Qu'est-ce que j'ai dit ?
– Rien à secouer.
– Ah, oui. Désolée. Une dame ne parle pas ainsi. J'oubliais ton côté vieux jeu. Tu préfères celles qui disent s'il vous plaît d'abord, merci ensuite et qui n'acceptent de déboutonner leur corsage seulement une fois la lumière éteinte.
– Tu sais très bien que c'est faux.
– Oui, je sais.
– Ce qui n'enlève rien au fait qu'Harold...
– Harold a passé un accord avec toi pour te mettre en cheville avec son dealer. Si la négociation échoue, il joue sa peau dans cette affaire. Crois-moi, il n'a vraiment pas intérêt à te balancer à la police.
Il y eut un long silence. Grabianski réfléchissait.
– Jerry ?
– Oui ?
– Il n'y a pas de danger, hein ?
– Mais non.
– Je veux dire, ils n'ont aucun autre moyen d'arriver jusqu'à toi, n'est-ce pas ?

– Jusqu'ici, non.
Maria poussa un soupir.
– J'aime mieux ça.
– Je t'appellerai, dit Grabianski. Demain.
– Tu ne veux pas venir maintenant ?
– Il est trop tard.
– Demain, alors ?
– Je ne sais pas. Je verrai.
– Tu ne vas pas me laisser, hein ?
– Bien sûr que non, dit-il sans marquer le moindre temps de silence afin que Maria le croie.
– Jerry...
– Hum ?
– Fais attention à toi.

Il répondit par un baiser, à l'autre bout du fil, raccrocha le téléphone et cette fois ne rappela pas. Maria hésita quelques minutes entre se resservir un verre de gin ou aller prendre un bain, puis retrouva un vieux Jackie Collins corné qu'elle avait déjà lu et décida de faire les deux.

*
* *

À l'issue de sa longue conversation avec Resnick, Harold Roy s'était senti infiniment plus léger et ses maux de tête avaient entièrement disparu. Voilà même longtemps qu'il n'avait pas eu les idées aussi claires. Il quitta les studios par une des sorties de derrière et gagna la rue tandis que la lumière déclinait lentement dans les tons pourpres au-dessus des toits. Il n'avait manqué à cet acte de contrition exemplaire que les cinq Notre Père et les dix Ave Maria de rigueur avant l'absolution.

Mais le pardon viendrait.

27

– Une bière, s'il vous plaît, commanda Patel.
– Bouteille ou pression ?
– Pression.
– Pinte ou demi ?
– Demi.
– Je pensais pas que vous buviez, vous autres.
– Oh si, ça arrive.
– C'est pas interdit par votre religion, l'alcool ?

D'un bref coup d'œil par-dessus son épaule, Patel s'assura que l'homme qu'il filait – le nommé Grice – rempilait pour une autre partie devant sa console de jeu électronique, puis il ramassa sa monnaie et emporta sa bière dans la salle.

Tout cela n'était pas exactement conforme aux instructions et l'initiative de Patel devait beaucoup au froid, à ses muscles engourdis et frigorifiés à force d'attendre, malgré le temps réputé doux pour la saison. La vieille dame au col d'astrakan avait eu elle aussi sa part, en revenant par trois fois lui demander quand il allait enfin se décider à intervenir et arrêter cct ignoble satyre qui observait sa chambre à la jumelle. Elle avait peur lorsqu'elle prenait un bain et n'osait plus se déshabiller.

En voyant Grice sortir de l'immeuble et hésiter quelques instants devant une des voitures garées sur le trottoir, Patel avait réfléchi et décidé de lui emboîter le pas si jamais il optait pour la marche à pied. Le jeune homme n'avait eu que quelques secondes à attendre, posté derrière sa rangée de poubelles puis avait prévenu le poste qu'il prenait le suspect en filature.

Grice avait marché d'un pas rapide et régulier, les mains dans les poches de son pardessus jusqu'au passage piétons en haut de Castle Boulevard. Derrière eux, sur son socle de roche désagrégée s'élevait le château restauré au XVIIᵉ, Patel avait traversé à sa suite, prenant soin de rester à bonne distance, puis obliqué à droite vers l'Irish Centre où se vendaient les journaux de Dublin le dimanche matin et où, chaque samedi soir, une majorité d'étudiants anglais venaient grossir les files d'attente pour boire et danser jusqu'à l'aube.

Le pub se situait au bord du canal et, à la belle saison, le client pouvait contempler de la terrasse les barges qui franchissaient l'écluse. Patel choisit une table formant le troisième point d'un triangle imaginaire entre la porte d'entrée et les machines à sous et déplia une édition du *Post* de la veille qui traînait sur une chaise voisine. Il s'arrêta sur la page des sports et prit quelques nouvelles du cricket en Nouvelle-Zélande. Richard Hadlee et ses lancers de balle fulgurants étaient une fois de plus à l'honneur. Patel connaissait bien la question après s'être déplacé plusieurs fois dans les tribunes de Trent Bridge, les deux saisons passées.

Lorsque Grice passa devant sa table, le jeune officier se prépara aussitôt à lamper sa bière et à partir sur ses talons mais en fut quitte pour une fausse alerte. L'homme se contenta d'aller commander une autre bière au bar et de retourner s'asseoir. En le voyant consulter sa montre deux fois de suite, il comprit qu'il attendait quelqu'un et termina tranquillement son article avant de passer à la rubrique des petites annonces. À présent qu'une certaine stabilité revenait dans les prix de l'immobilier, il songeait sérieusement à quitter son deux pièces et à s'acheter quelque chose de plus conséquent. Peut-être une de ces maisons en terrasses dans la zone est de Derby Road, suffisamment proche de son travail pour qu'il continue de s'y rendre à pied chaque matin.

Patel imaginait déjà le sourire de connivence sur le visage de sa mère et le regard approbateur de son père. L'enfant, devenu grand s'installait ; l'étape suivante serait le mariage, une femme qui saurait prendre soin de lui, puis les enfants.

Il repéra le nouveau venu à l'instant où celui-ci passa la porte. De taille et de corpulence moyennes, l'homme avait une apparence frêle et promena un regard nerveux sur les clients attablés avant d'apercevoir celui qu'il cherchait. Le temps de commander une bière légère et il passa derrière Patel pour rejoindre Grice. Leur poignée de main fut sans chaleur.

Le jeune homme promena son doigt jusqu'au bas de la page. On pouvait trouver quelque chose de tout à fait correct pour moins de quarante mille livres. Et s'il obtenait un crédit supplémentaire...

L'interlocuteur de Grice portait un complet croisé sombre, une chemise jaune pâle et une cravate à rayures. Patel lui donnait un peu plus d'une trentaine d'années et l'imaginait vendeur de voitures, agent d'assurance ou peut-être agent immobilier. Il doutait cependant que la conversation à mi-voix des deux hommes eût quelque chose à voir avec l'achat d'un véhicule, d'un appartement ou la souscription d'une police d'assurance. Pas plus que l'enveloppe discrètement pliée en quatre et glissée dans une poche intérieure n'était un versement d'arrhes ou le règlement d'une cotisation.

Grice se leva pour se rendre aux toilettes et Patel put à loisir observer l'homme au complet sombre et la fine moustache qui lui barrait le visage, comme une faute de goût. Brusquement, l'homme tourna la tête en direction de Patel et ouvrit de grands yeux ahuris. Le jeune officier frémit l'espace d'une seconde avant de réaliser que ce n'était pas lui que l'homme regardait, mais une femme qui venait d'entrer et dont la jupe courte mettait en valeur les très jolies jambes. Grice manqua de la bousculer en revenant des lavabos.

Les deux hommes échangèrent encore quelques mots mais Grice resta debout, prit rapidement congé et se dirigea vers la porte tandis que l'autre resta assis et alluma une cigarette.

Patel fit rapidement le tour des options possibles et décida finalement de ne pas bouger d'où il était et de laisser filer Grice. Erreur tactique ou bonne intuition, il verrait bien par la suite. Il se replongea dans ses annonces immobilières - Arnold, New Basford, Bulwell - tout en gardant un œil sur le client qui paraissait à présent beaucoup plus détendu et retourna au bar se chercher une autre bière. Au passage il glissa un mot à la fille en jupe courte qui éclata de rire. En le voyant se rasseoir et allumer une autre cigarette, Patel se dit que l'attente allait être longue mais que cette fois, il commanderait une limonade. Mais l'homme au complet croisé se contenta de finir sa cigarette et de vider son verre avant de sortir à son tour.

Lorsque Patel le rejoignit, il eut à peine le temps de l'apercevoir s'engouffrer dans une Ford Escort noire dotée de différents gadgets et d'un téléphone de bord. Une nouvelle filature étant exclue, le jeune homme sortit son carnet et nota le numéro d'immatriculation.

*
* *

Resnick venait juste de regagner son bureau lorsque Patel appela pour lui faire un bref rapport. Songeant qu'il n'y avait plus moyen de savoir si Grice était retourné à l'appartement et si Grabianski n'était pas sorti à son tour dans l'intervalle, il jugea inutile de laisser le jeune Asiatique battre la semelle pour rien. D'autres tâches prioritaires attendaient ici et Naylor était seul.

– Café, appela Resnick par la porte ouverte en direction du bureau des enquêteurs. Noir et vite !

Ils approchaient. Il ne savait pas encore tout à fait dans quel ordre les choses allaient venir ni la dimension exacte qu'aurait le puzzle une fois toutes les pièces assemblées, mais il savait qu'ils approchaient.

– Jeff ? dit-il en reconnaissant la voix d'Harrison à l'autre bout de la ligne. Charlie Resnick.

– Tout de même, dit Harrison. Je commençais à croire que tu cherchais à m'éviter.

Le ton était légèrement caustique, mais néanmoins circonspect.

– J'ai été littéralement débordé.

– Et moi donc.

– Pour le verre, ça tient toujours ?

– Oui. Sept heures, sept heures et demie, ça t'irait ?

– Je préférerais neuf heures. Avant, ça va être difficile.

– Tu vas toujours au Partridge ?

Resnick n'y était pas retourné depuis Rachel.

– D'accord pour le Partridge. Neuf heures ?

Harrison répondit d'un grognement affirmatif et la communication fut coupée. Resnick repassa brièvement dans sa tête les noms qui suivaient sur la liste : Skelton, Lennie Lawrence, Tom Parker, Norman Mann, sans oublier Graham Millington qui autrement risquait de se sentir laissé pour compte. Il composait le premier des numéros lorsqu'il vit Lynn Kellogg, immobile devant la porte de son bureau et surtout l'expression de son visage.

*
* *

– Si j'avais pu imaginer...

– Vous avez fait votre boulot. C'est tombé comme ça.

– Comment aurais-je pu me douter que...

– Je sais. De toute façon, quand bien même vous auriez su, ça ne changeait pas les données du problème.

Abattue, les coudes sur les genoux, Lynn semblait presque fuir son regard ce qui n'était pas dans ses habitudes. Elle secoua néanmoins la tête : non, ça n'aurait pas changé les données du problème.

– Son père est...

– Non, monsieur, il n'est pas dans la maison. Je me demande d'ailleurs...

– Pas question, dit Resnick devinant ses pensées.

Il se leva et contourna son bureau arrêtant d'un geste Naylor qui arrivait avec sa tasse de café noir et lui faisant signe d'attendre.

– Vous avez fait exactement ce que vous deviez faire.

– Mais, monsieur...

– On vous avait envoyé là-bas pour ça. Vous n'avez aucun reproche à vous faire.

– Pardon, monsieur, mais il était question de repérer une bande organisée, au départ. Pas une gamine qui...

– Lynn.

– Oui, dit-elle en levant enfin les yeux vers lui. Oui, monsieur ?

– Je suppose qu'elle est en bas ?

– Oui. Je ne savais pas trop s'il fallait prévenir sa mère ou non. Le superintendant...

– Je descends, dit Resnick sur le pas de la porte. Ça ira ?

– Oui, monsieur. Ne vous en faites pas.

– Naylor vient de me préparer du café, dit-il. Je vous l'offre.

Il la laissa reprendre ses esprits, seule dans son bureau, et s'arrêta un instant pour contempler le tableau de service ultra-sophistiqué, puis, avant de sortir et de prendre l'escalier il fit signe à Naylor d'apporter le café à la jeune femme.

La dernière fois que Resnick avait vu Kate, elle avait à peine treize ans. Depuis lors, la seule image qu'il avait d'elle était ce mince sourire sur un visage pâlichon dans un cadre de métal posé sur le bureau du superintendant. Il s'attendait à la trouver changée, plus mûre mais le visage qui leva les yeux dans sa direction derrière la chemise immaculée du sergent de service au bloc était le même que dans son souvenir. Le regard était vide de toute expression et les joues creusées par les pleurs, mais c'était tout.

– Bonjour, Kate.

Elle le regarda sans rien dire, comme un flic de plus, s'ajoutant au défilé de ceux qu'elle avait vus depuis son arrestation.

– Tu ne te souviens probablement pas de moi...

– Non.

– Viens, on va monter au premier, dit Resnick avant de se tourner vers le sergent. Pas d'inconvénient ?

– Aucun, dit l'officier.

– Vous m'emmenez chez mon père ? demanda la jeune fille en montant l'escalier avec Resnick.

– Pas encore, dit-il. Lorsqu'il reviendra.

– Il n'est pas encore au courant ?

– Non, je ne crois pas.

– Il va me tuer sur place, hein ?

Resnick tâcha de sourire :

– Ça m'étonnerait, dit-il en gravissant la dernière marche. Tu veux du thé, ou du café ?

Elle fit non de la tête.

– Tu vas me regarder, alors, parce que moi, il m'en faut une tasse.

Ils s'installèrent à la cantine et Kate se ravisa, acceptant finalement une tasse de thé. Sans rien dire, Resnick la regarda y verser assez de sucre pour embourber sa cuillère et faire déborder un tiers du liquide dans la soucoupe et sur la table. Indifférente.

– Vous n'auriez pas une cigarette, des fois ?

Resnick secoua la tête et se demanda un instant si son père approuvait le fait qu'elle fume. Puis il se rendit compte de la parfaite stupidité d'une telle réflexion.

Une vingtaine de minutes s'écoulèrent, faites de silences pesants et de bribes d'une conversation décousue, insignifiante principalement alimentée par Resnick. Enfin, Lynn Kellogg apparut à l'entrée de la salle et lui fit comprendre d'un geste que Jack Skelton était rentré.

*
* *

Lynn attendit dans le couloir en compagnie de Kate tandis que Resnick, après avoir frappé à la porte, entrait dans le bureau du superintendant.

Le veston était déjà accroché sur son cintre, derrière la porte mais Skelton n'était pas encore installé à son bureau.

– Charlie. Que puis-je faire pour vous ?

Le malaise se lisait sur le visage de Resnick au moins autant que dans le silence qui suivit la question de Jack Skelton. Celui-ci tira son fauteuil de bureau et attendit.

– Allez droit au but, Charlie.

– C'est au sujet de votre fille, monsieur, Kate. Elle...

– Qu'est-il arrivé ?!

– Elle est à côté.

Skelton contourna son bureau et marcha vers la porte, s'arrêtant à la hauteur de Resnick. Les deux hommes échangèrent un regard et l'inspecteur détourna les yeux.

– Elle a fait une bêtise ?

– Oui, monsieur. Elle... l'agent-détective Kellogg était détachée à la surveillance du centre et Kate...

– Mon Dieu, fit Skelton en prenant une respiration. Elle s'est fait prendre pour vol à l'étalage, c'est ça ?

– C'est ça.

– Vous dites qu'elle est ici ?

– Dans le couloir.

– Bon sang Charlie, soupira-t-il le regard vide, serrant le bras de Resnick avant de regagner son fauteuil d'une démarche pesante, les épaules voûtées. Il n'y a... Il n'y a aucun doute possible ?

– Elle a reconnu les faits sans équivoque.

– Je vois.

– Elle a reconnu également que ce n'était pas la première fois et que ça dure même depuis un certain temps.

Les autres occasions où il avait eu à annoncer aux parents des nouvelles de ce genre lui revenaient en mémoire. Chaque fois la même surprise des gens derrière la porte qui le prenaient d'abord pour un témoin de Jehovah ou un marginal venu proposer ses services pour tailler les arbres ou réparer le toit. Et qui lentement finissaient par comprendre, réagissant parfois avec colère : le petit con, il va entendre parler du pays ! Avec stupeur ou incrédulité. Mon Terry ? mais il est au club de sport vous devez vous tromper, il y est tous les... Ma Tracey... Kate.

Skelton n'ajouta rien et s'assit, évitant du regard les photos de famille disposées en figure géométrique sur son bureau.

– J'ai pensé que vous souhaiteriez la voir avant que nous rédigions le procès-verbal.

– D'accord, Charlie, dit-il accusant visiblement le coup. Mais laissez-moi deux minutes, s'il vous plaît. Et puis vous direz à l'agent Kellogg de me l'amener.

Resnick acquiesça et tourna les talons. Les quelques pas qui le séparaient de la porte lui parurent soudain une distance énorme et à chaque seconde, il s'attendit à ce que Skelton l'interrompe, le rappelle, mais celui-ci se tut. Il referma doucement la porte derrière lui.

– Dans deux minutes, fit-il à l'adresse de Lynn.

– Bien monsieur.

Lorsqu'il se tourna vers Kate, il ne parvint pas à rencontrer son regard.

28

Graham Millington se sentait d'humeur guillerette. Madame avait accepté de sécher son cours du soir, un voisin de venir surveiller les enfants et lui avait deux places au troisième rang face à la scène pour aller écouter Petula Clark au Royal Centre. Du point de vue de Millington, on pouvait aligner toutes les Elaine Page, les Barbara Dickson et même toutes les Shirley Bassey du monde, aucune n'arrivait à la cheville de l'incomparable Petula. Une carrière ininterrompue depuis tant d'années, ça voulait bien dire ce que ça voulait dire. Et il n'y avait pas que sa voix qui résistait au temps. Bien sûr, la diva avait quelques heures de vol, elle était d'ailleurs la dernière à s'en cacher, mais au moins elle ne trichait pas. Se faire tirer la peau ou injecter des hormones n'était pas le genre de la maison. Pour ses cinquante et quelques années, la belle était resplendissante et faisait montre d'une pêche incroyable.

Et Millington déambulait, pimpant d'un bout à l'autre de la salle des enquêteurs en sifflotant *Downtown.*

– Voilà que ça vous reprend, Graham, fit observer Resnick.

– Je vous demande pardon, monsieur ?

– De massacrer le répertoire. L'an dernier c'était *Moonlight Serenade.*

Millington baissa les yeux d'un air penaud, comme un petit prodige recalé à une audition de music-hall.

– À mon avis, il faudrait chercher du côté d'un traumatisme prénatal. Une chorale d'enfants qui aurait fait des frayeurs à votre maman lorsqu'elle vous attendait, quelque chose comme ça...

Millington était allé une fois chez Resnick et avait pu voir sa collection de disques. Rien que des musiciens noirs ou presque. La plupart drogués.

– J'ai appris pour la gamine du patron, dit Millington histoire de changer de sujet. Comment a-t-il pris la chose ?

– À votre avis ? répondit sèchement Resnick.

Une fois, Millington avait surpris un des siens dans sa chambre, en train de respirer un tube de colle pour modèles réduits.

– Côté Fossey, vous avez du nouveau ? demanda Resnick.

Millington en avait presque oublié l'autre raison pour laquelle il se sentait d'aussi bonne humeur :

– Indirectement, monsieur. Swansea a donné une réponse au sujet du numéro de plaque relevé par Patel. La voiture est au nom d'un Andrew John Savage. C'est lui que Grice a rencontré au pub, et...

– Fossey et lui sont copains.

– Associés, même. Savage est un petit courtier de seconde zone. Genre prix cassés, service rapide, vous voyez le genre.

Un sourire se dessina sur le visage de Resnick.

– Je suppose que Fossey n'a pas remis la main sur ses dossiers ?

Millington répondit que non.

– On a de quoi obtenir un mandat, maintenant.

– Sans doute, mais on va attendre un peu. Si on le secoue trop fort, il peut être tenté de s'évanouir dans la nature et son copain avec lui. On tiendra un petit conseil de guerre à leur sujet demain matin, histoire d'affiner la stratégie. D'accord, Graham ?

– Bien, monsieur.

– Autre chose, Graham ?

Resnick crut un instant que Millington allait tenter un oral de rattrapage avec *Don't Sleep in the Subway, Winchester Cathedral* ou même *Sailor !* L'angoisse.

– Oui, au fait : Trevor Grice. On avait omis de vérifier au sommier, jusqu'ici.

– Résultat ?

– Deux ans pour cambriolage. Ça remonte à 76.

– Et rien depuis ?

– En tout cas, rien sur l'ordinateur.

– On va tâcher de remettre à jour.

– Absolument.

– Très bien. Beau boulot. Au passage, félicitez Patel si ce n'est déjà fait. Et puis...

Millington attendit.

– Couchez-vous tôt, Graham. J'ai comme dans l'idée que les deux prochains jours vont être assez trépidants.

*
* *

Assis face à face, de chaque côté du bureau du superintendant, Skelton et sa fille évitaient chacun le regard de l'autre. Après que Lynn Kellogg l'eût fait entrer dans le bureau et laissée seule avec son père, Kate s'était mise à pleurer, elle qui croyait avoir versé toutes les larmes de son corps. Skelton lui avait tendu un mouchoir qu'elle avait refusé, préférant se débrouiller avec ce qu'elle avait sur elle.

Elle avait pris place sur l'une des chaises, sachant à l'avance les questions qu'il allait poser, les réponses qu'il attendait. Au bout d'un moment, le calme et même un certain apaisement finirent par s'installer au cœur du silence, les soulageant peu à peu de son poids, tandis que leur parvenaient, réduits à des murmures, les bruits de la vie qui s'écoulait au-delà des quatre murs de la pièce. Bruits de pas dans le couloir. Sonneries de téléphones. Ronronnements de moteurs libérés par intervalles au feu vert. Quelque part dans la ville, la mère de la jeune fille pliait un chemisier après le repassage et le rangeait dans un tiroir. S'affairait dans la cuisine, surveillant le minuteur de la cuisinière, goûtant le contenu d'une casserole. Ajoutant sel et poivre. « Tu passes trop de choses à cette enfant », avait entendu Kate, un soir, à la dérobée. « Ici comme à l'extérieur, elle fait tout ce qu'elle veut. Quand on pense à la manière dont tu serres la vis à la jeunesse dans ton travail, c'est un peu lamentable que tu sois incapable de faire preuve d'un peu d'autorité dans ta propre maison. Elle n'a pas à être aussi désagréable. Elle devrait faire preuve du minimum de respect envers nous. »

– Kate...

– Quoi ?
– Est-ce que tu veux... ?
– Non.
– Est-ce que tu veux rentrer à la maison ?

*
* *

La pendule de l'ancienne gare ferroviaire se dressait face à l'un des deux grands centres commerciaux de la ville, au-dessus duquel s'élevaient deux grands immeubles semblables à des stalagmites de béton. Un peu plus haut dans la rue, sur la gauche se trouvait jadis le Moulin Rouge, où pour une livre et neuf pence Resnick avait vu son premier film étranger, avec des sous-titres baveux et quelques scènes chaudes pour l'époque. Il se souvenait vaguement de quelques apparitions furtives des seins de Brigitte Bardot, quelque part du côté de Saint-Tropez. Le vieux cinéma poussiéreux avait disparu comme les salles de quartier où il allait voir Jerry Lewis et Doris Day, dans sa jeunesse.

Resnick poussa la porte du Partridge et gagna directement l'arrière-salle où il trouva Jeff Harrison en train de siroter un scotch à l'extrémité du bar. Celui-ci l'aperçut du coin de l'œil mais ne leva pas la tête. La plupart des tables étaient occupées et autour de l'une d'entre elles, quatre jeunes gens vêtus de longs manteaux fumaient des cigarettes roulées tout en disputant une partie de dominos. Resnick se glissa à côté d'Harrison et commanda une Guinness et un paquet de chips.

– Désolé, je suis un peu en retard.
– Tu fais des heures sups ?

Resnick secoua la tête :

– Je suis passé nourrir mes chats.
– Tu leur donnes le sein ?
– Whiskas. Ils préfèrent.

Harrison loucha vers une table d'angle inoccupée.

– Tu veux qu'on s'assoie ?

– Comme tu veux.

Apparemment, Harrison se trouvait très bien accoudé à son coin de bar et la conversation s'ouvrit sur quelques banalités. Resnick regardait le fond de son verre en se demandant quand il allait se décider à en venir au fait.

– Tu sais, Charlie, si quelqu'un m'avait posé la question, je lui aurais dit qu'on était potes, toi et moi.

– Je n'aurais pas employé exactement ce mot-là.

– En tout cas, j'aurais pas dit qu'on était ennemis.

– Nous ne le sommes pas.

– Alors pourquoi tout ce cirque ?

– Quel cirque ?

– Ce numéro de harcèlement.

Resnick ne répondit pas. Il avait un peu appréhendé cette entrevue et c'était une des raisons pour lesquelles il en avait repoussé l'échéance le plus longtemps possible. Peut-être aurait-il dû attendre quarante-huit heures de plus, mais, amis ou pas, il s'était senti quelque devoir envers Jeff Harrison.

– Tu as envoyé tes gusses fouiner dans mon dos.

– Faux.

– Tu me prends pour un demeuré ?

– Personne n'a fait quoi que ce soit dans ton dos.

– Mon cul, oui !

– Jeff, tu sais parfaitement...

– Je sais rien du tout, justement.

– On avait des raisons de vouloir effectuer un complément d'enquête sur le casse qui a eu lieu chez les Roy. On t'a dit lesquelles.

– C'est allé plus loin que ça.

– J'en ai référé à Parker d'un bout à l'autre.

– On était pourtant copains, Charlie ? Alors c'est quoi ces ronds de jambe avec la hiérarchie au lieu de jouer cartes sur table ? T'as quoi dans l'idée ?

– Mener mon enquête. Point, à la ligne.

– Ah ouais ? une enquête sur un cambriolage ou sur moi ?

La barmaid commençait à s'intéresser sérieusement à la conversation. Resnick le remarqua.

– Pas ici, Jeff.

– Comment ça pas ici ? Qu'est-ce qui te gêne ? Tu préfères une salle d'interrogatoire, c'est ça ?

Resnick trouvait la Guinness plus amère que d'habitude.

– Parce que tu crois que ça pourrait nous mener là ?

– Tout arrive, voilà qu'il pose des questions directement ! Qu'est-ce que j'en sais, moi ? Je suis le dernier à être au courant de ce qu'il se passe. Comme les cocus ! Le connard de service. On fait comme s'il n'était pas là, on tourne autour, on se fout de sa gueule. Mais on lui dit rien.

– Jeff...

– Tu m'as collé ton mal-blanchi dans les pattes, à cuisiner mes gars pour voir s'ils avaient quelque chose à balancer, une indélicatesse, une négligence coupable. Il est venu foutre son nez dans mon boulot, raisonner mes méthodes. Vous êtes retournés voir les témoins...

– J'ai demandé la permission...

– Une fois. Une putain de fois seulement, tu es venu me demander en face ! mais ce qui s'est passé après n'avait rien à voir avec ce sur quoi on s'était mis d'accord. Rien à voir !

Il posa une main puissante sur l'avant-bras de Resnick et le pressa contre le zinc.

– Il y a des types chez nous qui prennent leur pied à foutre ce genre de merde, à niquer les collègues. Ça ne te ressemble pas. Ou alors, il te faudrait une bonne raison.

Resnick dévisagea Harrison et baissa les yeux sur la main qui pressait contre son bras. Harrison le lâcha et tourna les talons aussi sec. Resnick n'aurait pas été fâché de voir leur conversation se terminer là, mais son collègue s'éclipsa juste le temps d'un aller-retour aux toilettes.

– Tu cherches la promotion, Charlie ? reprit Harrison sitôt revenu, tout en commandant d'un geste un autre scotch. Tu en as marre de ton grade d'inspecteur ?

Resnick ne répondit pas. Il aurait voulu être ailleurs, n'importe où, mais ailleurs. Lorsque la barmaid servit le whisky demandé, il posa la main sur son verre pour décliner la proposition d'une autre Guinness.

– Pourtant, c'est exactement le job qui te convient, poursuivit Jeff Harrison. Tu as beau être un type étrange, utiliser des méthodes pas vraiment orthodoxes, on est bien obligés de reconnaître que tu obtiens des résultats et sans doute plus que la moyenne. Tu restes dans la course, personne t'a foutu au rancart parce que ta tête revenait pas et tu n'as pas fait la connerie de dire ses quatre vérités à une grosse légume rancunière...

Il avala son scotch cul sec et s'essuya la bouche d'un revers de main.

– N'empêche qu'il y a autre chose à faire de sa vie que rester le cul vissé derrière un bureau en attendant de toucher sa pension. Ouvrir un petit commerce, s'installer du côté de Mablethorpe et se recycler dans l'hôtellerie. Tu connais la musique, Charlie. La sécurité des biens et des personnes, c'est une affaire qui roule toute seule. À Londres, il y a des belles résidences pour gens friqués qui ont leurs propres équipes de gardiennage, vingt-quatre heures sur vingt-quatre. Des mecs en uniformes, avec des molosses et des lampes électriques. Les gens se foutent de savoir qui ils sont du moment qu'en regardant par leur fenêtre le soir, ils les voient patrouiller. Moins la police officielle assure, plus la demande est forte, quel que soit le tarif. Moi, j'ai pas envie d'attendre bêtement la retraite.

– Tu as des relations avec des tas de gens intéressants, on dirait, dit Resnick.

– T'occupe pas de mes relations et contente-toi de me lâcher la grappe. On se comprend Charlie ?

Lorsque Resnick voulut avaler sa dernière gorgée de bière, Harrison l'agrippa encore, cette fois par le coude. Le bord du verre força contre sa lèvre inférieure.

– Dis-moi qu'on s'est compris, Charlie.

Le pub était noir de monde. Tous deux savaient très bien que Resnick n'avait pas les coudées franches pour réagir.

– Et arrête de jouer au mec qui sait des choses, parce que tu ne sais rien, Charlie, fit Harrison en se retournant vers le bar. Sinon, tu ne serais pas ici.

– Salut, Jeff. Tu peux finir les chips.

Il se fraya un chemin parmi les clients pour rejoindre la porte et s'arrêta quelques instants sur le trottoir. Il suivit des yeux un bus qui passait, avec une femme seule sur l'impériale. Il ne savait ni où il avait envie d'aller, ni ce qu'il avait envie de faire. La seule chose dont il était sûr c'est qu'il n'avait pas envie d'être seul. Une fois n'est pas coutume.

Comme de bien entendu, il ne trouva pas d'annuaire dans la cabine et le standardiste qui décrocha au service des renseignements l'informa qu'il n'avait aucune Diane Woolf sur ses listes d'abonnés. Resnick raccrocha, puis décrocha à nouveau et refit le numéro. Il eut cette fois une femme au bout du fil et nota le numéro de Claire Millinder au stylo à bille dans la paume de sa main.

Vous savez Charlie, je ne vous demande pas de sceller un pacte de sang.

Il sortit de la cabine et marcha jusqu'à sa voiture, effaçant lentement le numéro en frottant avec son pouce.

29

– Il doit bien y avoir d'autres moyens, dit Grabianski d'une voix songeuse.

– D'entrer dans la baraque ?

– De gagner sa vie.

Grice abandonna un instant son loqueteau de fenêtre pour lever les yeux au ciel, ébahi. Avant de voir avec quelle expression sur le visage son acolyte avait dit ça, il aurait été incapable de dire avec certitude s'il plaisantait ou non.

– C'est marrant, fit Grice. Je peux pas voir sa main, mais c'est comme si je la sentais.

– Quelle main ? De quoi tu parles ?

– De sa main à elle. De la main avec laquelle elle te tient par les couilles.

– Personne ne me tient par les couilles.

Grice se concentra à nouveau sur la fenêtre.

– C'est quoi son rêve ? Une croisière autour du monde et une vie heureuse à Saffron Walden ?

– Elle ne rêve de rien. Et surtout, elle n'a rien à voir avec ce que je viens de dire.

– Alors c'est juste histoire de râler ?

Grabianski secoua la tête.

– Je réfléchissais, c'est tout. Je pensais tout haut.

Grice sentit le crochet se déplacer de son logement. Il sourit.

– Ça fait quand même un bout de temps qu'on fait équipe, tous les deux.

– C'est pas une raison suffisante pour manquer d'imagination.

– Les affaires marchent pourtant bien.

Il souleva le battant de la fenêtre avec précaution, réduisant les grincements au minimum.

– On va tout de même pas s'endimancher pour entrer chez des gens par la fenêtre le reste de notre vie.

Grice se hissa sur le rebord et pénétra à l'intérieur. Dans la demi-obscurité de la pièce, il distingua les contours d'imposantes pièces de mobilier rustique fraîchement acquises au hasard des salles de ventes et entendit le tic-tac monotone d'une pendule de grand-père. Une petite fortune dépensée pour inventer un passé imaginaire à tous les étages. Il y avait vraiment des cons sur la terre.

Il attrapa fermement la main de Grice et l'aida à entrer à son tour puis referma la fenêtre derrière eux.

– Finalement, tu as raison, dit-il.

– À propos de quoi ?

– On va pas faire ça toute notre vie.

Connaissant Grice et son goût pour la facétie, Grabianski attendit la suite.

– Tout ce que je mets en plus dans mon plan épargne retraite aura été multiplié par dix d'ici mes soixante-cinq ans. Génial, non ?

– D'où est-ce que tu sors ça ?

Grice sourit :

– Tu t'en doutes pas un peu ? À quoi ça servirait de fréquenter des assureurs si on profitait pas d'un petit conseil professionnel de temps en temps ?

Grabianski s'avança entre deux épais fauteuils aux accoudoirs arrondis :

– Je vais faire le tour des autres pièces par acquit de conscience, avant qu'on démarre.

– Rêve pas, ricana Grice. Tu sais que la foudre ne frappe jamais deux fois au même endroit.

*
* *

Quelque part en haut de sa nuque, Grabianski commençait à ressentir une douleur étrange. Inspectant une pièce après l'autre, il s'attendait à tomber sur quelqu'un qui dormait ou trompait son insomnie avec un livre et des biscuits et il en aurait presque été rassuré. Cela eût expliqué cette sensation étrange qui l'envahissait et dont le début de migraine n'était qu'une des premières manifestations.

Il entendit Grice pousser un petit gloussement, dans la salle de bains. Celui-ci venait de dénicher mille trois cents livres en billets de dix et de vingt dans un sac en plastique dissimulé sous une pile de serviettes. Il fallait être dingue pour choisir des planques aussi ridicules. À quoi était censé servir ce fric ? À payer le décorateur, de la main à la main pour éviter la TVA ? Peu importait, maintenant : cet argent était le leur. De même que les Eurochèques et les traveller's trouvés dans une jolie boîte à cigares sur la coiffeuse, les bagues en or enveloppées dans un chiffon de soie et dissimulées dans le pied d'une paire de collants. Grice appréciait beaucoup lorsque les gens étaient soigneux. Cela leur rendait la tâche tellement plus facile.

– C'est quoi, l'histoire d'ici ? demanda Grabianski.

– L'histoire ?

– Le topo qu'on t'a fait sur les propriétaires.

– Ils arrivent du Kent. Une partie de leur terrain se trouvait sur le tracé ferroviaire du Tunnel sous la Manche. La maison pouvait rester debout, mais les travaux prévoyaient d'engloutir un verger et deux hectares. Le mari passe le plus clair de son temps à Londres et la femme et les enfants viennent seulement pour les vacances, ou quelquefois le week-end. Voilà, ça te va ?

Grabianski ne répondit pas.

– Détends-toi, tout va bien se passer.

– Je suis détendu.

– À d'autres.

– Tu penses que ce tableau a de la valeur ? demanda Grabianski, désignant du menton un portrait accroché au mur, qui représentait une femme au visage triste, mains jointes sur les genoux. Le regard semblait tout droit sorti d'un tableau de maître.

– J'en sais rien, moi, fit Grice. C'est pas moi, l'intellectuel.

– À t'entendre, on dirait que la culture est une maladie incurable.

Grice partit d'un petit ricanement qui s'interrompit à la seconde où leur parvint du rez-de-chaussée le bruit d'une clé qu'on tournait dans la serrure. Comme par magie, la douleur migraineuse de Grabianski cessa, laissant place à une autre. La sensation violente de coups de pointe à l'intérieur de son crâne. La porte d'entrée grinça. On alluma une lampe. Puis une autre.

Les deux hommes ne bougèrent pas un muscle.

On tourna le bouton de la radio. Recherche de fréquence, des voix étouffées par des parasites, quelques accords de musique pop ringarde, crachotements, silence, d'autres voix, une volute de Haydn, silence encore. Dans la pénombre du palier, Grice sentait peser sur lui le regard de son partenaire. Seulement pour les vacances et quelquefois le week-end.

Grice songea qu'il pouvait s'agir d'un autre cambrioleur. Muni d'un double des clés ou d'un sésame. Peu probable. L'homme – à entendre le bruit des pas, il ne pouvait s'agir que d'un homme – se rendit dans la cuisine. Grice avait étudié attentivement le plan de la maison. Le bruit d'un tiroir à couverts ne fit que confirmer.

Grabianski lui fit un signe et, à l'aide de quelques gestes précis, proposa qu'ils mettent à profit la présence du nouveau-venu dans la cuisine pour prendre la tangente par où ils étaient venus.

Grice se montra hésitant mais Grabianski ne lui laissa pas le temps de réfléchir et l'entraîna d'une main ferme posée sur l'épaule à descendre l'escalier sur la pointe des pieds.

Trois marches seulement les séparaient encore du rez-de-chaussée lorsque Hugo Furlong, dont l'avion avait été détourné sur l'aéroport d'East Midlands à seulement quelques minutes de sa résidence secondaire, sortit tranquillement de la cuisine, un pot de confiture de framboise à la main et une cuillère dans le bec.

Les trois hommes échangèrent des regards figés.

– S'il vous plaît, ne... commença Grabianski.

Le pot de confiture glissa entre les doigts de Furlong et vola en éclats sur le parquet, suivi quelques secondes plus tard de la petite cuillère lorsque l'homme se retourna pour fuir et heurta de plein fouet le pilier de bois situé juste à sa droite.

Sonné, il glissa lentement jusqu'au sol.

– Viens ! cria Grice en attrapant son acolyte par le bras.

Mais Grabianski avait déjà fait deux pas en avant et s'agenouilla près du corps, alerté par le halètement soudain de la respiration.

– Magne-toi ! Tirons-nous !

Grabianski l'ignora et, posant un genou à terre en prenant garde à la confiture répandue, retourna Furlong. Un filet de sang s'écoulait de son arcade droite, mais la pâleur du visage et la perte de connaissance l'inquiétaient davantage.

– Qu'est-ce que tu fous, merde ?

Grabianski tenta maladroitement de desserrer le nœud de cravate, ne réussissant qu'à accrocher la soie usée avec ses ongles et prit une profonde inspiration, tentant de coordonner ses mouvements avec calme.

– Tu vois pas que ce type a besoin d'aide ?

– C'est nous qui allons avoir besoin d'aide si tu remues pas ton cul !

– Je crois qu'il est en train de faire une attaque.

Par-derrière, Grice attrapa Grabianski aux épaules et l'obligea à se redresser, puis à lui prêter attention.

– Écoute, lui dit-il comme on parle à un petit garçon entêté. On va foutre le camp d'ici. C'est la règle : pas de risques inutiles. On n'y est pour rien et on est déjà suffisamment dans la merde. O.K. ?

Grabianski donna l'impression d'être d'accord.

– On se casse.

– Et lui ? fit Grabianski en tournant la tête.

– On nous l'a pas donné à garder.

– Je crois qu'il ne respire plus, remarqua Grabianski.

*
* *

Le matin, comme les quatre matins précédents,

Hugo s'était attablé devant ce qui figure au menu de certains restaurants sous la mention de petit déjeuner anglais traditionnel. Il avait passé les deux derniers jours, soirées comprises à organiser une conférence sur les techniques de vente, à Glasgow. De son point de vue, le laïus sur les bienfaits divers et variés du jus d'orange, des brans et des toasts grillés ne pesait pas bien lourd comparativement à ce qu'éveillait en lui l'odeur familière du bacon cuit et croquant sur les bords, le grésillement des œufs au plat. De plus, n'était-ce pas ce que tout bon Anglais prenait le matin ?

Pour le moment, affalé sur le parquet vitrifié de sa nouvelle maison, Hugo Furlong était en train de faire un infarctus.

– Sois raisonnable, dit Grice, d'un ton presque suppliant.

Mais Grabianski continua de déboutonner la chemise de l'homme étendu par terre. Toute trace de migraine avait disparu à présent et il se concentrait afin de se souvenir d'un papier qu'il avait lu dans un magazine par un après-midi pluvieux à Walsall tandis qu'on posait sur sa voiture un pot d'échappement neuf. Il prit le pouls de l'homme. Au poignet. Dans le cou. Rien.

– Laisse ce mec !

Grabianski se redressa pour changer de place et tira sur les jambes afin de les remettre droites, puis ramena les bras de son patient le long du corps.

– Appelle une ambulance, dit-il à Grice.

– C'est une plaisanterie ?

Grabianski baissa les yeux vers le corps inanimé :

– Tu lui trouves une tête de plaisantin ?

– Ah, ouais, plutôt. Même une tête de gag. Voilà le mot que je cherchais : un gag.

– Si tu ne veux pas appeler d'ambulance, donne au moins un coup de main et va me chercher un coussin.

Grice regarda son partenaire soulever délicatement

la tête de Furlong comme il aurait fait avec un vase précieux, à la différence près qu'un vase précieux n'a pas d'arcade qui pisse le sang et vous en met plein les mains.

– Pour quoi faire ?

– Va me chercher un coussin, je te dis.

Grabianski n'était pas tout à fait certain que la précaution soit indispensable, ou même pertinente, mais il glissa néanmoins le coussin que Grice rapporta du salon sous les omoplates du malade.

Grice le regarda avec une certaine curiosité ouvrir la bouche de Furlong comme l'aurait fait un dentiste.

– Qu'est-ce que tu fous exactement, là ?

– Je dégage les voies respiratoires.

À l'oreille de Grice, les mots sonnaient comme du jargon de police.

– Et merde ! s'exclama Grabianski.

– Qu'est-ce qu'il y a ?

– Il a un dentier.

– C'est normal à son âge. Passé la cinquantaine, ça devient un truc courant. Moi, par exemple, on m'a refait toute la salle à manger du haut. T'as pas de fausses dents, toi ?

Grabianski s'était plus d'une fois fait recoudre à différents endroits de la tête, mais toutes les dents qu'il avait dans la mâchoire étaient les siennes. Brossées chaque matin – sur les conseils de sa grand-mère – avec de l'eau chaude et du sel depuis l'enfance. L'appareil dentaire inférieur d'Hugo s'était détaché pendant sa chute et collé en travers de son palais. Grabianski l'extirpa de sa bouche entre le pouce et l'index et le posa à côté de lui.

– Nom de Dieu, c'est répugnant ! gémit Grice.

– Tu préférerais qu'il claque ?

– Sûr, que je préférerais. Parce qu'il nous a un peu photographiés, le mec. Et celui-là, tu auras du mal à le convaincre d'aller raconter qu'il a vu deux moricauds avec des blousons en cuir. Fais-lui confiance pour aller jusqu'au bout. Ils lui feront dessiner nos tronches à l'ordinateur, ça passera à la télé et tout le pays saura à quoi on ressemble. Alors, s'il a décidé de calancher, le contrarie pas.

Grabianski n'écoutait même pas.

Il banda ses muscles, leva les mains à hauteur de son visage, refermant la gauche autour de son poignet droit et fermant le poing de la main droite.

Un instant, Grice crut assister à quelque rite religieux polonais jusqu'à ce qu'il vît le poing de Grabianski s'abattre de toutes ses forces sur la poitrine d'Hugo Furlong, environ cinq centimètres à gauche du sternum.

– Putain ! cria-t-il. Eh, attends, je t'ai pas dit de l'achever !

Le thorax du malade avait remué sous le choc, les poumons expulsé une goulée d'air, mais Grabianski ne trouvait toujours pas le pouls. Il se déplaça légèrement, pinça le nez de Furlong et plongea ses lèvres dans sa bouche.

– Je crois que je vais gerber, dit Grice plus pour lui-même qu'autre chose.

– Appuie des deux mains sur sa poitrine, vite ! dit Grabianski d'un ton pressant en relevant la tête pour respirer.

– Quoi ?

– Les deux mains à plat, l'une sur l'autre. Comme si tu pompais !

– Eh ! c'est toi qui a voulu jouer au docteur. Moi j'y connais rien.

– Bon, fit Grabianski en se préparant à changer de place, alors occupe-toi du bouche-à-bouche !

– Alors là, pas question !

Grabianski mit ses mains en position, tendit les bras et commença les massages cardiaques. Un, deux, trois, quatre... il fusilla Grice du regard. Cinq, six, sept... il reprit son souffle. Huit, neuf, dix et un de plus. Cadeau de la maison.

Grice se tenait à distance, mal à l'aise.

– Tu vas faire ce que je te dis, oui ou non ?

– Pour qu'il m'envoie dans la gueule ce qu'il a mangé à midi, très peu pour moi.

– Alors souffle-lui dans le nez.

Grice répondit par une grimace de dégoût. Il avait le cœur au bord des lèvres. Grabianski recommença le bouche-à-bouche.

Il accéléra le mouvement, reprit les massages, faisant de son mieux pour chasser le découragement qui commençait à le gagner. Seul, sans l'aide d'une équipe de réanimation, il n'arriverait à rien.

– Écoute, Jerry, intervint Grice, chafouin. Je comprends ce que tu essaies de faire. Les circonstances ne seraient pas ce qu'elles sont, d'accord. Mais là, tu n'arriveras à rien... Laisse tomber.

Grabianski leva la tête et lui colla une gifle.

– Que tu n'aies rien à foutre de ce pauvre type, O.K. ! mais fais marcher ta cervelle et pense à l'addition si jamais ils nous coincent ! Réfléchis deux minutes en allant décrocher le téléphone. Tu appelles les urgences et tu leur dis qu'ils ont cinq minutes. Grand maximum.

Il ne prit pas le temps de vérifier si Grice s'exécutait et chercha à nouveau le pouls d'Hugo. Merde ! Il n'avait plus de forces dans les bras et ses muscles lui faisaient mal, sa respiration haletait. Il envisagea la possibilité que Grice ait filé en douce, sans appeler les secours les abandonnant tous les deux à leurs sorts respectifs, mais il l'entendit raccrocher l'appareil dans la pièce à côté. L'hôpital était à moins d'un kilomètre.

– Allez ! Fais un effort, nom de Dieu ! gueula-t-il au corps sans vie, s'acharnant de plus belle. Qui que tu sois, tu peux pas crever maintenant !

Il se souvint avoir lu ou entendu que le cerveau humain pouvait survivre environ trois minutes sans être irrigué. Il espérait de toutes ses forces que c'était vrai, car il ne comptait pas s'attarder pour assister au débarquement des ambulanciers armés jusqu'aux dents de haute technologie. Comment s'appelait leur engin miracle déjà ? Un défibrillateur ?

Le hurlement des sirènes se fit entendre dans les deux minutes ou presque.

Une dernière fois, il couvrit la bouche d'Hugo Furlong avec la sienne. Ce fut la bonne.

La poitrine se souleva, retomba, se souleva encore.

– Bonne chance, dit-il avant de gagner la porte d'entrée dont il libéra le cran de sécurité afin de prévenir un courant d'air fatal.

La sirène se rapprochait. L'ambulance devait être à une rue de la maison, tout au plus.

Il courait encore lorsqu'il aperçut les premiers éclairs bleutés sur les bâtiments voisins.

30

Jack Skelton n'avait pratiquement pas fermé l'œil et ses rares moments de sommeil avait été très agités et fort peu réparateurs. Ce fut pourtant sa femme et non lui qui entendit la première la porte de leur chambre grincer.

– Jack, dit-elle à voix basse. Jack, réveille-toi.

Skelton se retourna en grommelant vers le centre du lit et s'assit, distinguant la silhouette de Kate dans l'encadrement de la porte. La jeune fille les regardait et tourna les talons quand Skelton l'appela, laissant la porte ouverte derrière elle.

Il se leva, boutonna son pyjama et passa sa robe de chambre.

– Rendors-toi, dit-il à sa femme en l'embrassant sur la joue.

Il était un peu plus de trois heures du matin.

Assise sur un des tabourets de cuisine, Kate étalait du miel sur une tranche de pain qu'elle avait préalablement tartinée au beurre de cacahuète. Elle avait le teint cireux, blanchâtre par endroits, autour des paupières et à la racine des cheveux. Lorsqu'ils étaient rentrés de la brigade, l'après-midi de la veille, elle était montée directement et s'était enfermée dans sa chambre, n'en sortant que pour se rendre à la salle de bains. Le plateau avec du thé et des sandwichs posé devant sa porte était demeuré intact.

Skelton regarda sans rien dire un long filament de miel glisser des doigts de sa fille, songeant à la conférence qui devait avoir lieu d'ici seulement quelques heures. Évaluation de chaque élément du dossier, décisions à prendre, instructions à donner. Il serait là. Bien obligé.

– On va m'envoyer en prison, hein ?

– Non.

– Bien sûr que si.

– Je pense que ça n'ira même pas jusqu'au tribunal.

– Pourquoi ?

– Parce que.

– À cause de qui je suis, tu veux dire ?

– Non, ce n'est pas ce que je veux dire.

– Bien sûr, que c'est ça. Parce que je suis ta fille.

– Non, ça n'a rien à voir.

Kate eut un rire amer et détourna les yeux.

– Ben voyons !

– À t'entendre, on dirait que tu as envie d'être condamnée...

– On envoie bien à Holloway des filles de vingt ans avec un gosse pour avoir oublié de payer la redevance télé, je ne vois pas pourquoi je passerais au travers.

Skelton soupira et changea de position sur son tabouret.

– À cause de ton âge, du fait que tu n'as jamais été condamnée auparavant. Il y a toutes sortes de raisons.

– À commencer par la profession de mon père.

Skelton ne répondit pas.

– Et l'avocat expliquera que je viens d'une bonne famille, que j'ai des parents aimants, des trucs comme ça.

– Probablement, admit-il, marquant un temps avant d'ajouter : Cela te paraît si loin de la vérité ?

Kate passa le dos de la lame du couteau entre ses lèvres pour lécher le reste du miel.

– En tout cas, ce n'est pas ça que les journaux diront si jamais ils prennent l'affaire en main.

Skelton avait envie d'une autre tasse de thé, et aussi d'aller aux toilettes, mais continua d'observer sa fille étaler du miel sur sa tartine à la manière d'un peintre étalant des couleurs sur une toile. Il avait une vague idée de ce que raconteraient les journaux s'ils s'emparaient de l'affaire et préférait ne pas y penser.

– Kate...

Il s'interrompit mais trop tard et elle accompagna ses yeux jusqu'à la petite flaque de miel qui avait coulé sur la table.

– C'est ça, dit-elle. Ta fille se fait serrer pour vol à l'étalage, mais la seule chose qui t'inquiète, c'est de laisser des taches dans la cuisine.

Il baissa les yeux et elle se leva pour arracher quelques feuilles du rouleau essuie-tout.

– Tiens, dit-elle sèchement. Voilà. Dépêche-toi de nettoyer avant qu'elle descende !

– Kate...

– Vas-y. Et surtout....

Skelton lui balança le papier à la figure et d'un bras rageur balaya tout ce qui se trouvait sur la table, envoyant le couteau rebondir contre le four à micro-ondes, renversant les tranches de pain et le pot de miel sur le sol. Pour la première fois depuis son enfance, Kate lut la fureur dans les yeux de son père et recula, effrayée.

– Jack ? Qu'est-ce qui se passe ? appela-t-on de l'escalier.

– Rien. Retourne te coucher.
– J'ai entendu quelque chose tomber.
– C'est rien.

Au-dessus d'eux, il y eut un bruit de pas feutrés et la porte de la chambre se referma.

Kate ouvrit la porte du placard pour prendre la pelle et la balayette.

– Laisse ça, dit Skelton.
– J'en ai pour deux secondes.
– Kate. Kate, je t'en prie, laisse ça.

Il s'avança pour lui prendre la pelle des mains et elle recula de peur qu'il ne la frappe. À son tour, Skelton fit un pas en arrière, gêné. Lorsqu'elle rencontra à nouveau son regard, la crainte dans ses yeux n'avait pas totalement disparu.

– Bon, soupira-t-elle finalement, après un temps de réflexion.
– Qu'y a-t-il ?

Kate sortit un verre du buffet, prit un peu d'eau au robinet et but une longue gorgée avant de rincer le récipient et de le poser à l'envers dans l'égouttoir.

– Maintenant que tout ça est arrivé, dit-elle sans le regarder, tu ne tarderas pas à apprendre le reste.

*
* *

– Elle pleure ? demanda Kevin Naylor d'une voix embrumée de sommeil.

Mais Debbie était déjà réveillée.

– Je croyais avoir entendu la petite.

Elle se tenait plus ou moins en position assise contre ses oreillers, la chemise de nuit boutonnée jusqu'en haut. Le guide de poche sur la Grèce – un pays où Debbie n'était jamais allée et pour lequel elle n'avait jamais manifesté de curiosité particulière – était toujours à la même place, sur la table de nuit où il traînait depuis quatre ou cinq jours.

– Je vais aller voir, dit-il en extirpant ses jambes de sous la couette.

– Laisse, j'y vais.

– Mais non, je...

Lorsqu'il se leva, Debbie se trouvait déjà à la porte de la chambre.

– Va te recoucher.

Son petit visage était grave et sévère, ses lèvres exsangues à l'endroit où mordaient ses incisives.

– Rendors-toi.

Un gémissement plaintif proche des pleurs se fit entendre distinctement dans la pièce voisine.

– Attends, dit-il. Peut-être qu'elle est seulement en train de rêver...

Debbie partit d'un petit rire.

– ... qu'elle va se retourner et se rendormir.

– Oui, comme tu fais, toi.

– C'est injuste de dire ça.

– N'empêche que c'est vrai.

– D'accord, ça m'arrive, mais c'est injuste de le dire de cette façon-là.

– Si tu le dis.

Elle le dévisagea froidement. Le plastron de la chemise de nuit bouffait légèrement à la taille, par-dessus le cordon noué sur la hanche. À côté, les pleurs du bébé se faisaient plus insistants. Kevin voulut sortir de la chambre mais elle s'interposa.

– Allons, Debbie.

– Non.

– Écoute...

– Non !

Kevin baissa les yeux vers les orteils de sa femme qu'elle frottait nerveusement contre les poils du tapis. De l'autre côté de la cloison, les cris redoublaient.

– Tu crois toujours qu'elle est en train de rêver ?

– Non, enfin je n'en sais rien. Peut-être qu'elle a fait un cauchemar, je ne sais pas.

– Non, tu ne sais pas. Tu ne sais rien. Tu ne peux pas savoir !

Elle serra les poings et se mit à tambouriner contre

sa poitrine, l'obligeant à reculer à l'intérieur de la pièce.

– Tu ne peux pas ! Tu ne peux pas ! Tu ne peux pas savoir ce que c'est !

Lorsqu'elle se mettait dans cet état-là, il arrivait qu'il la saisisse par les poignets en attendant que la crise se dissipe ou bien qu'il se contente de reculer contre le mur et la laisse frapper en attendant qu'elle n'ait plus de force et qu'elle éclate en sanglots. Mais là, les cris de la petite lui fendaient l'âme.

Il esquiva sans difficulté les coups de Debbie en faisant un pas de côté, l'empêcha de le rattraper par son T-shirt et sortit de la chambre.

– Kevin, reviens ici !

Il entra dans la pièce voisine, s'approcha du berceau sans prêter attention aux injonctions de sa femme.

– Kevin, je te préviens... !

En gigotant, la petite avait repoussé les draps de dentelle et les couvertures dans le coin de son lit-cage, pour finir par se coincer une jambe entre les barreaux. Il se pencha avec précaution pour la libérer et la prendre dans ses bras. Son visage était congestionné à force d'avoir pleuré et hurlé. Il la coucha délicatement contre sa poitrine, la tête contre son épaule et lui tapota doucement le dos.

Mais l'enfant pleurait toujours.

Il marcha d'un bout de la chambre à l'autre, sa fille dans les bras, tournant autour du lit, attendant qu'elle se calme. Un instant, il crut que la petite avait cessé de pleurer, mais c'était seulement une ponctuation plus longue que les précédentes. En faisant demi-tour, il se trouva face à Debbie qui l'observait, appuyée contre le chambranle de la porte. Elle avait pleuré et son visage était livide.

Lorsqu'elle tendit les bras, Kevin lui donna l'enfant et, le temps qu'il retende les couvertures à l'intérieur du petit lit, la petite avait cessé de crier.

– Mon Dieu, Jack ! mais elle pourrait avoir attrapé le SIDA ou je ne sais pas...

– Non, pas avec ça.

– Bien sûr que si. Cette vie que mènent les jeunes. Tu as bien vu l'émission, l'autre soir. C'est comme ça qu'ils l'attrapent...

Jack Skelton posa une main rassurante sur le bras de son épouse et, du regard, tenta d'apaiser la lueur d'effroi qui s'attardait dans ses yeux.

– La contamination se fait seulement par injection, dans le cas qui nous préoccupe.

Elle fronça les sourcils.

– Mais enfin, tu as parlé de drogues. Tu as dit que Kate...

– C'est seulement lorsqu'il y a injection intraveineuse qu'on peut contracter le virus HIV. Ce sont les seringues sales qui sont en cause. Pas la drogue elle-même...

– Qu'est-ce que tu veux dire, alors ? elle fume seulement du cannabis.

Skelton secoua la tête.

– Elle prend du LSD. Quelquefois des amphétamines.

– Et tu la crois ? Tu te contentes de croire ce qu'elle te dit ?

Il revit l'expression du visage de sa fille tout le temps où elle lui avait parlé, au beau milieu de cette cuisine propre et nette et comprit que cet aveu avait été pour elle la chose la plus difficile au monde. Il songeait à tous ces moments où elle avait dû se retenir de tout lui jeter à la figure, mais savait que leur conversation n'avait pas eu lieu dans un de ces moments-là.

– Je ne me contente de rien. Je la crois, c'est tout.

– Ce que je n'arrive pas à comprendre, c'est comment elle a pu se procurer toutes ces drogues aussi facilement. On dirait qu'elle a juste à se rendre au coin d'une rue et hop, elle trouve du LSD et cet autre truc, je ne sais plus comment tu l'appelles...

– De l'ectasy.

– Qu'est-ce que c'est au juste ?

– La drogue que Kate a consommée le plus. Celle qu'elle achète régulièrement. Apparemment, ça semble être une pratique courante dans la bande qu'elle fréquente.

– Mais où ?

– Où ? n'importe où. Les boîtes dans lesquelles elle va, tout au moins certaines. Elle a pu aller à Sheffield ou à Manchester. C'est une sorte de stimulant puissant.

– Et c'est pour en acheter qu'elle volait ?

Skelton acquiesça :

– Elle pouvait difficilement nous demander de lui augmenter son argent de poche.

– Jack.

– Oui, je sais.

Ils avaient du mal à se regarder dans les yeux. De nouveau, il prit le bras de sa femme, puis lui tint la main. Quelques instants seulement.

– Tu es glacée, dit-il.

– Que va-t-il se passer, maintenant ?

Skelton n'en savait rien. Il n'était même pas certain de la manière dont se règlerait l'histoire de vols au centre commercial qui, au milieu de tout cela faisait presque figure d'incident mineur. Il ne savait pas non plus jusqu'à quel point Kate était dépendante des saletés qu'elle ingurgitait, ni l'étendue exacte des problèmes qu'entraînerait une cure de désintoxication. Et puis il y avait d'autres problèmes qui tournaient dans sa tête. En dépit de ce qu'il avait pu dire à sa femme, le spectre du SIDA l'obsédait. Bien qu'elle n'ait pu l'attraper en utilisant une seringue sale apparemment, il restait les autres « pratiques à risques ». Son esprit avait beau faire barrage de toutes ses forces à cette pensée, celle-ci le torturait à chaque seconde.

Kate.

– Ils vont te tomber dessus, n'est-ce pas ? dit son

épouse en s'approchant du bord du lit où il était assis. Et pas seulement ceux d'ici. Tous. Ils vont s'en faire une joie.

Skelton posa la tête contre la hanche de sa femme.

– Ça n'a pas d'importance, dit-il. Ce que les gens diront de moi n'a aucune importance.

Il avait mis toute sa force de conviction dans ces paroles.

Il n'en pensait bien sûr pas un mot.

31

Le temps que l'hôpital donne de plus amples informations, Resnick avait eu le temps de faire le trajet de chez lui jusqu'à la brigade. Il fut accueilli par le regard soucieux de Millington et une tasse de thé brûlant. Le compte rendu de ce qui avait été porté à la connaissance des services de police prit en tout et pour tout cinq minutes.

– Et vous dites que Furlong va s'en tirer ? demanda Resnick.

– Il semblerait, monsieur. Mais il revient de loin. D'après l'hôpital, si les deux types avaient décampé sans rien faire, il était sûr d'y passer.

– Il n'y a pas encore eu d'identification ?

– Trop tôt, répondit Millington. Mais entre nous monsieur, c'est couru d'avance, vous ne croyez pas ?

Resnick acquiesça. La conférence était prévue pour dans un quart d'heure. Jack Skelton ne le féliciterait sûrement pas d'avoir relevé Patel de sa surveillance sans mettre quelqu'un d'autre à sa place et de s'être contenté de faire contrôler la présence du véhicule de Grice devant l'immeuble par la patrouille de nuit. Mais Jack Skelton aurait sans aucun doute bien d'autres motifs de tirer le masque. Pauvre vieux. Resnick essaya de réfléchir à l'attitude qu'il adopterait. Le prendre à part, dire quelque chose, mais quoi ? dans une situation pareille...

– Monsieur ?

Naylor avait son visage chiffonné des grands jours. Il brandit sous le nez de Resnick une feuille d'imprimante encore chaude :

– J'ignore pourquoi l'information n'est pas sortie avant. Peut-être que les questions n'ont pas été posées à la machine comme il fallait et...

– En clair ?

Naylor cessa d'agiter la feuille et la maintint contre sa poitrine, à la manière d'un bouclier.

– C'est-à-dire qu'au départ, j'ai orienté mes recherches seulement sur les cambriolages. Effractions, sécurité, c'était l'angle principal et...

– Kevin.

– Monsieur ?

– Abrégez.

Le jeune homme se racla la gorge et rosit légèrement, sentant Divine rigoler tout seul dans son coin, à l'autre bout de la salle.

– J'avais raté un truc, concernant Fossey : il a eu des ennuis il y a environ quatre ans, avant que le sergent Millington ne commence à s'intéresser à son cas. Un accident de voiture. Quelqu'un lui est rentré dedans à un carrefour et il s'est avéré que Fossey roulait sans assurance. Il a été convoqué le lendemain, mais aucune charge n'a été retenue. Même pas une contravention, rien.

Resnick remarqua le sourire qui commençait à se dessiner sur le visage de Naylor :

– Je suppose que vous avez gardé le meilleur pour la fin ?

– Fossey a eu affaire à l'inspecteur Harrison au sujet de cette histoire.

– Quatre ans, répéta Resnick. Je me demande si c'est à cette époque-là qu'il a fait la connaissance de

Savage. Si j'en crois ce que vous dites, il avait besoin d'un bon assureur, non ?

***

De toute évidence, Jack Skelton ne semblait tenir debout ce matin que par sa seule force de caractère et la qualité de son savon à barbe. Le regard qu'il avait échangé avec Resnick en arrivant semblait dire, « d'accord, Charlie, merci de penser à moi, mais gardez vos distances ». Resnick prit place entre Norman Mann et Bill Prentiss, des Affaires Criminelles. Tom Parker était présent lui aussi et discutait bricolage avec Len Lawrence. De son côté, Millington ouvrait et fermait son calepin, concentré, comme s'il s'apprêtait à déposer devant la cour.

– Messieurs, commença Skelton d'une voix beaucoup plus basse que d'habitude. (Une octave au moins, se dit Resnick à qui son supérieur donnait l'impression d'avoir pris dix ans de plus en une nuit.) Je crois que tout le monde ici connaît Bill Prentiss, dont le département semble manifester un vif intérêt pour nos deux suspects. Bill ?

Originaire du Devonshire, Prentiss avait été contraint à l'exil pour cause d'avancement et comptait les années qui le séparaient encore d'une retraite bien méritée dans sa région natale, un petit patelin du côté de Lynmouth d'où, par temps clair, on pouvait apercevoir les raffineries de l'autre côté du canal de Bristol.

– Nous avons eu chez nous une série de cambriolages non résolus, expliqua Prentiss. Les affaires que j'évoque remontent à six, sept ans et plus. Même mode opératoire que celui de vos deux oiseaux, secteur d'activité circonscrit aux Midlands avec une prédilection pour le nord-ouest, mais jamais au-delà de Manchester.

– J'en étais sûr, fit Tom Parker, rayonnant.

– La vue est vachement plus belle qu'à Watford, renchérit Lennie Lawrence.

– On est jamais parvenu à les loger, poursuivit Prentiss, ni à savoir exactement si c'était dû à leur chance ou bien à leurs sources d'information.

– Êtes-vous en train de suggérer, coupa Skelton, que ces deux individus disposeraient d'un réseau de renseignements personnel capable de couvrir pour eux la moitié du pays ?

Prentiss secoua la tête et alluma une cigarette :

– Pas exactement. *A priori,* leur manière de s'organiser semble être la suivante : ils jettent leur dévolu sur un territoire précis, y nouent des contacts et ratissent pendant un an ou deux, en tâchant de ne pas se montrer trop gourmands et en faisant preuve d'une grande circonspection afin de ne pas être suivis à la trace. Puis ils s'en vont répéter la formule sur un autre territoire.

– Les deux dernières années, dit Resnick, c'est nous qui avons décroché la timbale.

– Ils vont et viennent, conclut Prentiss. Comme les puces ou les oiseaux migrateurs.

– Au rythme des saisons, ajouta Parker.

– Disposons-nous d'assez d'éléments pour les relier à Fossey et Savage ? demanda Skelton.

– Suffisamment pour interroger les deux individus que vous venez de citer, monsieur, répondit Millington. À supposer qu'on les travaille un peu et qu'on réussisse à en rendre un plus bavard que l'autre, seulement un, le reste viendra tout seul.

– Ce qui m'ennuie dans cette histoire, dit Parker, c'est qu'on essaie d'y mêler Jeff Harrison.

Le moment était venu pour Resnick d'argumenter. Il parla des soupçons de Patel, de la récente découverte de Naylor et de ces propres conclusions après sa conversation avec Harrison.

– Moi, ce que je ne comprends pas, objecta Len Lawrence en se penchant vers Resnick, c'est ce que

Jeff retire de tout ça. À supposer que Charlie ait raison, bien sûr.

Tous les regards convergèrent en direction de Resnick.

– Ça va vous paraître un cliché, mais je crois que Jeff est aigri, sans illusions. Il a perdu tout espoir de promotion et considère qu'on l'a mis sur la touche, pour une raison ou pour une autre. Alors il s'est cherché une porte de sortie.

– Et il se serait acoquiné avec tout ce joli monde pour quelques enveloppes contenant des pourboires en billets de cinq ? ça ne tient pas, Charlie, fit Lawrence.

– Ce n'est pas du tout à cela que je pense, répliqua Resnick. Je ne pense même pas qu'il ait eu le moindre contact avec Grice ou Grabianski et j'espère qu'il n'a jamais touché d'argent de leur part. Non, à mon avis c'est Fossey qui l'intéresse. Fossey est avant tout un petit malin et il sait embobiner les gens utiles. Il a su deviner il y a trois ans l'ampleur qu'allait prendre le marché de la sécurité auprès du public et je lui fais confiance pour avoir appâté Harrison comme il fallait.

– Et qu'est-ce qu'Harrison pouvait attendre de Fossey ? demanda Tom Parker.

– Des contacts, des noms, des informations de première main susceptibles de lui constituer une carte de visite. Une connaissance parfaite des rouages et des techniques de pointe en matière de surveillance ajoutée à ses années de service, ça se monnaye avantageusement un jour ou l'autre.

– En échange de quoi, compléta Prentiss, Fossey pouvait prétendre à quelques faveurs spéciales.

– Un œil distrait.

– Une enquête qui omet d'explorer certaines pistes.

– Comme celle sur le casse de la maison Roy.

– Voilà.

– Jeff faisait de son mieux pour contenir les excès

de zèle en attendant le moment opportun pour une reconversion juteuse.

Skelton se leva et fit quelques pas dans la salle de conférence, histoire de se dégourdir les jambes.

– Messieurs, dit-il, je ne vois dans tout cela qu'une accumulation de conjectures.

– Je suppose qu'il n'est pas encore à l'ordre du jour de toucher à Jeff Harrison ? dit Tom Parker.

Resnick répondit par la négative.

– Pas avant de nous être occupés de Fossey et de Savage.

Millington s'autorisa un petit rire :

– On va secouer l'arbre, il en tombera bien quelque chose.

– Et le tandem Grice-Grabianski ? si on prend leurs informateurs en pension, ils vont faire leurs valises dans les cinq minutes.

– Il est prévu de prendre livraison de Grice à l'instant où il sortira de chez lui, répondit Resnick.

– Et l'autre ?

– Ah ! pour ce qui concerne Mr. Grabianski, dit Norman Mann qui n'avait pas encore ouvert la bouche, nous avons des projets, Charlie et moi.

***

La voiture banalisée ralentit à une cinquantaine de mètres de la villa des Fossey, située de l'autre côté de la rue. Millington posa ses coudes sur le dossier du siège avant et établit le contact radio :

– En position ?

– On y va quand vous voulez.

– L'arrière de la maison est surveillé ?

– Trois agents en uniforme.

Millington jeta un coup d'œil à sa montre. Sept heures moins vingt. Rien ne laissait supposer que Fossey quitterait son domicile avant huit heures. Le journal avait été glissé dans la boîte aux lettres et deux bouteilles de lait attendaient sur le perron. C'était l'avantage des quartiers chics. Millington n'était quant à lui jamais livré avant onze heures et son lait lui était apporté dans des berlingots de carton.

Il changea de fréquence pour joindre Divine qui surveillait le pavillon d'Andrew John Savage.

– Vous êtes sûrs que le client est à l'intérieur ?

– Autant qu'on puisse en juger.

– C'est-à-dire ?

– Sa voiture est là.

– Vous distinguez de la lumière dans la maison ?

– Rien.

– Bon Dieu, fit Millington. On ne peut pas se permettre d'en coincer un et pas l'autre. (Il regarda encore une fois sa montre.) Allez-y voir dans deux minutes.

– Bien monsieur, répondit Divine.

La maisonnette de Savage était située en bord de canal, dans la zone cossue peuplée de jeunes cadres frimeurs qui affectionnaient les voitures puissantes et quelquefois même un canot mouillant dans la marina. Divine imaginait le genre de petits studios coquets, décorés à coups de gadgets que devaient abriter les étroits bâtiments de brique. Idéal pour lever un petit lot. Slow langoureux à l'heure exquise sur la piste du Baltimore Exchange et direction le waterbed.

– Qu'est-ce que tu en penses ? demanda Lynn Kellogg assise à côté de lui dans la voiture.

– Je sais pas trop si je m'habituerais aux clapotis.

– Hein ?

– Allongé sur un waterbed.

– Je te parle de Savage. Tu crois qu'il est chez lui ?

D'un revers de main, Divine essuya la vitre aveuglée par la buée. Ils seraient fixés d'ici une minute.

***

Graham Millington tapa sur l'épaule de Naylor et fit un signe de tête en direction de la maison.

– On y va.

Naylor manœuvra la voiture d'un trottoir à l'autre et l'immobilisa au bout de l'allée. Leurs portières claquèrent en même temps et, tandis qu'ils avançaient d'un pas rapide vers la maison, la porte d'entrée s'ouvrit sur Mrs. Fossey, en robe de chambre par-dessus un pyjama de soie. Occupée à extirper le journal de la boîte aux lettres, elle ne les vit d'abord pas puis leva les yeux et reconnut Millington. Elle se précipita aussitôt à l'intérieur en appelant son mari.

Naylor eut le réflexe plus prompt que son sergent et plaça le pied contre le chambranle avant que la porte ne se referme.

– Lloyd ! Lloyd ! c'est la police !

De l'intérieur, outre le son de deux postes de radio réglés chacun sur une station différente, leur parvinrent des bruits de portes qu'on claquait et le son d'une cavalcade dans l'escalier.

– Agent-détective Naylor, madame. Et voici le sergent Millington. Nous avons un mandat et...

– Attention à vous ! cria Millington à Naylor en prenant son élan.

D'un violent coup d'épaule il ouvrit la porte en grand, précipitant la jeune femme en arrière et fonça directement au salon tandis qu'elle s'écroulait au pied de l'escalier.

– Merde !

Fossey boutonnait son pantalon et ouvrait la porte-fenêtre, une mallette sous le bras, ses clés de voiture à la main. Il n'avait pas eu le temps de mettre ses chaussures.

– Lloyd Fossey ! hurla Millington.

Mais l'autre était déjà dehors. Le sergent n'était plus aussi véloce que cinq ans auparavant, mais il pouvait encore tenir la distance sur la longueur d'un jardin de banlieue. Il attrapa le fuyard au collet et parvint à le déséquilibrer, assurant sa prise pendant que mallette et clés de voiture rebondissaient sur le gazon gelé.

Kevin Naylor, qui s'était arrêté dans le vestibule pour aider la jeune Mrs. Fossey à se relever, arriva sans tarder à la rescousse, préparant les menottes.

*
* *

– Tu vois quelque chose ? répéta Divine pour la troisième fois.

Lynn Kellogg haussa les épaules et leva les yeux vers les fenêtres du premier étage.

Divine tambourina à la porte à l'aide du heurtoir, le plus fort possible, mais n'obtint pas plus de résultat que lorsqu'il s'était présenté à l'arrière de la maison.

– En tout cas, il peut plus faire celui qui dort, maintenant, grogna-t-il.

– Peut-être est-il à l'intérieur, à attendre qu'on se décourage et qu'on parte ?

– Il rêve.

Divine songeait sérieusement à enfoncer la porte lorsqu'il aperçut le taxi en train de ralentir juste un peu plus haut dans la rue, pour finalement s'arrêter quelques mètres devant leur voiture banalisée.

Andrew Savage en sortit.

– Regarde qui nous arrive, fit Divine d'une voix doucereuse. Monsieur a découché...

Savage avait presque gagné le trottoir lorsqu'il comprit ce qui se passait. Il fit aussitôt volte-face et courut après son taxi qui repartait, mais il eut beau crier et agiter les bras comme un sémaphore, le chauffeur accéléra en tendant son médius bien haut par la portière.

Sans s'arrêter de courir, Savage obliqua en direction du pont en dos d'âne qui passait au-dessus du canal et donnait sur le boulevard et ses lumières, de l'autre côté. Divine était aux anges et se serait cru un samedi après-midi, tant Savage lui faisait l'effet d'un trois-quart aile risquant une percée vers la victoire. Bouche ouverte, il rugit en plongeant sur l'adversaire et le plaqua sauvagement contre les rambardes du pont, sous l'œil de deux pêcheurs matinaux en train de déballer leur attirail. Divine prit le dessus sans difficulté et immobilisa Savage, un genou écrasant le haut de sa cuisse, un pied bloquant son avant-bras, avant de lui coller deux ou trois beignes dans le nez. Pour une fois qu'il n'y avait pas d'arbitre.

Savage se débattit en hurlant et quand Divine l'empoigna pour le remettre debout, il en profita pour lui cogner la tête contre la rambarde, histoire de le faire tenir tranquille tandis qu'il lui passait les bracelets.

– Eh bien, lança-t-il gaiement en se retournant vers Lynn Kellogg qui les rejoignait. Qu'est-ce que tu fichais ?

Lynn leva les yeux au ciel en soupirant. Le visage de Divine rayonnait. Lorsqu'ils auraient regagné le bureau, ce dégénéré engloutirait d'abord deux énormes sandwichs œuf-saucisse-bacon, puis se mettrait à narrer ses exploits par le menu, version Twickenham ou version Afrique du Sud, selon l'auditoire.

*
* *

Vers dix heures, Grice commença à sérieusement s'ennuyer. La télé n'offrait que des rediffusions d'émissions médicales où des types en veste de velours dissertaient d'un air pénétré sur les différentes infections amibiennes, ou bien des documentaires animaliers. Même pas une petite sitcom avec des jolies filles en mini-jupes. Un petit tour en ville lui éclaircirait les idées et il en profiterait pour faire un crochet par le vidéo-club pour louer 9 *Semaines et demie* ou bien cet autre film dans lequel la fille quitte le kiosque à musique avec sa jupe blanche que le vent soulève pour découvrir sa petite culotte. Celui où elle fait tuer son mari par son amant. Il avait oublié le titre, mais il reconnaîtrait la jaquette sur le boîtier.

Et puis, à l'occasion, il referait peut-être un tour

dans cette agence immobilière pour voir si la fille de l'autre fois s'y trouvait, celle avec l'accent australien et les bottes rouges. Il se demanda combien elle prendrait pour une visite à domicile. Il pourrait fournir la lotion de massage et les serviettes. Tout ce qu'elle aurait à apporter...

– Trevor Grice ?

Grice sursauta légèrement car il n'avait pas entendu arriver l'homme. Il tourna la tête et se retrouva face à un visage tout en longueur, de type asiatique et qui arborait une expression polie, presque timide. Il était étonnamment grand pour quelqu'un de sa race, vigoureux, aussi. Grice tenta d'évaluer ses chances, mais repéra vite la voiture banalisée sur le trottoir d'en face ainsi que l'officier en uniforme au bout de la rue.

– Oui, répondit-il. C'est à quel sujet ?

– Je vais vous demander de bien vouloir me suivre, dit Patel.

– Bon, fit seulement Grice, se laissant entraîner calmement jusqu'à la voiture. Après tout...

Il regarda la rue s'éloigner par la lunette arrière et reconnut la petite vieille en tennis qui, plantée au beau milieu de la rue les observait et parlait toute seule.

Vicille cinglée.

32

– Tu es sûre que tout va bien ?

– Mais oui...

– Si quelque chose n'allait pas...

– Jerry, je te dis que tout va bien.

– D'accord, d'accord. C'est seulement que je te trouve un peu...

Il se tut et caressa l'intérieur de son bras, là où sa peau était si douce.

– Un peu quoi ?
– Je dirais un peu tendue.
– Parce que je n'ai pas joui ?
– Non, pas à cause de ça.
– Pas du tout ?
Grabianski se pencha et l'embrassa entre les seins.
– Enfin, si, un peu...
Elle passa la main dans ses cheveux épais et durs derrière la tête et sentit ses doigts frémir à leur contact.
– Écoute, dit-elle, si tu savais depuis combien de temps je n'avais pas été comme ça dans les bras d'un homme, depuis combien de temps je n'avais plus joui autrement que toute seule, tu... je te promets que tu ne te ferais pas de souci.
– Je ne me fais pas de souci.
– Mais tu as senti quelque chose...
– Maria...
– Mmm !
– Je te sens beaucoup moins tendue par ici...
Il posa la joue contre son ventre encore humide de transpiration, savourant le goût salé de sa peau à la naissance du petit éventail que formait la fine toison pubienne.
Bien qu'elle ne pût voir son visage dans la position où elle était, Maria devina qu'il avait fermé les yeux et se préparait sans doute à faire un petit somme. Plus tôt dans la matinée, Harold avait quitté la maison avec la tête de quelqu'un qui vient de se réveiller d'un cauchemar pour découvrir que son cauchemar n'était plus que la réalité. De son côté, elle avait emporté sa seconde tasse de café dans la salle de bains et fait trempette en écoutant Simon Bates interpréter *Our Tune.* Là, au cœur de son doux cocon brûlant et parfumé, elle pouvait arrêter le temps, rêver à l'éternité d'un moment, encourager ses phantasmes. Pas le genre de phantasme à accessoires, avec menottes et cuir noir, non : plutôt des histoires de médecins et d'infirmières,

ou alors un conte de fées avec un artiste sans le sou qui se révèle fils caché d'un potentat des Îles. À son âge. Jamais elle n'aurait cru vivre encore ces longs moments durant lesquels on se fait belle en attendant un homme. Un homme comme Jerry.

Grabianski remua doucement contre elle, dans son sommeil.

Elle sourit et regarda l'heure. S'il était parti pour dormir une demi-heure de plus, elle en profiterait pour descendre leur préparer un chocolat chaud qu'elle servirait avec ces délicieux biscuits qu'elle avait trouvés chez Marks. Et puis ensuite, elle ferait en sorte de l'entraîner à nouveau dans la baignoire. Depuis le début de leur romance, elle prenait trois bains par jour. Ce genre de marotte portait sans doute un nom en psychanalyse.

*
* *

Grabianski ne dormait pas. Les yeux fermés, il continuait de voir le visage de ce pauvre type légèrement rondouillard qui avait bien failli lui claquer dans les mains. Avant de prendre un taxi pour venir ici, il s'était faufilé jusqu'au bureau de l'infirmière de garde au service de réanimation. On ne l'avait pas autorisé à voir le malade, mais il avait pu prendre de ses nouvelles. État stable. Il s'en était sorti de justesse et devrait changer ses habitudes de vie, s'il tenait à passer l'hiver.

– Bon sang, mais qu'est-ce qui t'a pris de te mêler de ça ? avait demandé Grice, furieux lorsqu'ils étaient enfin rentrés dans leur petit studio.

Qu'est-ce qu'on pouvait bien répondre à une question pareille ?

– Tu imagines dans quelle panade tu as failli nous foutre ? T'as vraiment envie de ramasser cinq à six ans de cabane ?

– Il était en train de mourir, dit seulement Grabianski.

– Et alors, la faute à qui ? il n'aurait jamais dû être là, en plus.

La discussion, au demeurant parfaitement stérile, avait tourné court. Grabianski avait laissé Grice somnoler dans son fauteuil devant un téléfilm de fin de soirée avec Angie Dickinson et Telly Savalas et s'était remis à feuilleter la revue de la RSPB [1] qu'il avait trouvée dans une librairie d'occasion sur Mansfield Road. Grice avait au moins raison sur un point : l'homme n'aurait pas dû se trouver dans la maison, propriétaire ou pas.

Quelque chose avait changé. La qualité de leurs informations laissait à désirer et la chance semblait s'éloigner d'eux.

Toutefois, en commençant à promener ses lèvres autour du nombril de Maria, il se dit que la chance lui avait déjà beaucoup souri.

*
* *

Ni l'un ni l'autre n'avaient entendu la voiture, mais il aurait fallu être sourd pour ignorer les coups de sonnette et le martèlement à la porte. Maria crut tout d'abord que c'était Harold avant de réaliser qu'Harold avait les clés. De son côté, Grabianski avait comme une intuition.

– Je crois que nous ferions mieux de nous habiller, dit-il en se levant.

– Attends, dit Maria. Si on ne descend pas ouvrir, peut-être qu'ils s'en iront.

Grabianski ramassa son pantalon et se pencha vers elle déposant un rapide baiser sur ses lèvres :

– Ça m'étonnerait beaucoup, dit-il.

*
* *

Resnick semblait être venu seul.

---

1. Royal Society for the Protection of Birds : Société Royale de protection des oiseaux. *(N.d.T.)*

En tout cas, il n'y avait pas d'autres officiers en vue et il n'avait même pas jugé utile de bloquer l'allée avec sa voiture. Maria s'effaça pour le laisser entrer et Resnick se demanda ce qu'elle aurait bien pu se mettre sur le dos si on n'avait pas inventé les peignoirs de soie.

Grabianski avait pour sa part remis sa veste et se tenait dans la cuisine, entre l'évier et la table, prêt à partir.

– Inspecteur.

Resnick le salua d'un signe de tête après avoir failli s'avancer pour lui serrer la main, dans un élan naturel.

– Est-ce que vous comptez me fournir une explication ? commença Maria tout en contournant la table pour rejoindre Grabianski.

– Allons Maria, dit calmement Grabianski en posant la main sur son bras. Tout ira bien.

– La question n'est pas là. Je suis tout de même chez moi et...

– Maria. S'il te plaît.

– Auriez-vous la gentillesse de nous préparer du café ? demanda Resnick, tâchant de prendre le même ton apaisant que Grabianski.

Grabianski refréna une envie de sourire. Les choses allaient donc se passer ainsi ?

– Ça ne t'ennuie pas ? renchérit Grabianski d'une voix plus douce encore.

Maria les considéra tour à tour du même regard hésitant, puis consentit à faire ce qu'on lui demandait.

– Asseyez-vous, proposa Grabianski comme s'il s'était trouvé dans sa propre cuisine.

Resnick ôta son pardessus, le posa sur une chaise et prit place sur une autre.

– Votre associé est chez nous depuis une heure, dit-il.

Ils échangèrent peu de mots avant que Maria serve le café. Pas assez fort au goût de Resnick, mais bien meilleur qu'il ne s'y attendait.

– Je crains de vous décevoir, dit Grabianski, mais

j'ignore la plupart des réponses à vos questions. Pour ce qui est des contacts et des informateurs, je ne sais ni leurs noms, ni à quoi ils ressemblent. C'était le principe de base de notre association : le cloisonnement. Moins l'autre en savait... c'est toujours préférable, dans l'éventualité d'une situation comme celle où nous sommes.

Mais Resnick secoua la tête :

– Ce n'est pas ce que nous attendons de vous, ni ce qui nous intéresse. Nous avons déjà réuni la plupart des éléments relatifs à votre filière et le reste n'est plus qu'une question de vérifications de routine ou (il se tourna vers Maria qui évita son regard) de menues vérifications.

Grabianski se renversa sur sa chaise, appuyant sa jambe contre un des pieds de la table et regarda sa tasse. L'inspecteur paraissait sûr de lui et ne lui donnait pas l'impression de bluffer. Tout cela pour en arriver où ?

– Ce qui vous intéresse donc, ce serait plutôt la drogue ?

– Quelle drogue ? fit Maria, jouant l'étonnement sans y mettre toute la conviction nécessaire.

– Voilà, dit Resnick. Gagné.

– Vous voulez le nom du dealer ?

Resnick sourit :

– Raté, Jerry. Le nom du type, nous l'avons.

Grabianski ne parvint pas à dissimuler sa surprise, puis sa perplexité :

– Dans ce cas, je ne vois pas très bien ce que je peux faire pour vous.

Resnick s'amusait bien. Il prit son temps pour répondre.

– Faites un effort d'imagination.

*
* *

La pièce, sans fenêtres ni ventilation donnait une

sensation d'étouffement. Afin d'éviter toute rencontre avec Grice, on avait conduit Grabianski au Central et Norman Mann avait rejoint Resnick. Tous deux étaient assis sur des chaises anonymes et inconfortables, face à Grabianski, les coudes posés sur une simple table, tout aussi anonyme que les chaises. Plusieurs heures s'étaient écoulées depuis son arrestation et il avait un peu perdu de son entrain.

– Pour ça, il n'a pas eu d'états d'âme, votre ami Grice, expliquait Norman Mann en laissant sa cendre de cigarette tomber sur le plancher nu de la salle d'interrogatoire. Il vous a habillé pour l'hiver. C'est bien simple : la seule chose qui manque à son récit, c'est une enveloppe timbrée pour envoyer sa déposition aux studios d'Hollywood. Ils adoreraient ça. Le cerveau criminel qui met son beau costume pour aller ouvrir les coffres-forts et qui enlève le même beau costume pour faire reluire les dames. Stallone et puis l'autre, là comment s'appelle-t-il déjà ? Schwarzenegger. Ils se battraient pour jouer une histoire comme ça.

Grabianski n'était pas fou de l'idée Schwarzenegger et songea à ce film où il interprétait un flic soviétique en faisant la pire imitation qui soit de l'accent polonais. À son humble avis, l'interprète rêvé eût été Cary Grant, s'il n'avait vieilli trop vite.

– Vous avez entendu ce que je viens de vous dire ? demanda Norman Mann.

– Oui.

– Et ça vous laisse de glace ?

– Suggérez-moi une réaction qui vous ferait plaisir.

– Je ne sais pas. Une certaine colère, par exemple, qu'en penses-tu Charlie ? moi, si mon équipier me taillait un costard comme celui que vous a taillé Grice, je peux vous dire que ça me ficherait salement en rogne.

Resnick eut une pensée pour Jeff Harrison. Eux n'avaient jamais vraiment fait équipe, mais il ne pouvait s'empêcher de songer à ce qu'Harrison avait pu entendre par le téléphone arabe et se dit que peut-être, il y avait un fond de sincérité dans la rancœur qu'il affichait.

– Vous devez avoir faim, Jerry, dit Norman Mann. Vous voulez manger quelque chose ?

Grabianski haussa les épaules. Tout ce qui pourrait faire office d'entracte à cet interrogatoire pesant était bienvenu.

– Oui, dit-il. Volontiers.

– Bien. On verra ça dans un petit moment.

Très drôle, se dit Grabianski. Vraiment très drôle.

– Avant, je voudrais connaître votre sentiment au sujet de ce que nous a raconté votre complice. D'après lui, vous étiez la tête, le maître d'œuvre. Lui se contentait de conduire la voiture et de faire le guet. Et c'est faux, n'est-ce pas ?

– Vous le savez parfaitement.

– Et qu'est-ce que vous comptez faire.

– Qu'est-ce que vous voulez que je fasse ?

– Peut-être que vous ne nous croyez pas lorsqu'on vous dit que Grice vous a chargé au maximum ?

Grabianski n'avait aucun mal à les croire. Grice aurait passé sa grand-mère au presse-agrume si le rapport avait été intéressant.

– Vous pourriez par exemple faire en sorte qu'il se retrouve à l'ombre pour un bout de temps. Échange de bons procédés.

– L'idée est assez tentante, j'en conviens, fit Grabianski.

– Vous voyez, on est d'accord, conclut Mann avec une satisfaction non dissimulée. J'espère seulement que vous ne dites pas ça juste parce que vous êtes tenaillé par la faim. Vous ne changerez pas d'avis une fois l'estomac plein ?

Grabianski secoua la tête avec un demi-sourire.

Quand les choses tournent vraiment à la merde, lui avait un jour dit Grice, c'est chacun pour sa peau, colle-toi bien ça dans la tête. Grabianski avait de la mémoire.

– Si je peux faire quelque chose pour vous aider, n'hésitez pas.

– Eh bien voilà. Qu'en dis-tu Charlie ? Je crois qu'on peut aller manger un morceau, maintenant que nous sommes sur la même longueur d'onde...

Mann posa une main sur l'épaule de Grabianski.

– Et ensuite, on discutera d'une affaire. Pour être tout à fait franc avec vous, dit-il en serrant un peu, à la base du cou, lorsque Charlie m'a suggéré l'idée, je n'étais pas très chaud. Non pas que l'idée soit idiote, bien au contraire, mais je craignais un peu qu'un gars qui casse des villas habillé comme pour un mariage ne soit pas à la hauteur. Mais vous m'avez fait bonne impression : vous avez des couilles de rhinocéros, mon vieux.

33

Loscoe Miners' Welfare Silver Band.

Le bas de l'affiche – jaune avec surimpressions en noir – annonçant le dernier concert de l'été précédent rebiquait sous les assauts du vent glacial de janvier. Temps doux pour la saison ne voulait pas dire temps chaud, loin s'en fallait, surtout lorsqu'on était assis sur un banc devant un kiosque à musique désert à attendre quelqu'un qui ne viendrait peut-être pas.

Au cours des quarante-huit heures nécessaires à l'organisation du rendez-vous, Grabianski avait eu tout le temps de réfléchir et de regretter d'avoir accepté la proposition.

Quel était le terme de leur jargon pour désigner le fait de porter un micro sous sa chemise ?

Un reportage vu à la télévision lui revint en mémoire. Deux inspecteurs en train de bousculer un suspect pour le faire parler et qui ne se doutaient pas une seconde que c'était contre eux qu'on était en train de réunir des preuves, grâce à un petit magnétophone caché. Il avait vu aussi ce genre de trucs dans des films ou des séries américaines, *Cagney & Lacey, Capitaine Furillo.* Le flic infiltré parmi la pègre qui enregistre sa conversation privée avec le gros poisson intouchable. D'un scénario à l'autre, il y avait cependant quelques variations notables : tout pouvait se passer très bien ou alors très mal. La découverte du micro par le méchant pouvait par exemple occasionner soit un suspense avec une fin heureuse, soit une sanction immédiate au revolver à gros calibre. Tout dépendait du statut qu'avait le personnage qui jouait votre rôle, de sa présence indispensable ou facultative dans les prochaines bobines ou les prochains épisodes, en fait de qui vous étiez dans l'histoire : le héros, le méchant ou un simple second couteau.

Il n'y avait pas foule en cette fin de matinée. Un homme âgé en imperméable, assis sur un banc de l'autre côté du terre-plein, à fixer le néant ; deux filles qui devaient travailler dans le coin et prenaient un déjeuner sur le pouce ; une chenille d'écoliers du primaire qui remontaient le sentier accidenté menant au château et semaient des feuilles polycopiées contenant une partie questionnaire sur Mortimer's Hole et un espace en blanc pour le dessin des douves ct du pont Bailey. L'instituteur fermait la marche et empêcha l'un des gosses de piétiner les premiers crocus.

Nous avons au moins ça en commun, avait dit Resnick. Pas plus que nous, vous ne souhaitez voir des gens comme Stafford se promener librement dans les rues.

***

– Nous avons au moins ça en commun, j'en suis sûr...

Resnick, mains dans les poches, attendait que Grabianski se rallie à son point de vue, par un signe de tête, au moins par un regard.

– C'est ce qui se fait de mieux dans le genre vermine. Et vous savez comme moi les dégâts qu'ils font.

– Personne ne discute là-dessus, répondit Grabianski.

La même pièce étouffante et mal éclairée. La fumée des cigarettes, que Norman Mann fumait les unes derrière les autres, commençait à former une nappe grise et stagnante juste en dessous du plafond.

– Avec ce que vous venez de me raconter à son sujet, je ne vois pas comment ne pas être d'accord. Ce type devrait être déjà hors circuit...

– Faut admettre que c'est une belle ordure, dit Norman Mann.

– Dans ce cas, qu'attendez-vous pour l'arrêter ?

– Que vous nous donniez un coup de main, dit Resnick en posant un pied sur la chaise et en regardant Grabianski droit dans les yeux.

Celui-ci comprenait la manœuvre. Ce flic au nom polonais, avec une pointe d'accent de l'est des Midlands dans la voix, était un malin. Il essayait lentement, obstinément d'éveiller en lui un sentiment de culpabilité assez fort pour le faire plonger dans la combine.

– Enfin, vous avez récupéré la cocaïne, dit Grabianski. Vous avez Harold Roy et Maria qui pourront témoigner que le colis appartenait à Stafford et qu'il était leur fournisseur. Je ne vois pas très bien où se situe votre problème.

– Notre problème, répondit Mann, c'est qu'avec ça, on arrivera seulement à prouver qu'Harold se poudrait le nez de temps en temps et qu'il planquait un kilo de coke dans son coffre-fort.

– Et alors ?

– Alors c'est un peu maigre pour vraiment coincer Stafford. Il plaidera coupable, récoltera le minimum et attendra tranquillement sa liberté sur parole. Et nous, qu'est-ce qu'on aura appris dans l'affaire... ?

Le flic des stupéfiants forma un zéro à l'aide de son pouce et de son index, puis écrasa sa cigarette sous sa semelle et gagna la porte.

– Je vais pisser, dit-il.

Grabianski en aurait volontiers fait autant. Bizarre comme le simple fait de dire les choses suffisait parfois à rendre certaines envies communicatives.

– La drogue qui rentre dans le pays arrive par grosses quantités, continua Resnick. Deux ou trois cents kilos à la fois qui sont ensuite morcelés et disséminés ville par ville. Quelqu'un comme Stafford n'occupe pas une place très importante dans l'organigramme, mais suffisamment élevée pour savoir des choses, connaître des noms, être au courant des méthodes utilisées. L'envoyer au trou pour quelques années est un coup d'épée dans l'eau si ça ne nous permet pas de remonter jusqu'à des gens plus importants. Des comme lui, ils en ont des centaines sous la main et ils le sacrifieront sans problème. Et lui fermera sa gueule tant que nous n'aurons rien d'un peu plus sérieux contre lui.

Grabianski n'aimait pas trop cette manière qu'avait Resnick de le regarder, maintenant la pression comme pour le pousser dans ses retranchements. Il avait beau essayer de fuir ce regard, il le sentait peser sur lui quand même et lorsqu'il le rencontrait à nouveau, toujours aussi intense, Resnick semblait ne pas avoir remué un cil.

– Je ne vois toujours pas ce que je viens faire là-dedans. Quand bien même je serais d'accord pour vous aider.

Grabianski s'étonna de ne pas avoir les mains moites de sueur, mais contre toute attente, ses paumes étaient sèches.

– Nous, on a une idée sur la question.

– Qui est... ?

– On vous laisse sortir et vous rencontrez Stafford comme c'était prévu.

– Non.
– Non ?
– Même pas en rêve.
Resnick s'approcha et Grabianski se leva.
– Tout ce qu'il nous faut c'est une preuve tangible que Stafford est plus qu'une simple fourmi. C'est tout.
– Une preuve ?
– L'enregistrement de la conversation.
– Hors de question.
Resnick prit Grabianski par le bras :
– Jerry, ce type est une ordure.
– Arrêtez. Dans deux secondes, vous allez me parler de mon devoir d'honnête citoyen.
– Et alors ?
– Alors, je ne suis pas un honnête citoyen.
Resnick marqua un temps :
– Tout dépend de l'angle sous lequel on voit les choses. Vous nous avez aidé à boucler une longue liste d'affaires non résolues. Si en plus vous deveniez la cheville ouvrière d'un gros coup de filet dans les milieux de la drogue...
– J'y gagnerais seulement de me faire trancher la gorge à la minute où je me retrouverais derrière les barreaux.
– A moins que nous faisions le nécessaire pour que ça n'arrive pas.
– Vous ne pourrez rien faire une fois que je serai en taule.
– Pourquoi voulez-vous qu'on envoie un honnête citoyen en taule ?
Grabianski retint sa respiration, recula légèrement et finit par exhaler un souffle. Ses oreilles se mirent à bourdonner, l'empêchant d'aligner une pensée derrière l'autre durant quelques instants.
– Vous êtes sérieux ?
Resnick jugea inutile de répondre.
Grabianski secoua la tête :
– Je... Je ne suis pas sûr...

– Pensez aux charognards qui sont au-dessus de Stafford et qui ramassent des millions. Vous détestez cette engeance autant que moi. Je suis sûr que ça ne vous déplairait pas de les voir tomber.

– Voulez-vous arrêter de me taxer d'un si grand sens moral ?

– Alors expliquez-moi pourquoi vous vous interposez entre une hache et une femme que vous n'avez jamais vue ? Pourquoi vous faites de la respiration artificielle à un parfait inconnu au risque de vous faire arrêter ?

– Ce n'est pas du tout la même chose. Je n'ai pas eu le temps de réfléchir, j'ai simplement fait face à une situation, point. Ce que vous me demandez n'a rien à voir.

Grabianski regarda en direction de la porte, pardessus l'épaule de Resnick.

– J'ai besoin d'aller aux toilettes, dit-il.

Resnick acquiesça et fit signe au jeune agent en faction qui escorta Grabianski jusqu'aux lavabos. Tous deux avaient déjà disparu au fond du couloir lorsque Mann revint.

– Alors ? demanda-t-il. Il marche avec nous ?

– Il n'a pas encore dit oui de manière définitive, mais je crois que c'est en bonne voie.

– Il marchera. La perspective d'être seulement condamné à recevoir les félicitations du service public est trop tentante. Il marchera...

*
* *

Grabianski espérait que Stafford cesse de le faire attendre et se montre enfin, puis la minute suivante qu'il ne vienne pas au rendez-vous.

Pour ce qui était de l'entrevue elle-même, si jamais elle avait lieu, il n'espérait rien. Il priait.

*
* *

– Toujours rien ? demanda Resnick.

Norman Mann secoua la tête.

On avait posté des officiers en combinaison bleu marine sur le toit du People's College, juste en face et d'autres derrière les tourelles de la terrasse est du château. Chaque angle du kiosque à musique devant lequel attendait Grabianski était couvert par différents appareils d'observation et de prises de vue, certains en mesure de prendre n'importe quoi ou n'importe qui au centième de seconde près.

Resnick et Norman Mann étaient inconfortablement installés dans une cabine de jardinier au-dessous du pont, à une centaine de mètres du théâtre des opérations qu'ils observaient sur un moniteur vidéo noir et blanc. Le son capté par le micro que portait Grabianski arrivait par un petit haut-parleur. Jusqu'ici, il ne leur était parvenu que quelques parasites et le rythme de sa respiration.

– Ce type a le cœur d'un bœuf, remarqua Norman Mann.

– En plus des couilles d'un rhinocéros ?

– La fille semble prête à en témoigner, apparemment. Mary, c'est ça ?

– Maria.

Elle m'a paru très impressionnée.

– Qu'est-ce que tu comptes faire du mari ?

– Je ne sais pas. Et toi, avec elle ? Tu l'inculpes pour entrave à la justice ?

– Sans doute pas si l'opération réussit. On a déjà Grice et le petit courtier, c'est plus qu'il n'en faut.

– Et le dénommé Fossey ?

– Pour le moment, il continue de prétendre n'avoir fait que son boulot de consultant en sécurité électronique. Il admet tout juste s'être peut-être laissé aller à quelques confidences devant un verre, mais il jure qu'il n'a jamais touché d'enveloppe.

– En le travaillant un peu, tu pourrais arriver à le faire craquer ?

– Pas facile. Pour les deux derniers casses, il était

en voyage de noces. Et c'est Savage qu'on a vu avec Grice.

Mann haussa les épaules.

– En tout cas toi, tu peux mettre le champagne au frais. Entre la série de fric-frac qui vont descendre aux affaires classées et le client qu'on s'apprête à chauffer, tu es parti pour être la vedette du mois.

– Attends, on n'y est pas encore.

– Il va venir, t'en fais pas.

Resnick aurait aimé être aussi confiant. L'œil rivé sur le moniteur, Mann pinça soudain ses lèvres et produisit un long sifflement admiratif :

– Tu vois ce que je vois, Charlie ?

– Hmm-hmm...

– Là, vraiment, je me laisserais faire... pas toi ?

Une jeune femme noire, vraisemblablement afro-caraïbe, en tailleur sombre, chemisier clair et talons aiguilles traversait le champ à hauteur de Grabianski. La caméra panoramique la suivit en panoramique et s'immobilisa lorsque la ravissante s'assit sur un banc. Norman Mann siffla de nouveau lorsqu'elle croisa les jambes. Il souffla sur l'écran, comme pour le réchauffer.

– Tu ne vas quand même pas me dire qu'elle n'est pas mignonne ?

– Je ne dis pas ça.

– Ton manque d'enthousiasme m'inquiète, Charlie.

Resnick se redressa et cambra le dos. Il aurait bien aimé aller se dégourdir les jambes, mais ce n'était pas le moment.

– Ben merde ! s'exclama soudain Mann. Pourquoi il ne laisse pas sa caméra où elle était ?

Resnick se pencha vers l'écran.

– Pour une excellente raison, dit-il. Regarde...

D'un pas tranquille, nonchalant même, Alan Stafford remontait l'allée bordée d'arbres qui conduisait au kiosque à musique.

34

Grabianski aussi l'avait vu arriver de loin. Il sentit la dureté du bois contre son dos en étirant ses muscles et posa le petit sac British Airways à ses pieds. L'homme correspondait trait pour trait à la description qu'on lui avait faite. Stafford continua de flâner tranquillement, admirant les arbres sur son passage, l'apparition des premières fleurs sur les parterres ou la caresse des rayons du soleil sur le dôme qui coiffait Lace Hall au-delà de Weekday Cross. En fait, il ne s'intéressait à rien de tout cela et vérifiait seulement que l'horizon était dégagé dans les parages du kiosque à musique. Que personne n'était en train de l'observer et que le rendez-vous ne dissimulait pas un piège.

À première vue rien ne semblait avoir éveillé en lui une quelconque méfiance lorsqu'il arriva à la hauteur de Grabianski. Ce dernier crut un instant qu'il allait continuer jusqu'au mur sans s'arrêter et seulement profiter de la vue : les deux terrains de football et leurs rampes de projecteurs qui se profilaient à chaque extrémité de la Trent ; les fenêtres murées des anciens locaux de British Waterways ; les toits de l'usine Gunn & Mooreen en travers du boulevard. Non loin de là avaient été tournés certains extérieurs de *Samedi soir, dimanche matin,* avec Albert Finney et Rachel Roberts. Cela faisait-il vraiment plus de vingt ans ?

Puis, au dernier moment Stafford vint s'asseoir sur le banc.

– C'est toi, Grabianski ?

– Stafford ?

Stafford acquiesça, louchant vers le sac.

– Je commençais à...

– Tu l'as avec toi ? coupa-t-il.

– La...

– Ta gueule !

Grabianski fit en sorte de paraître décontracté.

– Du calme, dit-il. Ton kilo de coke est là.

– Gueule plus fort. Fais une annonce avec un micro, tant que tu y es ! siffla Stafford.

L'homme avait semblé parfaitement détendu jusqu'au moment où il s'était assis. À présent, la proximité du colis dans le sac aux pieds de Grabianski provoquait en lui une nervosité qui passait dans ses yeux et dans ses gestes. Il donnait l'impression d'avoir forcé sur le café. Ou sur autre chose.

– Il n'y a personne autour pour nous entendre, fit Grabianski.

– Tout est bien là ? demanda l'autre, les doigts tambourinant sur le dossier du banc, les yeux fixés sur le sac.

– Bien sûr, dit-il en se penchant pour tirer la fermeture à glissière.

– Je te garantis que s'il en manque, ou si elle a été coupée avec quelque chose...

– Elle est dans l'état d'origine, assura Grabianski. On n'y a touché que pour la mettre dans le sac.

– Et en la sortant du coffre-fort d'Harold Roy.

– D'accord, admit Grabianski. Mais en dehors de ça...

– Quel connard, celui-là, grinça Stafford.

– Ce n'est pas de sa faute. La malchance.

– Malchance, mon cul !

Grabianski ne pouvait s'empêcher de regarder en direction du château, par intermittences, bien qu'on le lui eût fortement déconseillé à la répétition.

– Qu'est-ce qu'il y a ? Qu'est-ce que tu regardes ?

– Rien en particulier.

– T'avais l'air de chercher quelqu'un.

– Non. Je regardais juste le château. Comme ça, machinalement.

– T'as une petite idée de ce qui t'attend, si tu essaies de m'enculer ?

Grabianski fit oui de la tête.

– Tu es bien sûr ?

– Oui, je pense.
La main de Stafford se déplaça avec une inquiétante rapidité et les doigts se refermèrent autour du genou de Grabianski.
– Je te conseille de faire plus qu'y penser. Parce que si tu me prends pour un con, mon pote, je te jure que je te tuerai. Vraiment.
Grabianski ne répondit rien. Sa jambe lui faisait mal et il contint son envie de prendre un léger recul et d'envoyer son poing dans la gueule de Stafford.
– T'as besoin d'un dessin ?
– Non, pas la peine.
– Alors, on s'est compris, fit Stafford en ôtant sa main.
Grabianski aurait voulu masser son genou douloureux mais n'en fit rien. Il préférait encore déguster que faire ce plaisir à son interlocuteur. Resnick avait raison, ce type appartenait à une espèce nuisible, rampante.
Il attrapa le sac et le posa entre eux deux, sur le banc.
– Pourquoi tu fais ça ?
– On est là pour faire un échange, non ?
Ce fut au tour de Stafford d'inspecter les environs d'un regard furtif et soupçonneux. Deux quidams en complets gris qui venaient d'entrer dans le cercle ; une femme penchée au-dessus d'un landau ; deux gamins qui chahutaient dans l'herbe indifférents aux rappels à l'ordre de l'instituteur.
– C'est tout ce que tu as apporté avec toi ? Seulement le colis ?
– Quoi d'autre ?
Stafford eut un sourire mauvais :
– Un micro. Un magnétophone. Une petite assurance.
– Jette un coup d'œil toi-même, proposa Grabianski, prêt à rouvrir le sac.
Stafford posa la main dessus, l'empêchant de tirer la fermeture à glissière.

– Tu sais ce que je suis venu faire ici : te payer pour récupérer quelque chose qui m'appartient.

– C'est effectivement ce dont nous sommes convenus.

– Ouais, fit l'autre en plongeant la main dans sa veste d'une manière volontairement inquiétante.

Tendu, sur ses gardes, Grabianski vit avec soulagement apparaître une enveloppe blanche de format standard et d'épaisseur moyenne. Juste ce qu'il fallait.

– Tu veux recompter ?

– Oui.

– Amuse-toi, mon con.

Stafford lui balança l'enveloppe dans les mains d'un geste méprisant et surveilla ce qui se passait aux alentours tandis que Grabianski comptait les billets.

– Parfait, dit ce dernier en empochant l'enveloppe avant de pousser le sac de quelques centimètres vers Stafford.

Le dealer empoigna les deux anses, se leva et, refusant la main que lui tendait Grabianski, tourna les talons.

*
* *

– Merde ! grogna Norman Mann devant son moniteur.

– Attends, dit Resnick.

*
* *

– Eh, attends ! rappela Grabianski.

Stafford tourna la tête.

– Tu es si pressé que ça ?

Il hésita. Continuer sa route ou attendre de voir où le petit voleur de merde voulait en venir.

– J'ai une proposition à te faire.

Alan Stafford se retint de lui dire ce qu'il pouvait faire de sa proposition et céda à la curiosité.

– Combien d'unités pourrais-tu m'obtenir, je veux dire de façon régulière ?

Grabianski observa ses yeux et sentit qu'il le tenait. Il sourit :

– Si tu pouvais me fournir dans les cinq ou six, on pourrait faire de bonnes affaires tous les deux. Avec un maximum à la clé.

Stafford s'était rassis sur le banc :

– Je me fais déjà un maximum.

– Pourquoi s'arrêter en si bon chemin ?

– Je croyais que ton job, c'était les casses ?

– Changement d'herbage réjouit les veaux. Hitler n'est pas resté peintre toute sa vie.

– Qu'est-ce qu'il vient foutre là-dedans, Hitler ?

– Rien.

Stafford le considéra avec une certaine perplexité. Grabianski remarqua le battement de sa paupière droite.

– Mes affaires me font rencontrer pas mal de gens. Dans différents types de business, dont celui-là. Mais il s'agit de gens très sérieux, tu comprends ?

– Tu me prends pour un con, ou quoi ?

– C'est pas ça du tout. Mais peut-être que ce qu'il y a dans ce sac est seulement un extra, une livraison exceptionnelle. Je ne sais pas quelles quantités tu négocies d'habitude.

– T'en fais pas pour ça, va.

– Je ne m'en fais pas. Je pourrais aussi bien m'adresser ailleurs. Pas de problème...

– Je peux obtenir n'importe quelle quantité. Autant que tu peux payer.

– Cocaïne ?

– Bien sûr, cocaïne. De quoi on est en train de parler, à ton... ?

Le dealer s'interrompit. Le soleil venait de se remettre à briller après un court passage nuageux et Stafford capta un éclair lumineux en provenance du toit du People's College. Une paire de jumelles ou un téléobjectif.

Il se leva d'un bond.

– Qu'est-ce que tu... ?

Stafford fit d'abord un pas pour s'enfuir puis se ravisa et sortit de sa poche un objet brillant qu'il dirigea vers Grabianski. Ce dernier esquiva le coup en se jetant en arrière mais la lame lui lacéra la main du poignet jusqu'au pouce. Il poussa un cri et se baissa juste à temps pour éviter un second coup porté au visage.

Resnick s'était déjà précipité hors de la cabine et fonçait vers eux, Norman Mann à sa suite, battant le rappel et hurlant des ordres dans son talkie-walkie.

Un éclair brûlant éblouit Grabianski et lorsqu'il porta la main à ses yeux, il comprit que c'était du sang.

Alan Stafford évita de justesse un groupe compact de touristes allemands plongés dans leurs dépliants touristiques et bouscula un vieillard qui tentait de renouer son lacet de chaussure mais il continua de courir vers le kiosque. Resnick changea de direction et arriva le premier devant la sortie, barrant la route au dealer qui, son couteau dans une main et le sac dans l'autre, chargea comme un animal furieux.

Le couteau, pensa Resnick. Garder l'œil sur le couteau, surtout.

Derrière, du côté de la rangée de bancs, quelqu'un parmi les badauds se mit à crier.

Bien qu'essoufflé, Resnick ne bougea pas d'un centimètre et reçut le sac en plein estomac sans avoir le temps de parer le coup. Plié en deux sous le choc, il sentit ses genoux chanceler et plongea sur le côté, les mains en avant.

Il parvint à saisir la jambe de Stafford.

La fragile étoffe du pantalon se déchira et Resnick assura sa prise en agrippant fermement la cheville. Stafford jura en perdant l'équilibre mais réussit à porter un violent coup de l'autre pied, qui atteignit Resnick à la clavicule et l'obligea à lâcher prise. Le deuxième coup s'abattit sur le côté de la mâchoire, juste au-dessous de l'oreille. Il n'y en eut pas de troisième car soudain, Stafford fut énergiquement tiré en arrière par Grabianski, qui l'avait saisi au col et par les cheveux et le projeta violemment contre le mur, s'y reprenant à plusieurs fois, jusqu'à ce qu'il ait le visage en sang.

– C'est bon, dit Norman Mann derrière lui. Vous pouvez le lâcher. Il a son compte.

Indifférent au sang qui dégoulinait de la large estafilade en travers de son front, Grabianski lâcha Stafford et recula de quelques pas. À genoux, face contre terre, le dealer se laissa menotter sans résistance.

– Ça va ? demanda Grabianski à Resnick qui se relevait péniblement.

– C'est plutôt à vous qu'il faut poser la question, fit Resnick en regardant non seulement le sang qui s'écoulait de son front mais aussi de sa main blessée.

Ils furent bientôt entourés de policiers en uniforme, en civil et en combinaison. Une ambulance et quelques infirmières n'auraient pas été de trop.

– Vous avez tout enregistré ?

Resnick acquiesça :

– Chaque mot.

Dans l'état où ils étaient l'un et l'autre, il hésita à lui serrer la main.

– Merci, dit-il seulement.

Sur le visage ensanglanté de Grabianski se dessina un sourire.

35

La compagnie chargée d'entretenir les plantes vertes avait déposé son bilan et le caoutchouc installé dans le coin, juste derrière le fauteuil de Mackenzie, commençait à dangereusement piquer du nez. Tous trois étaient installés dans le bureau du producteur, au dernier étage de Midlands Television. Les mains jointes, posées sur un ruban de papier-fax et le dernier numéro du magazine *Broadcast,* Mackenzie peaufinait son attitude d'homme responsable. Un peu en retrait, Freeman Davis buvait du Perrier à petites gorgées dans un gobelet en plastique.

– Ce qu'il faut que tu comprennes bien, Harold, expliquait Mackenzie, c'est qu'il n'y a rien de personnel dans tout cela. Nous avons été contraints de prendre cette décision uniquement dans l'intérêt de la série. *Dividendes* est notre priorité à tous.

Harold Roy ne répondit rien. Après tout ce qui s'était passé, il commençait à avoir la tête vide, sérieusement vide. La police avait laissé entendre qu'aucune charge, en tout cas aucune charge importante, ne serait retenue contre lui, mais ils n'avaient rien promis tant que les derniers détails de l'affaire ne seraient pas mis noir sur blanc. « Et gardez votre nez propre », avait ajouté le flic des stups. « On vous contactera. » Maria, elle, avait fait et défait ses valises une bonne demi-douzaine de fois, sans se décider clairement pour des vacances ou un divorce.

– Harold ?

– Hum ?

– Tu as entendu ce que je viens de te dire ?

– Hum-Hum.

– Tu sais que j'ai eu une conversation avec ton agent.

Harold fit oui de la tête.

– Ton nom reste au générique si tu le souhaites. En-dessous de celui de Freeman, bien sûr.

– En-des...

Harold ravala ce qu'il allait dire. Dans son coin, Freeman Davis arborait son air suffisant habituel, l'œil aussi franc qu'un matou de dessin animé.

– De cette façon, il n'y aura aucun problème pour tes royalties.

Il avait reçu une lettre de sa compagnie d'assurances

au courrier du matin : après vérification du non-respect des clauses concernant l'entretien du système de sécurité, la demande de remboursement donnerait matière à contestation.

Harold retroussa légèrement ses jambes de pantalon. Lorsqu'il leva les yeux, il s'aperçut que Mackenzie le regardait. Freeman Davis pour sa part regardait la plante verte agonisante. Leur restait-il quelque chose à voir ensemble ?

Apparemment non. En guise de clou à son numéro d'homme d'affaires pragmatique, Mackenzie contourna son bureau et décrocha de la patère le manteau d'Harold et le lui tint ouvert pour l'aider à l'enfiler :

– Harold, à un de ces jours, fit Mackenzie en lui ouvrant la porte. Je ne te raccompagne pas, tu connais le chemin.

Dans son dos, avec un sourire grinçant, Freeman Davis pointa l'index et le médius puis releva le pouce en forme de revolver et fit mine de l'appliquer sur sa tempe et de presser la détente.

***

Resnick frappa à la porte du bureau de Jack Skelton et attendit. Lorsqu'il fut invité à entrer, il trouva le superintendant plus pimpant que ces derniers jours. Dès son arrivée, plus tôt dans la matinée, tout le monde avait pu constater déjà qu'il avait retrouvé son élégance et son dynamisme coutumiers.

– Comment vont vos ecchymoses, Charlie ?

– Elles virent au violet, monsieur.

– La photo de vous dans le *Post* donne l'impression que vous avez fait trois reprises contre Mike Tyson.

La manchette parlait du DÉMANTÈLEMENT DE LA FILIÈRE LOCALE DE LA DROGUE, avec en sous-titre *Arrestation violente dans l'ombre de Robin des Bois.* Un court paragraphe mentionnait le rôle joué par un informateur, mais sans citer nommément Grabianski. Sur une colonne en page 2 étaient rapportés certains propos de Norman Mann relatifs à plusieurs mois de travail d'infiltration et à une enquête en coordination avec plusieurs services.

– On aurait pu avoir pire comme gros titres, remarqua Resnick.

La presse ni aucune télévision ou radio locales n'avaient mentionné l'arrestation de la fille de Skelton. Le DCI avait accepté qu'aucune charge ne soit retenue en l'absence de condamnations antérieures et l'affaire s'était soldée par la restitution accompagnée d'excuses des objets volés, ainsi que par une promesse faite aux commerçants du centre de maintenir une présence policière discrète.

– J'ai eu Tom Parker au bout du fil, tout à l'heure, dit Skelton. Jeff Harrison a remis sa démission. Il parle d'ouvrir une agence de sécurité privée dans les quartiers sud de Londres. Où en êtes-vous avec Grice ?

– À une liste détaillée de trente-sept cambriolages. Grabianski a une excellente mémoire.

– Fossey ?

Resnick fit la grimace :

– Il plaidera non coupable.

– Vous pensez qu'il sera cité à comparaître ?

– J'aimerais en être sûr.

– Ce que nous avons à son sujet est assez maigre, jusqu'ici.

– On essaiera d'étoffer.

Skelton acquiesça, puis son visage s'éclaira légèrement :

– Au fait, Charlie. Où en est la vente de votre maison ?

– Il semblerait que quelqu'un ait fait une offre. Je dois justement aller visiter un éventuel point de chute, dans la soirée. En cas...

– Un pavillon comme vous aviez ?

Resnick secoua la tête :
– Un appartement.
– Sage décision, Charlie. Vous n'avez pas l'usage d'une maison aussi grande.
Moi peut-être, songea Resnick. Mais les chats ?
Il n'ajouta cependant rien.

*
* *

Le bureau des enquêteurs du CID ressemblait à Gatwick en plein milieu d'une alerte de sécurité. Parmi l'effervescence et les rumeurs, Resnick aperçut tout de même Patel qui, récepteur téléphonique en main lui faisait de grands signes. Il s'approcha et prit l'appareil.
– Resnick.
– Inspecteur Resnick ?
– Qui est à l'appareil ?
– Diane Woolf.
– Diane...
– Ne me dites pas que vous m'avez déjà oubliée ?
– Bien sûr que non, dit-il en imaginant les reflets roux de sa chevelure et le sourire dans sa voix. Je suis seulement surpris.
– Vous êtes une vedette, maintenant. Vous avez vu les journaux ?
– Tout le monde a droit à cinq minutes de gloire, de nos jours.
– En tout cas, je suis très impressionnée.
– C'est gentil à vous, mais il n'y a pas de quoi.
– Et modeste, en plus.
Resnick se demanda pourquoi elle l'appelait. Ce qu'elle lui voulait au juste. Autour de lui, le vacarme continuait de plus belle et il plaqua le combiné contre son oreille.
– Je tenais tout de même à vous féliciter, dit-elle.
– Merci.
Bon sang, se dit Resnick. Invite-la à prendre un verre. Ou même à dîner. Qu'est-ce que tu attends ?

– Peut-être que nous nous croiserons à nouveau. Par hasard, dit-elle avant de prendre congé.

Resnick regarda bêtement le combiné dans sa main avant de raccrocher.

*
* *

– Évidemment, expliqua Claire Millinder, ça aura plus d'allure une fois les meubles installés.

Les murs avaient un peu la couleur blanc cassé du papier toilette. Lorsqu'ils passèrent dans la cuisine, elle vérifia le bon fonctionnement de l'aérateur et du broyeur de l'évier.

– Il y a deux prises de courant dans chaque pièce, précisa-t-elle.

En levant les yeux, Resnick se rendit compte qu'en se mettant sur la pointe des pieds, il pouvait laisser ses empreintes digitales au plafond.

– Qu'en pensez-vous ? demanda Claire.

Face à la fenêtre à glissière dans son encadrement d'aluminium, Resnick se demanda si ce qu'il voyait à travers la vitre était un appartement jumeau où seulement le reflet de celui où ils se trouvaient.

– Je pense que je deviendrais fou en moins d'un mois, répondit-il.

– Allons boire un verre quelque part, proposa la jeune femme. Il faut que je commence à dépenser ma commission.

– Si tous les clients sont comme moi, on aura tout juste droit à un verre d'eau.

– Si tous les clients étaient comme vous, je vendrais des appartements dans le désert de Gobi.

– Merci.

– Tout le plaisir est pour moi, Charlie. Venez, on va tâcher de trouver une bonne bouteille de vin de Nouvelle-Zélande et demain matin à la première heure, j'appellerai ces gens pour leur dire que nous sommes désolés...

Elle ferma la porte à clé derrière elle et prit le bras de Resnick :

– ... mais que le vendeur a changé d'idée.

*
* *

– Je ne vais quand même pas rester enfermée ici toute ma vie ?

Kate regardait anxieusement ses parents, assis en face d'elle dans le grand salon. Personne ne prêtait attention à Wendy Craig ni à la télévision.

– Personne ne t'a dit ça, Kate, répondit Skelton.

Sa femme se leva et quitta la pièce.

– Je ne peux pas rester assise ici comme une laitue. J'étouffe.

– Encore une fois, il n'est pas question de ça.

– Pour elle, si, fit Kate d'un bref signe de tête en direction de la cuisine.

– Tu sais bien que ce n'est pas vrai.

– Ah non ?

– Simplement, lorsque tu sortiras, à l'avenir, nous voulons savoir où tu vas.

– Je te l'aurais dit avant si tu me l'avais demandé.

– Tu m'aurais sûrement dit quelque chose, mais est-ce que tu m'aurais dit la vérité ?

Elle tourna la tête un instant vers la télévision, ses familles en or et ses rires pré-enregistrés.

– Pas forcément.

– Et maintenant ?

– D'accord, j'essaierai.

– J'espère que tu feras plus qu'essayer.

– Entendu. Je te donnerai l'itinéraire complet. Content ?

Skelton la regarda plus intensément :

– Et pour le reste ?

Elle décroisa les jambes, se leva et gagna l'escalier. Avant de monter à sa chambre, elle se tourna vers son père :

– Pour le reste, il va bien falloir que tu me fasses un peu confiance, dit-elle.

*
* *

Claire arrêta sa Morris devant la maison de Resnick, mais laissa tourner le moteur.

– C'était très agréable, dit-elle.

– Oui, très agréable.

– Pour les bons moments, il suffit de savoir se détendre et ça va tout seul.

En ouvrant la portière, il aperçut Dizzy, la queue en trompette qui venait l'accueillir perché sur le mur.

– Au fait, avant que j'oublie, Charlie, dit-elle en fouillant dans son sac.

Elle lui tendit le double de son trousseau de clés avec l'étiquette de l'agence.

– J'enverrai quelqu'un demain pour retirer la pancarte.

– Merci.

Il se sentait un peu bête, debout sur le trottoir, penché vers l'intérieur de la voiture.

– Bonne nuit, dit Claire avec un signe de la main.

– Bonne nuit.

– On s'appelle bientôt ?

– Bien sûr qu'on s'appelle, dit Resnick avec un sourire en ouvrant sa porte, le chat entre ses jambes.

Il fit un dernier signe de la main et entra, précédé de Dizzy. Juste avant de faire son demi-tour, Claire le vit prendre son courrier et rester quelques instants immobile à regarder une enveloppe parmi les autres. Elle espéra que ce n'était pas une mauvaise nouvelle.

Le temps qu'elle reprenne la direction de l'artère principale qui menait vers le centre de la cité, Resnick avait disparu à l'intérieur de sa maison.

Rivages/noir

Joan Aiken
Mort un dimanche de pluie (n° 11)

Robert Edmond Alter
Attractions : Meurtres (n° 72)

Marc Behm
La Reine de la nuit (n° 135)
Trouille (n° 163)
À côté de la plaque (n° 188)

Tonino Benacquista
Les Morsures de l'aube (n° 143)
La Machine à broyer les petites filles (n° 169)

Pieke Biermann
Potsdamer Platz (n° 131)
Violetta (n° 160)

Paul Buck
Les Tueurs de la lune de miel (n° 175)

Edward Bunker
Aucune bête aussi féroce (n° 127)
La Bête contre les murs (n° 174)

James Lee Burke
Prisonniers du ciel (n° 132)
Black Cherry Blues (n° 159)

Michael Blodgett
Captain Blood (n° 185)

W.R. Burnett
Romelle (n° 36)
King Cole (n° 56)
Fin de parcours (n° 60)

Jean-Jacques Busino
Un café, une cigarette (n° 172)

George Chesbro
Une affaire de sorciers (n° 95)
L'Ombre d'un homme brisé (n° 147)
Bone (n° 164)
La Cité où les pierres murmurent (n° 184)

Andrew Coburn
Toutes peines confondues (n° 129)

Michael Collins
L'Égorgeur (n° 148)

Robin Cook
Cauchemar dans la rue (n° 64)
J'étais Dora Suarez (n° 116)
Vices privés, vertus publiques (n° 166)
La Rue obscène (n° 200)

Peter Corris
La Plage vide (n° 46)
Des morts dans l'âme (n° 57)
Chair blanche (n° 65)
Le Garçon merveilleux (n° 80)
Héroïne Annie (n° 102)
Escorte pour une mort douce (n° 111)
Le Fils perdu (n° 128)
Le Camp des vainqueurs (n° 176)

James Crumley
Putes (n° 92)

Mildred Davis
Dark Place (n° 10)

Thomas Disch/John Sladek
Black Alice (n° 154)

Wessel Ebersohn
La Nuit divisée (n° 153)
Coin perdu pour mourir (n° 193)

Stanley Ellin
La Corrida des pendus (n° 14)

James Ellroy
Lune sanglante (n° 27)
À cause de la nuit (n° 31)
La Colline aux suicidés (n° 40)
Brown's Requiem (n° 54)
Clandestin (n° 97)
Le Dahlia noir (n° 100)
Un tueur sur la route (n° 109)
Le Grand Nulle Part (n° 112)
L.A. Confidential (n° 120)
White Jazz (n° 141)

Howard Fast
Sylvia (n° 85)
L'Ange déchu (n° 106)

Kinky Friedman
Meurtre à Greenwich Village (n° 62)
Quand le chat n'est pas là (n° 108)
Meurtres au Lone Star Café (n° 151)
Le Vieux Coup de la sauterelle (n° 197)

Samuel Fuller
L'Inexorable Enquête (n° 190)

Barry Gifford
Port Tropique (n° 68)
Sailor et Lula (n° 107)
Perdita Durango (n° 140)

David Goodis
La Blonde au coin de la rue (n° 9)
Beauté bleue (n° 37)
Rue Barbare (n° 66)
Retour à la vie (n° 67)
Obsession (n° 75)

James Grady
Le Fleuve des ténèbres (n° 180)

Russell H. Greenan
Sombres crapules (n° 138)
La Vie secrète d'A. Pendleton (n° 156)

Joseph Hansen
Par qui la mort arrive (n° 4)
Le petit chien riait (n° 44)
Un pied dans la tombe (n° 49)
Obédience (n° 70)
Le Noyé d'Arena Blanca (n° 76)
Pente douce (n° 79)
Le Garçon enterré ce matin (n° 104)
Un pays de vieux (n° 155)

John Harvey
Cœurs solitaires (n° 144)

George V. Higgins
Les Copains d'Eddie Coyle (n° 114)
Le Contrat Mandeville (n° 191)

Tony Hillerman
Là où dansent les morts (n° 6)
Le Vent sombre (n° 16)
La Voie du fantôme (n° 35)
Femme-qui-écoute (n° 61)
Porteurs-de-peau (n° 96)
La Voie de l'Ennemi (n° 98)

Le Voleur de temps (n° 110)
La Mouche sur le mur (n° 113)
Dieu-qui-parle (n° 122)
Coyote attend (n° 134)
Le Grand Vol de la banque de Taos (n° 145)

Chester Himes
Qu'on lui jette la première pierre (n° 88)

Dolores Hitchens
La Victime expiatoire (n° 89)

Geoffrey Homes
Pendez-moi haut et court (n° 93)
La Rue de la femme qui pleure (n° 94)

Dorothy B. Hughes
Et tournent les chevaux de bois (n° 189)

William Irish
Manhattan Love Song (n° 15)
Valse dans les ténèbres (n° 50)

William Kotzwinkle
Midnight Examiner (n° 118)

Jonathan Latimer
Gardénia rouge (n° 3)
Noir comme un souvenir (n° 20)

Michel Lebrun
Autoroute (n° 165)

Bob Leuci
Captain Butterfly (n° 149)

Ted Lewis
Le Retour de Jack (n° 119)
Sévices (n° 152)

Richard Lortz
Les Enfants de Dracula (n° 146)
Deuil après deuil (n° 182)

John D. Mac Donald
Réponse mortelle (n° 21)
Un temps pour mourir (n° 29)
Un cadavre dans ses rêves (n° 45)
Le Combat pour l'île (n° 51)
L'Héritage de la haine (n° 74)

John P. Marquand
Merci Mr Moto (n° 7)
Bien joué, Mr Moto (n° 8)
Mr Moto est désolé (n° 18)
Rira bien, Mr Moto (n° 87)

Helen McCloy
La Somnambule (n° 105)

William McIlvanney
Les Papiers de Tony Veitch (n° 23)
Laidlaw (n° 24)
Big Man (n° 90)
Étranges Loyautés (n° 139)

Tobie Nathan
Saraka bô (n° 186)

Jim Nisbet
Les damnés ne meurent jamais (n° 84)
Injection mortelle (n° 103)
Le Démon dans ma tête (n° 137)
Le Chien d'Ulysse (n° 161)

Jean-Hugues Oppel
Brocéliande-sur-Marne (n° 183)

Hugues Pagan
Les Eaux mortes (n° 17)
La Mort dans une voiture solitaire (n° 133)
L'Étage des morts (n° 179)

Bill Pronzini
Hidden Valley (n° 48)

Bill Pronzini/Barry N. Malzberg
La nuit hurle (n° 78)

Michel Quint
Billard à l'étage (n° 162)

Diana Ramsay
Approche des ténèbres (n° 25)
Est-ce un meurtre ? (n° 38)

Philippe Setbon
Fou-de-coudre (n° 187)

Roger Simon
Le Clown blanc (n° 71)
Génération Armageddon (n° 199)

Les Standiford
Pandémonium (n° 136)

Richard Stark
La Demoiselle (n° 41)
La Dame (n° 170)

Vidar Svensson
Retour à L.A. (n° 181)

Paco Ignacio Taibo II
Ombre de l'ombre (n° 124)
La Vie même (n° 142)
Cosa fácil (n° 173)
Quelques nuages (n° 198)

Ross Thomas
Les Faisans des îles (n° 125)
La Quatrième Durango (n° 171)

Jim Thompson
Liberté sous condition (n° 1)
Un nid de crotales (n° 12)
Sang mêlé (n° 22)
Nuit de fureur (n° 32)
À deux pas du ciel (n° 39)
Rage noire (n° 47)
La mort viendra, petite (n° 52)
Les Alcooliques (n° 55)
Les Arnaqueurs (n° 58)
Vaurien (n° 63)
Une combine en or (n° 77)
Le Texas par la queue (n° 83)
Écrits perdus (1929-1967) (n° 158)
Le Criminel (n° 167)
Écrits perdus (1968-1977) (n° 177)
Hallali (n° 195)
L'Homme de fer (n° 196)

Masako Togawa
Le Baiser de feu (n° 91)

Armitage Trail
Scarface (n° 126)

Marc Villard
Démons ordinaires (n° 130)
La Vie d'artiste (n° 150)
Dans les rayons de la mort (n° 178)

Donald Westlake
Drôles de frères (n° 19)
Levine (n° 26)
Un jumeau singulier (n° 168)

Janwillem Van De Wetering
Comme un rat mort (n° 5)
Sale Temps (n° 30)
L'Autre Fils de Dieu (n° 33)
Le Babouin blond (n° 34)

Inspecteur Saito (n° 42)
Le Massacre du Maine (n° 43)
Un vautour dans la ville (n° 53)
Mort d'un colporteur (n° 59)
Le Chat du sergent (n° 69)
Cash-cash millions (n° 81)
Le Chasseur de papillons (n° 101)

Harry Whittington
Des feux qui détruisent (n° 13)
Le diable a des ailes (n° 28)

Charles Willeford
Une fille facile (n° 86)
Hérésie (n° 99)
Miami Blues (n° 115)
Une seconde chance pour les morts (n° 123)
Dérapages (n° 192)

Charles Williams
La Fille des collines (n° 2)
Go Home, Stranger (n° 73)
Et la mer profonde et bleue (n° 82)

Timothy Williams
Le Montreur d'ombres (n° 157)

Daniel Woodrell
Sous la lumière cruelle (n° 117)
Battement d'aile (n° 121)
Les Ombres du passé (n° 194)

Rivages/mystère

Francis Beeding
La Maison du Dr Edwardes (n° 9)
La Mort qui rôde (n° 12)

Algernon Blackwood
John Silence (n° 8)

John Dickson Carr
En dépit du tonnerre (n° 5)

William Kotzwinkle
Fata Morgana (n° 2)

John P. Marquand
À votre tour, Mister Moto (n° 4)

Anthony Shaffer
Absolution (n° 10)

J. Storer-Clouston
La Mémorable et Tragique Aventure de Mr Irwin Molyneux (n° 11)

Rex Stout
Le Secret de la bande élastique (n° 1)
La Cassette rouge (n° 3)
Meurtre au vestiaire (n° 6)

Josephine Tey
Le plus beau des anges (n° 7)

Achevé d'imprimer en décembre 1994
sur les presses de l'Imprimerie Hérissey
à Évreux - Eure
pour le compte
des Éditions Payot & Rivages
106, bd Saint-Germain - 75006 Paris

Dépôt légal : décembre 1994
N° d'imprimeur : 66968